JN143148

二 見 文 庫

胸の鼓動が溶けあう夜に

アマンダ・クイック／安藤由紀子＝訳

THE GIRL WHO KNEW TOO MUCH

by

Amanda Quick

本書を「これでいきましょう！」と背中を押してくれた
わが素晴らしき編集者
シンディー・ホワンに捧げる。
私とこの作品を信じてくれたことに心からの感謝をこめて。

胸の鼓動が溶けあう夜に

登場人物紹介

アイリーン・グラッソン	本名アナ・ハリス。ゴシップ紙「ウィスパーズ」の記者
オリヴァー・ウォード	バーニング・コーヴ・ホテルのオーナー。元有名マジシャン
ヘレン・スペンサー	アナの元雇用者。ニューヨーク社交界の花形
ヴェルマ・ランカスター	「ウィスパー」紙編集長
ニック・トレメイン	ハリウッドの人気新進スター
クローディア・ピクトン	ニックの付き人
チェスター	オリヴァーのおじ。発明家
ルーサー・ペル	パラダイス・クラブの支配人
ウィリー	バーニング・コーヴ・ホテルのバーの女性バーテンダー
グレアム・エンライト	エンライト&エンライト法律事務所の所長
ジュリアン・エンライト	グレアムの息子
ライナ・クラーク	グレアムの秘書
アーネスト・オグデン	映画スタジオの重役
マカリスター	別名ハリウッド・マック。汚れ仕事を請け負う人物
ペギー・ハケット	女性記者
グロリア・メイトランド	女優志望の女性
デイジー・ジェニングズ	女優志望の女性
ブランドン刑事	バーニング・コーヴ警察の刑事
ヘンリー・オークス	ニック・トレメインのファン

1

寝室の壁の抽象画は真新しかった。鮮血で描かれた抽象画。

血は何もかもを白で統一した優雅な寝室のあらゆるところに飛散し、息絶えた女がまとった夜会服の銀色のサテン地と死体の下の絨毯にたっぷりしみこんでもいた。しゃれた小ぶりの化粧テーブルの前に置かれた華奢な椅子に張られた白いベルベット地も血に染まっている。

アナ・ハリスの頭にまず浮かんだのは、これは悪夢の中の出来事だという思い。目の前の光景が現実であるはずがない。自分はいま眠っていて、夢を見ているにちがいない。

しかし、アナは農場育ちだ。祖父とともに鹿撃ちをしたこともあるし、川で魚を捕ってさばいたこともある。牛のお産も手伝った。だから、命のうつろいも死のにおいも知っていた。

それでも、自分の目でたしかめるまでは部屋をあとにすることはできなかった。ヘレンは壁のほうを向いて横向きに倒れていた。アナは死体のかたわらにしゃがみこみ、手を伸ばして脈拍を探った。むろん、まったく打っていない。

拳銃が目に入った。小型拳銃。絨毯の上、ヘレンの右手からそう遠くない位置にあった。本能のまま――まともにものが考えられる状態でないことは自分でもわかった――その銃を拾いあげた。

メッセージが見えたのはそのときだ。幅木のすぐ上の銀色のふかふかした壁紙にヘレンが自分の血で書いたものだ。**逃げて**。

その瞬間、アナはそこで過ごした一年にわたる非の打ちどころのない新生活が幻想にすぎなかったことに気づいた。架空ではない邪悪なおとぎ話。

逃げて。

すぐさま駆け足で廊下を進み、自室として使っている青と白の心地よい寝室に行くと、クロゼットから旅行鞄を引き出して、衣類を放りこみはじめた。いま身に着けているワンピースと靴もそうだが、衣装だんすの中身はほぼ全部新しかった。気前のいい雇い主からの贈り物である。**わたしの個人秘書に古着屋で買ったように見える服を着させておくわけにはいかないわ**。何かにつけてヘレンはそう言っていた。

アナは震えが激しくて、鞄の蓋を閉めて鍵をかけることがなかなかできず、そのあとは苦労してベッドから引きずりおろした。

再びクロゼットに戻り、棚から靴箱を取った。中にしまっていたお金を取り出そうと蓋を放り出した。数年前、株の大暴落が起きたときはまだ十代の終わりだったが、それをなんとか生き延びた多くの人びと同様、アナも銀行をいっさい信用していなかった。大切な蓄えは靴箱に入れて、つねに手の届くところに置いていたのだ。

だが、靴箱の中を見て凍りついた。

お金はあった。とはいえ——多すぎる。

生活費はすべて雇い主がまかなってくれていたため、この一年間は給料のほとんどを蓄えに回すことができていたが、箱の中にはそうして貯めただけではとうていおよぶはずのない金額が詰まっていた。ヘレンがそれ以上に足してくれていたにちがいない。そうとしか説明がつかないけれど、どうも理屈に合わない。

よく見ると、お金に加え、小さな革綴じの手帳とヘレン愛用の高級便箋にしたためられた手紙が入っていた。

親愛なるアナ、

もしあなたがこれを読んでいるとしたら、わたしは女が犯しがちな最大の過ちを犯した——恋をしてはいけない男に恋をしてしまった——と思ってちょうだい。わたしはあなたが思ってくれていたような人間ではないの。あなたをだましていたこと、ごめんなさいね。この手帳とお金と車はあなたのもの。命が危ないわ。すぐに逃げて。できるだけ遠くに行って、身をひそめて。別人になりすますしか手はないと思うの。誰も信じてはだめ——警察も、ＦＢＩも。そして誰にもまして信じてはいけないのが恋人。

本来ならばあなたが受け取って当然の輝かしい推薦状を出すことができなくて残念だわ。でも、わたしのところで働いたことがあることは誰にも知られないようになさいね。ほかでもないあなた自身のためよ。

手帳のことだけれど、ただ危険なものだとしか言えないわ。もちろん、内容を知らないわけではないのよ。これはあなたの手で処分してもいいけれど、万が一最悪の状況に追いこまれたら、そのときは取引の材料として使えるかもしれないことを憶えておいて。

あなたとわたしは似た者同士だとずっと思っていたの——己の才覚で生きていくほかない女。

新たな生活がうまく切り開けることを祈ります。とにかくこの家からできるだけ遠くへ行って。振り返らずに。

愛をこめて
ヘレン

ヘレン・スペンサーは大胆かつ冒険好きで、進取の気象に富んだモダンな女性。情熱と意欲にあふれた人生を歩んできた。アナがそのきらびやかな活気に満ちた世界に足を踏み入れたのは一年前のことだった。もしヘレンが、なんとしてでも逃げなさい、と言うなら、アナは命がけで逃げなければならない。

靴箱の中身を秘書鞄にまるごと移した。つぎに数秒間ためらったのち、ヘレンの小型拳銃も入れた。秘書鞄の口を閉じて片手に持つと、もう一方の手で旅行鞄をさげて、急いで廊下に出た。

ヘレンの寝室の前を通り過ぎるときは極力死体に目を向けまいとしたが、そうせずにはいられなかった。

ヘレン・スペンサーはうっとりするほど美しかった。天使のような金髪ときらきら光る青い瞳。お金持ちで魅力的でやさしくて、屋敷の使用人は秘書も含めて数は多くなかったが、全員がじゅうぶんな給料をもらっていた。その代わり、使用人は忠誠を厳しく要求された。とりわけ、彼女のいささか奇行めいたところ——ときおりの人払いや奇妙な旅程など——に関しては厳重な箝口令が敷かれた。

アナ以外の数少ない屋敷の使用人——中年の家政婦と執事——同様、彼女もヘレンのための便宜を図るにやぶさかでなかった。魔法にかけられたような日々だったが、それも今夜で終止符を打った。

アナは階段を下りた。幸運がいつまでもつづくはずがないことは昔から知っていた。孤児は早い時期に現実的な人生観を身につけるのだ。

一階まで下り、ヘレンの書斎の前を通り過ぎた。室内を一瞥したとき、金庫の扉が開いているのが見えた。机上の電気スタンドの明かりがついていた。金庫の中には青いベルベット地の袋が入っている。

アナは躊躇した。ベルベット袋の中身を知っておかなくてはいけないわ、と何かがささやきかけていた。おそらくその中身が今夜の出来事を説明してくれるはず。旅行鞄を床に置き、書斎を横切って金庫の前に行き、手を差し入れた。ベルベット袋を取り出し、口をしっかりと締めている紐を緩めると、机の上で袋を逆さにした。スタンドの明かりを受けてエメラルドやダイアモンドが輝きを放った。首飾りは重く、デザインは古めかしい。とびきりの値打ち物に見える。ヘレンはすごく素敵なアクセサリーをいくつも持ってはいたが、その首飾りは見たことがなかった。ヘレンらしくない。もしかすると先祖伝来の家宝なのかもしれない。

しかし、そんなことより考えなければならない疑問があった。ヘレンを殺した犯人が金庫を開けておきながら、これほど高価なものを持ち去らなかったのはなぜか？

犯人が探していたものがこれではなかったのね、とアナは考えた。手帳か。

首飾りをベルベットの袋に戻し、金庫に入れた。

再び廊下に出て旅行鞄を持ち、あわただしく外に出た。ヘレンがアナにあげると言っていたスマートなパッカード・クーペが私道で待っていた。旅行鞄と秘書鞄をトランクに放りこみ、運転席に乗りこんだ――エンジンが一発でかかり快調な音を立てたときは、感謝の念と安堵感でいっぱいになり虚脱感を覚えたほどだ。

ライトをつけてギアを入れ、曲がりくねった長い私道を進み、開け放たれていた門を通過し、ついに豪邸をあとにした。

ハンドルをきつく握りしめながら、懸命に意識を集中して考えをめぐらした。今夜、ヘレン・スペンサーの秘密をすべて知ることはできなかったが、たまたま発見したいくつかの事実から、たったひとつだけはっきりとわかったことがあった。それは、このニューヨークからできるだけ遠くへ行かなければならないということ。

細い山道がくねくねと蛇行しながら谷を下っている。こういう道に慣れない者にとって、とりわけ夜は、悲惨なドライヴになるところだが、アナは十三歳のときに祖父から運転を習い、険しい山道での運転を身につけていた。急カーブでのハンドルの切り方はわかっていたし、とくにこの山道は熟知していた。この一年間に何度となくヘレンを乗せて、マンハッタンのアパートメントと人里離れた大邸宅のあいだを行き来してきたからだ。

アナが屋敷に来るまでは、ヘレンの忠実なる執事ミスター・バートレットが運転手も兼ねていたが、バートレットの視力に衰えが見えはじめた。そこでヘレンは新しい運転手も探さなければと思っていたときにアナを雇った。個人秘書が速記の技術に加えて運転もうまいと知ったヘレンは大喜びした。**運転手も雇わなければならなかったのに、あなたのおかげで大助かりよ。**

ヘレンは使用人の数をつねに最小限に抑えることに心を砕いていた。けちというわけではない――むしろ、その反対だ――が、屋敷に人がたくさんいるのがいやだと明言していた。今夜アナは、ヘレンが屋敷の使用人の数を少なく保っていた理由を知った。隠さなくてはならない秘密があったからだ。

わたし、信じられないほど世間知らずだったんだわ、とアナは思った。これまでは自分の世間を見る目は冷ややかで現実的だと自信をもっていた。自分のような境遇にある女には、楽観主義や希望や感傷は贅沢すぎた。他者の印象については、たいていの場合、かなり直感的に受け止めてきた。だが、間違いを犯した何度かを振り返れば、結果的にはいつも相当痛い目にあっていた。

山の麓の活気のない小さな村まで来たところでハンドルを切り、幹線道路に出た。めざすべき目的地もこれといって思いつかないまま、ただなりゆきに任せて進み、つぎつぎと小さな町を通過した。

逃げて。

明くる日も一日じゅう、道すがらのガソリン補給とサンドイッチのための休憩以外はただひたすら、方向性も定めずに走りつづけた。だが、日暮れともなるとさすがに疲労が押し寄せてきて、オートキャンプ場に車を入れるほかなくなった。経営者は名前など訊かなかった。ただ小さなキャビンとあたたかい食事の料金を支払いさえすれば、それですんだ。

簡易ベッドに倒れこむようにして横になり、夜明けまで断続的に眠った。熱に浮かされたかのように見る夢のせいで、ヘレンにもっと急いで逃げろとせかされながら、目に見えない脅威から逃げまどってばかりいた。

コーヒーの香りで目が覚めた。オートキャンプ場を経営する夫婦が運んできてくれた朝食を食べているとき、新聞配達のトラックがやってきた。アナも一部買い、恐怖と好奇心がないまぜになった思いとともにそれを開いた。ヘレン・スペンサー殺害事件のニュースは一面に載っていた。

ニューヨーク社交界の花、無残に殺害される
失踪の個人秘書を手配中
死亡女性の金庫に盗難品首飾り

ショックのあまり、全身の血が凍りついた。気がつけば、彼女はヘレン・スペンサー殺しの容疑者となっていた。ヘレンの警告が頭に浮かんだ。**誰も信じてはだめ——警察も、FBIも。そして誰にもまして信じてはいけないのが恋人。**

最後の部分については少なくともすんなり理解できる。アナにいま恋人はいない。最後の恋人はブラッドリー・ソープ。あの屈辱的な失恋は、アナの直感がみごとにはずれた最後の体験である。

崖っぷちに立たされたようなパニックからなんとか自分を取りもどした。なんと言おうが、わたしはギルバート秘書養成学校の誇り高き卒業生。ギルバート出身の女性はパニックを起こしたりしない。どれほどの大混乱であろうとも、自制をきかせる訓練を受けていた。優先順位を判断する術も心得ている。

まず第一にすべきこと、それは目的地選びだ。いつまでも東海岸を目的もなく走りつづけることはできない。数週間、数カ月間、あるいは数年間にわたる逃亡生活は、考えただけで神経がまいってしまいそうだ。それだけではない。逃走資金も永久につづくわけではない。遅かれ早かれ、隠れる穴を見つけなくては。そのとき、はたと気づいた。仕事を見つけよう。新たな人生を築くのよ。

そのオートキャンプ場で一夜を過ごしたのは彼女ひとりではなかった。ほかの人びとは早く出発したそうにしながら、朝食のテーブルを囲んでいた。気楽に言葉をかわし、旅人同士の情報交換をしている。そうしたやりとりは決まって同じひとことからはじまっていた。**これからどこへ?**

それに対する答えはさまざまだったが、あるひとりの答えがひときわ目立った。なぜなら、それを聞いた人びとがすぐさま好奇心をのぞかせたり感心したりし、しきりにうなずいて賛同の意を表わす者も数人いたからだ。

朝食が終わらないうちに、アナは早くも決断を下していた。否応なく新たな人生を築かなければならなくなったとき、これまで数えきれない人びとがしてきたことを自分もしようと決めたのだ。果てしなく広がる青い海が雲ひとつない空の下で光り輝き、そこここの家の裏庭でオレンジの木が枝を大きく広げるという、西にある神話の土地をめざそう。魅力あふれる人びとが銀幕の魔法をつくりあげ、その合間に刺激的な醜聞をまき散らす。誰も彼もが未来を創作するのに忙しすぎて、彼女に過去がないことなど気にも留めない土地。

アナは再び運転席にすわると、西をめざして車を走らせた。途中、新しい名前を思いついた。アイリーン・グラッソン。ハリウッドっぽい響きがあるような気がした。

未来につづくハイウェイは、旅人たちが朝食のテーブルで言っていたとおりの地点――シカゴのダウンタウン――にあった。

そしてそのルート66がアナをはるかカリフォルニアまで導いた。

2

「どじを踏んだな」グレアム・エンライトが机の上で両手を組んだ。「スペンサーの息の根を止めるだけでなく、手帳を手に入れることになっていたはずだが」

ジュリアンは壁に飾られたアールデコ様式の肖像画の前に立ち、いかにも目利きといった真剣な面持ちで作品を見つめていた。必要とあらば、鑑定家として通らないこともない。美術品の鑑賞を含む申し分のない教育を受けてきただけでなく、生まれながらの俳優でもあるからだ。

巧みにカットされた金髪から完璧に結ばれたネクタイと優雅なポケットチーフを添えた流行の先端をいくスーツまで、余暇にはポロにでも興じそうな雰囲気を醸し出している。口調と物腰は紛れもなく東部で代々つづく資産家の子息風だが、それは演技ではなかった。ジュリアンの祖先はメイフラワー号そのもので新大陸に渡ってきたわけではないが、それからまもなく桟橋に到着した小型帆船に乗ってきたという。

「その手帳ですが、ぼくはてっきりスペンサーの金庫の中にあるものと思っていたので」ジュリアンの表情からも口ぶりからも退屈していることがわかる。「論理的に考えてそこだと思ったので金庫を破りました。ついでなので言っておきますが、数分しかかからずにね。ところが金庫の中にはなかったので、書斎や寝室も探しました。屋敷を隅から隅までというのは無理です。古い屋敷で、そりゃあばかでかいんですよ」

「おそらくべつの金庫でもあるんだろうな。床下かどこかに隠し金庫が」

ジュリアンは葉巻をくわえ、深く息を吸いこんだ。フランス製の、とびきり値の張る、そんじょそこらでは手に入れることのできない逸品だ。

「それで、ぼくにどうしろと言うんです？」そう言いながらも、視線は肖像画を見つめたままだ。「床板を一枚残らず鉄梃《かなてこ》ではがして、隠し金庫を探してこいとでも？残念ですが、ぼくに大工仕事は無理ですよ。屋敷の改装など勘弁願います」

「手帳を手に入れる前にスペンサーを始末したのがまずかったな」

「スペンサーは書き物机の抽斗《ひきだし》に拳銃を入れていましてね。いつからかぼくを怪しむようになっていたんです。そして銃を使おうとしてたもので、ああするしかなかったんです。忌々しい手帳を見つけられなかったからといって、ぼくに落ち度があったわけではありませんから」

「依頼人は喜んではくれまいな」

「それはそちらの問題で、ぼくには関係ない。経営者はあなたで、ぼくはたんなる調査員、そうでしょう？　そうですよ、ぼくはたんなる調査員で、しかも雇われた助っ人にすぎない」

グレアムはその言葉のとげとげしさは無視した。「エンライト&エンライトは手帳を奪還し、それを見たかもしれない人間を始末する旨の契約を結んでいる。きみにはその仕事を遂行してもらいたい」

ジュリアンがくるりと振り向いた。「さらなる調査でしたら喜んで進めますが、その代わりにお願いがあります」

グレアムは癇癪を起こしそうになりながらも、懸命にこらえていた。取引はできかねる。エンライト&エンライトの名声が懸かっているからだ。

「何が欲しい？」グレアムは訊いた。

「副所長にしていただきたい」

グレアムはしばし考えこむふりをしたあと、そっけなくうなずいた。

「よかろう。しかし、結果しだいだ。早いところ結果を出してくれ」

ジュリアンの肉感的な唇がかすかに歪み、宝石を思わせる緑色の目が愉快げにきらりと光った。「契約のことがそこまで心配なんですね」

「納得のいく形で仕事を完了したいんだ。ああ、そうだ。この新規の依頼人だが、資金はたっぷりあるうえ、広範囲にわたる利権が期待できる。きみがこれを成功させてくれれば、将来的に大きな仕事を請け負う可能性が出てくるはずだ」

「今回の依頼人を取りこみたくてしかたがないみたいだな。なぜそれほど重要なんですか？」

「われわれの活動範囲を国際規模に広げる絶好の機会なんだよ」

その返答がジュリアンの注意を引いたが、それはグレアムの予想どおりだった。

「その依頼人、国際的な利権をもたらしてくれるんですか？」ジュリアンが訊いた。

グレアムは満足げな、しかし抑えた笑みを浮かべた。「ああ、そういうことだ」

「その利権ってどういうたぐいのものなんですか？」

「そりゃあ多種多様さ。新聞を読めばわかる。世界はいま不安定な場所になっている」

ジュリアンは手を揺らして軽く一蹴した。「べつに新しい展開というわけではないでしょう。世界は昔からずっと不安定な場所でしたよ。それでもエンライト＆エンライトはこれまで、活動範囲をアメリカ合衆国に限定してきたじゃありませんか」

グレアムは椅子を後ろへ押して立ちあがった。窓際に行って足を止める。一望におさめるニューヨークの街は壮観だが、彼の心の目は欧州、中東、ロシア、さらにはるかその向こう——極東——に向けられていた。この事務所も、将来無数に生じるであろう好機に便乗できる構えを取っておくつもりだ。それが彼の遺産になると考えていた。相続人である息子に受け継がせる遺産だ。それを引き継いだ息子はエンライト家を未来の世代につないでくれる。

だからといって、その遺産をすぐさま息子に譲ろうとは考えていない。グレアムはまだ働き盛り、心身ともに健康そのものだ。エンライト家は長命の家系だが、惜しむらくは男系に子どもが少ない。グレアムも二人の妻に死なれたあと、ようやく跡継ぎに恵まれた。

エンライト&エンライト法律事務所は、彼の父親ネヴィル・エンライトが南北戦争後の混乱のさなかに創設した。ネヴィルは金と権力と復讐の希求は人間の欲望の顕現、すなわち人間の本性の不変の側面だと理解していた。だから、そうした本質的な欲望に応える事務所なら、株価暴落や戦争があっても、つねに繁盛していくはずだと踏んだ。

外見上、エンライト&エンライトは上流階級の裕福な依頼人のための資産計画に特化した法律事務所として一目置かれていたが、それだけではなく、自分の手を汚さないかぎりはどんな手を使ってでも目的を果たしたいと願う人びとに秘密の仕事を提供してもいた。金に糸目をつけさえしなければ、エンライト＆エンライトは依頼人に代わってどんな面倒な仕事も引き受けていた。

〝戦争を終わらせるための戦争（第一次世界大戦を表わす言葉）〟からまもないころ、グレアムにはこれから先もまだまだ戦争が繰り返されるだけでなく、エンライト＆エンライトの仕事の需要は際限なくふくらんでいくことがはっきりと見えた。

現代科学技術の長足の進歩――武器の攻撃力向上とともに輸送と伝達の手段の高速化――は新たな市場と新たな機会を開きつつあった。

「時代は変わる」グレアムは言った。「われわれも時代とともに変わらなければいかん。そのためには、今回手帳の奪還契約を結んだ依頼人のような顧客を開拓しないとな」

「国際的利権を握る依頼人か」ジュリアンが小声で繰り返した。「じつにおもしろい」もはや退屈そうな口調ではなかった。声が何かしら新たな響きをおびた。期待。グレアムはうれしかったし、かなりほっとした。満足そうに振り返る。

「この依頼人をつなぎとめる方法はただひとつ、手帳を見つけてその価値を知っているかもしれない人間を始末することだ。むろん、金も人間も好きなだけ使ってかまわない」

ジュリアンはドアに向かって歩きだした。「いますぐ取りかかります」

「ちょっと待て」

ジュリアンがドアの取っ手に手をかけたまま足を止めた。「なんですか?」

「どこから探しはじめるか、何か考えがあると思っていいんだな?」

「ええ、そりゃあ、ありますよ」ジュリアンが答えた。「スペンサーが雇っていた使用人は三人しかいませんでした。そのうちのひとりが行方不明です」

グレアムが緊張をのぞかせた。「それは誰だ?」

「個人秘書です。アナ・ハリス。孤児で親類もいない。経歴を考えれば、金はほとんど持っていません。ま、スペンサーの金を盗んでいなけりゃですが。使用人のうち、姿を消したのは彼女ひとりですから、おそらくこの女が手帳を持ち去ったものと思われます」

「なるほどな」

「重要なのは、アナ・ハリスはスペンサーのようなプロではないってことでして、つまり正体を見破られずにあの手帳のような危険なものを取引できるはずがありません。

相手は当然、闇市場にあれが出てくるのを待ち構えている人間ですからね」

「きみのような人間ってことだな」

「事務所の人脈のおかげで、ぼくはそういう市場から目を離さずにいることができます。心配ご無用。アナ・ハリスと手帳は早晩姿を現わします。そのときはぼくが必ず両方ともなんとかします」

「なぜそれをもっと早く言わなかった？」

ジュリアンが堕天使のような笑みを浮かべた。「それはですね、この契約がお父さまにとってどれほど重要なものかを知りたかったからです」

「ほう。そのアナ・ハリスって女が手帳の価値を知っていると思うのはなぜなんだ？」

「それについては確信があります。というのは、彼女は金庫の中にあった首飾りを残したまま逃げました。見なかったはずはありません。貧しい秘書が見るからに高価なものを残していった理由、それはあの首飾りよりもっと高く売れる価値があるものを手に入れたと考えたからじゃありませんか？」

「目のつけどころがいい」グレアムが言った。「しかし、スペンサーが秘書に手帳のことを打ち明けていたとは驚きだな」

ジュリアンが眉を吊りあげた。「そうでしょうか？　われわれも早晩、個人秘書が雇い主の秘密の仕事について多くのことを知っていると気づくことになりますよ」

グレアムが不満げにつぶやいた。「たしかにそうだな」

すぐれた秘書の資質――知性、整理整頓の才覚、雇い主の要求を本人が気づく前に予測する能力――が、いつかは問題を起こす資質とぴったり同じ点は残念だ。

彼は経験豊富な独身女性を雇うときには用心し、必ず家族や友人がいない人間を選んでいた。現在の秘書ライナ・カークは三十代で天涯孤独だ。男関係はなく、近い親類もいない。彼女を辞めさせるときがきても、問題はいっさい生じないはずだ。

「心配はいりません」ジュリアンが言った。「アナ・ハリスは雇い主のものを持ち逃げした秘書にすぎません。彼女の一番の目的は手帳を売ることです。しかし、ああいう特殊なものになると、買い手を探すのに苦労する。いったんあちこちに探りを入れはじめれば、たちまち馬脚をあらわすことになります」

「きみが間違っていないことを祈ろう。あとひとつ」

ジュリアンはすでにドアを開けようとしていた。大げさにため息をつき、もう一度グレアムのほうに向きなおった。

「なんでしょう？」

「スペンサーの件ではひどいへまをしたわけだが、本当にその必要があったんだろうな？　殺人事件が新聞にでかでかと載るのは、人を殺す人間は誰でも殺人狂だと警察が思いこんでいるからだ」

「だとすれば、この殺人の本当の理由から警察の目をそらすことができる」ジュリアンはこれ以上我慢ができないといった表情を隠さなかった。「しめたものです。警察は頭のおかしい男――いや、女かもしれないな――を探す。手帳との関連に気づくこともない」

そう言って受付エリアに出た。ジュリアンがドアを閉める直前、ライナにあたたかな誘惑的な笑みを投げかけるのをグレアムは見た。

グレアムはデスクを前にしてすわった。スペンサー殺しに関するジュリアンの説明には一理あったものの、自分ならもっと目立たない策を講じることができただろう。自動車事故とか自殺であったなら、新聞には大きく採りあげられたかもしれない――ヘレン・スペンサーは社交界に出入りしていた――が、警察まで巻きこむことはなかったはずだ。

心配なのはジュリアンの扇情的な傾向である。殺しから快感を得ていることは明らかだ。グレアムには理解できた。**若い時代は誰にもあるからな**、と振り返る。とはいえ、ジュリアンにはそろそろ大人になって、衝動的な本性を抑えこむ術を学んでもらわないことには。

グレアムは壁に掛けられた自身の肖像画をじっと見つめた。画家のタマラ・ド・レンピッカはその画才を駆使して謎と魅力に満ちたオーラを彼に添えてくれた。強烈な男らしさの裏に秘めた官能性が垣間見える。光が金髪を黄金に変え、緑色の目を宝石のごとく輝かせている。彼がモデルをしているあいだ、レンピッカは彼をルシファーと呼び、誘惑を試みた。彼女の淫らな男関係は伝説の域に達していた。そんな思い出がいつしかグレアムの顔をほころばせていた。

あきらめて地獄に堕ちるか、と思った。ただの地獄ではない。果てしない利益を生む地獄が目の前に広がっているのだ。

天国と地獄を考えても心が乱れることはなかった。信仰心厚い男ではないからだ。虚栄心の強い男だとも思わないが、その肖像画から静かな喜びを得ていることは否めなかった。ジュリアンより三十歳少々年上だが、二人は酷似していた。ジュリアンがレンピッカの筆になる肖像画の横に立っているのを見た人は一瞬にして気づくはずだ。

この父にしてこの子あり、と。

3

シカゴを発って数マイル来たところで、アイリーンはルート66をはずれ、またこれといった特徴のないオートキャンプ場で一夜を過ごした。

シチューと自家製ビスケットの夕食のあとはキャビンにこもり、秘書鞄から手帳を取り出した。屋敷を飛び出した夜にもざっと見たことは見たが、ニューヨークから逃げ出すことで頭がいっぱいで、とうてい手帳に集中はできなかった。

簡易ベッドのへりに腰かけて、灯油ランプの明かりの下でじっくりと調べた。一頁目に名前が記されている。きっちりとした正確な手書き文字。**ドクター・トーマス・G・アサートン**。名前の下に電話番号があった。あとの頁はすべて、同じ筆跡による暗号のようなものでぎっしりと埋め尽くされていた。

奇妙な数字や記号の羅列にしばし面食らったものの、おそらく科学者によるメモなのだろうと気がついた。彼女がいま手にしているのは、数学者あるいは化学者の私的な手帳なのだ。しかし、それでは納得がいかなかった。ヘレン・スペンサーは数学にも化学にもなんら興味を抱いてはいなかった。

　ほとんど眠れないまま夜明けを迎えたとき、決意のようなものが固まっていた。わたしは逃げている。だとしたら、何から逃げているのかをもっと知る必要がある。

　卵とトーストの朝食のあと、オートキャンプ場の電話ボックスの電話を使って、最初の頁に記されていた番号に電話をかけた。交換手が投入すべき硬貨の枚数を告げた。

「これはどこの番号ですか？」アイリーンは硬貨を投入口に差しこみながら尋ねた。

「ニュージャージーです」交換手が答えた。

　まもなく、上品な女性の声が聞こえてきた。

「ソルトウッド研究所です。どちらにおつなぎしましょうか？」

　アイリーンは深く息を吸いこんだ。「アサートン博士をお願いします」

　電話線の向こうから短くぎこちない間が伝わってきた。

「申し訳ございませんが、アサートン博士はもうこちらにはおりません」

「つまり、そちらをお辞めになったということですか？」

「残念ですが、アサートン博士は亡くなりました。同じ部門の者におつなぎしますか？」

「いえ、けっこうです。アサートン博士はどうなさったんですか?」

電話の向こうでまた短い間があり、そのあと交換手が訊いた。

「失礼ですが、どちらさまでしょうか?」

「いえ、どうもアサートン違いだったようです」アイリーンは言った。「ご迷惑おかけしました」

電話を切り、車を発進させた。手帳に関係した人間が二人死んだ。いい予感はしない。よほどうまく姿を消さないとまずいことになりそうだ。

4

四カ月後

カリフォルニア州バーニング・コーヴ

アイリーンは細長い長方形のプールのへりで足を止め、水の底で四肢を大きく広げた死体を見おろした。夜中の十二時十五分過ぎ、グランド・スパ・ルームの明かりはすでに落とされて仄暗かったが、死体は女性で、美しい顔の周囲でウエディングベールよろしく髪がふわふわしている悪夢の光景が、近くの突き出し燭台からのわずかな明かりでも見てとれた。

アイリーンはプールから視線を上げた。急いで入り口へ行き、助けを呼ぼうとしたのだ。そのとき、暗がりのどこかから革製の靴底がタイルの床をこする音が聞こえ、室内にいるのが死体と自分だけではないことに気づいた。かすかな金属音とともに壁際の燭台の明かりが消えた。

広い浴場がいきなり濃密な闇に包まれた。唯一の明かりは弱々しい月明かりだけで、ちょうどアイリーンが立っているあたりに射しこんでいる。スポットライトを浴びているかのような状態だ。

心臓の鼓動が速まり、突然呼吸が困難になった。いちばん近い出口は後方に並ぶフランス窓だが、それは細長いプールの反対側にあり、彼女がここに入ってきたときに使った脇の入り口はもっと離れている。

考えた結果、最善の選択肢は自分が落ち着いているように思わせることだと判断した。

「事故が起きたんでしょうか」しっかりとした確信に満ちた響きが感じられるようにと願いながら声を上げた。「水の中に女性が。いっしょに引きあげましょう。まだ間に合うかもしれません」

その可能性はまったくなかった。水底に沈んだ女性はどう見ても死んでいる。

返事はなかった。暗がりに人の動く気配はない。

闇のどこかで水が滴り落ちた。かすかな音が不気味にこだまする。むしむしした空気がにわかに重苦しさを増してきた。

現場にいるもうひとりの人間が応答しない理由は二つ考えられる。ひとつは、醜聞を恐れているから。ここバーニング・コーヴ・ホテルは西海岸でも指折りの高級ホテルである。ロサンゼルスの北ほぼ百マイルに位置し、ここを利用できる裕福な客に対してプライバシーと守秘義務を保証している。もしも噂が本当ならば、そうした顧客には犯罪組織の顔役からハリウッド・スター、さらには欧州の王族までが含まれているという。国内のどこも厳しい時代にあって、バーニング・コーヴ・ホテルの絢爛豪華さ、贅沢さはそんなことをいっさい感じさせなかった。

スターやスターの卵たちは、ロサンゼルスの新聞記者やハリウッドのゴシップ・コラムニストの鵜の目鷹の目から逃れるためにここを訪れていた。となれば、そう、暗がりに身をひそめている人間が溺死した女性といたことを知られるのを恐れているのかもしれない。その手の醜聞が発覚すれば、歩みはじめたばかりの映画人生の汚点となることは間違いないからだ。

しかし、間違いなく徒労に終わるはずの人命救助とはいえ、室内にいるもうひとりに手を貸す気がない理由はそれ以外にもなくはない。もしかすると、彼ないしは彼女がプールの水底の女性の死に直接かかわっているのかもしれない。

自分はいま人殺しに向かって、隠れていないで出てらっしゃい、と説得しようとしているのかもしれないと思うと戦慄を覚えた。そこで、アイリーンは脇の扉まで駆け足で引き返す決心をした。

だが、もう遅すぎた。闇の中に足音が響き、タイル張りの壁と床に反響した。もうひとりの誰かがこの現場から逃げ出そうとしているのではない――アイリーンは気づいた。彼ないしは彼女――まだどちらとも言えない――はアイリーンに向かって歩を進めていた。

細長いプールの反対側の、ガラス戸が並ぶ壁面を背にして立ち、月明かりに浮かびあがる彼女は絶好の標的である。

あわてて靴を脱ぎ、くるりと方向転換し、ハンドバッグを幅の狭いプールの反対側へと放り投げた。子どものころに干し草や薪の束を投げていたし、女性としては背が高く、独身生活のおかげでしごく健康でたくましい。天涯孤独の女性は、か弱いなどという贅沢に甘えるわけにはいかないのだ。

ハンドバッグはプールの反対側にどさっと重たい音を立てて着地した。

アイリーンは水に飛びこみ、泳ぎはじめた。

反対側には数秒で到達できそうだ。向こうも水に飛びこんで追ってこないかぎり、脱出のチャンスはじゅうぶんにある。どちらの端を回って追ってきたとしても、行く手を阻むのは無理だからだ。

泳ぎは得意だが、流行のワイドパンツがたちまち鉛の重りに変わった。濡れた服が下から引っ張る力に抗い、無我夢中で泳いだ。

着衣のままで水に入るのはこれがはじめてではない。育った農場の近くに川があり、祖父から泳ぎを教わったのは、歩きはじめてすぐのことだった。

女性の死体の上を泳いでいることを思うとぞっとしたが、その犯人とおぼしき人間に追われていると気づいた恐怖にはおよばない。

プールの反対側に達し、水から体を引きあげた。残った力を振りしぼらなければならなかったが、恐怖は火事場の馬鹿力を誘発するものだと知った。すぐさま立ちあがれた。

息を切らしながら振り返る。暗がりに人影はないが、また素早い足音が聞こえた。その足音、今度はプールから遠ざかる方向に向かっている。しばらくして、スパ・ルームのいちばん奥にある扉が開いて閉じた。

アイリーンはハンドバッグの持ち手を握りしめ、スパの正面に当たるフランス窓へと急いだ。そして月明かりに照らされた庭園へと脱出した。

またしても殺人現場から、殺人犯から逃げ出したことになる。

カリフォルニアでの新たな人生はハリウッド式エンディングを迎えることになるかもしれないと思った矢先のことだった。

5

「ブランドン刑事と巡査が引きあげていったところで、さて、ミス・グラッソン、きみと二人で話さなければいけないことがある」オリヴァー・ウォードが言った。

アイリーンはどうするべきか考えた。第一の選択肢——何かしら口実をつくって辞退する——がすんなり受け入れられそうもない気がして不安だ。カリフォルニアに来てまだ間もないが、予期せぬことを予期する術を身につけていた。そしてこのオリヴァー・ウォードは間違いなく、予期せぬことの気がかりな見本のような存在だった。

リビングルームの向こう側にちらっと目をやり、自分がいま腰かけている革張りの重厚な肘掛け椅子とドアとの距離を目測した。うまくいくかもしれない。アイリーンにはたいそう有利な点がひとつあった——ウォードは脚に問題がある。歩行がぎこちなく、ときおり立ち止まることになるため、いやでも杖にたよるほかない。

怪我の原因は公然の秘密だ。実際、ショービジネスの世界では伝説と言ってもいい。

オリヴァー・ウォードはかつて世界に名を馳せたマジシャンで、合衆国内ではいくつかの大劇場で目を瞠《みは》るイリュージョンを披露したこともあり、欧州へのツアーもおこなった。だが二年前、惨事が起きた。ウォードは、振り返れば最後となったパフォーマンスであやうく死にかけたのだ。悲劇は国じゅうの新聞の一面で派手に報じられた。

血塗られた舞台
人気マジシャン、観客の目の前で重傷を負う
命の保証なし

つづく数カ月間、いったい何がどうなったのかをめぐっての憶測記事がつぎつぎに掲載された。確実にわかっていることは、イリュージョンで使用された銃に本物の弾薬がこめられていたということ。ウォードはその件についてのインタビューを断固として拒み、退院後は表舞台から姿を消したかに見えた。

だが今夜、アイリーンは彼がホテル・ビジネスに参入していたことを知った。

彼はいま、部屋の奥に置かれた黒の漆塗りの優雅な戸棚の前に立ち、二杯分のウイスキーを注ごうとしていた。きわめて健康そうに見えるが、何せ脚が不自由な体なので、彼より先にドアまで行ける、との確信がアイリーンにはあった。

しかしながら、誰にも制止されずにホテルの敷地から外に出られる可能性はきわめて低い。ウォードは堂々たる数の、身だしなみのいい警備員を雇っている。夜間の制服は黒と白の燕尾服だが、どんな格式の高い服を身に着けようとも、彼らの筋骨たくましい肉体をごまかすことはできない。先刻スパの近くにそのひとりでもいいからいてくれたなら、あんな恐ろしい目にあわずにすんだだろうに。

警官と同じだわとアイリーンは思った。**助けてほしいときには近くにいない。**

ドアに向かって駆けだす、も選択肢からはずした。

「すごくつらい夜だったわ」とりあえずそう言った。哀れっぽく見せようと努めた。見た目は間違いなくそんなふうだった。スパの分厚いローブを着て、髪はホテルのタオルでつくられたターバンでくるまれている。「もうへとへとなんです。もしよろしければ、コーヴ・インに戻りたいんです。そこに泊まっているんです。お話しするのは明日の朝ということでいかがでしょうか？」

運がよければ、ウォードに気づかれる前に車で町をあとにし、まっすぐロサンゼルスに戻れそうだ。

「いますぐ話したい」ウォードが言った。

そこで憐みを乞う作戦は放棄し、冷ややかな憤怒にたよることにした。

「ブランドン刑事がわたしを逮捕しなかったのは、おそらくわたしが無実だからでしょう。それなのにあなたは、わたしの意志に反してわたしをここにとどめるおつもりですか？　もしそうでしたら、言っておきますが、わたしが新聞記者だということをお忘れなく。この醜聞をこれまで判明していること以上に大きいものにしたくはありませんよね？」

これでよし。新聞記者を強調することにより、状況が少しは進展しそうだ――厳密には、ハリウッドのゴシップ紙である「ウィスパーズ」の記者助手というだけなのだが。

それでも、彼女はいま編集長の承認を得てバーニング・コーヴまでやってきて、間違いなく大ニュースになりそうなネタ――多くの人が第二のクラーク・ゲーブルだとみなしている人気俳優を巻きこんだ殺人と醜聞――を追っているのだ。

少し前、ウォードは支配人とコンシェルジュ長を呼び、彼らの裁量でどんな手を使ってでも噂や憶測に歯止めをかけるよう指示した。彼らの主たる仕事は報道陣を寄せつけないことなのだが、スパで死体を発見したのが記者、というか記者の卵だった事実は、オリヴァー・ウォードにとって大きな問題になりかけていた。

アイリーンは脅されるのではないかとも考えたが、ウォードにはどんな力をもってしても彼のホテルのスパで起きた殺人事件の記事をもみ消すことはできないと知らしめなければならない。さらに、部下に命じて彼女を無理やり引きとめるようなことをすれば——少なくとも目撃者のいないところで——火に油を注ぐことになるとわからせなければ。

残念ながら、いまここに目撃者はいなかった。ここはオリヴァー・ウォード専用のヴィラ〈カーサ・デル・マル〉のリビングルームで、彼とアイリーンの二人しかいない。

「きみもぼくもこれが新聞にでかでかと載るのは不可避だということはわかっている」オリヴァーはガラス製のデカンターに栓をしながら言った。「この時点でぼくにできることはせいぜい、記事をなんとか小さく抑えようと動くことくらいなんだよ」

「少なくともあなたは自分の気持ちに正直だわ。醜聞を小さく抑えるためにどうするおつもり?」

オリヴァーはアイリーンを探るように冷ややかな笑みを浮かべた。「その点について考えているところだ。おそらくきみの協力が必要になる」

「なぜ?」

「それがいちばんきみのためになるからだ」

アイリーンは笑みを浮かべながら、自分の笑みも彼と同じように冷ややかなものであることを願った。「それ、脅迫ですか、ミスター・ウォード?」

「ぼくは脅迫などしないよ。ただ事実を伝えているだけだ。きみが今夜ここを出ていく前に訊いておきたい質問がいくつかある」オリヴァーはグラスを一個手に取り、アイリーンのほうを向いた。「玄関に向かって駆けだすのはやめたまえ。たしかにぼくはもう現役のマジシャンではないが、手品のタネはまだいろいろ隠し持っていてね。きみが思うよりずっと速く動ける」

アイリーンは彼の言うことを信じた。

「あなたがこのホテルの所有者だろうとなんだろうとかまいませんが、ミスター・ウォード、あなたにはわたしをここに囚人みたいに閉じこめる権利はありませんよ」

「きみにはぼくの客人だと思ってもらいたい」オリヴァーは言い、杖を握るとリビングルームを横切った。「何しろきみはぼくのホテルのローブを着てスリッパをはいて、ぼくの家の椅子にすわっているんだからね」

彼はアイリーンの前まで来たところで足を止め、ウイスキーのグラスを差し出した。その所作ににじむ男性的な優雅さに、アイリーンはしばし注意をそらされた。彼の手の中のグラスがまるで虚空から現われたかに思えたからだ。

グラスから顔を上げると、彼の目に魅せられたように引きこまれた。珍しい色だ――野性味を感じさせる濃い琥珀色。そのまなざしが秘める何かしら催眠術めいた力を認めたくはないが、彼の意志の力は強烈に意識した。彼女が向こうに回しているのは、きわめて知的で、きわめて冷静な男だとわかる。いったん目標や方針を設定したら、そこから気をそらせたり方向を変えさせたりするのはむずかしい――というよりも不可能に近い――と確信した。

彼女をとらえて放さないのはその目だけではなかった。銀幕のスター俳優たちのようなハンサムではないが、際立って彫りの深い顔立ち、広い肩幅、その痩身がある種の生身の力を醸しだしている。オリヴァー・ウォードは威風という魔法の資質をそなえているのだ。彼が観客の心を奪うことができていたのもちっとも不思議ではない。

最初はウイスキーを断ろうと思っていた。分別を失わずにいる必要があるからだ。しかし、疲れた神経を思いやってやらなければとも考えた。スパでの出来事のせいで神経がぴりぴりしていた。

ウイスキーを受け取り、ぐいとひと口飲んだ。焼けつくような感覚が全身にじわじわと広がったが、それにつれて活力がわきあがってきた。

アイリーンがすぐさま後悔したのは、オリヴァーが無言ながらうれしそうな表情をのぞかせていたからだ。**遅すぎた**、と気づいた。ついでにもうひと口飲んだ。

オリヴァーはまた部屋を横切り、もう一個のグラスを手に取った。そこからアイリーンと向かいあう位置に置かれた大きなふかふかした椅子に行き、腰を下ろした。具合の悪い脚を気づかいながら伸ばす。

「それじゃもう一度、きみがどうやってうちのホテルに入ったのかを聞かせてもらおう」

「ブランドン刑事に話したとおり、グロリア・メイトランドにスパで会いたいと言われたんです。彼女がホテルのフロントデスクにわたしの名前を伝えておいてくれました。今夜のお客さまということで」

「あそこで死んだ女性のお客さまか」

「まるでわたしが犯人みたいな言い方じゃありませんか。ブランドン刑事はそうは思わなかったみたいだけれど」

しかし、藁《わら》にもすがる思いだった。ブランドンはホテルの警備主任に呼ばれてここにやってきた刑事で、バーニング・コーヴ警察の巡査を一名したがえてきた。明らかにもうベッドに入っていたところを叩き起こされたふうだったにもかかわらず、いかにもプロといった物腰で丁重に接してくれた。

残念なことに、彼が到着した瞬間に、オリヴァー・ウォードとはよく知った間柄であることがわかった。醜聞を広げたくないというウォードの願いをブランドンが忖度するだろうことは疑いの余地もなかった。バーニング・コーヴは小さな町かもしれないが、LAのルールで物ごとが運んでいるようだ――お金と権力が地元警察を含むすべてを支配する。

「フロントデスクに訊いたところ」オリヴァーが言った。「ミス・メイトランドはたしかに今夜きみを招いてはいたが、きみが新聞記者だとは言わなかった。うちのホテルは新聞記者は立入禁止なんだよ」

「まあね、でも、それについてはミス・メイトランドに訊いてもらわないと」

「死んだ女性にね。話はすべて不快な出来事に戻るってことだな」

「グロリア・メイトランドがあなたのルールにしたがわなかったとしても、わたしのせいではありませんよね」アイリーンは言った。「これは警備の問題で、バーニング・コーヴ・ホテルにはその点に関していくつか問題ありってことみたいに見えますが。今夜、ホテルのおしゃれ《グッド》なスパで女性が殺された。これはあなたのところの警備員たちがあまり優秀ではないってことでしょう？」

「まあ、そうだね」オリヴァーが認めた。「しかし、死体を発見したのがきみだという事実は、きみがあまり善良《グッド》ではないって状況を示唆する」ここで短い間があった。

「きみが第一容疑者だと言う人もいるだろうな」

パニックを起こしちゃだめ、とアイリーンは自分に言い聞かせた。**パニックなんて後回しにするの。この先時間はいくらでもあるわ。**

「ブランドン刑事には本当のことを話したわ」なんとか声を抑えて言った。「わたしはジャーナリストです。ミス・メイトランドに会う約束がありました。しかも時間と場所を選んだのは向こう」

「きみはハリウッドのゴシップ紙で働いている。その立場にいるきみをジャーナリストと呼んでいいものかどうか」

「あなたこそ、世間をあっと言わせる見出しについてわたしに説教する立場にいるとは思えないけれど。大胆不敵なパフォーマンスでそうしたたぐいの見出しの記事に支えられて名前を売った元マジシャン。とりわけツアー中は、できるだけ多くの新聞に記事を載せてもらいたがったんじゃないかしら」

「最近はべつの仕事をしているものでね」

「バーニング・コーヴ・ホテルにやってくる客がプライバシーを求めてばかりではないことは、あなたもわたしもわかっているはず。俳優や女優がここを予約するのは、こういう高級なホテルにチェックインするところを見られたいからなの。お金持ちがここに来るのは、有名人や悪名高い人びととお近づきになりたいから。そうでしょう、ミスター・ウォード？　みんながこのホテルに引きつけられるのは、自分の名前をハリウッドの特権階級や経済界の大物や有名なギャングと同列に並べたいからにちがいないわ。ここの客は『ウィスパーズ』のような種類のジャーナリズムが飛びつく対象になれるなら、およそなんでもする人たちなのよ」

悔しいことに、彼女の反撃を聞いたオリヴァーは首をかしげた。

「たしかにすべてごもっともだが、敷地内はジャーナリスト立入禁止の方針がホテルが見せるイリュージョンの一部だということはきみもわかっているはずだ。もしホテル内をジャーナリストがうろうろするのを許していたら、高級ホテルのイメージはそこまでだっただろうことは明らかだ」

「大切なのは見かけってこと？」

「大切なのはイリュージョンを持続させるってことだね、ミス・グラッソン」

オリヴァーは心ここにあらずといったふうに手にしたグラスをくるりと回した。

「今夜、ぼくのホテルでひとりの女性が謎めいた死を遂げた。きみはその女性とスパで会う約束をしていたと主張している。約束にしてはずいぶん遅い時刻だが」

「十二時十五分。わたしとしてはちっとも不思議な時刻だとは思わなかった。あなたのホテルはその時刻、まだまだ宴もたけなわですもの。ラウンジは人でいっぱいで、みんな、踊ったりお酒を飲んだりしていたわ。その裏では客室やプール・カバーナ（プールサイドに直接出られる客室）のあちこちで不倫を含めて恋人たちが逢瀬を楽しんでいたことも間違いないわ。だから、こっそり抜け出してスパに行き、ジャーナリストのインタビューを受けても誰にも気づかれないとグロリア・メイトランドが思ったとしても、しごく納得のいく話だわ」

「きみはこのバーニング・コーヴで起きていることをなんだか斜に構えて眺めているようだね」

アイリーンは〝わたしを信じて〟〝全部オフレコだから〟の意図をこめて精いっぱいの笑顔を彼に向けた。「本当のところを聞かせてくださらない？」

「お客さまの私生活について話すわけにはいかないよ」

「もちろんだわ」

「ぼくが知りたいのは、きみがメイトランドから何を聞き出したかったかなんだが」

「話はまたそこに戻るのね？」

「そういうことだ」

オリヴァー・ウォードにはどこかしら容赦のないところがあった。助けを求めて悲鳴を上げるというほどでもないこの状況から抜け出そうにも、簡単な方法が見つからない。彼がこのホテルを所有しており、ここで働いている全員に給料を支払っていることを考えると、助けを求めて悲鳴を上げたところでおそらく役に立たないことはわかっていた。

ふと別の切り口から考えることもできそうだとひらめいた。「ウィスパーズ」での短いキャリアで学んだことがひとつあるとしたら、情報戦なら負けてはいないということだ。

進んで彼に調子を合わせようとしている印象を与えるため、椅子に深々ともたれた。その際にものうげな優雅さを演出しようとしたものの、大きすぎるローブの前が開いて落ちないように押さえていなければならず、ひどくぎこちない仕種になった。着ていたものはすべてクリーニングに回され、ローブの下には何も着けていなかったのだ。

オリヴァーの名誉のために言っておくと、彼の鋭い視線はアイリーンの顔から下へはいっさい向けられなかった。真の紳士か、あるいは女性に関心がないかのどちらかだろう、とアイリーンは思った。女の勘では後者ではないような気がする。

第三の可能性もあると気づいた――彼はただわたしに関心がない。

「ブランドン刑事の質問に答えていたとき、全部聞いてらしたでしょう」アイリーンは言った。「グロリア・メイトランドが昨日、ロサンゼルスにあるわたしのオフィスに長距離電話をかけてきたの。付け加えておくと、通話料は受信人払いだったわ。うちのボスがそのことで不機嫌になったくらい」

「なぜきみと会って話したいかについて、メイトランドははっきり言わなかったとブランドン刑事に言っていたね。しかし、きみは彼女との約束を守るべく、ロサンゼルスから遠路はるばる車を走らせた」

「彼女が保証してくれたの、すごくホットなゴシップだって。正直なところ、ミスター・ウォード、わたしはそれを利用できると思ったわ。『ウィスパーズ』ではまだ新参者だから、目立つことをしなくちゃ。そろそろすごい記事のひとつくらい書かないと、ほかに雇ってくれるところを探さなくてはならなくなるかもしれない。だから、グロリア・メイトランドに言われたとおり、十二時ちょっと過ぎにあのスパへ行った。そしたら、わたしが到着したときにはもう、彼女はプールの底で死んでいた。そういうことなの」

オリヴァーがごくわずかに目を細めた。「ほかにも誰かがあそこにいたと言っていたね」

「ええ。はじめは気がつかなかったけれど、少ししたら足音が聞こえたの。誰かが私に向かって駆けてきたのよ。だから、すごく怖くて、彼から逃げるために水に入った。そういうことだったの。ほかに話せることはないわ」

「彼から逃げるために水に入ったのか」

「ええ」

「ブランドン刑事には、もうひとりの人間は男だったか女だったかわからなかったと言っていた」

「あのスパの中では音はこだまするの、ミスター・ウォード。それに、何かがはっきり見えたわけじゃなく――ただ影だけ。わたしに向かって走ってきたのが男か女かなんてわかるはずがないわ。細かいことまで気がつかなかったことは認めざるをえないわね」

「しかし、きみは最初、もうひとりは男だと思った」

アイリーンはまたウイスキーを飲み、スパでの出来事を思い出そうとした。そして、こっくりとうなずいた。

「ええ、たぶんそうだと思ったわ」

「どうしてたぶんなんだろう？」

アイリーンは用心深く彼を見た。「なぜそこをそんなにしつこく訊きたがるの？」

「きみには、グロリア・メイトランドを殺した人間は男だと信じる明確な理由があったと思うからだ」オリヴァーは間をおいて強調した。「もしかしたらメイトランドが電話できみに言ったことのせいかもしれない。きみをして彼女に会うためにわざわざ車を運転してバーニング・コーヴまでやってこさせた話の中身だ」

アイリーンは深く息を吸いこみ、ゆっくりと吐いた。「おみごとだわ、ミスター・ウォード。ええ、グロリア・メイトランドが男に殺されたのだろうと思うのは、たしかに理由があってのことなの」

「好調だな。それじゃ、ついでにもうひとつ当ててみよう。きみがバーニング・コーヴまでやってきたのは、女優の卵からただ取るに足らないハリウッド・ゴシップを教えてもらうためだけではなかった。そんなことなら、ロサンゼルスのほうがましな情報源が間違いなくある。つまり、きみは特別な理由があってここまで来たんだと思う。そこでもう一度訊くが、グロリア・メイトランドは電話できみに何を言った？　きみは何を聞いて、この町、そしてこのホテルにやってきた？」

アイリーンはグラスを軽く揺すり、ウイスキーをゆっくりと回転させた。これまでの九日間というもの、数えきれないほどの偽の手がかりを追っては、数えきれないほどの障害にぶつかってきた。もはや失うものなど何ひとつなかった。

ウイスキーのグラスを脇に置き、オリヴァー・ウォードの独特なまなざしと目を合わせた。

「じつは、グロリア・メイトランドに会いにここまで来たのは、彼女がニック・トレメインに関してすごい情報があると言ったからなの」

「俳優の?」

オリヴァーは好奇心をのぞかせこそしたが、驚いてはいない、とアイリーンは思った。

「ええ、俳優の。ご存じでしょ。彼はいま、ここに客として滞在していると思うわ。トレメインとメイトランドは恋愛関係にあったけれど、かなり残念な形で終止符を打った。少なくともメイトランドの視点からはそう。でも、そのことはあなたも知っているはずだわ。ハリウッドの新聞はこぞって記事を載せていたもの」

「うちの客の私的な情報を口外するつもりはない」オリヴァーが言った。

「ええ、その方針は何度も聞いたわ。わたしはトレメインがこのホテルに滞在中かどうかを認めろとか否定しろとか言っているわけじゃないの。彼がここにいることはもう知っているわ。オフィスに電話をかけてきたとき、グロリア・メイトランドはそこまでは言っていたから」

「きみはスパにいたもうひとりの人間はトレメインだったと思っている」

質問ではなかった。

なんだか足場がぐらついてきた。ニック・トレメインはハリウッドで最大の勢力を誇る映画会社のひとつと専属契約を結んでいる。彼のデビュー作『翳《かげ》る海』は予想外のヒットとなった。そして最新作『運命の詐欺師』はトレメインを売出し中のスターからドル箱スターへと変身させた。いきなり大金を稼ぐようになった彼を抱えた映画会社は、自分たちの投資を守るためならなんでもする立場にいる。

さほど長くないとはいえ、しばらくロサンゼルスに身を置いてきたアイリーンには、いくつかの大手映画会社の重鎮たちがハリウッドのみならずロサンゼルスの街の大部分を仕切っていることがわかっていた。彼らは警官、判事、さまざまな政治家を日常的に買収していた。三流ゴシップ紙の経験の浅い記者をひとり、行方不明にするくらいたやすいことだ。ここは慎重に行動しなければ。

ニック・トレメインについて既得権を持つのは映画会社の重鎮だけではない。オリヴァー・ウォードも、ハリウッドの顧客にプライバシーを――少なくともその幻想を――与えることでとびきり贅沢な生活を送っている。トレメインのような客を守る理由が彼にはじゅうぶんあった。

ウイスキーの勢いと精神状態のせいで、アイリーンはすでに言いすぎてしまったかもしれなかった。一歩さがったほうがよさそうだ。

懸命にどこかぎこちない笑みを浮かべる。「なんのことだかわからないわ、ミスター・ウォード。今夜スパにいたもうひとりがニック・トレメインだなんて思うはずがないでしょう」

アイリーンの言葉をオリヴァーは冷静に受け止めた。おそらくこちらの弱みをつかんだ気がしているはずだ。

「ぼくに本当のことを話したくない気持ちは理解できるが、もし今夜の出来事について本当のところを話していないとしたら、考えなおしたほうがいい」

「なぜわたしがそんなことを?」

「もしぼくを信用して正直に話してくれたら、ぼくたちの目的は間違いなく同じだ」

「というと?」

「グロリア・メイトランド殺しの犯人を突き止めたいと考えている」

アイリーンは黙りこんだ。どう説明したらいいのかはわからないが、目の前の男を信じたくなっていた。しかし、自分の勘が信用ならないことは身をもって学んでもいた。

「もしホテルの客の誰かが犯人だと判明したらどうかしら？　強力な人脈をもつ裕福な客だったら？　あなたは秘密を守ってくれるものだと信じている人だったら？」

オリヴァーは穏やかだが訝《いぶか》しげな表情を見せた。「ぼくが秘密を守ると思うかどうか、それは客の問題だ」

「でもあなたは、顧客があなたなら守ってくれると思うに任せている」

「殺人犯を守るのはぼくのサービスの枠からはずれている」

アイリーンはローブの襟をぎゅっと合わせた。「そろそろコーヴ・インに戻ってもいいかしら、ミスター・ウォード。それについてよく考えてみないと」

「どうしても戻りたいというなら」オリヴァーが椅子から立ちあがり、杖を握った。

「きみの車はたしかホテルの裏手の道路に停めたと言ったね？」

アイリーンは勢いよく立ちあがった。「ええ。ホテルの駐車係にたのみたくはなかったから」

「急いで戻りたいというのなら、駐車係が車を回してくるのを待っていると時間がかかる。べつにかまわないよ。質問には答えなくてもいい。ぼくが車まで送っていこう」

「そんな必要ないわ。本当に」

「もうすぐ夜中の二時だ、ミス・グラッソン。もしきみが本当のことを話しているなら、殺人犯は野放しになっている。彼か彼女か知らないが、まだホテルの敷地内にいるかもしれない。きみが無事にここを出るのを確認したいんだ」

たしかにそうだわ、とアイリーンは思った。今夜の出来事について唯一確信のあること、それはオリヴァー・ウォードがスパで遭遇した人間ではないということだ。殺人犯は脚を引きずっても杖を使ってもいなかった。

もうひとつ、ウォードが殺人犯ではないと確信できる理由があった。もし彼が誰かを消したいと思ったら、もっと手際よくきれいな仕事をするはずだ。事故が起きたかのように見せかける方法を使うのではないだろうか。

だが、場数を踏んだ殺人者でさえ、細部まで計画どおりに仕事ができるわけではない。たとえ世界的マジシャンであっても、事がうまく運ばないときもあるはずだ。

なんと言おうが、オリヴァー・ウォードが新しい仕事をはじめたのは、二年前に事がうまく運ばず、さんざんな目にあったからだった。

6

印刷機が立てる甲高い音に妨害され、ふつうの声での会話は成り立たない。

オリヴァーはおじを見た。おじは鉄筆が紙の上をゆっくりと行ったり来たりするさまを、鉛を金に変える実験の経過を見つめる錬金術師のようなもったいぶった態度で眺めている。

「そのうるさい機械をしばらく止めてくれないかな？」オリヴァーはかつて舞台で出していたような大きな声で言った。

「試運転はもうすぐ終わるよ」チェスターがわめき返した。「説明しただろう、オリヴァー、この機械こそ新聞の未来なんだよ。こういう無線印刷装置さえあれば事足りる」

たてがみを思わせる白いものが混じったくしゃくしゃな髪と丸い金縁眼鏡、色褪せたつなぎに身を包んだチェスター・ウォードは、自分の専門にしか興味のない大学教授と奇矯な機械工を合わせて二で割ったような印象だ。実際、彼はそのどちらの要素も持ちあわせていた。発明家なのだ。

チェスターはさまざまな機械を分解しては、どういう仕組みになっているのかをたしかめるのが大好きだ。ある道具や装置の仕組みを理解し納得がいくと、つぎはさまざまな改良を加えて組み立てなおし、仕事の速度を上げたり効率を高めたり、さらにはまったくべつの仕事をこなすようにしたりする。すでに現在、スロットマシンから水中翼船のエンジンまで数多くの特許を取得していた。水中翼船の設計は残念ながら軍隊の興味を引きそこねたため、そこからの収入はいっさいない。

スロットマシンの特許は話がまったくべつだ。賭博産業で手広く商売をしている男に特許の使用許可を与えたところ、そのルーサー・ペルが最近、経営するリノのカジノとサンタモニカ湾沖の船上カジノにチェスター・J・ウォード式ゲーム機を設置した。賭博場経営は破産しにくい、とオリヴァーは考えた。チェスターはさらなる金のなる木といえる特許を取得できないかもしれないが、もはやその必要はなさそうだ。スロットマシンがもたらす着実な収入は、彼の果てしない発明プロジェクトに必要な財源を保証していた。

そもそも〈アメイジング・オリヴァー・ウォード・ショー〉をマジックの世界に

あって前人未到の完成度にまで高めたのは、チェスターが発明した機械や装置のおかげだった。悲劇に見舞われるまでのオリヴァーは、フーディニやブラックストン（いずれも米国の偉大な魔術師）にまもなく肩を並べようとしていたが、その陰にはチェスターの秘密兵器があった。

チェスターはオリヴァーが思い描いたものをなんでも設計し製作することができた。だから劇場をあとにする観客は、マジックのよどみないパフォーマンスから高揚感を得ると同時に、高度な最先端科学技術を駆使した仕掛けを目撃した確信を抱いていた。自動運転のレーシングカー、ワンマン潜水艦、ロボット、ボタンを押すだけで料理をすべてやってくれるオーブン――〈アメイジング・オリヴァー・ウォード・ショー〉は人びとを集めて〝未来を見せる〟ショーでもあった。集客において、それが重要な役割を果たしていた。報道関係者向けの事前発表ではショーの教育的側面を強調し、親が子どもを連れていきたくなるようにした。全米の学校の理科教師も生徒にショーを観にいくよう勧めた。しばらくすると、未来志向の技術の驚異を大げさなまでに絶賛する記事が各地の地方紙の一面を飾ったものだ。

もちろん、悲劇のあと、新聞は異なる角度からの報道に切り替えた。オリヴァー・ウォードの最後のショーで彼は何を間違えたのかという謎を大見出しにした記事が、数週間ずっと紙面を占領した。そしてやっと、記者たちはべつの扇情的な事件の取材へと移ってはいったが、世界的に有名なマジック・ショーの血なまぐさい終わり方をめぐる疑問の数々は、いまではそれをほぼ伝説にまで押しあげていた。あれは自分に落ち度があった、とオリヴァーは思っている。憶測が乱れ飛んだのは、主として彼がそれについて語ることをいっさい拒んだからで、さらには使用人にも悲劇の顛末について語ることも禁じたからだ。

「つまり、こういう無線新聞で紙面を印刷できるようになれば、『バーニング・コーヴ・ヘラルド』だけじゃなくLAの数紙も読めるようになるのか」オリヴァーはそう言いながら、ホテルのフロントデスクから持ってきた「ハリウッド・ウィスパーズ」を高く上げた。

「なんとも古めかしい技術さ」チェスターが叫んだ。そして、きいきいと音を立てる無線印刷装置をぽんぽんと叩いた。どっしりとした装置は腰までの高さがある。「将来的には、印刷された新聞が配達されるのを待たなくてもよくなる。このかわいい機械さえあれば、家や仕事場に直接届けられるんだからな」

甲高い音が唐突にやんだ。オリヴァーはほっと息をつき、チェスターは印刷が終わったばかりの紙をはずして見入った。

「ほうら、このとおりだ」チェスターは、第一子を誇らしげに披露する父親さながら満面に笑みをたたえて印刷された頁を差し出した。「海岸を数マイル北に行ったところにある小さな無線局から送られてきた。そこが試験段階での協力を応諾してくれたんだよ」

オリヴァーは紙面に目をやった。見出しは**テスト**。記事は短かった。**天気晴朗かつ温暖**。

「ニュースがないね」オリヴァーが言った。

「当たり前だ。まだ試験段階だよ」

「まだインクが乾いてない。湿った新聞を読みたがる人がいるとは思えないな。それにその印刷の速度だと、機械から一面が出てくるまでにずいぶん長く待つことになりそうだ」

チェスターが不満げに何やらつぶやいた。ぼさぼさの眉をひそめる。「印刷機の速度とインクが乾くまでに時間がかかる点が問題なんだが、いまその改良に取り組んでいるところだ」視線を上げて目を細め、「ウィスパーズ」の見出しを見る。「なんと書いてある？」

オリヴァーが見出しを声に出して読みあげた。

バーニング・コーヴ・ホテルのスパに女優の死体
殺人事件か?

「ほう、なんてこった」チェスターがつぶやいた。「その女性記者は手際がいいな」

「うん」オリヴァーが冷ややかに言った。「たしかにそうだな。昨夜コーヴ・インに戻るが早いか編集長に電話した。それを受けた編集長もまた猛烈な速さで動き、今朝の版の一面に間に合わせた」

「ふうん」チェスターが言った。「とはいえ、『ウィスパーズ』は大新聞じゃない。これを読む人はさほど多くはないだろう」

「今日はみんなが読むさ」オリヴァーが言った。「ついでに、明日の朝には国じゅうの新聞という新聞にこの記事が載る」

「いや、それはないだろう。グロリア・メイトランドは有名な女優じゃない。スターになるためにハリウッドにやってきた、かわいい顔をした娘ってだけだ。目的は果たせなかったな」

「たしかにそうだが、ニック・トレメインなら一気に名を上げたスターだ。この記事は彼にも触れているんだよ」

チェスターが心配そうな表情をのぞかせた。「よほどひどい記事なのか？」

「女優が死んだホテルには休暇中のトレメインがたまたま滞在していたと書いてあるが、大問題がある。トレメインとメイトランドはかつて恋仲にあったという噂をそれとなく付け加えているんだ」

チェスターが口をすぼめた。「そいつはまずい」

「ああ、まずいだろ」

チェスターがオリヴァーの肩をぽんと叩いた。「元気を出せ。ホテルでちょっとした醜聞《スキャンダル》事件が起きたのはこれがはじめてじゃない。一日二日たてば立ち消えになるさ。また宣伝ができたと思え」

オリヴァーは「ウィスパーズ」をすぐそばの作業台の上に投げ出し、それがチェスターが愛読する「ポピュラー・サイエンス」の最新号の上に落ちた。雑誌の表紙には水陸両用に設計された未来の戦車の完成図が描かれていた。

「こんな宣伝はかんべん願いたいよ」オリヴァーが言った。

チェスターは思案顔になった。「警察がミス・メイトランドの死亡事件を調べているのか？」

「さあ、どうだろう。今朝はブランドン刑事とまだ話していないんだ。彼は優秀な男だ。彼が疑っていることはわかっているが、もしリチャーズ署長がきちんとした捜査を許可するとしたら驚きだな」

チェスターが鼻を鳴らした。「署長が気楽に仕事をしているのは市議会のおかげだってことは周知の事実だ。市議会はバーニング・コーヴは犯罪とは無縁だってふりをしたがるからな。捜査はむずかしいだろう」

「そうなんだよ。ブランドンが何か確たる証拠をつかまなければ無理だ。メイトランドの死は悲劇的な事故ってことで片付けられてしまう」

「『バーニング・コーヴ・ヘラルド』はこの溺死をどう書くんだろう?」

「事故だろう、当然。『ヘラルド』が、慈善昼食会とバーニング・コーヴ・ガーデニング・クラブのわくわくする活動以外に深く掘りさげた記事を最後に書いたのはいつだったろうな?」オリヴァーが言った。

「きみも知っているだろう、編集長のエドウィン・ペーズリーはその昔、熱血事件記者だった」

「だけど、彼はとっくにジャーナリズムの世界から足を洗った」

チェスターが「ウィスパーズ」を手に取り、一面の記事を素早く読んでいき、ある行で目を留めて、ちょっと訝しげな表情をした。

「このバーニング・コーヴ・ホテル経営者の話の引用というのは？」

「思い出させないでくれよ」オリヴァーが言った。

「きみは本当にこの女性記者に何か言ったのか？」

「彼女の名前はアイリーン・グラッソン。厳密には、ぼくが彼女に何かを話したわけではない。ぼくはただ、彼女にこの記事を書かせまいと必死だったんだ。それでつい、用心しないと警察はきみがメイトランドの死となんらかの関係があるって結論を下すかもしれないと言った」

「見たところ、彼女を怖がらせようとしたが、うまくいかなかったようだな」

「ああ」オリヴァーが言った。「どうやらそういうことらしい」

アイリーンの印象を思い返した。記憶を掘り起こす必要はなかった。ひと目見た瞬間からずっと彼女のことばかり考えていたのだ。それは昨日の夜、ホテルの警備主任のトム・オコナーからスパ・ルームに呼び出されたときからはじまった。

アイリーンはびしょ濡れで、ひんやりした夜気に全身を震わせていた。誰かが彼女にタオルを手わたし、彼女はそれを肩に巻いた。前で合わせたタオルを片手でぎゅっとつかみ、もう一方の手は、いかにも職業婦人が携えていそうなハンドバッグの持ち手を握りしめていた。ウイスキーを思わせる茶色の髪が濡れたまままくるくると垂れ、ワイドパンツと薄地のブラウスがほっそりした体にぴたりと張りついていた。

彼女が唯一の目撃者であり第一容疑者でもあることを承知のうえで、オリヴァーは彼女がほかの客の目に触れないうちにと、自宅ヴィラへと連れていった。その時点で、客室担当主任のジーン・ファイアーブレイスにしばらく彼女を任せた。二人は二階の客用寝室へと消えた。そのときまで誰ひとりとして客を迎えたことのない部屋だ。

つぎにオリヴァーがアイリーンを見たとき、彼女は白い厚地のローブに全身を包み、暖炉の前に置かれた二脚の大きな椅子のひとつに深々とすわっていた。

何よりも驚いたのは、彼女のようすから何も読みとれなかったことだ。いつもなら彼は、人間の動機の根拠を見つけるのが得意なのだ。観客の中にいる見知らぬ人間をひとり選んだとしても、わずか数分あれば的確な性格分析ができるほどである。それに要するのはキーとなるいくつかの質問と、その人の服、アクセサリー、口調を素早く観察することだけ。靴からだけでもその人について驚くほど多くのことがわかるものだ。

ひとつだけ、最初からはっきりわかっていたことがあった。アイリーンは彼を信用していない。しかし、どういうわけか、そのせいで彼女にさらに興味がわいた。その大きな目には秘密が隠されていた。それもつねに苛んでくるような種類の。彼女はつらい思いをして今日までいろいろなことを学んできたのだと彼にはわかった。

そうか。となると、ぼくたちには共通点があるな。

おそらく彼女はハリウッドの配役決定オーディションでは生き残れないはずだ。きれいな目を除けば、あらゆるところがカメラを通すには繊細すぎるからだ。だが、彼女には鋭さがある。オリヴァーの好奇心をかきたてる強さがある。完成度の高いイリュージョンと同じで、アイリーン・グラッソンはその外見の陰にたくさんのものを隠しているにちがいないと確信した。

これといって特徴のないフォード・セダンに乗りこんだ彼女を見送ったあと、不自由な脚を引きずってヴィラに戻ったころには早くも、彼女に対する気持ちはたんなる好奇心ではなくなっていた。完全に魅了されていたのだ。

おそらくは彼女に対する自分の反応に不安を感じるべきだったのだろう。

「で、その問題の引用はどこにある？」チェスターが記事に目を走らせながら訊いた。

「おしまいのほうだ。でも、いま言ったように引用じゃないんだ」

「おっ、ここだな」チェスターが言った。「**バーニング・コーヴ・ホテルの経営者は明確な説明を求めた記者の質問には答えなかった**」

「言い換えれば、ニック・トレメインがこのホテルに滞在している、彼は死んだ女性と恋仲にあったと噂されているってことを追認しなかった」

「そりゃあ、そいつはここにいる、メイトランドとはたぶん恋仲にあった、と言ったも同然だな」

「ミス・グラッソンはそこまでは知っていた」

チェスターは紙面から顔を上げなかった。「私がきみなら心配はしないね。よくあるハリウッド流の噂話じゃないか」

「記者が殺人の可能性について憶測していることを除けば、だろ」

「そういう部分を除けば、だな。記者が殺人犯から逃れようとしてプールに飛びこんだいきさつはどこに書いてある？」

「ドラマのその部分は省かれてる」

チェスターが顔をしかめた。「どうしてまた？」

「おそらくグロリア・メイトランドが死んだ点に読者の目を向けさせたいんだろう。彼女は殺人だと確信しているから」

「なぜそこまで確信があるんだろう？　記事をものにするためかな？」

「そうじゃないと思うよ」オリヴァーも同じ質問を自身に投げかけつづけていた。

びっしょり濡れたアイリーン・グラッソンが、こんなことがなければじつに整然とした、じつに心穏やかだったはずの世界に舞い降りてきた瞬間からずっと。「もっと何かあるような気がする。クビにならないためには記事を書かなきゃならないと言っているが、ぼくの勘ではべつの理由がある。私的な理由が」

「殺人がらみの私的な理由？　ずいぶん変わってるな」

「ぼくもそう思う」

「しかし、きみはいつも人の考えを読みとることに長けているはずだ」

「失敗することでも有名だ」思い出すだけでもきつい思い出がある。

「たしかにそうだが、この場合、きみが正しい可能性が高いと思うね」チェスターがまたもう少し記事を読んだ。「ホテルの経営者は醜聞を避けるため、どんなことをしてでも殺人の噂を抑えこむものと思われる」

「おかしいなあ。ぼくはメイトランドの身に何が起きたかをきちんと突き止めるつもりだと言ったのに、信じちゃいなかったってことか」

チェスターが新聞を脇へ放り出した。「ミス・グラッソンはきみって人間をよく知らないんだな」

「ああ。知らないさ、もちろん」オリヴァーが言った。

「これじゃまるで、きみが自分のホテルで殺人を犯した人間をすんなりと逃がしてやるみたいじゃないか」

「そうなんだよ。バーニング・コーヴは客の行動についてさほど高い基準は設けていないが、さすがに殺人となれば眉をひそめるさ」

「何かしらの規範を設定しないといかんな」

「そうだね。それはともかく、殺人となれば商売に響く」

「〈アメイジング・オリヴァー・ウォード・ショー〉のツアーをしていたころはよく言っていたじゃないか。つぎの公演をどこでやるかに触れてくれれば、どんな評判であってもいい宣伝になる、と」

「いまはもうツアーをしているわけじゃない」

チェスターが眼鏡をはずし、大判のハンカチーフでレンズを拭いた。「きみほど細部にまで目を配れる人間はほかにいない。人気マジシャンになれた要因のひとつはそれだ。昨夜、スパ・ルームで何が起きたんだと思う?」

「今朝もう一度見まわってみた。グロリア・メイトランドがプールのへりのタイルで足を滑らせた拍子に後頭部を打ち、水の中に転落した可能性もなくはないが、そんなことが起きたとは思えない。加えられた一撃の角度から見て、後ろから叩かれた可能性のほうがはるかに高い。おそらく叩かれて意識を失い、水の中に落ちて溺死したんだろう」

「つまり、殺された」

「どうもそうらしい」

チェスターの白髪まじりのぼさぼさ眉毛が吊りあがる。「その女性記者の仕業って可能性はあるのか？」

「もしぼくが警官だとしたら、ミス・グラッソンは申し分のない容疑者だと考えるだろうね。何しろ、被害者と深夜にひそかに会う約束をしていたことを認めている。そのうえ、彼女は女性にしては強い。グロリア・メイトランドを打ち負かしたとしても不思議ではない」

「なぜきみはグラッソンが強いとわかる？」

「服を着たまま泳いでプールを横切ったからだ。たしかにその前に靴を脱ぎはしたが、婦人用のズボンをはいて泳ぐとなったら簡単ではない。厚い生地がたっぷり使ってある。そしてプールの反対側まで泳ぎきったあと、水から自力で上がった。そのほかにもまだあった」

「それは？」

「彼女は大きなハンドバッグを持っていた。医者が使う往診鞄を少しばかり小さくしたようなものだ」

「それがどうかしたのか？　女たちはいつだってハンドバッグを持つものだ」

「彼女は水に飛びこむ前にそれをプールの反対側から投げたんだ」

「ほう」チェスターはしばらく考えた。「靴を脱ぐときにハンドバッグをその場に捨てなかったのは奇妙だと思わないか？」

「あのハンドバッグの中にはすごく大切なものが入っていたんだと思う」

「札束だろうな、たぶん。ほかには女たちが持ち歩くこまごましたもの」

「なんであれ、すごく大切だから水に入る前に安全なところに置こうとした」オリヴァーは間をおき、考えた。「重そうだった」

「ハンドバッグがか？」チェスターが顔をしかめた。「私の経験によれば、女のハンドバッグの平均的重量は私の道具箱くらいだ。ほかに気がついたことは？」

「いろいろある。アイリーン・グラッソンこそ、正真正銘謎の女だ。ブランドン刑事にロサンゼルスの住所と女家主の名を言うのを聞いていた」

「それで？」

「今朝、その女家主に電話をかけた。彼女の親類だと名乗り、長いこと行方の知れなかった従妹と話がしたいと言った。すると、女家主はアイリーン・グラッソンのことをあまり知らないようだった。数カ月前にふらりと玄関前に現われて、貸アパートメントを探していると言ったそうだ。ひと月分の家賃にはじゅうぶんすぎる金を持っていたんで、あれこれ訊きはしなかった」

「『ウィスパーズ』のオフィスに電話は？」

「もちろん、かけた。編集長のヴェルマ・ランカスターにつないでもらった。すると、ミス・グラッソンはうちで働いていると認めたが、それしか言わなかった。不安そうな口調だった。こっちが名乗ると、なおいっそう神経質になった」

「驚くには当たらないさ。要するに、ミス・グラッソンについてはほとんど何もわからなかったということだな」

「アイリーン・グラッソンには過去がないらしい。証言を全部まとめると、彼女の人生は四カ月前、ロサンゼルスに姿を現わしたときからはじまっている」

「一から出直したくてカリフォルニアにやってきた人間は彼女が最初ってわけじゃない。たとえばきみ、そして私、ほかにも〈アメイジング・オリヴァー・ウォード・ショー〉で働いていた者の大半がそうだ」

「たしかにそうだ。だが、ぼくたちにはみんな過去がある。アイリーン・グラッソンにはそれがない」

チェスターの表情が心配そうに引き締まった。「彼女が何か面倒を起こすと思っているんだな？」

「面倒ならもう起こしている。問題は、ぼくは彼女をどう扱えばいいのかってことだ。彼女にこのホテルをめちゃくちゃにされるようなことがあっては困る。有り金はたいて手に入れたものだからね」

「何か考えはあるのか？」

「グロリア・メイトランドの身に何が起きたのかを突き止めたい」

チェスターが鋭い目でオリヴァーを見た。「ほかにも考えていることがあるだろう？」

「アイリーン・グラッソンのハンドバッグの中身は何か、知りたくてたまらない」

7

「このメイトランドって女が問題になるとまずいな」ニック・トレメインは「ウィスパーズ」をテーブルの上に投げ出した。「いったい何がいけなかったんだ?」

「さあねえ」クローディア・ピクトンはノートを胸にぎゅっと抱き、不安を抑えこんだ。彼女の当面の仕事は目の前のスターを動揺させずにおくことだ。「ミスター・オグデンはなんら問題はないと請けあってくれたわ」

ニックはクローディアを非難めいた仕種で指さした。

「いや、そういうことを言ってるんじゃない。『ウィスパーズ』の記事をよく読んでみろ。メイトランドとおれは恋仲にあると噂されていたが、最近になっておれのほうから別れたと書いてある。これを読めば誰でも、メイトランドがバーニング・コーヴまでおれを追ってきて、世間を騒がせてやる、と脅したんだろうと考える。しかも、それが本当のことだときてやがる。くそっ。動機があるみたいじゃないか」

「言ったでしょう、すべて丸くおさまるわ」クローディアの口調はまるで懇願しているかのようだ。「警察はミス・メイトランドは悲劇的な事故死だったと判断するわ。そうすれば、誰も殺人事件だなんて思わなくなる」

「三流ゴシップ紙以外はってことだろうが」

「何分か前にミスター・オグデンにもう一度電話を入れたの」クローディアは懸命に彼をなだめようとする。「なんの心配もいらないって言われたわ。あなたは何もなかったかのように、このままバーニング・コーヴでの休暇をつづければいいそうよ。予定を早めてチェックアウトしたりすれば、よけいな揣摩憶測を呼ぶだけだからって」

ニックは獰猛《どうもう》な目でクローディアをにらみつけると、ヴィラの居間をゆったりと横切り、そのヴィラ専用の中庭に面したガラス扉を開いた。

外のテーブルと椅子は樹木の壁に囲まれ、しゃれた錬鉄製のフェンスごしに入り江《コーヴ》とその向こうに広がる太平洋を一望におさめるよう配されていた。ぎらつく陽光が水面で躍り、そのまぶしさがクローディアの目に痛かった。

ニックの動揺が伝わってくると、すでに緊張していた彼女の神経が限界ぎりぎりまで引きつった。クローディアの仕事はニック・トレメインの付き人、それを手に入れるためなら国じゅうの女性が喜んで魂を売るであろう仕事だが、みんな現実を知らないからそんなことを思うのだ。夢みたいだと思われている仕事は、すでに悪夢と化していた。

はじめて出演した映画『翳る海』ではニックは脇役だったが、登場する場面のすべてで見る者の目を釘付けにした。そして二本目『運命の詐欺師』で主役に抜擢され、一躍スターの座についた。ゴシップ雑誌はこれでもかというほど彼の記事を載せた。女性ファンは彼にうっとりとなった。噂によれば、映画界一の稼ぎ頭になると期待されていたスター、スタンリー・バンクロフトはその憂さを晴らすための深酒がコカインに代わったという。

「メイトランドがこんな面倒を起こす前に、オグデンが手を打ってくれりゃよかったんだよ」

ニックは険しい面持ちで開いた扉から外の景色を眺めていた。クローディアはニックの機嫌をうかがうようにおそるおそる彼を見つめている。スターは感情の起伏が激しいというのは誰もが知っているが、ニック・トレメインも例外ではなかった。それまで大笑いしていたかと思えば一瞬にして激怒する彼には当惑させられどおしだ。それも彼の才能の一部ではあるのだが、クローディアとしては悩ましかった。

「ミスター・オグデンはミス・メイトランドが要求してきたお金は払ったと言っていたわ」クローディアは言った。「それで行方をくらますものと思いこんでいたそうよ」

「でも、くらまさなかった。そうだろ?」ニックは振り返りもしなかった。「それどころか、おれを追いかけてこのバーニング・コーヴまでやってきた。そのあげくに死体で発見され、『ウィスパーズ』のこのへぼ記者はまるでおれが殺人犯みたいな記事を書きやがった」

「ミスター・オグデンはホテルが報道陣からあなたを守ってくれると言っていたけど。それ以外のことは万事、映画会社が引き受けるそうよ」

「オグデンにしてみりゃ、言うのは簡単さ。自分の将来が懸かっているわけじゃない。これからの二週間、おれは何をすりゃいいんだよ? ホテルのプールでマティーニを飲みながらぐうたらして報道関係者を避けろだって? ついでにマッサージの予約を取っておけ? そのほうがおもしろいゴシップになること間違いなしだと思わないか? 見出しが頭に浮かぶよ。**噂の俳優、恋人が溺死したスパで美人マッサージ師の施術を満喫**」

「大丈夫よ、心配いらないわ。警察もホテルもミスター・オグデンがなんとかしてくれるから。『ウィスパーズ』の編集長も。それが彼の仕事ですもの。こういう問題を処理させるために映画会社は彼に給料を払ってるの。彼はこういうときの対処法を心得ているわ。もっとはるかにひどい事態にも対処してきたはずよ」

「殺人罪で告発よりひどい事態ってあるか？」ニックがくるりと振り向いた。「オグデンはロサンゼルスじゃ権力者かもしれないが、ここはバーニング・コーヴだ。ここじゃいつものようにはいかないかもしれないじゃないか」

「それはないと思うわ」クローディアがすぐさま言った。「お金はものを言う。そして、ミスター・オグデンの後ろには映画会社がついている。彼はロサンゼルス警察も判事も買収できるんですもの、バーニング・コーヴの警官だって抱きこめるわ」

「『ウィスパーズ』の記者がおれのキャリアを台なしにするあいだ、このヴィラから動かずにいるなんて、おれはごめんだからな。がむしゃらに働いてようやくここまでたどり着いたんだ。このグラッソンって女がおれのキャリアを破滅に追いやるのを黙ってみてるなんて冗談じゃない」

クローディアはノートをつかむ手に思いきり力をこめた。「わたしにしてほしいことは？」

ニックが怒りに燃える目で彼女を見た。ルックスと最小限の才能とでのしあがったハリウッドの多くの俳優とは違い、ニックは天賦の才能に恵まれた俳優だった。鬱屈した情念から相手を凍りつかせる激怒まで、さまざまな感情を表現する人並みはずれた能力をそなえている。古典的な顎、高い頬骨が際立つ息をのむほどのハンサムな面立ちと、贅肉のない鍛えられた体軀も邪魔にはならない。黒い髪はケーリー・グラントやクラーク・ゲーブルらが流行させた、後ろへとかしつけるスタイルにカットしていた。適量のヘアオイルがきれいなつやを加えている。

カメラはニックを愛し、監督もニックを愛し、女性たちも彼を愛していた。

女性がニックの転落の原因になるかもしれないとクローディアは思いはじめていた。ハリウッド雑誌は彼をたまらなく魅力的だと書きたて、ニックは自分に関するそうした評価を真に受けるようになり、その結果、数々の一夜かぎりの戯れや長続きしない恋愛関係に走った。グロリア・メイトランドのような面倒は遅かれ早かれ起きて当然という状態になっていたのである。

「このホテル内を飛びかっている噂じゃ、その記事を書いた『ウィスパーズ』の記者はまだこの町にいるそうだ」ニックが言った。

口ぶりからすると、考えをめぐらしているようだ。

「ええ、そうよ」クローディアは彼が落ち着きを取りもどしていることにほっとした。

「ミスター・オグデンが詳細を教えてくれたわ。地元の警察署長から聞き出したのね。

ミス・グラッソンはコーヴ・インに滞在中だそうよ」

「そいつに連絡してくれ。独占記事を書かせてやると言うんだ」

クローディアはぎょっとして彼をじっと見た。「どういうこと？　独占記事ってどんな？」

「おれの独占インタビュー記事だよ。ばかだな、きみも。ニック・トレメインと二人きりで話せるチャンスだ、飛びつくに決まっているだろう。記者なら誰だってそうさ。とりわけ、こんな状況ならば」

クローディアはごくりと唾をのみこんだ。「それが賢明なやり方だとでも思ってるの？　ミスター・オグデンからはあなたに報道関係者を近づけるなと指示が出ているのに」

「オグデンはロサンゼルスにいて、おれはここバーニング・コーヴにいる。おれのキャリアが危ういんだ。問題はおれが片付ける。今日会うと約束を取りつけろ」

クローディアはニックに食ってかかりたかった。オグデンの命令にそむくことを思うと恐ろしかった。だが、もしニック・トレメインがもう彼女がいないほうがいいと思えば、彼は彼女をいとも簡単にクビにできるのだ。

そのとき、ふと思った。独占インタビューも悪くないかもしれない、と。ニックは都合のいいときに愛敬を振りまくことができる。アイリーン・グラッソンを巧みに操ることもできないわけではない。

「いいわ、いますぐ連絡してみる」クローディアは言った。

ニックにくるりと背を向け、ヴィラの玄関に向かってせわしく歩きだした。

無事外に出ると、足を止めて深呼吸を何度か繰り返した。空気はあたたかく芳しい香りがした。少し前までうっすらと霧がかかっていたが、九月後半の陽光に熱せられて消えていた。空の青さは信じられないほど素晴らしかった。

神経の高ぶりがおさまると、ホテルの緑濃い庭園をぬう敷石の道を進んだ。ニックはヴィラのひとつ、〈カーサ・デ・オロ〉に滞在していたが、クローディアの部屋は本館にあった。各ヴィラは、外からは見えない中庭と庭園とドラマチックな眺望をそなえ、それを借りることができるのは、その贅沢さとプライバシーに対して最高額を支払えるスターやその他の人びとにかぎられていた。

バーニング・コーヴ・ホテルは岩がごつごつした崖の上方でなだらかな起伏を見せる丘陵の頂に位置する。崖下の俗塵に穢されることのない砂浜では、しぶきとともに押し寄せた波が白い泡を立てていた。本館もヴィラも、建築様式的にはスパニッシュ・コロニアル・リバイバル・スタイルと呼ばれるものに幻想的な要素を加えて建てられている。クローディアがこれまでに見たところでは、この町全体——家々、何軒かのホテル、店、さらには郵便局やガソリンスタンド——が同一の設計基準にしたがって建てられていた。化粧漆喰の白壁、赤い瓦屋根、しゃれた木蔭の中庭、屋根付きの歩道が至るところにあるのだ。

バーニング・コーヴはハリウッド映画に登場する町のセットを思わせた。そして映画同様、画面の裏で何が起きているのかはけっして知ることがない。

クローディアはここが大嫌いになった。

8

「やったわ。メイトランドの特ダネ、ロサンゼルスの新聞という新聞を出し抜いたわよ」電話線の向こうから聞こえてくるヴェルマ・ランカスター編集長の声は活気に満ちていた。「でもいまごろはもう、ロサンゼルスの記者の半分はバーニング・コーヴめざしているはず。明日の朝刊に間に合うように続報をたのむからね」

アイリーンは顔をしかめて受話器を耳から離した。ヴェルマが興奮すると、やたらと早口になり、やたらと大声になる傾向がある。今朝の彼女は間違いなく興奮状態にあった。グロリア・メイトランドの死をニック・トレメインと関係づけただけでなく、ハリウッドの著名人御用達として知られる伝説のホテルを扱った記事は、「ウィスパーズ」がこれまで報道した中で最大のものだった。ヴェルマから長距離電話がかかってすでに五分が経過している。それはきわめて危険なことの予兆という気がしてならない。

ヴェルマは四十代で体格は男まさり。二年前にはるか年上の夫が仕事中に机に突っ伏してそのまま息絶えたときからずっと、このしょぼくれた新聞をひとりで仕切ってきた。雇われたばかりのアイリーンだが、雇い主の姿を頭に思い浮かべるのはむずかしくなかった。体格のみならず性格も特大サイズで、緋色に染めた髪を鋭い角度をつけたショートボブにしている。数年前まで流行していた髪型だ。異国風な柄のカフタンを着て、葉巻をたしなみ、机のいちばん下の抽斗にウイスキー瓶を入れている。

「ご心配なく」アイリーンは言った。「鋭意努力中です」

声を抑えたのは、コーヴ・インのロビーでフロントデスクの電話を使っているからだ。白髪まじりの経営者ミルドレッド・フォーダイスはカウンターの向こう側をうろついていた。懸命に無関心を装ってはいるものの、アイリーンには彼女がひとことひとことに聞き耳を立てていることがわかっていた。

「印刷に回せることをつかんだら、すぐに電話して」ヴェルマがしゃがれた声で言った。

「わかってはいますが、そう簡単にはいきそうもなくて」アイリーンが言った。「バーニング・コーヴ・ホテルの警備体制はそこらの銀行より堅固なんです」

「だからなんだっていうの？　銀行はしょっちゅう強盗にやられてるわ。さ、仕事仕事」

「はい、ボス。ですが、もうひとつ問題が――」

「今度はなあに？」

「このバーニング・コーヴには一泊の予定で来ましたので」アイリーンはそう言いながら、ふくらはぎ丈のスカートとフラッタースリーブ（襞を取って上腕部をゆったりおおう先細りの袖）のブラウスにちらっと目を落とした。「着替えをひと組しか持ってきていないんです。昨夜着ていた服はプールで濡れてしまったもので、バーニング・コーヴ・ホテルでクリーニングに回されたんですが、そのあと見ていないんですよ。まだあっちにあるのかどうかもわからない状況でして」

「この電話の受信人払いはまあ許すわ。でもね、もし新しい服を買いたいから経費で落としてくれないかって考えているなら、もう一度よく考えてもらいたいわ。銀行強盗って手もあるんじゃなくって？」

そろそろこのへんで切り札を出すことにしよう。「ところでペギーのことですが、ボス、彼女は事故死じゃありませんよね。ボスもわかってるはずですが」

電話線の向こうに短く張りつめた沈黙が訪れた。

「思い出させてくれなくてもいいわ」ヴェルマがようやく口を開いた。ぶっきらぼうだが、不安がにじんでいる。「用心すると約束してね。またひとり、記者を失いたくないの。『ウィスパーズ』はしょせんハリウッドのゴシップ紙。どの俳優がどの女優と寝ているかを追っていればいいの。殺人事件の記事はいらない」

「被害者がわたしたちの取材の対象ならば例外ですよね」

ヴェルマが重たいため息をついた。「ま、そういうことだわね」

「この記事の続報は必要ですよ、ボス」

十日前、ペギー・ハケットが自宅の浴槽で溺死した。事故死ということになった。彼女はロサンゼルスの大新聞で長年にわたってゴシップ・コラムを担当、ハリウッドでは伝説的人物だった。

ペギーはまた、煙草をすぱすぱ吸い、マティーニをがぶ飲みする記者でもあり、若いころは記事をものにするためなら情報源——男でも女でも——と寝ることで知られていた。容色が衰えを見せはじめると、彼女が言うところの影響力をためらうことなく利用してみんなの口を割らせていた。

最後には、大酒と乱れた生活のツケが回ってきた。長いあいだ彼女のコラムを掲載してきた新聞社から解雇されたのだ。

六カ月後、ペギーが「ウィスパーズ」にやってきた。ヴェルマは彼女を雇った。酒に対する自制は取りもどしていたが、すでにかつての情報源をたらしこむだけの若さも美貌もなかった。以前に影響力を利用して入手した業界内の秘密の大半は、すでに色褪せたスターたちにまつわる古いニュースだったが、彼女は自分の新たなキャリアを築こうと決心していた。

アイリーンを採用する際、経験不足にもかかわらず、ヴェルマを説き伏せてくれたのはペギーだ。**グラッソンは根性がある、**とペギーは言ってくれた。**大事なのはそれ。駆け出しだったころの自分を思い出すわ。この仕事に必要なことはすべて、わたしがこの子に教えこむから任せて。**

人生に疲れ、慢性の咳に悩まされていたペギーだが、アイリーンの指導に取りかかると元気を取りもどしたようだった。**あなたに借りができたわ、グラッソン、**とペギーは一度ならず言っていた。**わたしもあなたに借りがあるのよ、ペギー。友だちが必要だったとき、友だちになってくれたんですもの。**

「わかったわ」ヴェルマが言った。「続報をたのむけど、くれぐれも気をつけるのよ」

「ご心配なく。気をつけますから」アイリーンは約束した。

だが、そのとき早くも電話は切れていた。ヴェルマは最後まで聞かずに切ったのだ。

アイリーンは受話器を台の上に置き、ミルドレッド・フォーダイスににっこりと笑いかけた。

「心配いりませんよ。受信人払いにしましたから」

ミルドレッドはくるりと振り向き、満面に笑みをたたえてアイリーンをしげしげと見た。「それじゃ、あなたが昨日の夜、気の毒な女性の死体を発見した新聞記者なのね」

「『ウィスパーズ』の読者でいらっしゃるんですね」

「今日はじめて読んだのよ」ミルドレッドが明るい声で言った。「今朝、地元紙の一面を見たあと、売店に行って買ってきたの。だって、オリヴァー・ウォードのホテルで事件が起きても、『ヘラルド』の記事が全部本当かどうか怪しいもの」

カウンターの向こう側から「バーニング・コーヴ・ヘラルド」紙を押し出し、アイリーンが見出しを読めるように上下を逆にした。

地元ホテルで悲劇的事故

「ええ、『ヘラルド』の記事はさっき読みました」アイリーンは言った。「おっしゃるとおり、これ、ぜんぜん違いますよ。これじゃまるでただの死亡記事でしょう」ミルドレッドが「ヘラルド」の一面をこつこつと叩いた。「これによれば、その女性は事故死ってことでしょう。ほら、警察は女性が濡れたタイルで足を滑らせて転んだと考えているると書いてあるわ。頭を打ってから水の中に転落した、と。おそらく意識を失って溺れたのね」

「いまのところ、それがいちばん有力な仮説のようです」アイリーンが言った。

ミルドレッドの表情から察するところ、憶測をめぐらしているようだ。「でも、『ウィスパーズ』の記事を読むと、スパにはほかにも誰かいたと書かれているわ」

「たしかに、ほかにも誰かがいました」アイリーンは言った。「姿は見えませんでしたが、彼の足音は聞きました。もしかしたら彼女ですが」

「男か女かわからなかったってこと」

「ええ。室内は真っ暗でしたし、ああいうふうにタイル張りの広い部屋ですから、音が歪むんです」

「どうしてその人がグロリア・メイトランドを殺したと思うの？」

「はっきりとは言えませんが」アイリーンは言った。「ああいう状況では本格的な捜査がなされてしかるべきだと思うんです」

「それはつまり、ミス・メイトランドがニック・トレメインと恋仲だったから？　しかも、噂じゃ、彼のほうから別れを切り出したから？　そのうえ、彼女が死亡したときにトレメインがたまたまバーニング・コーヴ・ホテルに滞在中だったから？」

「ずいぶん丁寧に記事を読んでくださったみたいですね」

「ええ、そりゃもちろん」ミルドレッドが言った。

「昨日の夜、スパにはほかにも誰かいたんです」アイリーンは言った。「警察はせめてその人物を突き止めて尋問するくらいのことはするべきだと思います」

ミルドレッドが口をすぼめた。「それがそんなに簡単にいかないのよ。だって、ここはバーニング・コーヴですもの」

「ここの警察もロサンゼルス警察と同じように腐敗しているって意味ですか？」

「わたしがそんなこと言ったなんて、聞かなかったことにしてね」ミルドレッドは軽蔑するかのように片方の肩をきゅっとすくめた。「『ヘラルド』によれば、死体を発見した女性は激しく動揺していたの。神経がまいっていた可能性が高いって書いてあるわ」

「わたし、神経がまいっているように見えます？」

「いいえ」ミルドレッドが認めた。「これからどうするつもり？」

「記事を書くため、ここにとどまります」アイリーンは言った。「やってみせます」

「どうなることやら。幸運を祈る、としか言いようがないわ」

9

「俳優ってやつらはどうしてこうなんだ?」アーネスト・オグデンは「ウィスパーズ」を机の上に放り出し、椅子から立ちあがると窓際に行った。「結局、みんな同じさ。人気スターになるにつれ、面倒ばかり起こしやがる。せめてルックスや才能に見あうだけの脳みそがあればなあ。くそっ、どいつもこいつもばかばっかりだ。失礼、言葉づかいが少々汚かったな、ミス・ロス」

マクシーン・ロスが速記帳からちらっと視線を上げた。「かまいませんわ、ミスター・オグデン」

いつもながらのすまし顔で動揺はいっさいうかがわせない。なんと言おうが、気分屋だったり神経過敏だったりする俳優についての愚痴や、ほんの少々の乱暴な言葉を聞くのはこれがはじめてではない。彼女はプロの秘書である。これが何を意味するかといえば、スターを夢見る者を除けば、映画会社が雇っているごく少数の女性の中のひとりということだ。過剰なまでの情熱と夢と野心とあふれんばかりの金の上に築かれた事業にあって、つねに沈着冷静で、周囲の気分を静める存在と言えよう。

二階にあるオフィスの窓から外を眺めるオグデンの姿は憂鬱そうだった。そこから見えるのは、一列に建ち並ぶ何棟もの大きな撮影用防音スタジオ、さらに食堂、衣装部である。その向こうには野外の場面を撮影する際に使う撮影用地が広がっている。今週は会社の主要作品である西部劇の撮影が進行中だ。西部劇は必ず売れるからな、とオグデンは思った。辺境の町の通りのセット――酒場、保安官事務所、強盗が襲うことになる銀行、よろず屋――が組み立てられていたが、どれもまやかしである。それが大衆のための映画産業で、あくまで幻想を売っている。彼はそれを愛してやまなかった。

野外撮影用地から重役室までを含めた施設は、周囲を高い塀で囲まれた敷地内にあり、中に入るには装飾過多な高い門扉《もんぴ》を通り抜けなければならない。もちろん、そこには複数の屈強な警備員が配置されている。名目上、塀と警備員はスターのプライバシーを守り、映画撮影への妨害を回避するためとなっているが、ときどき自分の仕事場がしゃれた刑務所、あるいは政府の秘密組織か何かのように思えることがあった。

とびきりの高給をもらって、ちやほやされていい気になった俳優集団の子守りをしているのが彼だ。飲んで騒いだあげく轢き逃げ事故を起こした名優たちを救うなどは日常茶飯事。未成年相手のセックスを好む俳優たちが風紀紊乱罪で告発されても、それをなかったことにする。スターに強姦されたとか、おなかの子どもの父親はスターだとか主張してくる女たちに金をつかませる。同性愛者の噂をもみ消す。そんなぐあいだ。どんな問題が発生しようと、彼はなんとかうまく対処してきた。

「すんだことはしかたがない。ニック・トレメインはわが社にとってはなくてはならない俳優だ。この件はわれわれが始末するほかないだろう」

「そうですね」マクシーンが言った。

速記帳の上でペンを構えて待つ。

オグデンはどんな選択肢があるか考えた。彼は三つの単純なルールにのっとって生きていた。ルールその一、問題を確認する。ルールその二、問題の根源を突き止める。ルールその三、相手の弱点を突き止め、問題解消のために必要な圧力をかける。たいていの場合、金さえあればなんとかなる。金をつかませれば、警官も判事も見て見ぬふりをする。強姦を告発しようとしていた女たちも金で止められる。脅迫者も金を受け取れば黙る。

だが、もっと荒っぽい手が必要になることもある。

「問題はだな、ミス・ロス、あるゴシップ・コラムニストがニック・トレメインに関する根も葉もない噂をハリウッドの安っぽいスキャンダル専門紙に書いて広めたってことだ」

「はい、ミスター・オグデン」

「問題の根源は、この記事を書いた記者アイリーン・グラッソンのようだな」

「はい、サー」

「『ウィスパーズ』の編集長に電話をしてくれ。このへんでヴェルマ・ランカスターと話しておいたほうがよさそうだ」

「はい、ミスター・オグデン。それだけでよろしいですか？」

「いや、まだある。今朝、トレメインの付き人からまた電話があった。トレメインがぴりぴりしているそうだ。不安を抱えたスターはいつだって面倒なものだ。いつにもまして怒りっぽくなったり気まぐれになったりする」

「はい、サー」

オグデンがくるりと向きなおった。「ハリウッド・マックにも連絡を入れておいてくれ。待機していてくれ、と。仕事をしてもらうことになるかもしれない」

「はい、サー」

マクシーンが立ちあがった。いかがわしい連中や天下に名を轟かす犯罪者と付き合いのある男に連絡するよう指示されても、いっこうに動じるようすはなかった。部屋を出て、静かにドアを閉める。

オグデンはまた窓のほうを向いた。なじみのあるリムジンが大きな門に近づいて停止するのが見えた。運転手が門番にバッジを見せると、門番が通れと手を振った。『翳る海』で主役を演じたスター、スタンリー・バンクロフトが到着すると構内が興奮気味にざわめいたのはそう昔のことではない。しかし今日、彼の大きな車に目を向ける者はほとんどいなかった。今のところまだボックス・オフィス・ポイズン（出演料と興行収入が見あわず、お荷物となったスター）とまではいかないが、彼のキャリアが凋落の一途をたどっていることは誰もが知っている。

どんな栄光もはかないものさ、とオグデンは思った。数年前、サイレントからトーキーへの変わりばな、バンクロフトはつねに主役を演じていたある俳優に取って代わった。彼が耳障りな甲高い声の持ち主だと判明したからだ。サイレント全盛期には俳優がどんな声だろうが問題にならなかったが、トーキーの時代に入ると、これが命取りになった。

オグデンは窓際を離れ、机を前にしてすわった。会社にとって最重要といえる投資対象のひとりの将来を脅かすダメージを最小限に抑えるため、さまざまな手順をじっくりと考えた。やがて、ある計画が頭に浮かんだ。

おまえはそれがやれるから、高給と角部屋のオフィスを与えられているんだよ。

だが、金の問題ではないと気づいたのはずっと前のことだ。いま彼が心底楽しんでいるのは権力の行使である。権力こそどんな麻薬よりも強烈な中毒性をもっていた。

10

スターを守るのが彼の役目だ。**そのための友だちだろう**、とヘンリー・オークスはあらためて自分に言い聞かせた。

小さなカフェのカウンターで、一杯のコーヒーと「ウィスパーズ」の上に背を丸めてすわり、ひとりで設定した任務について考えをめぐらした。

問題は、わが身が危険にさらされていることをニック・トレメイン自身が理解していないことだ。ヘンリーはニックに警告したかったが、あえて自分の存在を知らせるつもりはなかった。いまはまだそのときではない。

本来ならば映画会社がニック・トレメインを守るべきなのだろうが、彼の警備の責任者が誰であれ、明らかに注意を怠っている。映画会社は「ウィスパーズ」の最初の記者ハケットがもたらした脅威を見逃していた。グロリア・メイトランドの問題に取り組もうとしなかったのだ。

ヘンリーは二人の女のどちらとも話した。説得しようとした。だが二人とも、まるで彼の頭がおかしいかのように軽くあしらった。とりわけハケットは面と向かって、頭がおかしい、とはっきり言ったほどだ。彼は母親の言葉を思い出した。**いいかげんに映画スターのことばっかり考えるのはよしなさい、ヘンリー。みんなに頭がおかしいと思われるわよ。**

ひとつだけたしかなことがある――メイトランドも詮索好きな新聞記者のハケットも、二度と彼の頭がおかしいとは言わないことだ。二人ともいなくなったいま、ニック・トレメインの身は安全であるかに思えた。少なくともしばらくのあいだは。

だがいま、「ウィスパーズ」のべつの記者が登場し、そのアイリーン・グラッソンという女がトレメインに大きな脅威を与えていることが明らかになった。

ヘンリーは恐ろしい見出しが隠れるように丁寧に「ウィスパーズ」を折りたたんだ。彼が特別な友情を分かちあった俳優はニック・トレメインがはじめてではなかった。トレメインとこうなる前はべつの主役級俳優と近しかったのだが、映画会社が二人の仲を引き裂いた。ある夜、そのスターの家の外にいるところを二人の大男に見つかったのだ。二人はヘンリーを痛い目にあわせ、気絶しかけるまでさんざんぶちのめしたあと、もしまたそのスターに近づいたら、そのときは殺すからな、と言われた。彼はその言葉をまともに受け取った。

その後しばらくは、これからはもうスターと友情を分かちあうのはやめようとした。しかし、やはり映画を観ずにはいられなくなり、ある日の午後、『運命の詐欺師』を観にいった。そしてニック・トレメインの演技力に引きこまれた。映画館をあとにしたときにはもう、彼とトレメインが特別な友情で結ばれるのは運命なのだと気づいた。今度は何ごとも慎重にやらなければならないことがわかっていた。映画会社の人間に彼とスターの友情を知られてはいけないのだ。そうなれば、ニック・トレメインが無理やり否定させられる。だから、トレメインのために、彼は身をひそめていなければならなかった。

そのうちいつか、いまだというときが来たら、そのときはトレメインの前に姿を現わそう。だが、その日までは、ただ黙々と自分の役目――友だち、すなわちスターを守ること――を果たすことにしよう。

11

アイリーンが自分の部屋で、つぎなる記事の巧妙な書き出しを必死で考えていると、階段の下からミルドレッド・フォーダイスの大声が聞こえてきた。

「あなたに会いたいって方がお見えですよ、ミス・グラッソン」

オリヴァー・ウォード。きっと彼だわ。このバーニング・コーヴでわたしと話をしたがっているかもしれない人間をほかに思いつかなかった。ちょっとした期待に全身がぞくぞくした。ウォードが訪ねてきてくれたなら、記事を書くことを思えば悪くない。もしかしたら、引用にぴったりの言葉が聞けるかもしれない。

だが、せわしくドアに向かうのは欲しかった引用句への期待からだけじゃなさそうね、と秘密の声がそっとささやきかけてきた。じつはオリヴァー・ウォードにまた会ってみたくてたまらないのよね。昨夜の第一印象が明るい陽光の下でも変わらないのか、あるいはあれは豊かな想像力のせいでの勘違いだったのか、どちらなのか見きわめたくてうずうずしていた。

ドアを開け、階段上の廊下に身を乗り出した。「すぐに行きます、ミセス・フォーダイス」

またドアを閉めて部屋の奥に取って返し、鏡に映る姿を確認した。昨夜はインに戻ったあと、ヴェルマへの電話をすませてから二階に上がった。興奮冷めやらず神経がぴりぴりしていたが、濡れた髪は時間をかけて数カ所ピンカールしてからベッドに倒れこんだ。いま、そうしておいて本当によかったと思えた。少なくとも、プールから上がったばかりには見えなかった。ジンジャー・ロジャースやキャサリーン・ヘップバーンに間違えられるほどではなくても、前髪を上げた髪を耳にかければまあ見られる。ゆるやかにウエーヴした髪が肩にふわりとかかっていた。

口紅を塗り、深呼吸をし、廊下に出た。

だが、ロビーで彼女を待っていたのはオリヴァー・ウォードではなかった。

階段を下りていくと、二十代前半の痩せた背の高い女がこちらを見あげていた。きっちりした仕立ての茶色のスーツを着ている。ふくらはぎ丈のタイトなスカートに、体形をふくよかに見せることにはほとんど貢献していない上着。黒い髪は中央で分け、後ろはきつめの縦ロールを何本か、耳から耳にかけてうなじが隠れるくらいまで輪にして垂らしている。いかにも職業婦人といった髪型だ。ノートを救命具か何かのようにがっちりと抱えている。

アイリーンがまず思ったことは、もしこれほど不安そうにしていなければとても美人なのに、だった。

「ミス・アイリーン・グラッソン？」女が訊いた。

声も姿かたちと同じだった――細くて不安げで。

「アイリーン・グラッソンですが」アイリーンは職業婦人に相応しい落ち着いた口調を心がけた。いまの彼女はジャーナリストである。それ以前の個人秘書とそうは違わない役どころだ。どちらも成功するために肝心なのは、整理整頓の技巧と頭の回転の速さだと気づいていた。「どういったご用件でしょうか、ミス――？」

女が気の毒なほどほっとした表情をのぞかせた。

「ピクトンです。クローディア・ピクトン。ミスター・トレメインの付き人をしています。少しお話しさせていただいてよろしいですか？　とても重要なことなんです」

「どういったことでしょう？」アイリーンは質問を投げかけたが、答えはわかっていた。

クローディアがミルドレッドに不安そうな視線をちらりと投げ、声をひそめた。興奮が体じゅうに広がった。

「人前でお話しするようなことではなくて」

「でしょうね」アイリーンは言った。「わたしの部屋は狭くて、椅子がひとつしかありませんから、中庭に出ましょう。あそこなら話せますから」

ミルドレッドのがっかりした顔は見なかったことにして、こぢんまりとした庭に向かって開かれたガラス扉へと足早に向かった。せかせかと。

中庭に出ると、日よけがつくる蔭に二脚置かれた錬鉄製の緑色の椅子を手ぶりで示した。クローディアはちょっとためらったあと、椅子のへりに浅く腰かけた。アイリーンは向かい側にすわる。

「どうやってわたしを探し出したんですか、ミス・ピクトン？」

クローディアはまずたじろぎ、つぎに顔を赤らめた。すでにこわばった肩をさらにいからせようと懸命にがんばっている。

「映画会社の人間があなたの名前を知らせてきました」

アイリーンはうなずいた。「なるほど。それでわかったわ」

「は？」

「あなたがここにいらしたのは、ニック・トレメインのちょっとした広報に関する問題を処理してくるよう命じられたからなのね。社内のフィクサーか誰かが地元の警察に電話をして、礼金はたんまり出すからグロリア・メイトランド死亡のスクープ記事を書いた記者の居場所を教えてほしいと言った。すると協力的な警官がその願いを聞き入れた。そういうことね」

クローディアの顎のあたりが緊張した。「たしかに映画会社を代表する人間からの電話を受けました。ですが、わたしがここに来たのは、ミスター・トレメイン本人があなたと話をしてきてほしいとわたしに言ったからでして」

「ご本人が？　おもしろいわねえ。記事の取り下げとひきかえに彼はわたしに何をくださるのかしら？」

「そうじゃありません。彼は一対一の独占インタビューを受けたいそうです」

「なんだかすごく気前がいいのね。なぜそんなことを？」

「ミスター・トレメインはミス・メイトランドとの以前の関係に関して大きな誤解があると感じています。つきましては、彼女との関係がどういうものだったのかを明らかにしたいということです」

「おもしろそうだわね。もちろん、ミスター・トレメインのインタビューなら喜んでやらせていただくけれど、条件があるわ。すべて記録することを彼が了解してくれるならってことね」

「それでしたら、彼があなたと会う前に彼を納得させておきます」クローディアはそこで少し間をおいた。「昨夜、ミス・メイトランドが死亡した時刻にミスター・トレメインがスパ周辺にいなかったことはご存じですよね？」

アイリーンははっと息をのんだが、それをうまく隠し、こういうときに都合のいい無関心を必死で装った。

「あら、そうだったの？」

「彼はパラダイス・クラブにいました」クローディアが言った。「バーニング・コーヴで人気のナイトスポットです。たくさんの人が彼を見かけていますから、警察がもしその必要を感じたら、確認できるはずです」

くそっ、とアイリーンは思った。朗報ではない。

「だとすれば、ミスター・トレメインがミス・メイトランド死亡事件の捜査について心配する理由は何もないってことね？」

「あなたにはぜひ、彼の立場をわかっていただきたいんです」クローディアが言った。

「ミスター・トレメインが有罪かどうかを心配する理由は何ひとつないとはいえ、彼とミス・メイトランドは……友だちでしたから」

「すごく親しいお友だち、とお見受けしたわ。あの二人が恋人だったことはあなたも認めるでしょ?」

「いいえ、そんなんではありません。ミスター・トレメインはミス・メイトランドをただの友だちと考えていました。それだけのことです。彼はその友情のせいで彼女の評判を傷つけたりしたくないわけで」

「ミス・メイトランドは死んだの。もう評判が傷つくことなど心配しちゃいないわ」

「その件について、彼女の家族のお気持ちを考えていただきたいんです」

「彼女には家族らしい家族はいないわ」アイリーンは言った。「それは調べがついてるの」

クローディアがいきなりぱっと立ちあがった。激しく取り乱している。「ミス・メイトランドとの交友がどんなふうだったのかはミスター・トレメインから説明するのがいちばんいいと思います」

「賛成。インタビューが待ち遠しいわ。いつ、どこで?」

「ミスター・トレメインから、あなたをバーニング・コーヴ・ホテルの彼のヴィラへお呼びするように言いつかってきました」

アイリーンは思わず笑顔になりかけた。「こういう状況でそれはいい考えだとは思えないわ。世間体ってものがあるでしょう」

クローディアが凍りついた。ヴィラへの招待をまさか断られるとは思ってもいなかったことは明らかだ。

「インタビューをしたくないんですか？」

「インタビューはしたいけれど、場所はホテルのニック・トレメインが滞在中のヴィラ以外ではだめかしら？」

クローディアが顔を引きつらせた。「わかりませんね。ミスター・トレメインを怖がっていらっしゃるはずはないのに」

「もっと開放的な場所でのほうがインタビューがやりやすいとだけ言っておくわ。周りにほかの人もいるような場所がいいの。そういうところなら、もしミスター・トレメインがわたしを脅したり買収したりしようとしたときは、目撃者の二、三人は集められるでしょ」

クローディアがショックとも怒りともつかない表情を見せた。「ばかなことを言わないでください。ミスター・トレメインは彼の側からのいきさつを語りたいだけです」

「それをうかがってほっとしたわ。だったら、地元のカフェかどこかがいいと思うわ」

「それだと準備がしにくいんです。ミスター・トレメインは有名人です。誰にも気づかれずにカフェにふらりと入っていくなんてことはできません。すぐにサインを欲しがる大勢の人に囲まれてしまいます。彼がバーニング・コーヴ・ホテルに滞在している理由はまさにそれ、あそこならプライバシーを尊重してもらえるからなんです」

アイリーンは肩をすくめた。「わかりました。ホテルで会いましょう。でも、彼のヴィラではないところでね。もっと人目がある場所がいいわ。忘れないでいただきたいのは、わたしがバーニング・コーヴ・ホテルの正門から中に入る手配をするのは簡単ではないかもしれないということ。報道関係者についてホテル側は厳しい方針を定めていてね、ジャーナリストが敷地内に入ることは許されないの」

「ミスター・トレメインのためならホテル側も例外を許してくれるはずです」クローディアが言った。「今日の午後、ご都合はいかがですか?」

「ええ、いいわ」

「三時でよろしいでしょうか? バーニング・コーヴ・ホテルのガーデン・ルームでお茶の時間に、ということで」

「それじゃ、三時にうかがうわ。もしもわたしが姿を見せなかったら、それは門番がわたしを通してくれないからだと思ってね」

「ご心配なく。それについてはきちんと手配をしておきますから。ありがとうございます、ミス・グラッソン。けっして後悔はさせません。約束します」

アイリーンは彼女にそっけない笑顔を向けた。「ニック・トレメインとのインタビューなら、まさかわたしが断るとは思っていなかったのね」

クローディアは気の毒になるほど感謝した。「正直なところ、どう思っていたのか自分でもわかりません。ミス・メイトランドが亡くなったと聞いて、みんなすごく動揺していたものですから。とりわけ、ミスター・トレメインは。では、三時に」

クローディアはくるりと背を向け、ロビーへと戻っていった。

アイリーンは少し待ってからハンドバッグを開けて、ノートを取り出した。鉛筆のキャップをはずして、クローディア・ピクトンの印象をメモしはじめた。**神経質。不安そう。怯えている?**

あなたの気持ちはよくわかるわ、クローディア・ピクトン。わたしもここまでの四カ月間、ずっと神経をぴりぴりさせて、不安の中で怯えていたわ。

三千マイルの道のりを運転し、ぴかぴかのパッカードをもっとずっと平凡な車に買いかえ、名前を変え、仕事を変えて、新しい生活を一からはじめた。それなのに、いまだに後ろを振り返ってばかりいるし、いまだに夜になれば足音に耳をすますし、いまだにうごめく影に飛びあがっている。

昨夜、また死体を発見したとあっては心穏やかではなかった。人生と人生が交差した三人の女性が、四カ月のあいだに三人死んだ。ヘレン・スペンサー、ペギー・ハケット、そしてグロリア・メイトランド。

論理と常識に基づけば、ペギー・ハケットとグロリア・メイトランドの死がヘレン・スペンサーのおぞましい殺害事件と関係があるとは思えないが、論理と常識は胸の奥深くで渦巻く恐怖をやわらげてはくれなかった。三人の女性の死にはつながりがあるかもしれないという恐怖が、ペギー・ハケットの死についての真相を突き止めようという気持ちをもたらしたからだ。

しかたがないわ、と思った。できるだけ遠くへと思い、国を横切って反対側まで来た。もうこれ以上、逃げようにも逃げられない。正気を保つためにも真相を突き止めなければ。

開いたノートの頁に大きな影がかかった。

「もう長くはなさそうだな、彼女」オリヴァーが言った。

アイリーンはびっくりし、椅子から飛びあがりそうになった。はっと息を吸いこみ、上を見た。オリヴァーがわずか後ろに立ち、片手に杖を握りしめている、近づいてくるのに気づかなかったなんて。真剣に考えをめぐらしていたため、杖の音も不均等な足音も聞こえなかったのだ。

ちらっと目を落とすと、彼の杖の先にゴム製のキャップがついているのが見えた。中庭の敷石を打つ音が聞こえなかった理由がそれでわかった。脚が不自由な男にしてはオリヴァーはじつに静かに動く。**ひそかに**という語が頭に浮かんだ。

仕立てのきれいなズボンをはき、ぱりっと糊のきいたシャツにゆるやかに襞が入った薄手の麻の上着を着ている。男性の胸と肩の幅を強調するデザインだから、このところたいそう人気がある。しかし、オリヴァーには腕のいい仕立て屋によるイリュージョンの力など必要なさそうだ。彼の肩はそんな上着のあるなしにかかわらず、たくましかった。

そのときふと、そのスタイルにはほかにも利点があることに気づいた。ウエストから上に絶妙な角度で襞を取ったスタイルは、体の線に添った以前のスタイルに比べて動きが拘束されない。最新流行がもたらす動きやすさはおそらく、杖を使う必要がある男にとっては魅力的なはずだ。

「ちっとも気がつかなかったわ」アイリーンは言った。

自分が発した言葉がどこかうっすらと非難めいていることは承知していた。

「すまない」オリヴァーが言った。「驚かすつもりはなかったんだ。少しいいかな?」

「どうぞ」

アイリーンは鉛筆をノートのあいだにはさんで閉じた。

オリヴァーがいままでクローディアのすわっていた椅子にゆったりと腰を下ろした。

アイリーンは細かい所作を注意深く観察しながら、彼は本当に杖を必要としているのか、あるいは小道具として使っているのかを見きわめようとした。それさえなければ健康な男性の見本のような彼だから、わざと脚を引きずっているような気もした。**このごろのわたし、誰でも疑ってかかってしまうのよね。**

「その速記はメモを取るために使っているの?」オリヴァーが訊いた。

アイリーンは緊張した。「記者は誰でも自分流の速記を使っているわ」

「それは知っているが、ほかのジャーナリストたちが取ったメモを見たことがある。こんなにきれいじゃなかった」オリヴァーがかすかに微笑んだ。「これほど判読不能でもなかった。きみのメモはおそらく、経験を積んだ速記者にしか読めないんじゃないだろうか」

彼はアイリーンに関する情報を引き出そうとしていた。

「独自の暗号ならばそういうことね。本人しか読むことができないわ。ところで、長くはなさそうっていうのはクローディア・ピクトンのこと?」

「ほかの映画会社の宣伝係や付き人に会ったことはあるだろう?」

「ええ。でも、いつもは電話でのやりとりだから」

「それでも、彼らがどんなふうかは知っているはずだ」

「自分のところのスターの記事を書いてほしいときは親友みたいだけれど、書いてほしくない記事を載せたときは最悪の敵みたいだわ」

オリヴァーの口もとが愉快げに、そして皮肉まじりにかすかに歪んだ。「それぞれ。宣伝係や付き人とわたりあわなきゃならないのは記者だけじゃない。ホテルもつねに彼らの相手をしているんだよ」

「でしょうね。あなたはあの連中にかけてはさぞかし経験豊富だと思うわ」

「バーニング・コーヴ・ホテルの売りのひとつは、有名な映画スターが好むしゃれた隠れ家になっているって事実だ。野心的な宣伝係や付き人は、自分が担当するスターがチェックインするところはみんなに見てもらいたがるくせに、スターの名声を危うくするような場面はカメラマンに撮られたくないときている。その結果、うちの警備要員は主として、新聞記者やカメラマンをぼくの許可なしでは敷地内に入らせないために配置している」

「だから、あなたのほうからここにいらしたのね」

「ああ、そういうことだ」オリヴァーが何を考えているのか読みとれない目で彼女を見た。「そして、ミス・ピクトンときみのやりとりのおしまいのほうをついつい盗み聞きしてしまった。今日の午後、ニック・トレメインとうちのホテルで会う約束をしたようだね」

「ええ、そうよ。ガーデン・ルームというところでトレメインとお茶を飲みながら独占インタビューをしてほしいと招かれたの。ホテルの敷地内に入ることを許可していただけるかしら、ミスター・ウォード？」

「ガーデン・ルームでのインタビューなら歓迎するよ。しかし、もしぼくがきみなら、トレメインから意味のある話を聞き出せるなんて期待はしないね。彼はそういうことにかけては大した才能の持ち主だ」

「彼はきっとわたしを眩惑しようとするでしょうけど、わたしはそれほど世間知らずではないわ、ミスター・ウォード。ニック・トレメインが元恋人の死は悲劇的な事故にすぎないと語って、わたしを納得させようとするだろうってことはよおくわかってるの」

オリヴァーが満足そうにうなずいた。「ひとつ警告しておくと、彼はじつに才能豊かな俳優だ」

「ええ、知っているわ。『運命の詐欺師』の彼を観ましたから」

「なるほど。そうか、そういうことならインタビューの成功を祈ってるよ」

「それじゃ、あなたのホテルに入っていいのね」

「もちろんさ、ミス・グラッソン。きみはいつでも自由に出入りしてかまわない。ただし、その代わりにたのみたいことがある。きみが得た情報がなんであれ、ぼくにもそのつど教えてほしいんだ」

アイリーンは数秒間考えたあと、こっくりとうなずいた。「あなたもグロリア・メイトランドの死について何かわかったことがあったとき、それをわたしに教えてくれるなら」

「よし、わかった」オリヴァーは楽しそうだ。「つまり、きみはぼくを信用しているというわけだね、ミス・グラッソン?」

アイリーンは記者として相手を安心させる笑みを浮かべた。ペギー・ハケットに教えてもらった笑みである。ペギーはそれを〝わたしたち二人だけの秘密の微笑み〟と呼んでいた。

「あなたがわたしを信用しているのと同じくらいにはね、ミスター・ウォード」アイリーンは言った。「でも、あなたが昨夜指摘なさったように、いまのところわたしたちには利害が一致している部分があるようね」

「そのひとつはうちのホテルの警備だ。今朝、警備部門の責任者と現場の状況をつぶさに見てきた。きみの足取りをたどってみたんだよ。規則ではスパ・ルームは夜間は施錠してあるはずなんだが、それをこじ開けて押し入った気配はいっさいなかった。脇の扉はきみが行ったとき、鍵はかかっていなかったんだね？」

「ええ」

「きみのために鍵を開けたのは誰だろう？」

「ミス・メイトランドだと思うわ。わたしと会う場所としてスパを選んだのは彼女だから。彼女がその鍵を手に入れようとしたら、むずかしいかしら？」

「残念ながらそうでもないんだ」オリヴァーの口調は憂鬱そうだ。「スパ・ルームの鍵はいくつもある。というのは、さまざまな部門の人間がさまざまな時刻にあそこに入る必要があるからだ——客室係がローブやタオルをととのえる、警備担当の人間も鍵を持っている、スパの担当者たちも数名が鍵を持っている」

「言い換えれば、しばらく鍵を借りたかった人間は借りる術を知っていたのかもしれない」

「そういうことだ」オリヴァーがしばしためらった。

「じつは、ほかにもちょっとしたことがあった。警備の人間が客室係の人間と話したそうだ」

「どういうこと？」

「ホテルの警備という点では、メイドも最前線にいる。誰もそうとは気づかないが」

「わかるわ」アイリーンが言った。

「客室係のひとりがミス・メイトランドが死亡した前日に、トレメインとミス・メイトランドの大喧嘩を目撃したそうだ。そのメイドは細かいところまで全部は聞きとれなかったが、どうやらトレメインがメイトランドを脅していたらしい」

「おもしろいわね」アイリーンは言った。

オリヴァーはじっと彼女を見つめたまま、いつまでも目をそらさなかった。

「何か？」ついにアイリーンが訊いた。

「考慮すべき可能性がもうひとつある」

アイリーンは微動だにしなかった。「わたしが鍵を盗んだって言いたいのね？」

「ふと頭に浮かんだ」

「いちおう言わせていただくと、わたしは盗んでいないわ」

「いちおう言わせてもらえば」オリヴァーが言った。「ぼくはきみを信じたいと思う」

「本当に？　なぜかしら？」

「ぼくが知るかぎり、グロリア・メイトランドを殺す動機がきみにはないからだ」

「たしかに、わたしは彼女から情報を得たいだけだったわ」

「いまも言ったが、ぼくはきみを信じたい気がしている」

「なんだか胸がどきどきするわ」

オリヴァーが悪いほうの脚をぐいと伸ばしながら、何を考えているのかわからない表情で彼女をじっと見た。アイリーンは、そうか、と気づき、背筋がぞっとした。オリヴァーはアイリーンが口を滑らせるのを待っているのだ。

「昨夜のあの時刻、ニック・トレメインにはかなり固いアリバイがあることは当然聞いているでしょう」アイリーンは言った。「彼はバーニング・コーヴにあるナイトクラブにいたとミス・ピクトンが言っていたわ」

オリヴァーがうなずいた。「パラダイス・クラブだ」

「たしかめた？」

「昨夜、きみが帰ったあと」

「ミス・ピクトンによれば、トレメインは昨夜はそこにいて、証人も何人かいるって言っていたわ」

「ひと晩じゅう飲んでいた連中が証人というのはどうかと思うが、そうなんだ、たしかに彼はあのクラブに少なくとも何時間かはいたようだ。もっと詳しいことを話せる人間から話を聞きたいかな?」

「ええ、もちろん」アイリーンが眉をきゅっと吊りあげた。「心当たりの証人がいるということね?」

「クラブの経営者、ルーサー・ペルだ」

「その人にどうしても訊きたい質問がいくつかあるわ。その人が本当のことをわたしに話してくれる理由はないとわかってはいても」

「きみはどんな人間も信用しないんだな」

アイリーンはうっすらと笑みを浮かべた。「誰にでも秘密があるものよ」

「きみもそのひとりなんだね」

質問ではなかった。アイリーンはまたしても背筋がぞっとした。

「そのルーサー・ペルからはいつ話を聞けるかしら?」

「今夜、彼のクラブで食事をしようとぼくたちを招待してくれた」

「ぼくたち?」

「きみ同様、ぼくも彼にいくつか質問がしたいんだ。きみは信じられないかもしれないが、ミス・グラッソン、このぼくだってきみ以上ではないにしても、きみと同じくらい真相を突き止めたい。本当だ。顧客のプライバシーはどんなことをしてでも守りたいが、人殺しを守るつもりはない」

「それが派手な醜聞がらみだとしても?」

驚いたことに、オリヴァーがにこりとした。

「うちの顧客はプライバシーが欲しいと言い張るが、本当のところはどうかと言えば、彼らのキャリアは『ウィスパーズ』のような新聞にでかでかと載ることにかかっている。しっかり管理されていれば、野心に燃える俳優や女優のキャリアを押しあげるおもしろい醜聞など起きやしない。ぼくのホテル経営もしっかりした管理があってはじめて成功がもたらされる」

「でも、この醜聞には一気に人気が出てきたスターと関係があったと噂される女性の殺害事件が含まれているのよ」

「だからこそ、すごくおもしろい醜聞になる」

「つまり、あなたはしっかり管理された醜聞が見たいのね」

「以前の仕事が悲惨な形で終わったあと、ぼくは自分自身をつくりなおさなきゃならなかったんだよ、ミス・グラッソン。復活にはお金がかかる。ぼくは一度は生き延びた。避けられることなら、三度目を一からはじめたくはない。だから、そうなんだよ、ぼくは醜聞を管理しようと思っている」

「ひょっとして、わたしが記事についてあなたに指図させると本気で思っているの？」アイリーンが訊いた。

「ぼくの協力なくしては、きみは記事ひとつ書けないはずだが」

「あら、そうかしら？」

「ぼくの協力がなければ、この町はきみの仕事に対して守りの固い城も同然だ。城門に閂をかけ、吊り上げ橋を引きあげ、濠には鰐をいっぱい放す」

「わたしが協力を受け入れるのとひきかえに、あなたはわたしが書く記事を管理するつもりね」

「ときどき提案くらいさせてもらうかもしれない」オリヴァーが認めた。

「もしわたしが書いた記事が気に入らなければ、そのときは協力を辞退するというわけね」

「すでにはっきり言ったと思うが、ぼくたちは同じ目標を共有している。殺人犯を見つけたいんだ」

「なぜ？」

「バーニング・コーヴ・ホテルはぼくのものだからさ。自分のものを守る。敷地内で殺人を犯した人間をまんまと逃がすわけにはいかないよ」

「例外はないの?」

オリヴァーの微笑はその瞳と同じように冷たかった。「例外はひとりだけだ」

アイリーンはにわかに気づいた。

「あなたね」

「ぼくだ」

アイリーンは引きつったように短く息を吸いこんだ。

「でも、あなたはグロリア・メイトランドを殺してはいないわ」

「ぼくが彼女を殺していないときみはなぜ断言できる?」

「あなたはマジシャンですもの。もっとうまくできたはずだわ」

12

ニック・トレメインの微笑は、男性的な熱っぽさと穏やかな説得力が絶妙に組みあわさって、見る者を眩惑する。彼の目の魅力的なことといったら、銀幕で見るそれと変わりがない。身に着けているのは、優雅な仕立てが印象的な紺のブレザーに白い麻のズボンで、白いシャツにアクセントをつけているのは結びが美しい縞のタイ。自家用のヨットから降り立ったばかりかと思わせるいでたちである。

「ぼくの側からの話を聞いてくださるそうで、本当にありがとう、ミス・グラッソン」ニックが言った。「こうしてお時間を割いていただき、感謝しています」

謙虚さ、感謝の念、誠意が彼の周囲できらきらしていた。アイリーンは彼の美貌やあふれんばかりの魅力を目のあたりにしたときにそなえて心の準備をしていたにもかかわらず、大いに感心したことは認めざるをえない。彼には何かしら非現実的な雰囲気がそなわっている。彼といるとカメラの前で演技をしているかのような気分にさせられるのだ。

オリヴァーの警告が頭の中でこだました。**彼はじつに才能豊かな俳優だ。**

バーニング・コーヴ・ホテル内のガーデン・ルームは、入り江を見晴らす広いテラスに面したガラス張りの温室である。さまざまな鉢植えの植物、垂れさがる羊歯や色彩豊かな花々が配置されるあいだで、身なりのいい客たちがダージリンを飲み、しゃれたペイストリーを上品に口に運んでいる。床は優雅なタイル張りで、あちこちにきらきらと輝きを放つ噴水が置かれている。入り江の向こうには太平洋が広がり、午後の陽光を受けてきらめいていた。

アイリーンとニックは、六鉢ほどの椰子を巧みに配置してティールームのその他の部分から仕切った一隅にすわっている。内密の会話ができると同時に人目のある場所。その点はアイリーンの要望にぴたりと添っていた。

「ぼくにいくつか質問があるそうですが」ニックが言った。「その前にまず、ミス・メイトランドとの交際は、二週間ほどしかつづかなかったことをはっきりお伝えしておきたいですね。しかも、ひと月くらい前に終わっています。少なくとも、ぼくの側では」

「具体的には、どういうふうに終わったんですか？」

「これがいろいろと複雑だったことは認めます。つまり、グロリアとぼくは最初のうちはたしかに楽しい時間を持ちました。出会ったのはハリウッドのパーティーでしたが、彼女は快活なうえにすごくきれいだった。これもはっきりさせておきたいんですが、ぼくは真剣な、将来を考えた付き合いには関心がありません。人生のこの時点では、とにかく自分の芸術だけに集中していますから。彼女もそのことは理解しているものと思っていたんです」

「でも、彼女はそうではなかったと?」

ニックがため息をもらした。「正直なところ、グロリアが何を考えていたのかわかりません。しばらくすると、彼女がどこか不安定なことに気づきました」

「それはどういう意味でしょう?」

「ありていに言えば、彼女は錯乱状態にありました。はじめて会ったときはすごく楽しい子だったのに、まもなく演劇の見せ場のような場面で彼女が真の才能を見せるようになりました。ちょっとしたことに挑発されて泣いたり、ぼくが浮気をしたと言って責めたりするんです。ぼくは彼女になんの約束をしたわけでもなく、ただ楽しい時間を過ごすことだけしか考えていなかったので、それを言うと、死んでやる、と脅迫されました」

「彼女は本気でそう言ったと思います？」

「さあ、わかりませんね」ニックが答えた。「それでも、ぼくはきみに操られるつもりはない、とはっきり言いました。医者に診てもらったほうがいい、とかなりきつく言いもしました。でも、それを聞いた彼女はかんかんに怒ってしまって。最終的には、ぼくとしてはなんとも乱暴な切り方をするほかなくなりました。映画会社にそのへんの事情を伝えると、なんとか対処するとの心強い返事をもらいました」

「あなたは映画会社がそのために何をすると思われましたか？」

「深くは考えなかったですね。グロリア・メイトランドの件はもう問題ない、と言ってもらい、ぼくに関してはこの一件はそれで終わりでした。ところが、あろうことか彼女がこのホテルに現われたと知りました。ひと悶着起こしてやる、と脅されましてね。ぼくは、出ていけ、と言いましたが、そのあと、死んだと聞きました」

「その前に、わたしに話したいことがあるからと言って、会う約束をしていました」

「彼女が何を意図していたのか、ぼくには見当もつきません、ミス・グラッソン。しかし、もう一度繰り返しますが、彼女は不安定だった」

「昨夜は何が起きたんだと思われますか？」

「ぼくは事故だったと思いますね、警察が判断したとおり。グロリアはちょっとした復讐を計画していたのかもしれませんが、それを実行する前にタイルで足を滑らせて頭を打ち、プールに落ちてしまった。きっと日が暮れてからずっと酒浸りだったんでしょう。マンハッタン（ウイスキーとベルモットのカクテル）が好みでね」

「ちょっとした復讐の標的ではあったかもしれないとは思うんですね？」

「もちろん。彼女がつくりあげた不気味な空想の世界では、彼女は蔑《さげす》まれた女でしたから。ほら、よく言うでしょう。蔑まれた女の怒りほど凄まじいものはないって」

「彼女はわたしに何を話すつもりだったと思われます？」

「そんなことわかりませんよ」ニックが答えた。「なんであろうと、ぼくを悪者に見せたかったことは間違いないでしょう」

「彼女はなぜわたしをこのバーニング・コーヴまで呼び出したんだと思いますか？　ロサンゼルスで話してもよさそうじゃありませんか？」

ニックがしばし目を閉じた。そして再び目を開いたとき、そこには深い悲しみに苛まれる心の内が垣間見えた。

彼は俳優よ、とアイリーンは心に刻んだ。

「本当のことが知りたいんですよね、ミス・グラッソン。だったら、お話しします。ですが、これは記事にはしないでいただきたい。さっきも言ったように、彼女はぼくを悪者に見せるようなことを話すつもりだったんだと思いますが、あなたに会ったあと、自分で命を絶とうとしていたような気がします。あるいは、こっちのほうが可能性は高いが、そういう芝居を打とうと考えていたんじゃないかと。ぼくがバーニング・コーヴ・ホテルに滞在しているのを知っていたから、全幕をここで演じたかった。ぼくの評判くらい簡単につぶせる醜聞になるはずだとわかっていた。そうしたら、『ウィスパーズ』のあなたの記事のおかげで、まさに狙いどおりになったわけです。ぼくはこれでもかというほどの根も葉もない噂や憶測の的になってしまった」

なかなかな演技だわ、とアイリーンは思った。ニック・トレメインは自分の役をみごとに演じている。彼がでっちあげた脚本では、アイリーンはゴシップ紙の力を利用して無実の男を追いつめようとする罪を背負わされているようだ。もしも一週間前にペギー・ハケットの死体を発見していなければ、彼の演技は功を奏したかもしれなかったが。

アイリーンはニックがこっちをじっと見ていることを意識しながら、ノートになんの意味もない走り書きをしていた。しばらくして前触れもなしに顔を上げると、ニックは訝しげにやや目を細めた。自分の演技が説得力のあるものだったかどうかを知ろうとしているのだとわかった。

「たいへん興味深いところですね、ミスター・トレメイン」アイリーンはノートをぴしゃりと閉じた。「ですが、このインタビューに同意したときに抱いていた疑問はまだそのままです」

「えっ？」

口調がとげとげしかった。

「グロリア・メイトランドがわたしに何を話そうとしたのか、それはまだわからずじまいです」アイリーンはテーブルから立ちあがった。「では、これで失礼します。ほかにもインタビューしたい方が何人かいらっしゃいますので」

ニックがあわてて立ちあがった。思わずテーブルの反対側から手を伸ばして、おそらく手首をむんずとつかんでここにとどまらせようとしたのだろう。だが、つぎの瞬間、彼はなんとか自制心を取りもどした。

そして微笑みかけて、アイリーンをぎくりとさせた。彼のまなざしはあたたかかった。

「お時間を割いていただき、感謝しています、ミス・グラッソン」いやに真剣な表情で言った。「『ウィスパーズ』につぎの記事を書かれる前に、せめてぼくの側の事情もご一考いただくようお願いします」

「もちろんですわ」

ニックはそこで一段と声を低くし、さも意味ありげな口調で訴えた。

「ぼくは昨夜のグロリア・メイトランドの事故とはいっさい関係ないんです。ですから、『ウィスパーズ』が真実を掲載してくださることをお願いするほかありません。そうしてさえいただければ、ぼくはただただ……感謝します」

アイリーンは、まるではっきり聞きとれなかったかのようにわずかに首をかしげた。

「感謝?」ニックの言葉を繰り返す。

「ぼくのキャリアは『運命の詐欺師』で上向きました。その結果、インタビューの依頼が押し寄せましてね。おかげで、自分のキャリアや私生活に関する打ち明け話をする際に記者を自由に選ぶ立場にいるとだけ言っておきます。当然のことながら、映画会社の宣伝係にも信頼できる新聞の記者にしか話すつもりはないと言っているんです」

アイリーンは彼に勝利の笑顔を向けた。「脅迫の必要はありませんわ、ミスター・トレメイン。さきほどすでに付き人の方があなたに代わってそうなさってますから」

「べつに脅迫したわけじゃない」

「いいえ、脅迫ですよ」アイリーンは彼にくるりと背を向けて歩きだし、すぐまた立ち止まった。

「最後にもうひとつだけ」最後の最後にふと頭に浮かんだ疑問のような口調を装う。「わたしの前任者のインタビューをなぜ拒否なさったのか、お聞かせいただけます？」

「えっ？」今度は用心深い表情をのぞかせた。

「ペギー・ハケットです。憶えてらっしゃいますよね？『ウィスパーズ』の記者でした。あなたのインタビューの予定を組もうとしていたら、少しして不幸な事故で溺死しました。なんだか興味深い偶然の一致だと思いません？ あなたとかかわりのあった女性が二人、溺死したんですから。それについて何かひとことなんてありませんよね？」

ニックが雷に打たれたような顔をした。不自然な静けさが彼を包む。

とはいえ、すべては一瞬にして終わった。ニックがアイリーンに憐みのまなざしを向けたのだ。あまりお利口さんではないね、とでも言いたげに。

「なんのことを言っているのかわからないんだが、ミス・グラッソン」ニックが言った。「ぼくはペギー・ハケットとはいかなる関係もいっさいなかった。彼女がアルコール依存で用済みになった記者だってことは知らない人はいない。彼女がぼくのインタビューを取りたいと懇願してきた話は映画会社の宣伝係から聞いたが、実現はしなかった。宣伝係が突っぱねたんだ」

「グロリア・メイトランドはハケットに何か話したのかしら？」

「さあ、どうだろう。あなたにひとつ忠告しておこう、ミス・グラッソン。あなたはいま危険な遊びをしている。映画会社は、あなたやあなたが働いている安っぽい新聞くらい一瞬にして抹殺できることを忘れないほうがいい」

「ありがとう。さっそく引用させていただくわ」

本能的にいますぐここから脱出したくなり、素早く向きなおった瞬間、何かにぶつかった。すごくがっしりとして微動だにしない何かがアイリーンの行く手を阻んだのだ。激突のショックでよろけ、呼吸を乱しながら後ろへ一歩さがったとき、バランスを崩した。

オリヴァーが空いているほうの手で彼女を支えた。

「失礼」オリヴァーが言った。だが、彼はアイリーンではなくニック・トレメインを見ていた。「きみを探していたんだ、ミス・グラッソン。いましがたフロントデスクにコーヴ・インのミルドレッド・フォーダイスから電話があった。ロサンゼルスの誰かがきみに連絡を取りたがっているようだ。重要な用件らしいとミルドレッドが言っていた」

「それはどうも」アイリーンがつぶやいた。髪を耳にかけてととのえ、姿勢を正した。「ではこれで失礼して、コーヴ・インに戻って電話をします」

「その必要はない」オリヴァーが言った。「ぼくのオフィスの電話を使うといい」

アイリーンはもう一度びっくりし、彼をしげしげと見た。「ご親切にありがとう。でも、そんな必要はありませんわ。本当に」

「ぜひそうしたまえ」オリヴァーはアイリーンの腕をつかんだ。「ここならプライバシーが守れる。向こうのロビーの電話では言いたいことが言えないだろう」

アイリーンは反論しかけたが、彼の目を見ているうちに気が変わった。

「それじゃ、お借りします」アイリーンは言った。「あなたのオフィスですね。助かります。編集長に電話をするときは料金は受信者払いですから、ご心配なく」

「料金の件はまたあとで」オリヴァーはニックのほうを見た。「こちらでのご滞在はお楽しみいただけていますでしょうか、ミスター・トレメイン？」

「これまでのところ、楽しくやってます」ニックがうなるように言った。視線はアイリーンに釘付けだ。「ぼくが言ったこと、忘れないでくださいね、ミス・グラッソン？」

「ええ、一言一句」アイリーンは誓った。

戦慄が走った。オリヴァーもそれを感じとったことがわかった。なぜなら、アイリーンの肘をつかんだ手に力がこもったからだ。

「それじゃ、オフィスまで案内しよう」

13

ガーデン・ルームを出たところで、アイリーンはやっと深く息を吸うことができた。ホテルの本館に沿ってつづく優雅なアーチでおおわれた歩道を、オリヴァーのあとについて進む。

「大丈夫？」オリヴァーが穏やかに尋ねた。

「ええ、もちろん」そう答えて、彼をちらっと見た。「本当にわたしに電話があったの？」

オリヴァーの口もとがわずかに歪んだ。「ああ」

「なぜあなたのオフィスから電話をかけることを勧めてくれたのかしら？」

「役に立てればと思っただけだ。バーニング・コーヴ・ホテルはお客さまにあらゆる便宜をはかることをモットーにしているからね」

「わたしはお客さまじゃないけど」

「細かいことはどうでもいいさ」

「あなた、ニック・トレメインにメッセージを送ろうとしたんじゃない？　つねにわたしから目を離さずにいるってことを彼に知らせたかった」

「まあ、そんなところかな」

「よかれと思ってしてくれたことだとはわかるけれど、あなたに監視されていたら仕事ができないわ」

「監視などしないよ」

「それじゃ、どう呼んだらいいのかしら？」

「観察している、かな」オリヴァーが言った。「遠くからね。トレメインときみとのやりとりはひとことも聞かなかった。約束どおり、きみのプライバシーは守られた。だが、きみが席を立って、彼がきみの腕をつかもうとしたとき、いよいよ彼がきみを脅迫する段階まで来たという気がした」

アイリーンは顔をしかめた。「映画会社がわたしのキャリアと『ウィスパーズ』を抹殺するとかなんとか言ってたわね」

「ただの勘だが、そんな気がした」

「それであそこに踏みこんで、わたしにもちょっとした援軍がいることをトレメインに知らせてくれたのね」

「この一件に関してぼくたちがパートナーだってことは同意ができてると思ったからね」オリヴァーが言った。

あつかましくも、彼の口調は傷ついたふうだった。まるでアイリーンが約束を破ったとでも言うかのように。

「だからといって、あなたの気分しだいでいつでも主導権を握る権利はないはずよ」

「トレメインから何か有効な言葉は引き出せたのか?」

「そうやって話題を変えるのね」

「注意をそらしたんだ。以前の職業ではこれが昔ながらの技巧のひとつでね」

反論しても無駄だとわかっていた。たしかにパートナーになると同意した。それに、窮地に陥ったときに彼が来てくれたおかげで助かったことも認めるほかなかった。あのときの彼は謎めいていたし凄みもあった。オリヴァーが与えた衝撃をトレメインはけっして忘れないはずだ。

問題は、どんな窮地に陥ったときも誰かしら援軍がいることに慣れていない点だ。とりわけオリヴァーのような男性が。彼にどう接したらいいのかわからない。

男性とデートをして、現代女性らしく気楽に楽しく戯れたことはあるが、真剣な交際をした男性はこれまでにたったひとり——ブラッドリー・ソープ——だけだった。彼は彼女の雇い主だった。魅力的で、ハンサムで、仕事もできる男性。どこから見ても、アイリーンに恋をしているふうだった。アイリーンは自分がどれほど世間知らずだったのかを思い出すたび、いまでもうんざりさせられる。

しばらくすると、自分はただソープの豪華なオフィスで、世間知らずな若い前任者たちがつぎつぎにそういう目にあってきたあとのいちばん新しい秘書というだけのことだと気づいた。彼は狩猟の記念品を収集するのと同じように、秘書を誘惑していた。彼にしてみれば、どちらも獲物にすぎなかった。

オリヴァーが足を止めてドアを開いた。

「さあ、着いた」

アイリーンは不快な記憶を祖父が教えてくれたモットー——**最終的に命拾いし、何かひとつ学ぶところがあれば、それは間違いじゃないのさ**——を添えて頭から追い払い、素晴らしい設備をそなえた受付エリアへと足を踏み入れた。

はっきりした顔立ちにあたたかな茶色の目をした細身の四十代の女性が机を前にすわっていた。漆黒に銀色が幾筋かまじった髪はうなじできっちりと優雅に結ってある。左手薬指には金の指輪が。

レミントンの最新式タイプライターを打っていた手を止めて彼女が顔を上げ、眼鏡をはずした。

「お戻りになられましたね、ミスター・ウォード。わたしの伝言が伝わったかどうか心配していました。こちらがミス・グラッソン？」

「ああ、そうなんだ。アイリーン、こちらはエレーナ・トレス。このオフィスを仕切ってくれている。実際、このホテル全体を彼女が仕切っていると言ってもいい。ぼくはただ、彼女の邪魔をしないように心がけてる」

「はじめまして」アイリーンは言った。

「どうぞよろしく、ミス・グラッソン」

「アイリーンと呼んでください」

「では、わたしもエレーナと」

「アイリーンにぼくのオフィスの電話を使っていいと言ったんだよ」オリヴァーが言った。

それを聞いたエレーナの眉がごくわずかに吊りあがった。それが驚きのせいなのか、好奇心のせいなのか、おもしろがっているからなのかはわからなかった。たぶん、その三つがいっしょになってのことだろう。いずれにせよ、オリヴァーがふだん客の便宜を図って自分のオフィスの電話を使わせたりしないことがはっきりした。

オリヴァーはすでに部屋を横切ってドアを開けていた。立派な部屋の中が見える。

「コーヴ・インの電話番号はわかる？」オリヴァーが訊いた。

「ええ」アイリーンは答えた。

「ゆっくりどうぞ。ぼくはここでエレーナと待っているから」

「ありがとう」

オリヴァーが静かにドアを閉めた。

アイリーンはオフィス内を見まわした。あたたかな雰囲気の金色の壁と焦げ茶色の廻り縁でまとめられた広い空間。高いアーチ形の窓からは専用の中庭とその向こうに広がる海が見える。優雅な象嵌の机は完璧なまでに磨かれ、輝いている。椅子とソファーはいずれも、馬具用のつやのある茶色のなめし革を張ったものだ。一隅に生花を活けた背の高い花瓶が置かれている。

壁には二点の絵画が掛かっていた。二点とも落ち着いた内装とは対照的な作品である。ともに海岸の情景ではあるが、陽の当たる砂浜と雲ひとつない空を描いた心地よくけだるい風景ではなく、荒々しく激しい嵐を描いた絵だ。波が勢いよく砕け、黒い雲が渦を巻いている。どちらの絵にも不気味な光が悪いことの前触れのように射していた。

二点とも右下の隅に署名が入っている。アイリーンは近づいてよく見た。〝ペル〟。この凄みのある二点の例外的な絵画を除けば、オリヴァーのオフィスは高級ホテルの経営者のオフィスかくありなんといった空間である。

彼は二年前に否応なく自分をつくりなおさせられたと言っていたが、アイリーンはこう考えた。もしかすると彼は自分自身のためのイリュージョンをやってのけたのではないだろうか、と。人びとを納得させられると思ったイリュージョンを、である。アイリーンもまさにそれをやってのけたからだ。二人はともに新たな人生を構築したが、どうやら二人とも新たな人生をさほど心地がいいとは感じていないようだ——いずれにしても、いまはまだ。もしかするとこれからもずっと。

アイリーンは心のどこかでつねに、鞄に荷物を詰め、あの手帳、ヘレンの拳銃、いくばくかのお金を持って逃げる準備をしている。その理由はわかっていた。ヘレン・スペンサーが血で書いた文字が頭から離れない。誰かが自分を追ってくるかもしれない恐怖から、まだまだ逃れることはできなかった。

オリヴァーがなぜ新たな生活にすんなりとなじめないのか、その理由はわからない。だが、彼がしょっちゅう後ろを振り返っているとは想像しにくい。自分自身とバーニング・コーヴで築いた彼の世界の両方を支配下に置いているように思えるからだ。だが、誰にでも秘密はある。

たぶんわたしたちには共通点がいくつかあるわね、ミスター・ウォード。

机に行き、ハンドバッグからコーヴ・インの名刺を取り出して受話器を取り、番号を回した。呼び出し音一回でミセス・フォーダイスが出た。

「ああ、あなたなのね。伝言が伝わってよかったわ」

「わたしを探してらっしゃると聞きました。どうかしましたか？」

「ヴェルマ・ランカスターからすごく奇妙な電話があったの。あなたの編集長だと名乗ったあと、あなたに至急電話してほしいと言っていたわ。緊急事態ですって」

「それだけですか？　落ち着いてください。ヴェルマにとっては、なんでもかんでも緊急事態なんです」

「とにかくすごく急いでいるようだったから、わたしはすぐにあなたに知らせたほうがいいと思ったんだけれど」

「ありがとうございます。いますぐ電話を入れます」

「そうしてちょうだい。ああ、これでほっとしたわ。ところで、あなたがスパのプールに飛びこんでぐっしょりにした洋服、少し前にバーニング・コーヴ・ホテルの人が届けてくれたわ。見たところ、全部きれいに洗濯がすんでアイロンがかかっているわね」

「それを聞いてほっとしました。洗濯で縮んだりしていないことを願うばかりです。あのズボンは下ろし立てなので」

「心配いらなくてよ。バーニング・コーヴ・ホテルはあらゆる点で一流ですからね。それにこのドレス、素敵だわ」

「えっ、ドレス?」

「ため息が出るようなカクテルドレスよ。見てのお楽しみ」

「何かの間違いだと思いますけど」

「いいえ、服を届けてくれたジョージに訊いたのよ。もし何か間違いがあったらと思ってね。そうしたら、間違いじゃないって言われたわ。ホテルからの贈り物ですって。思うに、お詫びのしるしだわね、きっと」

「お詫びって? なんのお詫びかしら?」

「もちろん、ホテルの敷地内であやうく殺されかけたんですもの、ホテルとしてはあなたに何か埋め合わせをしたかったのよ」

「さもなければ、続報はお手柔らかにたのむって伝えたいがための袖の下」

「まあ、とんでもない」ミセス・フォーダイスがショックを受けたことは明らかだ。

「オリヴァー・ウォードが袖の下を使うなんて想像もつかないわ」

「そのへんはなんとも言えませんが、そのドレス、高そうですか？」

「ええ、そりゃもう。絹ね、正真正銘の。レーヨンじゃないわ。それに、靴がまた素敵なの」

「靴もあるんですか？」

「ええ、そうよ。あとはこれまたおしゃれな肩掛け。日が落ちたあとのバーニング・コーヴはひんやりすることがあるのよ。どれもこれも素敵な埋め合わせと言うほかないわ。そりゃもちろん、あやうく殺されかけたことを考えれば比較にならないけれど、それでも――」

「お世話になりました、ミセス・フォーダイス。では、これで失礼します。このあとすぐ編集長に電話しますので」

「そうしてちょうだい。ではこれで」

アイリーンは受話器を置き、閉じたドアを見た。熟考の末、袖の下と思われるドレスの件は編集長との話がすんだあと、なんとかしようと心に決めた。

また受話器を取って交換手に電話番号を告げ、料金は受信人払いでと付け加えた。

もしヴェルマがコレクトコールを受けるのを拒めば、そのときは大した緊急事態ではないことを意味する。

ヴェルマはコレクトコールをただちに受けた。

「あなたの家主から一時間前に電話があったの」ヴェルマが言った。

「なぜミセス・ドライズデールがそんなことを？　家賃ならきちんと払ってますよ」

「今日、あなたのアパートメントに泥棒が入ったんですって。彼女はそのとき出かけていたのよ」

「なんですって？」

「彼女、すごくあわてていたわ。室内が荒らされたそうよ」

アイリーンは大きなデスクチェアにすとんと腰を下ろした。パニックが波になって押し寄せ、恐ろしさのあまり息苦しくなった。とっさにハンドバッグに手を伸ばし、あの手帳が無事に中に入っていることをたしかめた。常日頃から必ず目の届くところに置いている。

だが、たとえヘレン・スペンサー殺しの犯人がアイリーンを発見したとしても、アイリーンが手帳を肌身離さず持ち歩いていることは知る由もない。おそらく、多くの人が貴重品を保管するときのように秘密の隠し場所にしまってあるものと推測したのだろう。

自分の手に目を落としたアイリーンは、かすかにだが震えていることに気づいてショックを受けた。

落ち着くのよ。パニックを起こしてはだめ。よおく考えて。

ロサンゼルスで暮らしはじめてからの数カ月で手に入れた数少ないものをひとつひとつ頭の中に思い浮かべた。貴重品はほとんどない——服、新しいラジオ、安物の家具が数点、それにキッチンの必需品程度だ。

「何か盗られたのかしら？」と訊いた。

「ミセス・ドライズデールはそれはないと思うと言っていたわ。でも、彼女にわかるはずがないわよね」ヴェルマが言った。「警察を呼んだそうよ。警官が調書を作成したって話だけれど、犯人が捕まる可能性は低いわね。ミセス・ドライズデールにはたぶん行き当たりばったりの空き巣でしょうと言っておいたけど、ここだけの話、そうとはかぎらないわ」

わたしも同感。そして唐突に、バーニング・コーヴに到着したとき、ガソリンを満タンにしておいてよかったと思った。この先、ガソリンスタンドで給油する間も惜しくなることもありえる。いざとなったら、コーヴ・インに置いてある荷物をまとめて車に放りこみ、すぐに出発すればいい。行き先を決める時間は走りだしてからたっぷりある。

そうしたアイリーンの動揺には気づかず、ヴェルマは先をつづけた。

「これね、あなたのアパートメントに何者かが押し入ったとなると、メイトランドの記事と関係があるって可能性も考える必要があると思うの。わたしのところにはトレメインの映画会社から電話がかかってきたのよ——アーニー・オグデンからじきじきに」

その名前を聞いてもすぐにはぴんとこなかったものの、まもなく話が結びついた。

「その人のこと、ペギーから何度か聞いたわ」

「驚くには当たらないわ。彼、トレメインの映画会社のフィクサーなのよ。その昔、ペギーとは男女の関係だったって噂もあるわ。わたしが彼女を雇ったことを耳にした彼が、わたしにお礼を言ったくらい。心から彼女が好きだったんだと思うわ。たぶんそのおかげで、今日もわたしにあんまり厳しいことは言わなかったのよ。とはいえ、かなりむっとしてはいたわ」

アイリーンは電話のコードをぎゅっと握った。「脅されたの?」

「トレメインの記事の続報を——彼が実際、殺人罪で逮捕されたわけでもないのに

──載せるのはあまり賢明じゃないだろうってはっきり言われたとだけ言っておくわ。つまり、何を言いたいかっていうと、もしオグデンが人を雇って、あなたのアパートメントを調べさせたとしても不思議じゃないってことね」

アイリーンは大いにほっとした。また息ができるようになった。

「私立探偵かもしれないわね」その可能性を思いついて口にした。「わたしたちを──ううん、とりあえずわたしを──脅すネタとして使えそうなものが何かないかと探させた」

「そう、それだわ」ヴェルマが言った。「わたしが誰か映画会社の人間の仕業じゃないかと思ったのは、物取りが押し入ったタイミングなのよ。メイトランドの記事を載せた新聞の発行は今朝、その二時間後に続報はやめておけって警告の電話、そして昼過ぎにあなたのアパートメントに何者かが押し入った。つじつまが合ってるでしょう」

「たしかに」アイリーンは言った。「偶然の一致とは思えないわ」

電話線の向こうからヴェルマのためらいが伝わってきた。

「もし間違っていたら、そう言って。でもあなた、アパートメントに空き巣が入ったって聞かされた人にしてはいやに陽気な気がするんだけど」

「わたし、物ごとはなんでも明るい面を見ることにしてまして。映画会社が神経をとがらせるのは当然でしょう。それに、いい知らせがあるんですよ、ボス。たったいま、トレメインの一対一のインタビューを終えたところなんです——驚くなかれ、彼からの申し出で」

「ほう、それはすごいわ。彼、さぞかしたっぷり魅力を振りまいてくれたでしょうね」

「ええ、ナイフでそぎ落としたいくらいたっぷりと」

「何かわかった？」

「魅力じゃ効果がないとわかったら、つぎは脅しときましたよ。スターたちの典型的な行動だとペギーが言っていたとおりに。何をしようと映画会社が後始末をしてくれると考えてるようです」

「そうなのよ」ヴェルマの声はなんともそっけない。「そのスターが映画会社にとって大事な金づるならばね。トレメインはたしかにドル箱スターだけど、クラーク・ゲーブルやゲーリー・クーパーじゃない。とりあえず、いまはまだ」

「これ、大ごとになりそうですね。予感がします」

「そうね」ヴェルマが言った。「恋人を殺害した人気スターとその犯罪を暴いた記者を扱った記事となれば、うちの新聞のいい宣伝になるかもしれない。でもね、トレメインの名を見出しにした記事を載せる前には確たる証拠を手に入れないとね」

「鋭意努力中です。実際、今夜はルーサー・ペルのインタビューを予定しています」

「その名前に聞き覚えがあるのはなぜかしら？」

「バーニング・コーヴにあるパラダイス・クラブの経営者ですが」

「ちくしょう。あのルーサー・ペルか。用心なさいね。ペルはいつだって自分の手を汚しはしないけど、リノからニュージャージーにかけてのマフィアに人脈があるって噂だから」

アイリーンは壁に掛けられた嵐の絵に一瞥を投げた。二点ともに暴力を示唆しているかのようだ。

「トレメインは、グロリア・メイトランドが殺された時刻にはパラダイス・クラブにいたと主張していますので、彼のアリバイが鉄壁かどうかを調べてきます」

「ペルが自分の店の客について話すことを承諾してくれたの？　なんともびっくりだわ」

アイリーンはドアのほうにちらっと視線をやった。「バーニング・コーヴ・ホテルの経営者、オリヴァー・ウォードはペルは友だちだと言っていました。ウォードがインタビューの手配をしてくれたんです」

「それはまた興味津々だわ。いったいどうやってウォードを説得して、協力させるように仕向けたの？」

「彼は自分がかかわれば記事を支配できると思っているみたい」

「悔しいけど、たぶんそのとおりだわ。彼にもそれなりの人脈があるはずだから」

「ウォードはメイトランドの身に何が起きたのかを本気で突き止めたがっているんだと思います。何者かが彼のホテルで殺人を犯しておいて逃げおおせると思っている。それが気に食わないんでしょうね。自分への侮辱か何かととらえているみたいで」

「ふうん」ヴェルマが咳払いをした。「詮索するようで悪いけど、空き巣があなたの部屋で映画会社があなたを黙らせるために利用できるようなものを見つけたかもしれない可能性はあるのかしら？」

アイリーンはハンドバッグを握った手にぎゅっと力をこめた。「いいえ。そんなやつに見つけられるものなど何もありません」

「ほっとしたわ。いいわ、そのまま取材をつづけて記事にして。少なくとも、いまのところは大丈夫。確たる証拠が何か見つかったら、そのときは知らせてちょうだい。それまではとにかく目立たないように。オグデンには脅しが効いたと思わせておけば

「いいわ。最後に、グラッソン?」

「はい、なんでしょうか、ボス?」

「用心してね。有能な記者なんて簡単には見つからないわ。あなたの代わりを探すようなことはさせないで」

「わたしを有能な記者だとおっしゃるんですか、ボス？」

「ペギーが言ってたわ、資質があるって。とにかく気をつけるのよ」

「はい、そうします。ご心配なく、ボス」

電話が切れた。アイリーンは受話器を置いて、しばらくじっとすわったまま、オリヴァーのオフィスという説得力のあるイリュージョンを眺めていた。

舞台裏にいったい何を隠してるの、オリヴァー・ウォード？

まもなく椅子から立ちあがり、部屋を横切ってドアを勢いよく開けた。

「ドレスと靴はどういうことかしら？」

オリヴァーはエレーナの机の前に立ち、タイプ打ちした手紙を読んでいたが、顔を上げてアイリーンを見た。

「客室担当主任のミセス・ファイアーブレイスが、今夜パラダイス・クラブに行くときに着ていく服がないかもしれないって心配してくれたんだ」

「ただのインタビューでしょう」アイリーンは言った。「もしカクテルドレスにヒールで出かけたら、みんなにあなたのデートの相手だと勘違いされてしまうわ」

「それが狙いさ」オリヴァーが言った。

「狙い？」

「パラダイス・クラブでぼくたちがいっしょにいるところを見れば、みんな、バーニング・コーヴ・ホテルの経営者はきみをホテルや宿泊客にとっての脅威とはみなしていないと思ってくれるはずだ」

たしかにそうだ、とアイリーンは思った。むろん、彼女が隙を見せてバーニング・コーヴ・ホテルの経営者に誘惑させたと思われる可能性もあるが、それがなんだっていうの？　町の人びとにしてみれば、彼女はハリウッドのゴシップを追う三流紙のしがない記者にすぎないのだ。オリヴァーのひと晩のデートの相手のふりをするのは、すごく巧妙な目隠しになるかもしれない。

「名案かもしれないわ」

エレーナはとっさに目をそらし、真剣な面持ちでタイプライターに白紙を挿入したが、秘書の黒い目が愉快そうに輝いたのをアイリーンは見逃さなかった。

「肝心なのはイリュージョンだ」オリヴァーが言った。「きみがクラブに行く本当の目的から観客の意識をほかへ向けさせるイリュージョン。そういうのをミスディレクションという」

「今夜はわたしがマジシャンの助手を務めるってことね」

今度はオリヴァーが愉快そうな顔をした。

「そういうこと」

14

オリヴァー・ウォードはコーヴ・インのロビーで彼女を待っていた。アイリーンは階段の上でいったん足を止め、彼の姿を見て覚えた胸のざわつきを数秒間かけてぐっと抑えこんだ。

彼が身に着けているのは、白のディナー・ジャケット、白いシャツ、完璧に結ばれた黒のボウタイ、正装に慣れた男であることを示すゆったりとしたダークなズボン。

驚くには当たらないわ、とアイリーンは思った。なんと言おうが、彼の以前の職業は舞台の上で過ごす仕事だったのだから。

静かに抑制された権力のオーラと男性的な優雅さは、黒檀の杖によってそこなわれそうなものだが、これが逆の効果をもたらしていた。杖の存在がオリヴァーがサバイバーであることにいやでも気づかせるのだ。

アイリーンは階段を下りはじめた。いささかの火照りと高鳴る心臓の鼓動を強烈に意識しながら。いいこと、デートに行くわけじゃないのよ、と自分に言い聞かせた。これは仕事の一環である。にもかかわらず、スパで受けた試練の埋め合わせとして贈られた服で身を包んだことが、にわかに抑えようもないくらいうれしくなった。ドレスはミッドナイトブルーの絹地をバイアスに使ったデザインで、階段を一段下りるたび、体の曲線に沿って布地が心地よく滑り、足首の周りで裾が翻った。スタックヒールの夜会用サンダルと軽やかな肩掛けとの組み合わせ——カリフォルニアらしいカジュアルな雰囲気に添えたハリウッド的な華麗なタッチ——による効果はこれ以上はないほど絶大といえた。

こういうふうに立派で高価な正装用のドレスはガウンと呼ぶのよね。バーニング・コーヴの夢の世界で過ごす夢の夜のためにデザインされた夢のガウン。ロサンゼルスの狭いアパートメントにこれを持ち帰っても、おそらく二度と着る機会もなく、戸棚の奥にしまわれたままになるはずだ。

階段を下りきったところで立ち止まった。オリヴァーのまなざしに熱いものを見た気がしたからだ。微笑を浮かべたオリヴァーがアイリーンの手を取った。

「ドレスのサイズは問題がなかったようだね」オリヴァーが言った。

ミセス・フォーダイスがフロントデスクで腕組みをし、うっとりした表情でアイリーンを見た。

「まあ、よく似合っていてよ。でも、そのハンドバッグはないでしょう。ドレスや靴といっしょに届けられたかわいいビーズのバッグはどうしたの？」

アイリーンはハンドバッグの持ち手を握りしめた。「あれだとノートが入らなかったんです」

それに、アサートンの手帳と拳銃も、と声には出さず付け加えた。

「あらそうなの。でも、今夜はべつにインタビューをするわけじゃないでしょ」ミセス・フォーダイスが言った。

「さあ、それはなんとも」アイリーンは言った。「パラダイス・クラブの内部をこっそりのぞいたら、『ウィスパーズ』の読者はわくわくすると思うんです。スターのひとりや二人、見つけるかもしれないので」

オリヴァーがアイリーンの腕に添えた手に力をこめ、ドアのほうへといざなった。

「さあ、そろそろ行かないと。カクテルが七時、ディナーが八時だから」

アイリーンはオリヴァーのエスコートにしたがい、快い宵への第一歩を踏み出した。

ダークブルーのぴかぴかのスポーツカーがインの前に停まっていた。高級車ならヘレン・スペンサーの下で働いていた年にさんざん見たが、オリヴァー・ウォードのその車のようなのを見るのははじめてだった。大胆かつ流れるような曲線を描く車体はヨットか飛行機を思わせた。

「このドレス、この車にぴったりだわね」アイリーンは言った。

オリヴァーがにこりとした。「ブルーが好きなんだ」

彼が助手席側のドアを彼女のために開けた。アイリーンはコックピットを連想させるフロントシートにするりと乗りこんだ。バター色の上質な革を張った座席はバター同様柔らかかった。計器盤はアールデコ様式にこだわる芸術家の設計かと思わせるものだ。

「幌を閉じることもできるが」オリヴァーが言った。

「いいえ、このままがいいわ」アイリーンはハンドバッグからスカーフを取り出した。「きれいな夜ですもの。景色や空気を楽しみたいわ」

「ぼくも同感だ」オリヴァーが言った。

だが、彼は夜空ではなくアイリーンを見ていた。

彼がドアを静かに閉じる仕種は、彼女をベッドに横たえてでもいるかのようだ。そんな空想にアイリーンは顔を赤らめ、意識を現実に引きもどして顎の下でスカーフを結んだ。

オリヴァーは車の前方を回って運転席に乗りこんだ。その瞬間、ただでさえ狭いフロントシートがいきなり千倍も狭く、はるかに親密な空間に変わった。

オリヴァーがギアを入れ、車は縁石から離れてゆっくりと発進した。大型エンジンは飼い慣らされた豹よろしくゴロゴロと喉を鳴らした。

通りの端まで行ったところでクリフ・ロードへと曲がった。ぎざぎざした海岸線に沿って走る細く曲がりくねった舗装道路である。オリヴァーの運転のうまさを知っても驚きはしなかった。曲がり角が来るたび、ゆるやかにハンドルを切り、すぐまた滑らかにアクセルを踏みこみながらハンドルを反対に切る。

燃えるような夕日の最後の名残がみるみる色を失っていく。町の家並みの多くは赤い瓦屋根と化粧漆喰の建物だが、それらが黄昏の色におおわれ、水平線では海と夜空が溶けあっていた。

アイリーンは突然、これがオリヴァーと二人、目的地も定めずに走りつづける夜のドライブだったらいいのに、と思った

「この車、ほんとに豪華」アイリーンは光り輝く計器盤にそっと指を触れた。「でも、型式やモデルがわからないわ」

「車台はコードの製品なんだが、その他の部分――エンジン、ハンドル、ブレーキ、

計器盤、外側のボディー——は全部特注だ。ぼくのおじが設計した」

「おしゃれだわ。こういう特注品はどこに注文したらいいの?」

オリヴァーがにこりとした。「おじにはいろいろ知り合いがいてね。しかし、おじに数えきれないほどの改良を重ねてつくってもらったのは間違いだったかもしれない」

「どうして?」

「ふつうの整備士には任せられないんだ。この車の機能をわかっているのはおじのチェスターだけだから、何が起きてもおじにしかいじれないときている」

「おじさまはエンジンにどんな改良をなさったの?」

「そんなことはぼくじゃなく、チェスターに訊いてくれ。ぼくはこの車が速く走れるってことしか知らないんだよ」

アイリーンは理解した。「あなたは速く走るのが好きなのね」

「ときにはね」オリヴァーが思いやりのある恋人のような技巧を駆使してギアを切り替えた。「たまに車を飛ばすと、すごくいい気分転換になる」

「杖にたよらないとならない状況からの気分転換かしら」そう言ってから口をつぐんで考えた。

オリヴァーはアイリーンを品定めするように一瞥を投げかけ、すぐまた運転に意識を戻した。アイリーンは厳密には彼を驚かせたという気はしていなかった。むしろ、すでに彼から受けていた印象をたしかめたという感じか。

「うん」オリヴァーが答えた。

たったひとことの返事に感情はいっさいこもっていなかったが、そこから伝わってきたのは、彼がどれほど杖を憎んでいるか、それが何を象徴しているかだった。

「わかるわ」

「心配はいらない。助手席に人が乗っているときは、思うがままにスピードを楽しんだりしないから」

「わたし、スピードは平気なの。運転している人を信頼しているかぎりは」

「ぼくは重大な判断ミスを犯して、あやうく命を落とすところだった。そのせいで一生杖にたよって足を引きずるほかなくなったわけだから、わかりきった質問はしないでおこう」

「わたしがあなたを信頼しているかどうかは訊かないってこと?」

「ああ。そんな質問をするのは時期尚早だ」

「けっして個人的なことじゃないの。でも、わたしも相当重大な判断ミスを犯したことがあって、その結果、誰も信用しないことがたぶん最善策なんじゃないかと思っているわ」

「まあ、そのほうが安全だな」

「ええ」

「信頼の件はここまでにしておこう。ところで、ほかの誰もが訊いてくる質問をきみはしないのかな？」

「それはつまり、あなたの最後の舞台で、本当のところ何がどうしたのかってこと？」

「そう、それ」オリヴァーはハンドルを握る手の位置をわずかにずらした。「その質問だよ」

「わたしはいいわ」

「なぜ？　きみは記者だ。知りたくないのか？」

「あなたはずっと、あれは事故で、殺人未遂の噂は根拠がないと言いつづけてきた。今夜のあなたがその主張を変えるとは思えないわ。とりわけ、わたしはゴシップ紙の記者ですもの。それに、わたしはいま、バーニング・コーヴで起きた事件の続報を書こうとしているところなのよ。忘れちゃいないわよね？」

「もちろん、わかっているさ。ところで、きみが追っているゴシップとはべつなんだが」

「えっ？」

「映画スターの醜聞というわけではなく、個人的なことなんだが？」

「ええ。個人的なことね」

「説明してもらえないかな？」

アイリーンは、彼は早晩もっと情報を得たがるだろうと思っていた。今日の午後、髪にしっかりウエーヴをつけようとピンカールをしていたとき、彼にどこまで話そうかと考えていたのだ。

「十日ほど前、『ウィスパーズ』の記者が死んだの」アイリーンはついに話を切り出した。「彼女の名前はペギー・ハケット」

「ハケット？　ひどいアルコール依存症になったあのゴシップ・コラムニストか？自分のコラムを持っていたのにクビにされたっていう？」

「うちのボスが半年後に彼女を雇ったの。死んだとき、ペギーはニック・トレメインに関する記事の取材をしていたわ。警察によれば、浴槽内で足を滑らせて転び、溺死したってことになっている」

　ここでオリヴァーが話を関連づけるのを待った。彼はそうした。一瞬にして。

「グロリア・メイトランドと同じか」小声でつぶやく。

「ペギーはプールじゃなくて浴槽だったけれど、グロリア・メイトランドとほぼ同じ」

「それはたしかなのか？」

「ペギーの死体を発見したのはこのわたしなの。信用して。この二件の死亡現場には共通点がたくさんあるわ。後頭部に激しい打撲傷。タイルの上に血。溺死。ニック・トレメインとのつながり」

「ついでに、きみは偶然の一致だとは思っていない」

　アイリーンはオリヴァーの険しい横顔をじっとうかがった。「あなたはどう？」

「同感だ。で、ハケットが取材していたトレメインの記事はどういう内容だった？」

「ペギーが追っていたのは、いつもながらの内容だったわ――〝**トレメイン、女優の卵にぞっこんの噂。今度は本気？**〟そんなたぐい。でも、ペギーが取材している過程で何かが起きたんだと思うの」

「どうしてそう思う？」

「取材をはじめたときの彼女は、ほかの仕事を割り振られたときと同じように動いていたわ。『ウィスパーズ』にとってはちょっとした特ダネになるわよって感じで。でも、締め切りの直前、最後の最後になって、ペギーが編集長にもっと時間が必要だと言ったのよ。いわく、『いまをときめく人気スターが女優の卵を誘惑』なんて記事とは比べものにならない大きな特ダネをつかみかけている。だけど、その数日後にペギーは死んだ」

オリヴァーはしばし考えをめぐらした。「きみが死体を発見したときのようすを聞かせてくれないか？」

アイリーンは力強く走りつづける車の前方に延びる道に目をやった。「それについては、さほど深い謎はないの。ある朝、ペギーがオフィスに出勤してこなかった。編集長が電話しても通じなかったので、編集長はわたしにペギーのアパートメントに行ってようすを見てくるように命じたの。ペギーがまた大酒を飲みはじめたんじゃないかと思ったんでしょうね。わたしがアパートメントに到着すると、ドアは鍵がかかっていなかった。で、わたしはそのまま中に入って……浴槽の中に死体を発見した」

「きみが二体目の溺死死体を発見して、そこになんらかのパターンがあるんじゃないかと考えたのはしごく当然だな」

「そのあと、リビングルームに行って、電話で警察と救急車を呼んだんだけれど、これがどっちもなかなか来なくってね」アイリーンが全身を震わせた。「わたしは建物の外に出て玄関前の階段で待ちながら、バスルームで見た光景についていろいろ考えていたの」

「どういうこと?」

「何かしっくりこないものがあったのよ」

「人が死んでいるのを見たんだ。そりゃあ、しっくりこないものがあっても驚かないが」

「それはわかっているの。でも――」

「そこで、きみはもう一度現場に戻ってみた?」

アイリーンが顔をしかめた。「どうしてわかるの? ええ、そうなの。なぜだかはわからないけれど、そうせずにはいられなかった。もしかしたら、ペギーは本当に死んでいて、わたしにできることはもう何もないってことを確認するためだったのかもしれないわ。でも、あとから考えると、何かしっくりこなかったのは血だったの」

「水中の血?」

「ううん。いえ、もちろん、水中にも血はあったわ。ペギーの頭には深い裂傷があったから。でも、浴槽の下の鉤爪型の脚のひとつの後ろ側の床にも血がついていたの。それだけじゃなく、洗面用の流しの下のタイルにも少し」

オリヴァーは何も言わず、ただじっと耳をかたむけていた。

「でも、わたしがいちばん違和感を感じたのは、床にバスマットがなかったことと、浴槽からすぐのフックにタオルが掛かっていなかったことね」

アイリーンはそこで間を取って待った。彼がこんなことを言う彼女をどう思っているかがわからなかったからだ。頭がおかしいとか、誇大妄想だとか、あるいはただ想像力が豊かすぎるとか。

「きみはつまり、犯人が彼女を殺したあと、バスマットとタオルで血を拭きとったと思っている」オリヴァーが言った。

アイリーンはフロントガラスごしに見える道路に神経を集中させようとしたが、いくらがんばっても血が混じった水の中から自分をじっと見あげてくるペギーの生気を失った目しか見えなかった。

アイリーンは大きく息を吸いこんでからゆっくりと吐いて、自制心を取りもどそうとした。「ええ。彼女は浴槽に入ろうとしたときに後ろから叩かれたんだと思うの。床は血の海になったはずだし、浴槽の中に転倒したとすれば壁にも血が飛び散ったはずだわ」

「ほかにも何か？」

「もうひとつあるわ。ペギーのノートがどこにもなかったの。彼女、たしかに飲酒問題を抱えていたかもしれないけれど、根のところは一流の記者だった。いつだってすごくいいノートを持っていたわ。引用できる言葉をどうやって取材対象から引き出すか、それも相手にそれと気づかせることなく引き出すかをわたしに教えてくれたのは彼女だったの」

「思い出したくなかったよ」

アイリーンは一瞬、探るような目で彼を見た。腹を立てているふうではない。むしろあきらめ顔だ。

「それがわたしの仕事ですもの」

「もういい。わかったよ。つまり、きみは殺人犯がハケットのノートを持ち去ったと思っている」

「ええ、そうなの。彼女のノートは見つからなかった。でも、オフィスの彼女の机の片付けをしたときに興味深いものを見つけたわ」

「それは何？」

「ベティー・スコットって名前がペギーの字で書かれた紙片。電話をしながら走り書きしたメモみたいだったわ。名前のほかに電話番号も書いてあった」

「きみはその番号に電話をした？」オリヴァーが訊いた。

「当然よ」

「そしたら？」

「シアトルの番号だとわかったわ。取ったのは女性。名前はミセス・ケンプ。わたしがベティー・スコットをお願いしますと言ったら、驚いたみたいだった。彼女によると、スコットは彼女からしばらくのあいだ部屋を借りていたけれど、一年ほど前に死んだんですって」

「そしてスコットの死因は悲劇的な溺死だったときみが言いそうな気がするんだが、なぜだろうな？」オリヴァーが言った。

「たぶん、あなたがマジシャンだからだわ。ミセス・ケンプが言うには、ベティー・スコットは浴槽の中で足を滑らせたそうよ。そして頭を打って、溺死した」

オリヴァーが小さく口笛を吹いた。「ニック・トレメインとの関係は？」

「それはわからなかった」

「さほどむずかしくはなさそうだが」

「ええ、そうよね。でも、わたしが質問を投げかけると、ミセス・ケンプが言ったの。べつの記者もベティー・スコットのことを聞きたいって電話をしてきたって」

「ハケットか」

「ええ、だと思うわ。ミセス・ケンプはわたしの質問に対して、最初の記者に話したことと同じことしか言えないわ、と言ったの。ベティー・スコットはハリウッドに行く夢を見ているウエイトレスだった」

「ということは、漠然としたハリウッドつながりがある」オリヴァーが言った。

「きわめて漠然とした、ではあるけれど。だって、ハリウッドに行ってスカウトされる夢を見ている人間はすごくたくさんいて、その中にはたくさんのウエイトレスがいるはずだわ」

「ニック・トレメインはどこからやってきた？」しばしの間ののち、オリヴァーが質問した。

アイリーンはもう一度、探るような一瞥を彼に向けた。「わたしたち、考えることが似ているのね。トレメインの経歴については調べてみたの。彼の略歴によれば、中西部の出身ということになっているわ。たしかシカゴ」

「そうは思えないな」

「そうねえ、映画スターの略歴の大部分が作りごとだってことは秘密でもなんでもないわ。あれは映画会社の広報担当者が書いているのよ。あなたがトレメインのそれを怪しいと思うのはなぜ？」

「彼のアクセントが気になる。はっきりどこのアクセントだと判別はできないが、シカゴじゃないと思う。もっと西海岸寄りだろう。一方、きみは事故で溺死した三人の女性についての情報を得た。死亡した女性三人のうちの二人は、間違いなくトレメインとつながりがある。きみは当然、こいつは記事になると思っているはずだ。昨日の夜、グロリア・メイトランドがきみに何を話したかったのか、きみは本当に知らないのか？」

「ええ。トレメインに関係があることで、大ニュースだってことだけしか知らないの」

オリヴァーはクリフ・ロードから離れるときにそなえて減速した。「グロリア・メイトランドがトレメインについて何を話したかったにせよ、どうしてきみが関心を示すと知ったんだろう？」

「鋭い疑問だわ」アイリーンが言った。「これはあくまでわたしの推測だけれど、彼女、ペギー・ハケットと話をしたことがあったんでしょうね。だから今度も『ウィスパーズ』のオフィスに電話をして、ペギーの仕事を引き継いだ記者と話がしたいと言ったんだと思うの」

車がゆっくりと、これまた赤い屋根と白壁の建物の前の舗装された駐車場に入った。豪邸のようだ。贅沢な庭園に囲まれ、高い塀に守られている。入り口は豪華な装飾が施された錬鉄製の門扉がふさいでいた。

客の車を預かるスタンドの周囲に若者が群がっていたが、オリヴァーの車を見たとたん、彼らの顔がぱっと輝いた。オリヴァーはそんな彼らを尻目にみごとなハンドルさばきで車を〝専用〟と記された区画に入れる。彼らのがっかりした表情といったらない。

「あなたのせいで彼らの夜が台なしになったみたいね」アイリーンが言った。

「あいつらを信用して鍵を預けるなんて冗談じゃない」オリヴァーはエンジンを切った。「ぼくたちが店の中に入ったとたん、こいつをぶっ飛ばす誘惑に駆られるに決まっている」

「そりゃあ、この車を運転したいと思わない人間はいないわ」

オリヴァーが好奇の目をアイリーンに向けた。「きみもこれを運転してみたいのか?」

「そりゃそうよ。わたしだってハンドルを握ってみたいわ」

オリヴァーが苦笑した。「忘れてくれ。こいつを運転するのはぼくだけだ」

アイリーンがため息をついた。「もしこれがわたしのものだったら、わたしもきっとそこにはこだわるはずだわ」

オリヴァーはドアを開けて車を降りた。

アイリーンも反射的にドアを開けかけた。

「今夜はデートしているように見せるんだろう？　忘れた？」オリヴァーが言った。

「あっ、そうだったわ」

アイリーンは背もたれに寄りかかってスカーフをほどきながら、オリヴァーが杖を手に車の前方を回って助手席側のドアに来るのを待った。

オリヴァーがドアを開け、車を降りる彼女に手を差し伸べた。アイリーンは差し出された力強い手をどうすべきか迷った。それを取った拍子に彼がバランスを崩しかねないかと心配なのだ。

困った結果、アイリーンはフロントガラスの上枠をつかんで、低い座席から体を引きあげようとした。

「いつもそんなふうに？」オリヴァーが訊いた。「ぼくを特別扱いしているんだろう？」

アイリーンに答える間も与えず、オリヴァーが彼女の腕をぎゅっと握った。そして座席から素早く、力強く立ちあがらせた。アイリーンはまるで空中に浮遊したような気分だった。

「ごめんなさい」口ごもりながら謝った。「わたし、あなたに――」そこまで言って、ぎこちなく口をつぐんだ。彼に対する心配を言葉で表わしたくなかったからだ。彼が喜ぶはずがないのはわかっていた。

「これからはそんな心配はしないでいいよ。もしぶざまに転びそうになったりしたら、そのときはそう言うから」

彼が歯嚙みしながらそう言っているのがアイリーンにも伝わってきた。幸先のいいスタートとは言いがたい。

「ごめんなさい」アイリーンが言った。

「たのむから、今夜はこれ以降ごめんなさいと言わないでくれ。わかった？」

「ええ、わかったわ。ごめんなさいね。だってわたし――」

「もういい」

オリヴァーは彼女をいざなって錬鉄製の門扉に向かって進んだ。黒と白の正装に身を固めた、たくましい大男が立っている。執事らしく見えなければならない男たちのはずだが、どこから見てもプロボクサーかギャングといった印象が強い。彼らが着ているゆるく長めの上着は流行を取り入れつつ、肩掛けホルスターをうまく隠しているように思えてならない。

なんだか想像力に歯止めがかからなくなってきたみたい、とアイリーンは思った。

「やあ、ジョー、ネッド」オリヴァーが声をかけた。二人の男に向かい、さりげなく会釈する。「いい夜だな。ミス・グラッソンとぼくが来ることは聞いていると思うが」

「ようこそ、ミスター・ウォード」ジョーが言った。

「ミスター・ウォード、よくいらっしゃいました」ネッドがつづく。

二人がアイリーンに向かって丁重に頭を下げた。

「お見えになることはミスター・ペルから聞いております」ジョーが言った。「ボスは二階の私室でお待ちですが、ご案内いたしましょうか?」

「いや、わかるからいい」オリヴァーが答えた。

ネッドが大きな門の半分を引き開いた。オリヴァーはアイリーンをエスコートして塀がめぐらされた庭園に入っていく。

クラブを囲む、まるで美しいおとぎの世界を目のあたりにしたアイリーンの足がぴたりと止まった。豆電球が緑濃い木々のあいだで輝き、優雅な噴水を照らし出している。

オリヴァーは愉快そうだ。「予想がはずれたってことかな?」

「ええ、そうなの」アイリーンが認めた。「暗い裏通りに入り口がある、禁酒法時代のもぐり酒場を改装した古めかしいお店を想像していたものだから」

「ペルの父親のジョナサン・ペルはその昔、ロンドンで賭博場や酒場やクラブを経営してひと財産築いたんだが、若くして引退すると、家族とともにアメリカにやってきた。さまざまな機会を与えてくれる国だと踏んだんだろうな。胡散臭い過去を葬り、一目置かれる存在になることもできる国だ。そして株式市場で大々的に投資した」

「でしょうね。誰だって負けるはずがないと思われていたもの」

「二十九年の大恐慌でおやじさんがすっからかんになったあと、ルーサーが財務を引き継いだ」

「そして、失ったものを取りもどすには原点である稼業に立ち返るのが最善の策だと判断したわけ?」

「そのとおり。禁酒法時代に数えきれないほどのもぐり酒場を経営した。禁酒法が廃止になったあと、今度はリノのカジノを買った。ほかにも、サンタモニカ湾に浮かぶカジノ船も持っているが、なんと言っても彼がいちばん大事にしているのはパラダイス・クラブだ。ここは彼の家でもある」

「ナイトクラブに住んでいるの？」

「ぼくだってホテルの敷地内に住んでいる」

「たしかにそうだけど、それだってかなり……変わっているわ」

「ルーサーとぼくは自分たちが投資したものからつねに目を離さずにいたいんだよ」

「ふうん。ねえ、さっきの人たち、銃を持っているかもしれないと思わずにはいられなかったけど」

「まあ、そうかな」

「あなたのところの警備員も武装しているの？」

「いや。うちはホテルだ。ナイトクラブじゃない。ホテルの敷地内での銃の撃ち合いはなんとしてでも避けたいんだよ」

「なるほど、そういうことなのね」

「ぼくは銃ってものが好きじゃない」オリヴァーが付け加えた。「銃はそれを持ち歩く人間にまやかしの安心感を与える。いざというときに弾が詰まって発射しなかったりもする。かてて加えて、動いている標的に弾を命中させるのはすごくむずかしい。

とりわけ、緊張した状況では」

彼がそのことに強いこだわりを抱いていることは明らかだ。アイリーンは、ヘレンの小型拳銃をハンドバッグにしのばせていることは言わずにおこうと決めた。

オリヴァーがここもまた頑丈な錬鉄製の門扉の前で立ち止まり、インターホンのボタンを押した。

「ウォードとミス・グラッソンですが、ミスター・ペルに会いにきました」と告げる。

低い男性的な声が若干の雑音まじりに応答した。

「お待ちしておりました、ミスター・ウォード。いますぐまいります」

「よろしくたのむよ、ブレイク」

オリヴァーがボタンから手を離した。「ブレイクはペルの家を仕切っている男だ」

「執事ってこと？」

「用心棒も兼ねている」

「ここには用心棒がずいぶんたくさんいるみたいね」

「ここはナイトクラブなんだよ、アイリーン。しかも経営者はもぐり酒場と賭博場で財をなした男ときている」

「なるほど、そういうことなのね。さっきもそう言ったわね、わたし」

「きみに質問がある」

冒険が楽しくなりはじめていたアイリーンだったが、その瞬間どきりとした。

「どんな?」

「血痕のことだ」

驚いてオリヴァーを見た。「血痕?」

「ペギー・ハケットの浴室だが、きみは浴槽と洗面台の下に飛び散った血が少し残っているのに気づいた。それだけじゃなく、タオルとバスマットがなくなっていることにも気づいた。そのことに興味がある。きみが話してくれたような現場にたまたま足を踏み入れた人間の大半は、ショックのあまりそんな細部にまで目がいかないはずだ。なのに、きみはどうしてそんなところにまで目を向けられたのかが不思議でならない」

アイリーンはしばし言葉を失った。本当のことを彼に話すわけにはいかない。すなわち、ヘレン・スペンサーの死体を発見してからは、暴力行為を示唆する細かな痕跡に不自然なほど意識が向くようになっていた。恐怖症が病的な段階までこじれていると言う人もいるだろうし、このままでは緊張のあまり神経をやられてしまうと指摘する人もいるだろう。

意識を豪華な錬鉄製の門扉に引きもどした。執事の制服に身を固めた屈強な長身の男が二人に近づいてくる。その男もまた絶妙に仕立てた上着の陰に銃を隠していそうだ。

そのときふと思ったのは、どこか超現実的ではあるが、その光景――おそらくは銃を持った男たちに守られている贅沢な庭園と優美な邸宅――がバーニング・コーヴの町全体を象徴してはいまいか、ということだ。たったいま足を踏み入れた魅惑のパラダイスは、じつは黒く危険な秘密を隠している。

これがわたしの新たな生活なんだわ。何もかも表面的には素晴らしい。新たな生活に一歩を踏み出し、いい仕事と自分の車を手に入れた。そして今夜はこれまでに出会った中で最高に興味を感じる男性と食事をしようとしている。それも信じられないほど素敵なドレスを着て。でも、その裏でわたしはどうしようもなく恐ろしい秘密を抱えている。

「あら、そうかしら？」できるかぎり冷静に聞こえるように言った。「そういうことに気づいたのは、わたしがジャーナリストだからでしょうね。この仕事では細部に目を向けることが身につくの」

「ぼくの仕事と同じだな」オリヴァーが言った。

執事が門のすぐ近くまで来た。アイリーンは横目で素早くオリヴァーを見る。アイリーンの答えを信じてはいないようだ——端《はな》から。

「あなたの仕事ってどっちの？　マジックの仕事？　それとも高級ホテルの経営？」

「両方さ。言っただろう、その二つには共通点がたくさんある」

15

血痕のことではたしかに嘘をついたが、あの質問はなぜ?

オリヴァーは執事のブレイクがつくってくれたマティーニを味わい、ルーサー・ペルがアイリーンを魅了しようとする姿を眺めていた。アイリーンはピンクレディーを上品に飲みながら、うっとりとなったふりをしている。

すべてが演技ってわけでもなさそうだ、とオリヴァーは感じた。アイリーンがルーサーに好奇心をかきたてられているのは明らかだが、彼の魔力のとりこになってはいないことも一目瞭然だ。おもしろい。というのは、ルーサーはその気になれば、人――とりわけ女性――をみごとに魅了する。見かけは魅了されたようでいながら、内心それほどでない人間はごくまれだ。

オリヴァーはだいぶ前に、本当のルーサー・ペルは壁に掛けられた暗い海の風景画に表われているとの結論に達していた。だから、アイリーンが壁に掛かった数点の絵画に、そこにある何かを探しているかのような視線をときおりこっそり投げかけているのをおもしろいと思った。

ペルは痩身長軀だ。真っ黒な髪は、オイルを控えめにつけてつやを出すハリウッド・スタイル——横わけにしてまっすぐに後ろへ撫でつける——にしている。さまざまなことに広く関心をもつ教養人だ。どんな話題——新刊本、経済、ニュース、最近のポロの試合の結果——であろうと余裕を感じさせる洗練された物言いで語ることができる。

アイリーンが彼に対してそうであるのと同様、ルーサーもまたアイリーンに好奇心をかきたてられているのは明らかだったが、アイリーンが築いた目には見えない防壁をなかなか通過できずにいる。なぜだかオリヴァーにはそれが愉快でもあったし、うれしくもあった。

秘密を抱えた女性ほど好奇心をあおるものはなく、ペルも興味をそそられていることは間違いなかった。**きみだけじゃない、ぼくもだ**、とオリヴァーは思った。内心に熱くたぎる独占欲のせいで、ふと気づけば油断していた。もしもまだうまくいかないことをペルに先を越されでもしたらどうする？　**彼女の謎を先に解くのはこのぼくだからな。**

われながら思いもかけぬ激しい反応こそ懸命に抑えこんだものの、熱い衝動を覚えた事実には呆然とするほかなかった。

「わたしのことはそれくらいにしましょう、ミスター・ペル」アイリーンが言った。「わたしはただ、記事を書いている記者にすぎませんわ。ミスター・ウォードからうかがいましたが、ニック・トレメインに関するいくつかの質問にお答えいただけるそうで」

オリヴァーはまたマティーニを飲もうとしたところだったが、グラスを持つ手を止めた。

「オリヴァー」それだけ言った。

アイリーンは何が何やらわからず、彼をちらりと見た。「えっ？」

「ぼくの名前はオリヴァーだよ」

「あっ、そうだったわね」アイリーンは頬を赤らめ、すぐまたルーサーのほうを向いた。「わたしからの質問ですが、ミスター・ペル」

ルーサーが微笑を浮かべた。オリヴァーは思わず出かかったうめきをぐっとのみこんだ。その謎めいた微笑は、〈アメイジング・オリヴァー・ウォード・ショー〉における看板イリュージョン〈鏡の中に消える貴婦人〉と同じく、ルーサーを象徴していた。

「トレメインのアリバイを私が立証できるかどうか知りたいということだね」ルーサーが言った。「ミス・メイトランドが死んだ時刻、彼はうちのクラブにいたと言っている」

「ええ、そうなんです」アイリーンはピンクレディーをテーブルに置き、大型のハンドバッグの口を開くと、ノートと鉛筆を取り出した。「警察が割り出したグロリア・メイトランドの死亡推定時刻は十一時四十五分から十二時十五分、わたしが死体を発見した時刻です」

ルーサーはノートに目をやった。「きみの質問に答えれば、私がウォードに恩を売ることになるのはわかっているね」

アイリーンはためらった。慎重にいかねばならない。「恩?」

ルーサーの微笑がそれまでより明るさを増した。「その見返りとして、彼は私に借りをつくる」

アイリーンはオリヴァーを見た。「それじゃ困るかしら?」

「いや、心配いらない」オリヴァーが言った。「レディーをからかうのはやめてくれ、ペル。早いところ質問に答えてくれれば、これを飲み終えて、食事をはじめられる」

「わかったわかった」ルーサーがまたアイリーンのほうを向いた。「だが、私が言ったことはオフレコに願いたい。約束してくれるね」

アイリーンの口もとがこわばった。「それほどおっしゃるのなら」

「申し訳ないが、しかたがない。私は事業家だものでね、ミス・グラッソン。これ以上敵をつくるわけにはいかないんだ。いまでもたくさんの敵がいる。もし私の名前がきみの新聞に載って、このクラブに傷がつくような記事なら、まだインクが乾かないうちに『ウィスパーズ』を廃業に追いこませてもらう」

アイリーンは彼に冷ややかな微笑みを投げかけた。「承知しました、ミスター・ペル。あなたのお名前は『ウィスパーズ』をつぶしてやると脅した人のリストに加えさせていただきますね」

ルーサーの黒い眉が吊りあがった。「長いリストなのか?」

「いまも一分ごとに長くなっていますわ。これはつまり、わたしのやり方が間違ってはいないということでしょうね」

「いや、ミス・グラッソン。それはつまり、きみはガラガラヘビがいっぱい入っているかもしれない袋に手を突っこんでいるということだろう」

「彼女を怖がらせても時間の無駄だよ」オリヴァーが言った。「効果がない。ぼくの言うことを信じろ。もう試してみたんだから」

ルーサーがゆっくりと息を吐いた。「わかった。そういうことなら、話せることは話すが、大して役に立つとは思えないな。うちの警備担当者たちによれば、昨夜、トレメインは十時ごろに来店した。ここに来るまではカルーセルにいたようだ」

「それはどういう？」アイリーンが訊いた。

「町はずれにある、かつてもぐり酒場だった店だ。経営者は会員制クラブに見せかけた違法カジノもやっている。酒と賭博に加えて、紳士相手のそれ以外のお楽しみも提供しているそうだ」

「売春？」

「いま言ったように、トレメインはここに来る前にカルーセルに行ったとうちのボーイたちが言っていた」

「わかりました」アイリーンは素早くノートを取った。「どうぞつづけてください」

「トレメインは、到着したときにはもうできあがっていた。バーテンによれば、うちに来てからもずっとちびちび飲みつづけ、魅力的な女性とはひとり残らず踊り、大いに楽しんでいるようだったとか」

アイリーンが素早く顔を上げた。「ということは、そのあいだずっと彼はおたくの従業員の誰かの視界に入っていたというわけですね？」

「これがそういうわけでもない」

「どういうことでしょうか？」アイリーンの語調がきつくなる。

「十一時四十五分から十二時十五分のあいだ、従業員は誰もトレメインを見てはいない」

アイリーンは緊張を覚えた。「姿を消したんですか？」

「解釈の問題だね」

「それ、どういうことでしょう？」

「戻ってきた彼はバーでまた酒を注文したが、そのときは女性がいっしょだった。二人ともなんと言ったらいいのか……服装が乱れていた」

アイリーンが狐につままれたような表情をのぞかせた。「服装が乱れていた？　たとえば何か暴力沙汰に巻きこまれたとかそんなことでしょうか？　わたし、昨夜スパにいた人間が二人だった可能性については考えてもみませんでした」

オリヴァーは小さなため息を押し殺した。アイリーンは殺人を証明することにとらわれすぎて、ルーサーの微妙な言葉づかいに気づかずにいる。

ルーサーがオリヴァーと目を合わせ、片方の眉を問いかけるように吊りあげた。オリヴァーは首を振り、〝ぼくの助けは期待するな。たんなる傍観者なんだから〟という表情を彼に向けた。

ルーサーは愉快そうな顔をし、再びアイリーンに向きなおった。

「そのレディーの髪は乱れ、口紅はこすれてにじんでいた。ドレスの背中のファスナーはきちんと閉じていなかった。トレメインの顔の横には口紅がついていた。彼の髪もくしゃくしゃだった。ネクタイはほどけていた。だが、考えてみれば、蝶ネクタイを鏡なしで結ぶのはむずかしい」

アイリーンの顔が赤くなった。「わかりました。つまり、クラブの中で誰も見た人がいない時間帯、ニック・トレメインとそのレディーは庭園に出ていたということですね」

「ああ」ルーサーが言った。

アイリーンは鉛筆でこつこつとノートを叩き、険しい表情をのぞかせた。「わたし、確信があったんですけれど」

「残念だが」ルーサーが言った。

それ以上助けになれないことを心底残念に思う、思いやりに満ちているかに聞こえる口調だ。

オリヴァーはまだ飲み終えていないマティーニのグラスを置き、杖をぎゅっとつかんで窓際に行った。塀に囲まれた庭園を見おろす。そこここに明かりがちりばめられているのに、濃い緑の間《ま》にはいくつもの深い影がポケットのように点在していた。

これならば闇に姿を消すのは簡単だ。むずかしいのは明るいところへ戻るほうだ。

「ミスター・ウォード？」アイリーンがいささか鋭い口調で言った。「オリヴァー？どうかしたの？」

オリヴァーは視点を変え、どうしたらイリュージョンがうまくいくかを考えていた。

「庭園から外に出るのは大してむずかしくなさそうだ。塀を乗り越えてもいいし、裏の通用口を通ってもいい」オリヴァーが言った。

アイリーンはさっと立ちあがり、オリヴァーの横に行った。ルーサーも反対側から近づいた。三人はそろって庭園の暗がりを見おろした。

「塀沿いの何カ所かは本当に真っ暗だわね」アイリーンの声からは興奮が感じられた。

「トレメインは身体能力が高そうだから、きっと塀も乗り越えられるわ」

「ロープか梯子を使わなければおそらく無理だろうが、そういうものを手に入れるのはむずかしくはない」オリヴァーが言った。「庭仕事の道具が物置にいろいろ入っているんじゃないかな」

「残念だが、そのとおりだ」ルーサーが言った。ここではじめてルーサーが困ったような物言いをした。「しかし、通用口は使うとき以外はつねに錠がおりている」

オリヴァーがちらっとルーサーを見た。「鍵をちょっと失敬して、また戻しておくのは簡単だ。昨日の夜のスパの件でわかった」

ルーサーが顔をしかめる。「それもだが、トレメインがうちの従業員の誰かをうまく言いくるめて手伝わせた可能性もわずかだがなきにしもあらずだ」

「だとすれば、トレメインが誰にも目撃されずにこのクラブを抜け出す方法は何通りかあったかもしれない」アイリーンが言った。

オリヴァーがルーサーを見てから、アイリーンに視線を戻した。「基本的にはルーサーもぼくも、新聞記者やパーティーと見れば押しかける連中のような不法侵入者のたぐいを施設に入れないようにするのに手を焼いている。とはいえ、客は囚人じゃない。ぼくたちが敷いている警備体制は客を守るためであって、客が抜け出すのを阻むためじゃない」

「トレメインがどう抜け出したにせよ、数分もあればホテルまで車で行って戻ってこられたということね」アイリーンが言った。

ルーサーがオリヴァーを見て肩をすくめた。「数分じゃきついだろうが、やれないことはないだろうな。だが、そのためには事前の計画が必要だ」

アイリーンは片手でノートをぎゅっとつかみ、二人を正面から見た。興奮に目がきらきら輝いている。恐怖のささやきがオリヴァーの五感を直撃した。**彼女がこの調子で突き進んだら、殺されることになる。**

だが、彼女を制する術が思い浮かばない。

「それはどういう意味でしょうか？」アイリーンが訊いた。

ルーサーはマティーニをぐいっと飲み、考えをめぐらす雰囲気をただよわせた。

「車が必要になる」

アイリーンが顔をしかめた。「車ならあります。調べました。彼、バーニング・コーヴへ自分の車で来ています」

「トレメインは車をボーイに預けたが」ルーサーが言った。「そのあとは午前三時まで車を出してきてくれとは言わなかった」

「脇道にべつの車を待たせていたのかもしれません」アイリーンはとっさに言った。

「たしかにそうだ」ルーサーがうなずいた。「しかし、もしきみの言ったとおりだとしても、庭園からいっしょに戻ってきたレディーを忘れてはいけない。庭園でロマンチックなひとときを楽しんできたかに見えたそのレディーだが」

「その女性に話を聞く必要がありますね」アイリーンが言った。「その人の名前、ご存じですよね。どこへ行ったら会えるのかも」

「デイジー・ジェニングズ」ルーサーが言った。「訊かれる前に付け加えておくと、うちの常連客だ。ハリウッドの著名人たちと親しくなりたいらしい。目を瞠るほどの美人だから、客は男女を問わず彼女とのやりとりを楽しんでいる。そういう彼女を客として迎えることに私は異論などないが、もしも昨夜のトレメインの行動についてきみの推測が正しければ、彼はデイジーを説き伏せて協力してもらったことになる。もしそういうことだとすれば、彼女はトレメインと映画会社に、こう言え、と言われたことをきみに話すはずだ」

「それはつまり、彼女にお金を払って嘘をつかせるはずだと？」

「あるいは脅して」オリヴァーがさりげなく言った。「あるいは、もし協力しないなら、今後は彼のパーティー仲間には近づかせないと明言したか。いずれにせよ、その女性から本当のところが聞き出せるとは思えないな」

ルーサーが考えこんだ。「きみたち二人に言っておくが、トレメインの言っていることは本当かもしれないじゃないか。その四十五分間、本当にデイジー・ジェニングズと庭園に出ていたのかもしれない。とにかく、オリヴァーの言うとおりだ、ミス・

グラッソン。きみはトレントと映画会社がきみに聞かせたがっている話を聞かされるだけだ」

アイリーンは庭園にじっと目を凝らした。「トレメインが昨夜、ここを抜け出したかどうかを突き止める方法がほかにあるかもしれないわ。もし彼が脇道にべつの車を停めたとしたら、それに気づいた人がいるかもしれない。しかも、ホテルの近くでまた駐車してからスパに行かなければならないし、そのあとまたそれに乗ってここに戻ってこなければならない。そうなると疑問があるわ。誰の車を借りたのかしら？デイジー・ジェニングズのかしら？」

ルーサーがオリヴァーを見た。「彼女はあきらめるってことがないのかな？」

「ぼくが知るかぎり、ない」オリヴァーが答えた。

「そいつは将来、彼女の幸せの妨げになるかもしれないな」ルーサーが言った。

「そのあたりをきみから彼女に説明してもらえるとありがたいね」オリヴァーが言った。「ぼくもやってはみたんだが、どうもうまくいかなかった」

アイリーンがぱたんとノートを閉じた。「お二人がそうやってまるでわたしがここにいないみたいなおしゃべりをつづけられるのでしたら、わたし、ひとりで帰らせていただきます」

「これは失礼」ルーサーが言った。

ブレイクがドアのところにやってきた。「お食事でございます」

ルーサーがにこりとした。「なんて間がいいんだ、ブレイク」

「そろそろ気分を変えないと」オリヴァーが言った。「さあ、食事をいただこう」

オリヴァーがアイリーンの腕を取った。格調高い食事室に向かって歩きながら、アイリーンは最後にもう一度、ペルが描いた海の風景画に目をやった。

「この絵はあなたがお描きになったの、ルーサー?」

「ああ」

「どれも……興味深いわ」

ルーサーがくっくと笑った。「言い換えれば、わが家には掛けたくない、と」

「そういうわけでは」アイリーンは言った。「わたしにはわが家がありませんから。ロサンゼルスのちっぽけなアパートメントなんです」

16

オリヴァーがコーヴ・インの正面の縁石沿いの駐車スペースに車を入れた。小さなホテルの客室はすべて暗かったが、ポーチの明かりが正面入り口を弱々しく照らし出していた。

「どうやらミセス・フォーダイスは起きて待っていてはくれなかったようだ」

「玄関の鍵を預かってきているの。自分で開けて入ってと言われて」アイリーンが言った。

オリヴァーは自分を待っているひとりぼっちのベッドを思い浮かべ、つぎの瞬間、ひとりで寝ることにすっかり慣れてしまった自分を考えた。そんなことが毎晩気にかかるわけではないが、今夜は違った。今夜はベッドに入るとき、アイリーンのことが頭に浮かぶはずだ。そしてなかなか寝つけない予感がする。

ゆっくりと時間をかけて運転席から降りた。入り江の水面を霧がおおってはいるが、マリーナと古い漁業用の桟橋の明かりは見えた。

部屋に帰る前にあの桟橋を散歩しないかと誘ったら、アイリーンはなんと言うだろう。

かまうものか。最悪でもノーと言われるだけのことだ。

車の前を回って助手席側のドアを開けた。アイリーンは彼が差し出した手を今度は素直に取った。その手はあたたかく繊細でありながら、彼の手をつかんだ軽やかで安定感のある仕種からは力強さが伝わってきた。

先刻と違い、体重をかけたら彼がバランスを崩すかもしれないと心配しながらの動きではなかった。一歩前進。

「少し歩かないか？」さりげなく聞こえるように問いかけた。全身のどこを取っても、彼女にイエスと答えてほしい想いを悟られないよう意識した。

短い沈黙。オリヴァーは冗談でなく息ができなくなった。

「もう遅いわ」ようやくアイリーンが口を開いた。薄手の肩掛けを直す。「それに、ちょっとじめじめしているし」

しかし、アイリーンは歩道で足を止めて、玄関ポーチへの階段に向かおうとはしなかった。

肩掛けでは海から吹いてくるひんやりとした夜気に対してあまり用をなさない。オリヴァーは無言のままディナー・ジャケットのボタンをはずし、彼女の肩に着せかけた。ほっそりした体にそれはあまりにも大きすぎて、まるでケープのように彼女を包んだ。だが、彼女ははねのけようとはしなかった。オリヴァーは大きな上着に包まれた彼女をうっとりと眺めた。

そして腕を差し出した。アイリーンがそこに手を添えてきた。オリヴァーはやっとのことでまた正常な呼吸ができるようになったものの、全身の血がたぎっていた。

二人は歩道をゆっくりと歩いた。しばらくは街灯が二人の足もとを照らしていた。左右対称でない歩調を意識するとつらかった。杖を小枝さながらぽきんと折ってしまいたかった。しかし、アイリーンがそれを気にかけるようすはいっさいない——おそらく彼女の頭の中にはべつの人間、すなわちニック・トレメインのことでいっぱいだからなのだろう。

「ところで」しばらくしてオリヴァーは言った。「ペルについてはどう思った?」

「あなたが彼を信頼のおける友人だと考える理由は理解できるわ。たとえ少々年上ではあっても」

彼が期待していた返事は返ってこなかった。

「どうしてぼくたちがいい友人同士だと思う？」つぎの問いを投げかけた。

アイリーンがにこりとした。「あなたのオフィスの壁に彼の描いた絵が二点飾ってあるわ」

「気がついたんだね。ぼくはたぶん、彼の絵が好きなんだ」

「それだけじゃないわ。あなたは彼の作品を理解しているんだと思うの。二人には共通点がいくつもあるんじゃないかしら」

「二人とも人びとに華やかな幻想を提供しているからかな？」

「いいえ、あなたがたは二人とも表面のイメージの裏にもっと深くて、もっと複雑な何かを隠しているからだわ」アイリーンが言った。

「ぼくは自分が複雑だと思ったことはないが、ルーサー・ペルは間違いなく、みんなが思っているより複雑だ」

「それはなぜ？」

「きみが言ったとおり、彼はぼくよりいくつか年上だ。十九歳のときに出征し、大戦を戦った。幸運にも目に見える傷は負わずに帰還したが、傷は目に見えるものばかりではない」

「たしかに」

桟橋の入り口に到着した。二条の明かりが板張りの散歩道を照らしている。先端は月明かりが混じる霧のせいではっきりとは見えない。

オリヴァーがアイリーンを桟橋のほうへといざなったとき、彼女は何も言わなかった。沈黙を板張りの歩道の下にやさしく打ち寄せる波の音がさえぎる。

すぐ横を歩くアイリーンの香りがときおりただよってくる。花の香りのコロンと彼女自身が放つ女性のにおいがないまぜになった香り。オリヴァーはいつもより強く打つ鼓動を意識した。反射的に彼女の腕を取った手に力がこもる。彼女にいつまでもここにいてほしかった。彼の隣に、できるだけ長く。

「今夜はペルから聞きたかったことを聞き出せなくて申し訳なかった」ついに沈黙を破り、そう言った。

アイリーンがため息をついた。「トレメインが殺人犯だと証明するのは簡単じゃないと思っていたわ」

「ああ。簡単じゃない。むしろ不可能に近い」

「わたしのしていること、時間の無駄だと思っているんでしょう?」

「ぼくが思っているのは」オリヴァーがゆっくりと言った。「きみはすごく大きな危険を冒しているということだ」

アイリーンが横目で彼を見た。「危険ならあなたも進んで負っているわ。もしニック・トレメインが三人の女性を殺したことを突き止めたとしても、それを証明できなかったら、どうするつもり？」

「その問題は、問題が起きたら悩むことにするよ」

アイリーンがぴたりと足を止めた。「それ、どういう意味？」

彼も立ち止まるほかなかった。彼女の腕を離し、杖の柄を手すりに掛けて、木の柵にもたれた。

「つまり、ここはバーニング・コーヴで、ロサンゼルスじゃないってことさ。ここのルールはちょっと違うんだ」

「ミスター・ウォード――」

「オリヴァー」

「オリヴァー。わたし、あなたのホテルのスパで何が起きたのかを突き止めることに関心をもってくれていることがうれしいし、協力に感謝もしているけれど、あなたが逮捕されるかもしれないようなことをして、わたしがその責任を感じるのはいやだわ」

それを聞いたオリヴァーが笑みを浮かべた。「もしぼくが逮捕されたら、それはぼくに落ち度があるからだ。信じてくれ」

アイリーンは防護服とも呼べそうな彼の上着の下で腕組みをし、彼を見た。近くから二人を照らすランプの弱々しい明かりの中に、彼はアイリーンの目に宿る影を見てとった。

「きみはたぶん、つぎはデイジー・ジェニングズから話を聞こうと考えている、そうだろう？」

「ええ」

「ルーサーの言ったとおりだ。彼女はきっと何も話さない。もう映画会社の人間が彼女に接触しているはずだ」

アイリーンは首をわずかにかしげ、仄暗い明かりの中で彼の顔をじっとうかがった。何を考えているのか読みとろうとしていることは彼にもわかった。

「それでも、試してみる価値はあるわ」アイリーンが言った。「だって、ほかに手がかりがないんですもの」

「それを手放す気はまったくないんだね？」

「ええ。そんなことできないわ。ひょっとしてミス・ジェニングズを知っているの？」

「知っている。本人がよければべつにかまわないが、夢を追って人生を浪費している」

「女優になりたいの?」

「デイジー・ジェニングズは夜な夜なパラダイス・クラブに現われ、ときどきはうちのホテルのラウンジにも姿を見せる。なぜかと言えば、これという人物と寝れば、どうしても受けたかったスクリーンテストを受けられることになり、それを機に映画スターになれるかもしれないと願っているからだ」

「悲しい話」

「彼女だけじゃない。ハリウッドは彼女のように夢を追う人間でいっぱいだ。その中にはバーニング・コーヴまでやってくる者もいる。スターや監督がここに来るからね」

「ええ。『ウィスパーズ』で働きはじめてから、目で星が輝いている人にたくさん会ったわ。みんな、夢を追っているのよね」

「きみの夢は?」オリヴァーが訊いた。

「夢は変わるわ。わたし、小さなころに両親を亡くして、祖父に育てられたの。昔は世界を旅行して回ることを夢に見ていたわ。でも、十四歳のときに祖父も逝ってしまった。それから二年ほどは孤児院で過ごしたの。しばらくは自分の家族をもつことを夢に見たけれど、少しすると、本当に必要なのは生計を立てる術だってことがはっきり見えてきた。最近のわたしの夢はもっと現実的だわね。あなたは？」

「きみと同じで、夢は変わる。第二のフーディニになりたかったときもあった。いまの目標はバーニング・コーヴ・ホテルの経営がこのまま順調にいくことだな」

「二人とも夢を現状に適応させることができるみたい」

「そのほうがたぶん失望が小さくてすむ」オリヴァーが言った。

「たぶんそうね」

「もしこの真相究明がうまくいかなかったら、そのときはどうするの？」

「また通常の仕事に戻って、べつの記事を書くだけ。特ダネといえば、今夜はわたしのためにいくつもの扉を開いてくださって、感謝しているわ。お礼を言わなくちゃ。ルーサー・ペルに紹介してくださるなんて」

「礼など言わないでいい。よしてくれ」

意図した以上に鋭い口調になったようだ。なぜなら、アイリーンが一瞬表情をこわばらせ、つぎに素早く彼を探るようなまなざしを投げてきたからだ。

「礼儀正しくしなければと思っただけなのに」アイリーンが冷ややかに言った。「あなたっていつもそういうふうに怒りっぽいの？」

オリヴァーがうめいた。「すまない。きみにきついことを言うつもりはなかったんだが。ただ、こうした協力態勢からぼくがそれ以上のことをいっさい望んではいないということをきみにはわかってほしかっただけなんだ」

「それ以上のこと？」アイリーンがいやに慎重に繰り返した。

いま立っている足もとの板が卵の殻に姿を変えたような気がした。もう怖くて一歩も動けないが、なんとか説明しなければならない。

「感謝は誤解されることがある」

「それほんと？　わたしは言葉どおりにすんなり受け取るけど」

「ぼくが言いたいのは、つまり、ろくでもない扉をいくつか開けたぼくへの感謝のしるしとして、ベッドをともになんてことは期待していないってことさ」

「ご心配なく。あなたの協力に対するお返しとして寝るなんて意志は毛頭ありませんから。それでよろしいですか？」

「よろしい」

「よかった。そういうことなら、これで部屋に戻らせていただくわ。ひとりで」

アイリーンが素早く一歩横へ踏み出し、彼をかすめるように方向転換すると、桟橋をいま来たほうへと足早に歩きだした。

「くそっ、アイリーン、どうしてきみは言葉の意味をそうやって歪める?」

オリヴァーは手すりに掛けた杖をつかみ取り、彼女を追って歩きはじめた。悪いほうの脚を痛みが貫く。激痛のあまり、二、三秒間呼吸困難に陥った。それでも歯を食いしばり、杖を握る手に力をこめて歩を進めた。

アイリーンは振り返らなかったが、華奢なヒールのせいで思うように速くは歩けない。だから彼女がコーヴ・インの正面入り口にたどり着いたときにはもう、オリヴァーは二人の距離をぐっと縮めていた。

すると、ポーチの陰でうずくまる二人の男が見えた。アイリーンは大きなハンドバッグに手を入れてもどかしそうに鍵を探していたため、まだ男たちに気づいてはいない。

「アイリーン、止まれ」オリヴァーは舞台で使う発声で呼びかけた。劇場の最後列の席まで届く声だ。

アイリーンがぎくりとして動きを止めた。

「なんなの?」

陰にひそんでいた二人の男がぬっと現われた。そのうちのひとりは両手で箱型の物体を抱えている。

オリヴァーは杖を支えにしてアイリーンの腕をつかみ、ぐっと引き寄せた。これから起きようとしている事態から彼女を守るためだ。

フラッシュが焚かれた。オリヴァーはまぶしい光を避けようと顔をそむけた。

「何かおっしゃりたいことは、ミスター・ウォード？」片方の男が言った。「ミス・グラッソンとの交際はどれくらいになるんですか？」

もうひとりの男がカメラのシャッターを切った。フラッシュが再び光り、夜気を焦がした。

「それじゃ、今度はあなただ、ミス・グラッソン？」最初の男が言った。「ミスター・ウォードとの関係について何かおっしゃりたいことは？」

「お友だちです」アイリーンの声が引きつっている。

彼女がようやく鍵を探り当てると、オリヴァーはそれを取り、彼女を支えて階段をのぼらせて玄関のドアを開けた。

「レディーの返事を聞いたでしょう」オリヴァーは振り返って言った。「ただの友だちだよ」

アイリーンをロビーに入れ、ドアをばたんと閉めた。

歩道を歩き去っていく大きな足音が聞こえたあと、通りのどこかで車のエンジンがうなりを上げた。

「いやになっちゃう」アイリーンは背中に回されたオリヴァーの腕から抜け出て、上着を脱いだ。「わたしは記事を書く側であって、書かれる側じゃないのに。これ、困ったことになるのかしら？」

「さあ、それはなんとも」オリヴァーが言った。「誰かがあの二人にぼくたちを待ち伏せさせたんだろうな」

「トレメインの映画会社？」

「おそらくは。疑問は、いったいあの写真をどうするつもりなのかだ」

「わたしたちはどちらもスターじゃない。となると、あの写真にお金を出すハリウッド雑誌があるとは思えないけど」

「十四歳にして乙女らしい夢を見るのをやめた孤児にしては、いやに楽観的だな、きみは」

17

「バーニング・コーヴはいったいどうなってるの？」ヴェルマ・ランカスターの凄みのある声が電話線の向こうから聞こえてきた。「『シルヴァー・スクリーン・シークレッツ』によれば、あなたがバーニング・コーヴ・ホテルの経営者である元マジシャンとデートしているんだそうよ。これじゃ、なんのためにあなたに給料を払っているのかわからないわ」

アイリーンは「シルヴァー・スクリーン・シークレッツ」をぎゅっとつかみ、一面に掲載された写真に目を凝らして言葉を失った。でかでかと載った写真をアイリーンが見過ごすことのないようにと、ミセス・フォーダイスはフロントのカウンターの上に置いていってくれた。

なんてひどい顔。口を開け、目もショックのあまり大きく見開いて、どこから見ても、浮気の現場を押さえられた女の恐れおののく表情である。オリヴァーの白いディナー・ジャケットを肩からはおっていることも、彼の手ががっちりと彼女に回されていることも、状況をなおいっそうまずくしている。

ひどく不公平だと思うのは、どういうわけかオリヴァーはぞくっとするほど危険かつ思わず見とれるほど魅力的に写っている。彼がディナー・ジャケットを脱いでいる事実も、きわめてみだらとしか言いようのない要素を写真に加えている。

写真に添えられた説明は二人の姿から考えられる中で最悪な一面を文字にしていた。

〝元マジシャン、ミスター・オリヴァー・ウォードと新しい恋のお相手、新聞記者のミス・アイリーン・グラッソン〟

アイリーンは電話におおいかぶさるようにし、声をひそめた。

「これ、そんなんじゃないんです」

「なあに?」ヴェルマが大声で訊いた。「聞こえないわ」

アイリーンは声を少しだけ大きくした。「そんなんじゃないって言ったんです」

ミセス・フォーダイスはカウンターの内側で忙しそうなふりをしているが、実際は好奇心の塊といったふうだ。ひとことも聞き逃すまいと耳をそばだてている。

「あなたは新聞業界の人間なのよ」ヴェルマの口調は険しい。「写真や記事は見たり読んだりしたとおりなの。ようくわかってるわね。直感がすべて。これを見るかぎり、あなたは殺人事件の調査と称しながら、殺人が起きたホテルの経営者とデートしている。しかも、そのホテル経営者はよりによって、最後の公演の舞台の上であやうく殺されかけた元マジシャン」

「それは関係ありませんよ。バーニング・コーヴの人以外、わたしの私生活になんか興味を抱く理由がないでしょう?」

「たしかにわたしとこの『ウィスパーズ』のあなたの同僚を除けば、あなたの私生活に興味を抱く人なんかいない。この写真に報道価値があるのは、これがウォードの私生活だからよ」

「そんなことありませんよ。彼は言ってました。自分はもうスターじゃないから、ロサンゼルスの新聞のことなど心配していないって」

「でも、それが間違いだと判明した。記者たちはいまだに、舞台で殺されかけたのを最後に姿を消した有名マジシャンに大いに興味を持っていることは明らかだわ。ところで、素敵なドレスだこと。わたしがあなたに払ってるお給料で、どうやってあのドレスが買えたのかしら?」

「ミスター・ウォードのホテルのご厚意で貸してもらって」

「オリヴァー・ウォードがあのドレスをあなたに?」

「そんな言い方、よしてください。オリヴァー・ウォードとの関係はあくまで仕事ですから」

「ずいぶん興味深いお仕事だわね」

「ミスター・ウォードはわたしの調査に協力してくれているんです」アイリーンが冷ややかに言った。

「あらそう? 記事を読んでごらんなさい」

アイリーンは素早く記事に目を走らせた。


公演で人体消失マジックを演じていたさなかに悲劇的な事故が起きたあと、身をひそめたマジック界の伝説、ミスター・オリヴァー・ウォードがカリフォルニア州バーニング・コーヴに姿を現わした。現在、彼はハリウッドの著名人が贔屓にする高級ホテルを経営している。

昨夜、そのミスター・ウォードが海辺の一角にある悪名高きナイトクラブにミス・アイリーン・グラッソンをエスコートして入っていった。

かつての偉大なマジシャンはデートの相手がロサンゼルスの三流新聞で働く記者だということを知っているのだろうか。ミス・グラッソンはご存じのとおり、ミスター・ウォードのホテルの客の溺死について警察の調べを受けた人物である。

いくら手練れのマジシャンであっても、尻軽女の誘いに惑わされることがあるのかもしれない。


「尻軽女ですって？」アイリーンが言った。

「そのようね」

「わたしの評価はさておいて、オリヴァー・ウォードの言うとおりだったわ」

「わたしに言わせれば、『ウィスパーズ』が三流新聞だって表現が大いに腹立たしいわ」ヴェルマが言った。「『シークレッツ』はうちの新聞名を入れもしなかった」しばしの間があった。「ところで、ウォードの言うとおりだったってどういうこと？」

「昨夜のデートはミスディレクションのための偽装だったんです。うまくいったみたいだわ」

「これがどうしてミスディレクションなの？ ひょっとして気づいてないかもしれな

いから言っておくと、この記事、あなたがメイトランドの死に関係があるってことを強烈ににおわせているのよ。有罪の連想、そう呼ぶほうがいいと思うわ――ミスディレクションじゃなく」

「まあ、どっちでもかまいません、ボス。いいですか、とにかくここでいろいろなことが起きているんですから、話を聞く必要がある人がバーニング・コーヴに何人かいます。そういうことで、もう二、三日ここに滞在しますね」

「それはないでしょう」

アイリーンは編集長を無視した。「延泊の予定はなかったので、着替えを取りに今日ロサンゼルスにいったん戻ります。空き巣がアパートメントから何か盗んでいったかどうかを調べる必要もあるんで。オフィスにも寄って、こっちがどうなっているかを説明します。それを聞けば、このネタが大スクープだってことがわかるはずです」

「いま泊まっているバーニング・コーヴのインの請求書も突きつけるつもりね」

「だって、ボス、この記事が『ウィスパーズ』をロサンゼルス一の新聞に押しあげるんですよ」

「あるいは廃業に追いこむか」ヴェルマが言った。

「トレメインだけじゃありません。ペギーの件もあるんです。忘れてはいませんよね？」

「わかったわかった。そのインの宿泊費、あと二日分出してあげる。でも、トレメインの名前を入れた記事は、彼が犯人だっていう確たる証拠をつかむまでは書かないこと」

「ありがとうございます。けっして後悔はさせませんから」

「ドレスはどうするの？」

「ドレスって？」

「写真を撮られたときに着ているドレス」ヴェルマが辛抱強く言った。「あなたが一年間に受け取る給料よりたぶん高いドレス」

アイリーンはインの部屋のクロゼットに掛けたドレスを思い浮かべた。「さっきも言いましたけど、あくまで借り物なんで。今日、バーニング・コーヴ・ホテルに返すつもりです」

「残念ね。すごく似合ってるのに」

「お芝居のためのちょっとした小道具だったんです」

18

ニック・トレメインは「シルヴァー・スクリーン・シークレッツ」を中庭のテーブルの上に放り投げ、籐椅子から腰を上げた。

「オグデンはこの写真がおれの問題を解決するとでも思っているのか?」

「これを見てすごく喜んでいるわ」クローディアがぐっと唾をのみこんだ。「彼が言うには、今日、ロサンゼルスでは誰も彼もが隠遁生活を送っている元マジシャンの噂でもちきりになるはずだって。だって、元人気マジシャンのデートの相手というのがどこの馬の骨ともわからない尻軽な新聞記者。それもミス・メイトランドの死亡にじかにかかわった女なのよ。ミスター・オグデンはこの記事はミス・グラッソンが『ウィスパーズ』に書いた記事でこうむったダメージを帳消しにしてくれると確信しているわ」

「おれにはさほどの確信はない」ニックが言った。

専用の中庭には朝食が運ばれていたが、ニックは誰とも口をきく気になれずにひとりで食べていた。クローディアはべつだ。そこに立たせ、「シークレッツ」の記事の内容を説明させるかたわらで、彼自身はエッグ・ベネディクトを食べ終えたところだ。クローディアにはコーヒーのカップを差し出そうともしなかった。自分のカップくらい自分で取ればいい。なんと言おうが、彼の付き人ということなのだから。

中庭の端に行き、入り江を見おろした。朝の霧が晴れて、またきらきらした一日——絵に描いたように完璧であるべき彼の人生の一頁となる晴れわたったカリフォルニアの新たな一日——がそこにあった。

ごく最近までは何もかもが順調だった。超高速のエレベーターに乗り、てっぺんめざして突き進んでいた。たしかにまだ映画会社との契約内容には我慢を要するが、遠からず演じたい役を選ぶ権利を手にすることができそうだった。くそっ、たんまり稼いだら、金を払ってでも忌々しい契約に縛られない身になってやる。もしそのときそうしたければ、の話だが。

ところが数週間前、「ウィスパーズ」のひとり目の記者が彼の過去をつつきはじめた。しかし、そのハケットが事故死を遂げたため、これで自由になったと思いこんだ。つぎにグロリア・メイトランドがまた姿を現わし、新聞記者に話そうと思うが、黙っていてほしければ口止め料を出せと脅してきた。オグデンが要求に応じて金を支払ったが、グロリアは口止め料だけではすまなかった。ニックは頭のどこかで、グロリアはたぶん金だけでは黙らないだろうとわかっていた。彼女はそれ以上のことを望んでいたのだ——復讐。

グロリアがいなくなり、これでまた自由になれればと切に願った。スターの世界に憧れる地元の売春婦、デイジー・ジェニングズが厄介の種になるとは思ってもみなかった。彼女はメイトランドが死んだ夜のアリバイになってあげると言ってくれたのだ。**あなたのためならなんでもするわ、ニック**。だが、彼を守るのとひきかえにスクリーンテストを受けさせてほしがった。じつのところ、彼は映画会社の中でそうした力は持っていない——まだ。しかし、とりあえず約束はした。運がよければ、デイジー・ジェニングズがおとなしくしてくれているうちに、グラッソンを止める方法を考えつくかもしれない。

邪魔をするのはいつだって女だ、とこれまでを振り返った。シアトルのベティー・スコット、アルコール依存でクビになったゴシップ記者のペギー・ハケット、グロリア・メイトランド、アイリーン・グラッソン。

そう、いつだって女だ。

「誰もがグラッソンはたぶんウォードと寝ていると思うだろうっていうのは本当だな。ついでに、もしかしたらメイトランドが死んだのも彼女のせいかと考えるかもしれない。だが、だからといってグラッソンがおれに関する記事をもう書かないってわけじゃない。そうなれば、またみんなそれを読む。たとえあの女が尻軽でふしだらだと思ってはいても、だ。おれが殺人に関与しているってゴシップはもうたくさんだよ。オグデンにはグラッソンが『ウィスパーズ』にこれ以上記事を書かないように手を打ってもらわないと」

「ミスター・オグデンは、もう手はずはととのえてあるとあなたに伝えるようにとまた言っていたわ」クローディアが言った。「アイリーン・グラッソンと刺し違えて死ぬつもりだと約束してくれたほどよ」

「きみじゃ話にならない。目の前から消えてくれ。ひとりで考えたい」

クローディアはあわててヴィラのリビングルームに戻った。そしてその数秒後、玄関から出てドアを閉めた。

ニックはまたまぶしく輝く入り江に目を戻した。ここまではほぼ順風満帆だった人生を女のせいで頓挫させてなるものか。

19

ロサンゼルスには歯が立たない、とちょうど思いはじめていた。

「たしかなんだな、それは？」ジュリアン・エンライトは電話に向かって言った。

「ご自分の目でたしかめてくださいよ」マーカス・グッドマンが言った。「『シルヴァー・スクリーン・シークレッツ』をごらんになればわかります。これがもしあなたがわれわれのオフィスに送ってくださった写真の女でなければ、私はファイルキャビネットを食べてみせます」

アナ・ハリスを探し出すため、ジュリアンはつぎつぎと私立探偵や警官を雇ってきたが、マーカス・グッドマンはいちばん新しく雇った男だ。もう何カ月にもわたって、すべての手がかりは厚い壁にぶつかっていた。

当初は簡単に見えたんだが、とジュリアンは振り返った。ヘレン・スペンサーの屋敷を再び訪れてみると、すでにもぬけの殻だった。警察も捜査を打ち切っていた。家政婦と執事の夫婦も荷物をまとめて出ていったあとだった。弁護士たちはいまもあの豪邸の相続人を探し出そうとしている。

おかげで彼は、時間をかけて屋敷内を調べることができた。しめた、と思ったのは、アナ・ハリスが黄色いパッカードの新車と写った額入りの写真を見つけたときだ。アナ・ハリスはパッカードの横に立ち、誕生日にサプライズの贈り物の箱を開いた子どものように興奮と喜びを隠しきれない面持ちだ。その表情からわかったのは、彼女がこうした贈り物に慣れていないということ。彼はスペンサーの書斎でその車の領収書も発見していた。

屋敷をあとにしたときには、追跡にはもってこいの写真と乗っていった車の車種や細部に至る特徴までを手にしていた。あの女の追跡がむずかしいはずはなかった。手がかりと勘にたより、一日の運転で行ける範囲内にあるホテルやインをくまなく調べた。そして、彼女は車の中で寝たか、あるいは安いオートキャンプで一夜を明かしたかだろうという結論に至った。思いもよらぬことだ。スペンサーに雇われているあいだは、立派なホテルや高級レストランが当たり前になっていたのだから。

もうひとつ、思い当たることがあった。それまではあの手帳を買う人間を探すあいだは東海岸にいるものと仮定していた。だが経験によれば、人が逃げるとき、たいていは自分がよく知っている場所に向かう。熟知している土地であることもしばしばだ。土地勘のある場所ならば心が休まる。そのうえ、スペンサーの個人秘書をしていた女ともなれば、盗っ人や諜報員といった輩の用命に応じる地下組織と接触できる人間を知っていたにちがいない。

しかし、闇市場の競売に科学者の手帳が出てきた気配はまったくなかった。あの女は東海岸にはいないのかもしれないと思ったときには、すでに二カ月が経過していた。父親は早くも烈火のごとく怒っていた。

ついに調査員がパッカードを発見したとき、調査の潮目が変わったと思った。とある農家の庭に置かれていたわけだが、その家の主人の説明では、ある朝、未舗装道路の端に乗り捨てられているのを見つけたという。

ジュリアンはそのときはじめて、追跡の対象がヒッチハイクで逃走したのかもしれないと気づいた。

調査は再び行き詰まった。

さらに数週間のむなしい捜索をつづけたのち、アナ・ハリスも新生活を求める多くの人びとが取る道を取ったのではないかとようやく悟った。まずはシカゴに行き、そこからルート66で西をめざしたのだ。

しかしながら、それを思いつくまでにさらに一カ月が経過していた。アナ・ハリス探しはもはや興味をそそる挑戦ではなく、強迫観念と化していた。

この調査にはもうひとつの要素もあった。アサートンの手帳には、当初想定していたよりもはるかに莫大な価値があると父親から知らされたのだ。買い手はひとりの大金持ちどころではないという。

ルート66の終着点はカリフォルニア州サンタモニカ。あそこは三方がロサンゼルス市と接している。残る一方は太平洋だ。アナ・ハリスはロサンゼルスに身をひそめた、とジュリアンは確信した。たしかにもっと北のサンフランシスコまで足を延ばした可能性もあるが、あの女はロサンゼルスのように途方もなく大きく広がった都市のほうが安心だと感じるはずだと直感的に思った。なんとなれば、ロサンゼルスは何もかもが見た目とは違う街だ。ハリウッドは逃げる女にとってもってこいのセット。新しい名、新しい過去、新しい未来？　なんでもござれだ。

アナ・ハリスがこれ以上先へは行くことはない。アメリカ大陸の端まで到達したのだから。

だがまもなく、ロサンゼルスは彼が予想していた以上になかなかな隠れ場所であることが明らかになった。ここへ来てそろそろ一カ月、これまで女の足取りはいっさいつかめていない。ロサンゼルス周辺の町や村は、独身女を含めて、生まれ変わろうとする人間であふれている。カリフォルニアにあっては過去ある人間などひとりもいないかに見える。

ジュリアンと彼が雇った調査員らは再び厚い壁にぶつかった。

長くきつい仕事になるだろうと踏んで、ジュリアンはベバリーヒルズ・ホテルに腰を落ち着けた。いくら金持ちであっても、その特権の享受なくしては意味がない。サンセット・ブールバードに面し、手入れの行き届いた広大な庭園、椰子の木は夢のカリフォルニアを体現していた。

映画スターを含むわくわくするほど魅力的な人びとがバーに群がり、プールサイドに目をやれば、椅子に寝そべったそういう人びとが「デイリー・バラエティー」や「ハリウッド・リポーター」といったセレブの話題ばかりを満載した新聞を読んでいる。二日前にはキャロル・ロンバードを見かけたし、昨日の午後はフレッド・アステアとおぼしき男を見た。

華やかな街――そしてその華やかさこそ、彼のこれまでの生活に欠落していたものだと痛感した。そこには想像を絶するきらびやかな世界が待ち受けていた。

「その新聞を見たあとでまた電話する」受話器に向かって言った。

受話器を受け台に置き、通りかかったベルボーイと目を合わせた。

「『シルヴァー・スクリーン・シークレッツ』を買ってきてくれ。プールサイドにいる」

「かしこまりました」

ベルボーイはまもなく新聞を携えてやってきた。一面にでかでかと載った写真を見るなり、ジュリアンの胸は躍った。ほぼ四カ月間というもの、毎日じっくり見てきたアナ・ハリスの写真。顔の細部――眉の形、唇の形――まで知りたくて引き伸ばした写真が頭に浮かんだ。

新聞の写真では髪型は異なっている。個人秘書にふさわしいカールをピンで留める形にもはやこだわる必要もないわけだ。きっちりウエーヴさせて肩まで垂らしている。すごくモダンだ。すごくハリウッド的。だが、写真の女が彼がずっと追ってきた獲物に瓜二つであることは疑いの余地もなかった。

写真に添えられた説明文によれば、女の名はアイリーン・グラッソン、新聞記者だという。名前と職業を変えたってことか。**利口な女だ**。**だが、それほど利口ってわけでもない**。**これでもうこっちのものだ**。

ジュリアンはアイリーンことアナに腕を回した男をじっと見た。オリヴァー・

ウォードという名にはなんとなく聞き覚えがある。手にした杖に気づくと、記憶が刺激された。記事の全文を読んだ。

公演で人体消失マジックを演じていたさなかに悲劇的な事故が起きたあと、身をひそめたマジック界の伝説、ミスター・オリヴァー・ウォードがカリフォルニア州バーニング・コーヴに姿を現わした。現在、彼はハリウッドの著名人が贔屓にする高級ホテルを経営している。

昨夜、そのミスター・ウォードが海辺の一角にある悪名高きナイトクラブにミス・アイリーン・グラッソンをエスコートして……

ジュリアンは新聞を脇に置き、サングラスをはずすと、プールの水面で躍る陽光を静かに見つめた。そしてしばらくののち、笑みを浮かべた。

ずっと前に気づいてはいたが、追跡は誘惑や前戯よりもはるかに大きな興奮をもたらす。そして殺人はこれまでに体験したどんな性行為にもまさる。

彼が生を満喫していると思えるのは、他人の命を掌中におさめた瞬間——獲物の目にむきだしの恐怖を見てとった瞬間——なのだ。

しかし、その前にまずしなければならないことがある。アイリーンに取りかかる前に手帳を見つけなければならない。忌々しいあの手帳を奪還するまで父親の小言がやむことはないのだ。

20

アイリーンがコーヴ・インの部屋でロサンゼルスまでの長いドライブの支度をととのえていたとき、階段の下からミセス・フォーダイスの呼びかける声がした。

「電話ですよ、ミス・グラッソン」

アイリーンは頭の中に、わたしがこのインに泊まっていることを知っていて、電話をかけてくる理由がある人間の短いリストを思い浮かべた。該当するのは二つの名前。ヴェルマ・ランカスターとオリヴァー・ウォードだ。ヴェルマからは少し前に電話があったことを考えると、今度はオリヴァーという可能性が高い。

期待に胸が高鳴った。それを懸命に抑えこむ。彼とは真相解明に関してのパートナーよ、と自分に言い聞かせた。二人の関係はあくまでその範囲内でのことだ。

廊下に出て、せわしく階段を下りた。ミセス・フォーダイスがフロントデスクに置かれた受話器を示す。

「これからもこんなふうにひっきりなしに電話を使うなら、追加料金をお願いすることになるわ」警告が発せられた。

「上乗せ分も請求書に加えてください。新聞社が払いますから」

「そうさせてもらいますね」ミセス・フォーダイスが言った。「それじゃ、わたしはこれで厨房に戻ることにするわ。今朝は大忙しなのよ」

そう言いながら、ミセス・フォーダイスは忙しそうにその場を立ち去った。アイリーンが心地よい朝食室を振り返ると、テーブルはすべて客で埋まっており、ひとり残らず全員が朝刊の後ろからこっちをのぞいているような気がした。

被害妄想になりそうだわ。

受話器を手に取り、気持ちを落ち着けた。冷静かつ職業婦人らしい話し方をしなければ——男性からの電話を待っている女ではなく。

「アイリーン・グラッソンです」

「ミス・グラッソン、あなたはわたしを知らないけど、話さなければならないことがあるの」

オリヴァーではなかった。期待は消えた。ヴェルマでもなかった。電話線の向こうから聞こえてくる声はかすれた女性の声で、ちょっと息が切れている感じがした。ささやき声のように小さい。

べつの種類の期待が突きあげてきた。

「どなた？」

「あなたが探してる情報があるの。あなたに売ってあげてもいいわ」

受話器を握るアイリーンの手に力がこもった。

「もっと詳しく言ってもらわないことには」精いっぱいの無関心を装った。「いいこと、わたしはジャーナリストなの。すごい情報があるから売りたいという人からのいたずら電話はしょっちゅうかかってくるのよ」

相手はびっくりしたらしく、短い間があった。情報提供を一蹴されるとは思ってもみなかったことは明らかだ。

「信じて。わたしの話、絶対に聞きたいはずだわ。グロリア・メイトランドが死んだ夜、本当は何が起きたのかを知っているの」

「そういうことね？」アイリーンはいささかの好奇心を口調に添えた。「現場にいあわせたとか？」

「えっ？　ううん」ささやき声からパニックが伝わってきた。「あの夜、バーニング・コーヴ・ホテルの近くにいたわけじゃないわ」

「だとしたら、あなたが有力な情報をつかんでいるとは思えないわ。それじゃ、これで」

「待って。わたし、ホテルにはいなかったけれど、パラダイス・クラブにいたの」

「六十秒あげるわ。手短に話して。こちらが信じられる話を聞かせて」

「パラダイス・クラブの庭園にニック・トレメインといっしょにいた女はわたし」いやに急いでいるようだ。

「あなた、デイジー・ジェニングズ？」

またびっくりしたような間があった。

「どうしてわたしの名前を知っているの？」デイジーがきつい口調で訊いた。

「超能力者に教えてもらったの」

「それほんと？」デイジーが半信半疑で言った。「超能力者ってどの？　町には数人いるけど」

「時間の無駄だわ、デイジー」

「あの女がスパで溺れた夜に何があったのかを教えてあげるけど、電話じゃだめ。わかるでしょ？　先にお金をもらわないと。そしたら話すわ」

「ニック・トレメインについてわたしに話す気になったのはなぜ？」

「お金が欲しいのよ。それもすぐに必要なの。朝の列車でバーニング・コーヴを出るつもり。興味はあるの？　ないの？」

「いくら？」

「百ドル」

「いらないわ」アイリーンは言った。「誰を相手に話してると思ってるの？　ロックフェラー？　そんなお金、持ってないわ」

ハンドバッグには緊急時用のお金を隠してはいる。必要とあらば、それに手をつけることもできる。だが、もしデイジーが売るという情報が確実なものならば、経費としてヴェルマが落としてくれるはず。とはいえ、いくらなんでも百ドルは高すぎる。

「いいわ、わかった。五十でいいわ」デイジーが言った。

「役に立たない情報にお金は払えないけど」アイリーンは言った。「内容しだいでは相談に乗るわ」

「二十じゃどう？」デイジーがすぐさま言った。

「いい情報なら、それくらいは出してもいいわね。待ち合わせの時間と場所は？」

「オリーヴ・ストリートとパーム・ストリートの角に電話ボックスがあるの。今夜十一時半にそこへ来て。そこに電話して会う場所を言うから。ひとりで来てね。さもなければ、この取引はなし。わかった？」

アイリーンにさらなる質問をする間を与えず電話が切れた。

アイリーンはノートを閉じ、しばしその場に立ったまま考えた。ひとつだけたしかなことがあった――今日はロサンゼルスに戻るわけにはいかない。もしもなんらかの理由――エンジンの故障とか道路の閉鎖とか――で遅れが生じたら、約束の時間までにバーニング・コーヴに戻ってこられないかもしれないからだ。

受話器を取り、オリヴァーのオフィスの番号を呼び出した。エレーナがすぐにつないでくれた。オリヴァーはいつもどおり礼儀正しく挨拶してきた。

「何かあったのか？」

「どうしてわかるの――？　ま、いいわ。いますぐ二人だけで話せないかしら？」

「十五分でそっちに行く」

アイリーンはためらった。「そんなことをしたら、きっとまたゴシップを書き立てられるわ」

「それもミスディレクションさ。憶えてる？」

21

「正気なのか？」オリヴァーが言った。「現金を要求してきた情報提供者と深夜に会う？　冗談だろう？」

「もっといい考えでもあるっていうの？」アイリーンが訊いた。「ほかにはなんの手がかりもなさそうでしょ。わたし、デイジー・ジェニングズの話が聞きたいの。これは絶好のチャンスよ」

デイジーからの電話のことをオリヴァーに話したことを後悔していた。後悔だけでなく、怒りがこみあげてきてもいた。

電話を切ってから十分とたたずにオリヴァーの車がコーヴ・インの正面に停まった。早く彼にこのニュースを知らせたくて、アイリーンは彼が車から降りる前に助手席に飛び乗った。

じっと耳をかたむけていた彼だったが、話が進むにつれ機嫌が悪くなっていった。

車はこぢんまりとした人けのない浜辺へと入っていく。彼が怒っていると気づいたのは、彼がエンジンを切り、運転席ですわりなおしてアイリーンと向きあったときだ。彼が心配するだろうとは思っていたが、まさか説教を聞かされるとは予想もしなかった。だって、二人はパートナーなのだから。

「わからないのか？　これは罠だ。そうに決まっている」

「あなたのほうこそわかってないわ。罠って、目的はなんなの？」

「もしきみの考えが正しければ、ぼくたちは何人もの女性を殺した男を向こうに回している。もうひとり増えるくらい、向こうにとってはなんでもない」

「ええ、そのとおりだわ。でも、その男はそれはそれは用心深く自分を守ってもいる。どの殺人もみんな、事故に見せかけているわ」

「それじゃあ教えてあげようか、新聞記者さん。オリーヴとパームが交差するあたりはショッピングエリアだ。夜中の十一時半になれば人っ子ひとりいなくなる。車の死亡事故発生にはもってこいの場所だ」

アイリーンは息を大きく吸った。「わかったわ。電話ボックスがあるあたりのことをまったく知らなかったことは認めるけれど、信じてくれるくれないはともかく、デイジーの言っていることが全部嘘だとは思えなかったの。この状況を検討したくてあなたに電話したのはなぜだと思う?」

「常識がそうさせたんだと思いたいが、それはぼくの希望的観測ってものかもしれないな」

「ひどいわ。わたしをばか扱いするのはやめて。わたしだって、これが危険なことだってことくらいよくわかっているわ。でも、デイジー・ジェニングズが手堅い情報を売ってくれる可能性だって大いにあるのよ。朝一番の列車で町を出るからお金が必要だって言っていたから」

「なぜだかは言っていた?」

「ううん。でも、それは本当よ。だって彼女、すごく怯えていたから」

「この状況に本当のことなど何ひとつないさ。日に日に何がなんだかわからなくなってきている」

オリヴァーが唐突に向こうを向き、ドアを開けた。運転席から降りて杖をつかむ。そして浜辺へつづく短い小道を先へ進みはじめた。後ろ姿を見つめるアイリーンには、彼が痛みをこらえていることがわかった。いつもより足の引きずり方がはっきりと見てとれる。岩がごつごつして平坦ではない地形はただでさえ歩きにくい。そのときはたと気づいた。昨夜カメラマンからアイリーンをかばおうとしたとき、不自由な脚に負担がかかったのかもしれない、と。今日はその騎士道的行為のツケを払っているのだ。

波打ち際まで行った彼は足を止めて静かにたたずみ、サングラスごしに砕ける波を見つめていた。その横顔は断崖絶壁に似て険しかった。海からの微風が彼の髪を乱し、麻のジャケットの裾をはためかせた。アイリーンはそのまま待った。いつまでたっても彼が車に戻ってくる気配がないのを見てとると、助手席のドアを開けて車を降りた。

小道を下りて砂浜に行き、オリヴァーのかたわらで立ち止まった。

「あなたまで引きずりこんでしまったこと、ごめんなさい」

オリヴァーが彼女のほうを向いた。サングラスのせいで目から何かを読みとることはできなかった。だが、それを言うなら、彼の目からは何も読みとれないことがよくある。

「たしか謝るのはやめようと決めたはずだが」オリヴァーが言った。

「ごめんなさい」

「ぼくがきみの調査に協力すると決めたのは、自分のホテルの客の身に何が起きたのかを知りたいからだとはっきり言っただろう」

「ええ」

オリヴァーがうめきをもらした。「謝るべきはぼくのほうさ。きみに当たったりして」

「その点については全面的に賛成だわ」

いまにも壊れそうな沈黙がただよった。

「デイジー・ジェニングズはどうしてきみが彼女の話を聞きたがっていると知ったんだろう？」

アイリーンは電話でのやりとりを思い返した。「わたしがインタビューしたがっていることを知っているとは言わなかったわね。ただ、グロリア・メイトランドが死体で発見された夜、彼女はニック・トレメインといっしょにパラダイス・クラブの庭園にいたと言っただけ。情報があるから売る、とも」

「いくら要求された？」

「要求額は百ドルだったわ」

オリヴァーが小さく口笛を吹いた。「新聞記者相手に時間の猶予もなく現金で持ってこさせるにしては途方もない金額だな」

「そんなお金は持っていないと言ったわ。そうしたらたちまち五十ドルに下がって、ついに二十ドル。最後には相談に乗ってもいいって。わたしが払える額ならいくらでもかまわないって感じだったわね。結果的に新聞が売れれば、そういう経費は編集長が出してくれるはずなの」

「情報提供者への支払いならぼくが出そう」オリヴァーが言った。

「その必要はないわ」

「出すと言ってるんだ」オリヴァーが冷静に繰り返した。

「どうしてもと言うなら。デイジー・ジェニングズに誰がお金を払うかで口論しているなんて信じられないわ」

「たしかに」オリヴァーが一瞬口をつぐんだ。「それにしても、いやに派手に値引きしたと思わないか？」

「必死なんだと思うの。神経をぴりぴりさせているみたいだった。彼女、間違いなく何か知っているわよ、オリヴァー。やっぱり話を聞かなくちゃ」

「今夜の約束だが、ぼくもいっしょに行く」

「きっとそういう提案が出るだろうって予感がしたわ」

「これは提案じゃない」

「わたしとしてもいっしょに行ってもらいたいのはやまやまだけど、デイジーはわたしにひとりで来るように言ったの。さっきも言ったように、彼女、怯えているのよ」

「心配はいらない。彼女からは見えないようにする」

アイリーンはそれについてしばし考え、笑みを浮かべた。

「なるほど。あなたはアメイジング・オリヴァー・ウォードですものね」

「いまはもうさほど驚嘆《アメイジング》のではないんだが、人体消失マジックならまあなんとかこなせるかもしれない」

アイリーンは片手で風に吹かれて目のあたりにかかった髪を押さえて彼のほうを向き、目を合わせた。

「あなたを信じるわ」

「ほんとに？」

「ええ」

「なぜ？」

「どうしてかしらね――ただ、あなたといるとなんだかずっと昔に知っていた人を思い出すの。いったん約束したら、絶対に守ってくれるか、最後まで守ろうとしてくれる」

「ふうん？　それは誰なんだろうな？」

「祖父よ」

オリヴァーが顔をしかめた。「たしかにぼくはきみより少し年上だが、おじいさんほどじゃないよ、アイリーン」

「いやだわ。あなたをお年寄りだと思っているわけじゃないの——ただ……頼りになるって意味。信頼できる。信用できる」

「賢い犬みたいに?」

「わたしが育ったところでは、頼りになる、信頼できる、信用できる、はどれもものすごく大切なことなの。それに、稀有なことでもあるとわかったわ」

「どうしてぼくがそういうものを全部そなえているとわかる?」

「その人の周りにいる人を見れば、その人のことがよくわかるのよ。あなたのお友だち、ルーサー・ペルはあなたを信用しているわ。彼には信用していない友だちもたくさんいるような気がするの」

「彼が経営する会社はどれも彼が信用できると判断した人間だけを雇って、徹底した少数精鋭にこだわっている」

アイリーンがにこりとした。「そういうことなら、あなたと彼がお友だちだってことがなおいっそう興味深いわ」

オリヴァーが彼女をじっと見た。「バーニング・コーヴでいちばん親しい友人が暗黒街とつながりがあるってことは、ぼくの人物証明としてはちょっと、と言う人もいる」

「わたしみたいに有名人の醜聞やろくでもないゴシップを専門にしている新聞社に勤めてごらんなさい。立派な人物証明なんて縁がないわ。それが気になるの？」

「いや、そういうわけじゃないが」

オリヴァーはそれ以上何も言わなかったが、アイリーンは二人のあいだに流れた緊張感を激しく意識し、彼はきっとわたしにキスをすると、確信に似たものを感じた。それがすごくいいことなのか、すごく困ったことなのかはわからない。ただ、オリヴァー・ウォードとのキスがどんなふうなのかは知りたくてたまらなかった。

「アイリーン」オリヴァーがささやいた。

アイリーンは指先で彼の唇に触れた。

「言葉はいらないと思うの。どうぞそうして」

彼の目で炎が揺らめいた。片手がアイリーンのうなじをぎゅっととらえ、おおいかぶさるように唇が重なってきた。

ゆっくりと燃えるような長い長いキスだった。特別な期待は抱かず、好奇心に屈して流されただけだったのに。たぶんそのせいで激しい欲望に不意をつかれ、全身が反応してしまったのだろう。

こんなキスははじめてだった。押しつけられたオリヴァーの唇は、もう長いこと彼女の味を渇望していたかのようだ。この瞬間とこの抱擁が世界じゅうの何よりも大切であるかのような、つぎのひと息よりも彼女を欲しているかのようなキス。

たとえこれが恋の手練れのイリュージョンだとしても、じゅうぶんに説得力があった。イリュージョンの仕掛けは知りたくなかった。ただうっとりとマジックの味に浸っていたかった。

胸が高鳴り、頭がくらくらした。両腕を彼の首に回し、われながらあぜんとするほどの奔放さで思い入れたっぷりのキスを返した。たのまれたとしても、そんなことは体質的に無理と答えたはずの奔放さで。ブラッドリー・ソープも、そうだね、と賛成してくれるだろう。でも、ブラッドリー・ソープは嘘つきで浮気者の最低野郎だった。

そしていま振り返れば、なんとも退屈な恋人だった。

キスのおかげでふわふわした幸福感に包まれた。長いこと忘れていた戸棚をたまま開いたら、そこに十四歳のときからずっとしまったままだったきらきら輝く夢があった、そんな気分だ。

イリュージョンをとぎれさせたのは、にぎやかなクラクションの音。オリヴァーの車の横に一台の車が近づいてきて停まった。十代の男女がぎゅう詰め状態で乗っている。誰かが父親の車を一日だけ借りてきたにちがいない。

若者たちが手を振り笑い声を上げながら、前後のドアからつぎつぎに降り立った。トランクを開け、敷物と大きなピクニックバスケットを取り出す。

そろって浜辺に向かう途中、運転してきた若者がオリヴァーを見て笑いかけた。

「あのう、この町の大きなホテルをやっているあのマジシャンですよね？」妙に熱っぽく問いかける。「今朝の新聞で見たんです」つぎに彼はアイリーンに視線を向けた。

「あなたがスパで死体を発見した新聞記者？」

「そろそろ行かないと」オリヴァーが言った。

アイリーンの手を取り、二人並んで浜辺の小道をのぼりはじめた。若者たちは群がって二人についてきては矢継ぎ早に質問を浴びせた。女の子たちはスパの死体についてもっと知りたがり、男の子たちの関心はすぐさまオリヴァーの車へと移った。

「これがカリフォルニアで最速の車ってほんとですか？」

「どれくらいのスピードが出るんですか？」

「ボンネットの中はどうなってるんですか？」

「ちょっとだけ運転させてもらえませんか、ミスター・ウォード？」

「今日はちょっと」オリヴァーが答えた。

女の子のひとりがオリヴァーの杖をじっと見た。

「パパにあなたの公演に連れていってもらったことがあるんです。鏡の中の女の人を消すマジックが大好きだったわ」

オリヴァーが助手席のドアを開けて、アイリーンを乗りこませた。

「楽しんでくれたならうれしいよ」オリヴァーが女の子に言った。

車の前を回って運転席に乗りこむ。

「パパが言うには、あなたがあやうく舞台で死ぬところだったあの夜何が起きたのか、本当のことは誰も知らないとか」女の子がたちの悪い興奮をにじませて先をつづけた。

「誰かがあなたを殺そうとしたって噂もあったんですって」

「そういう噂は間違っているよ」オリヴァーが言った。「それじゃ、楽しいピクニックを。波から目を離さないこと。海に背を向けないこと。さらわれるときはいつだって突然だ。このあたりは沖に向かう離岸流が強いから」

若者が声をそろえて丁重に答えた。**イエス、サー**。

オリヴァーがエンジンをかけ、車は道路へと出た。

「ごめん」少しするとオリヴァーが言った。

「いったいあなたが何を謝るの？」アイリーンは訊いた。

固唾をのんで答えを待った。

「邪魔が入っただろう。ああいうことのない場所を探すべきだった」

アイリーンはふうっと息をついた。「キスのこと、じゃないのね」

オリヴァーが素早く探るような一瞥を投げた。

「キスは謝るべきかな？」

「ううん」

オリヴァーがこっくりとうなずいた。「よかった。あの子たちはあちこちで言い触らすんだろうな。バーニング・コーヴは小さな町だ。またゴシップが増える」

アイリーンが声に出して笑った。これほど軽やかでのんきな気分になったことは久しくなかった。

「それもミスディレクション」

オリヴァーが大笑いした。彼がそんなふうに笑うのを見たのははじめてだった。

「そうだな。これもミスディレクションだ」

22

骸骨のような顔をした男がカウンターにすわって「シルヴァー・スクリーン・シークレッツ」を読んでいた。ホラー映画のエキストラみたい、とアイリーンは思った。醜くはなく、ただ不気味なのだ。

アイリーンはカウンターの端っこの席にすわり、レタス&トマト・サンドイッチとコーヒーを注文した。夕食にしては軽いが、デイジー・ジェニングズとの深夜の約束をひかえて不安がつのり、せいぜいそれくらいしか喉を通りそうになかった。

骸骨顔の男が読んでいた新聞を几帳面に折りたたんで立ちあがった。こちらに向かって歩いてくる。アイリーンは目を合わせないよう用心したが、男がすぐ近くで立ち止まったとき、運が尽きた、と悟った。

「あなたがアイリーン・グラッソンか」男の声には薄暗い納骨堂から聞こえてくるような響きが感じられた。「スパで溺死した女性の記事を書いたのはあなただね」

「はい」アイリーンは答えた。「どなたかしら？」

「そんなことは知らなくていい」

「そうですか。では、ひとりにしておいていただけません？　静かに食事をしたいので」

「ミスター・トレメインの周辺を騒がしくするのはやめてもらいたい」

アイリーンはいったん動きを止めてから、いやにゆっくりとスツールを回転させて、骸骨顔の男と向きあった。彼の目をしげしげと見たのはそのときがはじめてだ。ホラー映画のエキストラに似ていると思ったのは勘違いだった。男はむしろ世界の終末を告げるプラカードを掲げる狂信者のようだ。

「なぜミスター・トレメインの心配をなさるの？」さっきより声をやわらげて尋ねた。

「ミスター・トレメインの友だちだからだ。身のためだから、彼をそっとしておいてやってくれ」

「グロリア・メイトランドのことは何か知っていて？」アイリーンは訊いた。「わたしが知っておくべき情報は何かあるかしら？」

「質問はよせ」

骸骨顔の男はくるりと背を向け、レストランから出ていった。

アイリーンは、何か知っているかもしれないと思ってウエイトレスを見た。

「心配いらないわ、ハニー」ウエイトレスはコーヒーポットを手に取った。「あの人、ちょっと頭がおかしいけど人畜無害だから。映画スターのことで頭がいっぱいなのよ」

「そういう人はほかにも知っていますが」アイリーンはそこで間をおいた。「ずっとこの町にいるんですか？」

「どうかしらねえ。このカフェに来るようになったのは一週間ほど前からよ。日に二回、同じ時刻にやってくるの。いつもああいうハリウッドの新聞や雑誌を抱えてね。いま言ったけど、とにかく映画スターに夢中なの」

「名前をご存じ？」

ウエイトレスが鼻を鳴らした。「知らないわ。自分から名乗ったりしなかったから」

23

その夜、十一時半少し前、アイリーンは自分のフォードを通りの端に停めた。オリヴァーの言ったとおり、この時刻、あたりに人けはまったくない。街灯の明かりはあるが、ほとんどの窓は真っ暗だ。前後左右から圧力をかけてくる夜をひしひしと意識せずにはいられない。不気味な静寂があたりをつかんで離さない。

オリーヴとパームの角に約束の場所、木造の電話ボックスがあった。格子ガラスのドアは開け放たれている。

アイリーンはエンジンを切り、電話の呼び出し音が間違いなく聞こえるように運転席側の窓を下げた。本当にかかってくるのかしら。

「近くにほかの車は見えないわ」アイリーンが言った。

「いい兆候だよ」フロントシートの後ろの床の暗がりからオリヴァーが言った。「彼女が本気で情報を売りたがっているってことかもしれない。とはいえ、誰かが見張っているとは思わないと」

アイリーンは腕組みをした。「気の毒だわ、そんなところに押しこめられて」

「多少窮屈だが、〈無限大の回廊〉で使った装置の仕切りほどではないね」

「あなたが死にかけたマジック？」

訊いてはみたものの、彼は答えないだろうと思った。

「いや、違う」しばらくして彼が言った。「あれは〈死の檻〉だ」

厳密には何がどううまく運ばなかったのかを訊きたかったが、そこまで踏みこんだ質問はまずいと直感した。大親友か恋人にしかできない質問だ。彼とキスはしたが、だからといって親友や恋人になったわけではない。

「今日、ニック・トレメインの大ファンのひとりに出会ったわ。もう記事は書くなと警告された。トレメインの周辺を騒がしくするのはやめろって」

「映画会社の手先かな？」

「違うわ。タフガイじゃなくて、たんなる狂信的なファン。メルズ・カフェのウェイトレスはこの一週間ほど毎日来ているって言っていた。人畜無害だと思うって」

「トレメインは一週間前にチェックインした」

「ええ、知ってる」

「ホテルの警備主任のオコナーに言って、その男のことを調べさせよう」

「お願い。でも、彼はただの偏執的なファンにすぎないと思うけど」

電話が鳴った。アイリーンはひるんだ。待ち構えていた呼び出しにもかかわらず、その音にぎくりとした。

「それでは、いざ」アイリーンが言った。

「ミラマー・ロードのはずれにもう使われていない古い倉庫があるわ」デイジーの声はこのときもまたささやき声のようだったが、今度はいやにゆっくりと一語一語を正確に伝えようとしている。「禁酒法時代に密造者が使っていたけど、あの法律が廃止になってからは廃屋なの。そこで待ってる。忘れちゃいないでしょうね、ひとりで来て。もし誰かがいっしょなら、取引はなし」短い間があった。「それから、二十ドルを忘れないでね」

「ちょっと待って。その倉庫、わたしに見つけられるかしら？　知ってるでしょうけど、この町に来たばかりなのよ。近くのバーやガソリンスタンドで道を尋ねたりしたら困るわよね」

「それはだめ」パニックが伝わってきた。「どこへ行くのか、誰にも知られないようにして。道順を教えるから」

デイジーはすらすらと道順を唱えてから電話を切った。

アイリーンはまた車に戻り、エンジンをかけた。「ミラマー・ロードのはずれにある廃屋になっている倉庫に向かうわ。知ってる?」

「町を出てから数マイル、でこぼこ道を走ったところにある。ここからだとたっぷり四十五分はかかるぞ。地元の人間によれば、その倉庫、かつては密造酒の流通拠点だったそうだ」

「デイジーもそう言っていたわ」

「ひょっとして、そこには船着き場と船小屋もあると言っていたかな?」

アイリーンはしばらく考えた。「船着き場と船小屋?」

「その古い倉庫は隠れた小さな入り江に面している。だから密造者が使っていたんだ。船荷の密造酒を警察の目を逃れて運び入れることができたから」オリヴァーが強調のために間をおいた。「死体の始末にも使われていた」

「死体?」

「密造酒は競争の激しい商売だった」

「そうよね」

「いろいろ考えあわせると、さらにもう一件の溺死事故が起きるには絶好の場所みたいだ」オリヴァーが言った。

アイリーンははっと息をのんだ。「たしかにそう。あなたの推理はよくわかるけど、デイジーは本当にわたしを殺すつもりだと思う？」

「もっと可能性が高いのは、ぼくたちが追っている犯人がデイジーを使ってきみをおびき出させたんだと思うね。警告しただろう、これはおそらく罠だと」

アイリーンは左手の指でハンドルをこつこつと叩いた。「でも、もしデイジーが本当のことを話すつもりだとしたら？」

「その場合、きみの言うとおりだ。ぼくたちはグロリア・メイトランド殺しの犯人を突き止めるために必要な確たる証拠を得て帰ることになるかもしれない」

オリヴァーの口調に、これまで聞いたことのない新たな色合いがにじんでいるように思えた。それをどう表現したらいいのか必死で考えた末、〝期待〟に落ち着いた。ちょっとしたわくわく感を待ち望む男の口調。

「でも、あなたの言うとおりだとしたら？　このデイジーとの約束が罠だとしたら？」

「帽子から兎を出す」

24

デイジー・ジェニングズはつぎの煙草——箱に残った最後の一本——に火をつけようと、またマッチを擦った。その日の朝、あの新聞記者に最初の電話をかけてからずっと煙草を吸いつづけていた。喉がいがらっぽく、神経はすり減っている。脈がやたらと速く打っている。マッチが手の中で少し震えていた。

びくびくしているのはこの忌々しい倉庫のせいだ。地元の子どもたちがここにはギャングに殺された人たちの幽霊が出ると言うが、それが不思議でもなんでもない。灯油のランプを持ってきたが、明るさが足りない。倉庫に向かって出発する前に灯油を注ぎ足す時間があればよかったのだが。いま思っても遅すぎる。新聞記者が約束の時間に来ることを願うばかりだ。

煙草に火がつくと、マッチをせわしく吹き消した。それを隅で見つけたブリキの空き缶に捨てる。マッチと吸い殻については用心深かった。この倉庫は火事になったら逃げ場がない。

建物の裏手にある荷積み用の船着き場に通じる幅広の扉は蝶番から斜めに垂れさがり、海水が腐りかけた木を叩く音が聞こえてくる。深海に棲む不気味な怪物が入り江に捨てられたたくさんの死体を喜んで食べている音のようだ。ホラー映画の観すぎかもしれないが。

ときおり物陰からかさこそと不吉な音がする。ランプを近づけてよく見るたび、明かりがとらえたのは、蛇に似た細い尻尾のついた、毛でおおわれた死体だ。密造者たちは商売替えして立ち去ったが、代わってネズミたちが倉庫の中にちらばった黴臭い藁や梱包用の木枠、そのほか放置された梱包材料のあいだで商売をはじめたようだ。

デイジーは空になった箱を投げ捨て、深く息を吸いこんだ。動いたせいでまた咳の発作がはじまった。この商品は喉にやさしいと謳《うた》っているけど、それもここまでみたい。やっぱり雑誌の広告の宣伝文句なんか信じられない。煙草会社のために宣伝文句を言っている映画スターや医者も信じられない。

だけど、利口な女は誰も信じない、とデイジーは思った。とりわけ、ハンサムで魅力的な映画スターは。ニック・トレメインは夢に見た男で、彼女の夢をかなえてくれると約束した。映画会社のスクリーンテストを受けさせてくれると言った。彼が嘘をついていたことがいまになってわかった。これまでの男たちと何も変わらなかった。それでも、少なくともニック・トレメインはお金を払ってくれた——大金だ。彼ほど気前のいい男はこれまでいなかった。半分は前金で受け取った。そして、残りの半分は今夜受け取ることになっている。それだけあれば、ロサンゼルスで出直すのに必要な服が買える。

ハリウッドの夢はもうあきらめた。この美貌だってもうすぐ衰えはじめる。そろそろ金持ちのじいさんを探したほうがよさそうだ。できることなら、早いとこくたばりそうな男。これから何十年かを生きていけるような経済的保証を与えてくれる男。

アイリーン・グラッソンからの二十ドルなんか目じゃないわ。約束が本当らしく聞こえるためにはお金を要求したほうがいいと言われたのだ。新聞記者は情報提供に対する謝礼は払うものだと考えている。

行ったり来たりするのをやめて、空の木枠に腰を下ろして煙草を最後まで吸ってしまおうとした。

暗がりのどこかで厚い床板がまたぎいっとうめいた。デイジーは身震いしながら後ろを振り返った。闇と影以外何も見えない。

腕時計に目をやった。ミラマー・ロードにある最後のガソリンスタンドで十一時半に電話をしたあと、指示どおり、早めにここに到着した。あの新聞記者はあそこから引き返す形で町を横切り、ミラマー・ロードを探し、そこからは丘を下るでこぼこ道を進んで倉庫に向かわなければならない。まだ三十分くらいはここで待たなければならないだろう。もし彼女が道に迷ったりすればもっと長くかかるかもしれない。

お願いだから迷ったりしないで、アイリーン・グラッソン。早くここから出たいのよ。

煙草を吸い終え、灰皿代わりの空き缶で吸いさしをもみ消そうとしたが、手が激しく震えたせいで缶が横倒しになった。捨てたマッチと吸い殻がこぼれた。幸運なことに藁の山の上には落ちなかったが、倉庫の中にちらばった可燃物のすぐ近くに吸い殻やマッチがあることを考えるとぞっとした。

あわててしゃがみこみ、こぼれたマッチや吸い殻を拾って空き缶に戻した。ランプの明かりと月明かりでなんとか手もとは見えた。

水際に行き、缶を逆さまにひっくり返して中身を黒い水の中に捨てた。あと三十分待つだけ――三十分後に残りのお金を手に入れれば、ロサンゼルスで新しい生活をはじめることができるのだ。

まるで冗談だわ、デイジーは思った。以前何年かにわたって出演したセックス・

シーンを除けば、これがはじめてで唯一の、本当の意味での演技の仕事だった。これまではパラダイス・クラブやあちこちのホテルの客室のベッドで名演技を見せてきた。休暇中のスターや監督や映画会社の重役はみんな約束してくれたのに、みんな嘘つきだった。

少なくとも今夜の仕事はお金を払ってもらえる。台本どおりに演じるだけでいい。後方から床板のきしみが聞こえた。足音。それだけが警報だった。パニックに襲われ、息苦しくなった。振り返ろうとしたが、もう遅すぎた。頭部に一撃を受け、失神した。やがて船着き場から水中へ転がり落ちるのをぼんやりと意識した。

真っ暗な中を果てしなく落ちていき、最後に待っていたのは無だった。

25

「倉庫の前は空き地になっているわ」アイリーンが運転席から大きな声で言った。

「車が一台。きっとデイジーのね」

　オリヴァーはフロントシートの後ろでじっと体を丸めたまま、頭の中にその光景を思い浮かべていた。

「ジェニングズの気配は？」

「この車のヘッドライトがまっすぐに彼女の車を照らしているけど、彼女は乗ってはいないみたい。でも、倉庫の中から薄明かりがもれている。ランプね、あれは」

「ぼくが見てくる。きみはここにいろ。ぼくが降りるまでエンジンはかけたまま、ヘッドライトもつけておけ。倉庫の中からこっちを見張っている人間は、まぶしくて何も見えないはずだ」

「それで、あなたは何をするつもりなの？」アイリーンが訊いた。

心配しているのか、とオリヴァーは思った。彼女が彼の身の安全を心配しているのかもしれないと思いたかったが、彼に大スクープの好機をつぶされては困ると思っている可能性のほうがはるかに高かった。

「周囲のようすを探ってきたいだけだ」

「それが名案だとでも思っているの?」

「何もわからずに待ち伏せにあうよりはましだと思ったんだ。異状なしなら手を振って合図する。いいね?」

「ええ」

彼女は作戦に大賛成ではないようだが、いちおう同意した。それでじゅうぶん、と彼は思った。

ドアを細く開けて杖をつかみ、後部座席から細い道路際の暗がりへと出た。突然、額に汗が噴き出した。

大きく深呼吸をすると、痛みがいくらかやわらいだ。

思うように体が動かない。鍵のかかったトランクや鋼鉄の檻から抜け出せた時代があったというのに。水中で手足を縛られたこともある。

だが、脚の痛みにもかかわらず、不思議なほどのエネルギーがわきあがってきていた。こうしたスリルを味わうことがなくなって二年たつ。長かった。懐かしい。しかも、これは真剣勝負。マジックではない。

麻薬のように全身に広がる興奮の波。アイリーンに感謝した。この礼はあとで必ず。この二、三日はいつにもまして脚の具合に悩まされていたが、それだけの価値があった。〈カーサ・デル・マル〉に帰れば、山ほどのアスピリンと絶品のウイスキーが待っている。

アイリーンが運転席側の窓を下ろした。

「大丈夫？」彼女が不安そうに訊いた。

激しい苛立ちを覚えた。

「大丈夫。二、三分くれ。倉庫の裏手に回って、中にジェニングズ以外誰もいないかどうかたしかめてくる。ぼくが合図を送ったら、すぐにライトを消してエンジンを切れ。できることなら、周囲の注意を引きたくない」

「ミラマー・ロードを走ってる車は一台もいないわ」

「そうとも言えない。深夜のドライブを楽しんでいた若い恋人がたまたまヘッドライトに気づいて怪しむかもしれない」

「わかったわ」アイリーンが答えた。

「忘れるな。ぼくが合図を送るまで車から降りない。もしもまずいことが起きそうな気配がしたら、すぐにここを離れるんだ。わかったね？」

「ええ、ええ、わかったけど、あなたは？」

「そうは見えないかもしれないが、自分の身は自分で守れる」

彼女の返事は待たなかった。彼が下した命令を周囲が実行することに慣れていた。ボスの役目はさんざん経験を積んできた。最初は舞台でだったが、念入りに仕込まれたイリュージョンにあっては、どんなささいなミスでもキャリアが台なしになるかもしれないし、誰かが重傷を負ったり、さらには命を落としたりするかもしれなかった。現在は、気まぐれな、そしてときには一風変わった顧客の要望に応じるホテルの経営者として、どんなに厳しいときも多くの人間を雇いつづけてきた。

国全体がやっと大恐慌の余波から脱却しつつあるとはいえ、彼の部下たちはじつに忠実だ。誰ひとりとして好機を求めて彼のもとを去ることがなかった。

そう、だから彼は自分が下した命令を周囲が実行することに慣れていた。

上着の内側に手を差し入れ、ホルスターから銃を抜いた。

片手に杖、片手に拳銃を握り、ヘッドライトの明かりをはずれた夜の闇に沿って倉庫めざして歩を進めた。眩い照明に照らし出された舞台の上、黒い服を着た助手たちが陰で作業していることに観客がけっして気づかないのを経験から知っていた。

デイジーの車に近づいてみると、アイリーンの言うとおりだった。車の座席にすわっている者はいない。いちかばちか運転席側のドアの横で立ちあがった。後部座席に身をひそめている者もいない。

ゆっくりと倉庫の裏手に回った。満月の月明かりと荷物用の扉の隙間からもれてくるランプの明かりのおかげで、古めかしい船着き場と背の低い船小屋の形が見てとれた。

扉の横の壁に背中をぴたりと押しつける。

「デイジー・ジェニングズ？」オリヴァーは呼びかけた。

返事はない。

声を少し大きくしたが、あくまで冷静かつ脅威を与えない口調を心がけた。「オリヴァー・ウォードだ。会ったことがあるだろう。今夜はミス・グラッソンにどうしてもいっしょに行くと言い張ってついてきた。危険を承知でひとりでは来させたくなかった。わかってくれるね。計画を変更させて申し訳ないが、ここに百ドル持ってきた。お詫びとして受け取ってほしいんだが」

あいかわらず返事はない。

銃を持った手を伸ばしながら体をわずかに前傾させ、倉庫内部を素早く見まわした。人の気配がいっさいないことはランプの明かりだけではっきりとわかった。木枠の上にハンドバッグが置かれていることもわかった。

まずい、と思った。彼からの百ドルのお詫びが支払われるとなれば、デイジー・ジェニングズは彼に挨拶し、喜んで受け取るはずなのだが。

そろそろ行こう。

杖を握りしめ、いま来た道を引き返した。今度はアイリーンをここからできるだけ遠くへ連れていかなければ。

月明かりが船着き場の上の小さなものをきらりと光らせた。さっきは気づかなかった。大した意味はないだろうと思いながらも、いちおう足を止め、杖の握りを腕に引っかけて懐中電灯を取り出した。スイッチを入れ、落ちているものを光線の中にとらえる。

横向きになった女物の靴。

もっと近づき、水に明かりを向けた。

海面のすぐ下で死体が上下していた。

デイジー・ジェニングズ。

彼が最初から恐れていたとおり、これは罠だったが、獲物はジェニングズだ。彼女がトレメインを傷つけかねない何かを知っていたことは明らかだ。

懐中電灯を消して上着のポケットにしまうと、片手に杖、片手に拳銃を握りしめて、全速力で倉庫の横を回った。

オートバイのエンジンが重低音のうなりを夜空に響かせながら、ミラマー・ロードをこっちに向かってきた。

こんな時刻にオートバイが人けのない道路を飛ばす理由がない。

どうやら掃討部隊のお出ましらしい。

26

ミラマー・ロードからオートバイの轟音が聞こえてきたとき、アイリーンはやはりオリヴァーの言ったとおりだと気づいた。これは罠だった。

とっさに思いついたことをした——ヘッドライトを消した。逃げるときのことを考え、フォードのエンジンは切らずにおいた。倉庫の正面周辺に目を凝らし、オリヴァーが早く戻ってくるよう祈った。

彼だ。ランプの明かりを背にシルエットが浮かびあがったが、こっちへ向かってくる気配はない。車から降りろ、と合図している。

バックミラーにまぶしいライトが反射した。オートバイが倉庫へと通じる泥道の入り口に到達したのだ。フォードが彼らの行く手をもろに阻んでいることに気づく。

アイリーンはエンジンを切り、ハンドバッグをつかんで運転席から飛び出ると、オリヴァーに向かって駆けだした。道がでこぼこしているせいで、ちょっとよろけた。

「気をつけて」オリヴァーが叫んだ。

彼のところに達したとき、彼は倉庫の正面に扉を開けて待っていた。アイリーンが先に駆けこみ、彼があとにつづいた。

「ランプを消して」オリヴァーが言った。

錆の出た古い門を強引に掛け、扉が開かないようにした。残念なことに窓が二カ所あった。両方ともずっと前に割られ、窓枠の周辺に多少のガラス片が残っているだけだ。

アイリーンはランプに駆け寄り、火を消した。少なくとも外から二人がシルエットで見えることはないはずだ。

くるりと振り返って外に目をやり、何が起きているのかをたしかめようとした。オートバイのヘッドライトは道路から倉庫までの道の半ばまで近づいていた。フォードの向こう側で否応なくいったん停止する。

エンジンがうなり、ライダーたちは障害物に腹を立てる。

「きみの車が道をふさいでいる」オリヴァーが素通しの窓の近くで言った。「あそこよりこっちへ来るにはオートバイを降りなければならない。となれば、勝ち目がなくはない。伏せて。窓から離れて」

アイリーンは手と膝をついて体を低くした。オートバイのヘッドライトの光線が窓から射しこみ、オリヴァーの拳銃がシルエットになって見えた。

アイリーンはハンドバッグの留め金をもどかしい手つきで開け、中に入っている小型拳銃の銃把をぎゅっと握った。

「わたしも持ってきたの」オリヴァーに言った。

「らしいね」オリヴァーがあきらめ半分に言った。「撃ったことは?」

「ないの。むずかしい?」

「きっとびっくりする」

「弾は装填してあるわ」彼の口調に傷ついていた。

「そいつは心強い」

彼の皮肉は無視した。「あの人たち、本当にわたしたちを殺すつもりだと思う?」

「わかれば世話はない。だが、あいつらが何をしにここへ来たにせよ、目的はきみだ。あいつらはぼくがいることは知らない。まだ、いまのところは。こっちにとっては有利だ」

「デイジー・ジェニングズは?」

「裏手の海の中に死体が」

「まいったわ。また溺死ね。あなたの予言したとおり」

外から罵声が聞こえてきた。男が二人、とわかった。片方がもう片方を怒鳴りつけている。

「ほら、おまえがやってこい。さっさとしろ」

「片方がオートバイから降りた」オリヴァーが実況を伝える。「倉庫に向かって歩いてくる。手に何か持っているな」

「銃？」

「ああ、片手はそれだ。それについては心配ない。もう一方の手に持っているもののほうが大問題だ。悪い野郎だ、導火線に火をつけた。そのまま伏せているんだ」

矢継ぎ早の銃声が夜の闇に響いた。そのうちの何発かはアイリーンの後方の壁におぞましい音とともに撃ちこまれた。

「火が来るぞ。よけろ」オリヴァーの口調からは感情がいっさい感じられない。

「火ってどういう？」アイリーンは訊いた。

素通しの窓から燃えさかる何かが飛びこんできて床に落ちた。その衝撃で爆発して、炎が飛び散った。

「火炎瓶だ」オリヴァーが言った。

彼が拳銃を一発、二発と発砲した。

「くそ女め、銃を持ってやがる」オートバイの男のひとりが甲高い声を上げげた。「そんな話、聞いてないぜ」

「オリヴァー」アイリーンが言った。

彼がさらに二発を素早く撃った。

倉庫の外でまたしても甲高い悲鳴が上がった。間違いなく苦悶の叫びだ。

一台のオートバイのエンジン音が怒りをこめて夜を引き裂いた。

「ダラス、撃たれちまった」男のわめき声。「待ってくれ」

オートバイはそのままうなりを上げて泥道を突っ走り、エンジン音はたちまち遠ざかっていった。

「ひとり仕留めた」オリヴァーが報告を入れる。「もうひとりは逃げた。ここから出ないといけないな。裏の扉へ」

炎がむさぼるように行く手のあらゆるものを燃やしはじめていた。ただならぬ熱気が立ちこめているが、本当に怖いのは煙だとアイリーンはわかっていた。

銃をハンドバッグに戻して勢いよく立ちあがり、月明かりが照らす荷物用の扉めざして駆けだした。

後方からどさっという音が聞こえた瞬間、心臓が止まりそうになったが、何が起きたのかはとっさに察知できた。足を止めて振り返る。

赤々と燃える炎に囲まれ、オリヴァーが床に手足を大きく広げて倒れていた。

「オリヴァー」

「行け」命令の声は氷のように冷たく、残酷な決意がにじんでいた。「早くここから出るんだ」

「あなたを置き去りにはできないわ」

アイリーンは彼に駆け寄り、腕をつかんだ。

「ちくしょう、アイリーン――」

アイリーンはしゃがみこむと、彼の腕の下に肩を入れた。持てる力を振りしぼり、立ちあがった。

彼女の火事場の馬鹿力と、オリヴァーが問題のないほうの脚を梃《てこ》として利用した効果があいまって、彼はなんとか立ちあがることができた。アイリーンは杖を拾い、彼に手わたした。

二人そろって荷物用扉をめざした。オリヴァーはいつになくつらそうに脚を引きずっている――よろけながら、やむなくアイリーンにもたれて体勢を保っている。

きっと激痛に耐えているにちがいないが、あれ以来ひとことも発しなかった。彼女もである。非常時にあっては言葉をかわしても無駄だ。二人そろって地獄から抜け出すか、そうはさせてもらえないかの瀬戸際だ。

通り過ぎようとした木枠にジェニングズのハンドバッグが置かれていた。

「持てるようならたのむ」オリヴァーがつらそうな声で言った。

アイリーンは自分のハンドバッグの持ち手を持った手でジェニングズのハンドバッグのストラップもつかんだ。

オリヴァーはいくらかバランスが保てるようになった。もう彼女の支えに全面的にたよらずに進むこともできた。積み荷用の船着き場に通じる扉を通過し、さらに先へと歩を進めた。倉庫が焼け落ちる前にできるだけここから離れないと。

燃えあがる建物の横を通って正面へと回り、空き地に出た。

炎の明かりで、地面に転がる革ジャケットの男が見えた。アイリーンは最初、男は死んでいると思ったが、もっと近づくと、うめき声が耳に届いた。

「助けてくれ」息も絶え絶えに言う。懸命に上体を起こし、片手で肩をぎゅっとつかんでいる。「置いていかないでくれ」

「気の毒だけど」アイリーンは言った。「あなたが起こした災難でしょ。最後まで見届けるといいわ」

「たのむ」男が声をしぼり出す。「あんたを殺すつもりなんかなかった。ただ脅かそうとしただけだ。こんなに燃えるとは思ってなかった。どうか助けてくれ」

「こいつを車のフロントシートに乗せてやろう」オリヴァーが言った。

アイリーンはぎょっとしてオリヴァーを見た。「どうして？　この男、わたしたちを殺そうとしたのよ」

「そうじゃない」男が鋭い声で叫んだ。「人を殺すつもりなんかなかった」

「疑問がいくつかあるが、いまのところ、その答えを聞き出せるのはこいつひとりしかいない」オリヴァーが言った。「ぼくが後ろから見張るからそうしよう」

「大丈夫かしら。彼は銃を持っているのよ」アイリーンが言った。

「銃はもうない」男がアイリーンを安心させようとする。「あんたに撃たれたときに落としたんだ。おれの名はスプリンガー。あんたが知りたいことはなんでも話す。だから病院に運んでくれ。たのむよ」

「そこに銃がある」オリヴァーが言い、杖で体勢をととのえると、ポケットからハンカチーフを引き出した。「これを使って拾ってくれ。警察で指紋が採れるかもしれない」

アイリーンはハンカチーフを使って銃を拾いあげた。まだあたたかい。白い麻のハンカチーフでそれをくるむ。

「はい、これでよし」アイリーンが言った。

「ほかに武器を持っていないか調べてくれ」オリヴァーが指示した。

スプリンガーが脚に隠していたナイフを見つけた。

「ナイフのことをすっかり忘れてた」スプリンガーがぶつぶつとつぶやく。

「ええ、もちろんそうでしょうね」アイリーンが言う。

「それをこっちへ」オリヴァーは空いている手でナイフを受け取り、スプリンガーを見おろした。「きみを立たせてはやれないが、車まで自力で行けるか？」

「ああ、なんとか行けると思う。大丈夫だ」

スプリンガーは必死で立ちあがった。アイリーンは助手席側のドアを開けた。あいかわらず肩を押さえたまま、スプリンガーは這いつくばうようにして乗りこんだ。アイリーンがドアを閉める。

スプリンガーはうめきをもらし、そのまま意識を失った。

オリヴァーが後ろのドアを開けて後部座席に乗りこんだ。前に身を乗り出し、スプリンガーの傷をぎゅっとつかんだ。

アイリーンは運転席に乗りこみ、エンジンをかけてギアを入れると、空き地を回って方向転換し、泥道を走りだした。タイヤが石を跳ねあげる。

「これからスプリンガーをどうするの？」

「バーニング・コーヴ病院へ連れていく。それからブランドン刑事に電話をして、いま起きたことを話すことにしよう。スプリンガーが明日の朝までもてば、ブランドンが何か聞き出すはずだ」

「火事はどうするの？」

「電話がありそうなところでまず停めてくれ。消防署に知らせる。運がよければ、倉庫の周囲の空き地が丘陵地帯に飛び火するのを防いでくれるだろう。裏手は水以外何もない」

アイリーンは細い泥道を抜け、ミラマー・ロードに出るところでいったん車を停めた。後ろをちらっと振り返ってオリヴァーを見る。さっきと同じようにスプリンガーの傷口に圧を加えている。薄暗いダッシュボードの明かりを受けた彼の表情は厳しく険しい。

「あなたは大丈夫？」アイリーンは訊いた。

「よくなるはずがない。ほら、運転に専念して」

ゆっくりとミラマー・ロードに出て、アクセルを踏みこんだ。

「ねえ」アイリーンは言った。「映画じゃ、こういう場面はいつだってもっとはるかにわくわくさせてくれるのにね」

「ぼくもそう思っていた」オリヴァーが言った。

27

「あなたは銃が好きじゃないものとばかり思ってたわ」アイリーンが言った。

「好きじゃないさ」オリヴァーが言い、ウイスキーをまたひと口飲んでグラスを持つ手を下げ、肘掛け椅子の背に頭をもたせかけた。「そうは言っても、たまには役に立つってことは否定できない」

アイリーンはリビングルームの真ん中で立ち止まり、心配そうな視線を彼に向けた。彼はその視線の意味をわかりすぎるほどわかっていた。少し前に彼の家の玄関を入ってから、数分ごとにそういう視線を向けられていた。

「本当に大丈夫なの？」アイリーンがまた訊いた。またこれだ。

「ああ、大丈夫」オリヴァーは歯を食いしばりながら嘘をついた。

その質問には心底うんざりしていたが、彼女に悪気はないのだから、と自分に言い聞かせた。心配する彼女に対してのこの情緒不安定な反応をなんとか整理しようとした。むろん、彼女が気にかけてくれることはうれしい。だが、今夜は情けないところを見せてしまったことがなんとも不甲斐ない。

脚の激痛と惨めな動きしかできなかった自分を忘れたくて、ウイスキーをたっぷり飲んだ。

暖炉の前の大きな革張り椅子にすわり、痛む脚は足置きスツールにのせていた。アイリーンに送られて帰宅したあと、ルームサービスに大量の氷を持ってこさせた。いまは氷嚢三個で脚をおおっている。

アイリーンもウイスキーをあおるように飲んだあと、また室内を行ったり来たりしていた。

「ニック・トレメインはかわいそうなデイジー・ジェニングズを利用してわたしたちをあの倉庫におびき出しておいて、必要なくなった彼女を殺した」アイリーンが言った。

「そういうふうに見えるってことには賛成だが」オリヴァーが言い、またウイスキーを飲んだ。「スプリンガーが意識を取りもどして話しはじめないかぎり、それを立証するのは不可能に近い」

アイリーンがかぶりを振った。「こんなことにあなたを引きずりこむつもりじゃなかったのに」

「その話はもうしただろう。できれば蒸し返さないでもらいたい」

アイリーンがぴたりと立ち止まり、彼と目を合わせた。そして彼の目に何を見たにせよ、彼が本気でそう言っていると納得したようだ。

「ええ、そうするわ」彼女らしくなく従順に答えた。片手をひらひらと動かす。「問題は、つぎに何をしたらいいのかわからないってことだわ」

「ブランドン刑事のすることを見ていようじゃないか。また女性がひとり死んだとなれば、警察がスプリンガーとその相棒をこのままほっておくわけがない」

「しかも、溺死したその女性はニック・トレメインの恋人のひとりだったんですもの」アイリーンが言った。

オリヴァーは口に運びかけたウイスキー・グラスの手を止め、事の重大さを理解させるべく彼女をじっと見た。

「デイジー・ジェニングズは死んだが、今夜の標的は彼女ひとりだけではなかった」オリヴァーが言った。

「わかってるわ」アイリーンはグラスを置いた。「あなたとわたしも標的だった」

「ぼくは違う。きみさ。ぼくがきみの車に同乗することは誰も知らなかった。すべてが終わるまでは」

アイリーンが表情を引きつらせて彼を見つめた。「ごめ――」

オリヴァーが手を上げて制した。「それは言わない。気にかかっているのは、何者かがきみを阻止するためならなんでもするつもりだってことがこれでわかったことだ。スプリンガーは、きみを脅すために雇われたと言った。それは嘘じゃないかもしれない。それが目的だと信じたのかもしれない。だが、あの二人を雇って倉庫に火をつけさせたのが誰であれ、きみが炎の中で死ねば満足したはずだ」

アイリーンは深呼吸をひとつしてから窓際に行き、中庭と月明かりに照らされた海を見た。

「わたしがあの倉庫で死ねば、彼にとって状況が簡単になるはずだった」アイリーンが言った。

「ああ。それに加えて、ジェニングズ死亡にきっちりと説明がつくはずだった」

「警察は、わたしが彼女を殺したあと、たまたまランプを倒したら倉庫に火がついたと考えるでしょうね。でも、わたしの動機って何かしら？　なぜわたしがデイジー・ジェニングズを殺すの？」

「動機を考えれば、この仮説に弱点があることはたしかだが、誰も動機にそこまでこだわらないんじゃないだろうか。すべてがきっちり関連づけられれば、警察はそれでよしとするはずだ」

アイリーンが振り向いた。「今夜はこれまでと違ったわ。トレメインがわたしに対して火を使ったんですもの。デイジー・ジェニングズもグロリア・メイトランドもそのほかもみんな事故による溺死に見せかけていたのに」

「彼が手口を変えた理由がいくつかあったのかもしれないな。マジシャンも同じイリュージョンの仕組みを練りなおして、出し物の説得力を維持させる。今夜に関しては、ひとつの現場に溺死した死体が二つとなれば、警察がいくらなんでもすんなり受け流しはしないだろうと考えたんだろう。それだけじゃない。火事にはいろいろと利点がある」

「利点？」

「昔から証拠隠滅を図るときの効率のいい常套手段だ」

アイリーンはそれについてじっくり考えた。「その意味、よくわかるわ」

「ここで生じる大きな疑問は、犯人がどこでスプリンガーとダラスを見つけたのかということだ」

「スプリンガーは、自分たちは腕っぷしを見こまれて雇われたようなことを言っていたけど」

「トレメインはこの町の人間じゃない。地元のならず者を探せるとは思えないだろう」

「とすると、スプリンガーとダラスをロサンゼルスから連れてきた？」

「おそらく」オリヴァーが言った。「あるいは、トレメインがバーニング・コーヴで起こした不祥事の始末のために映画会社が送りこんだ。だが、今夜ここで憶測をめぐらせていてもはじまらない。それにはもっと情報が必要だ。とはいえ、ひとつだけわかったことがある」

アイリーンが顔をしかめた。「それは？」

「明らかにきみは標的だ。これからはひとりになってはいけない。今夜きみを殺そうとした人間を突き止めるまではだめだ」

アイリーンが、何を考えているのかはわからないが鋭い目で彼を見てから、すぐに背を向けた。背筋はまっすぐに伸びている。

「わたしにボディーガードを雇う余裕なんてないわ。もしあなたの提案がそういうことであれば。それに、編集長も間違いなくそういうお金は出してくれない――少なくとも、長引くとなれば。どのみち、ボディーガードを雇って、どうやって仕事をつづ

ける の？」

「ボディーガードのことはもういい。腕がよくて信用できるボディーガードがそう簡単に見つかるはずがない。それよりここにいればいい。ぼくのところに。事件が解決するまで」

アイリーンがくるりと振り向いた。「ここに？　ホテルにっていうこと？」

「ここさ。ぼくの自宅のヴィラに。グロリア・メイトランドの事件は起きたが、ここの警備体制は万全だと保証する。コーヴ・インの警備よりはるかにいい。このホテルの敷地内なら危険はほとんどない」

アイリーンは驚いた顔で彼をじっと見た。平常心を取りもどすまでにしばらくかかった。

「どうもありがとう。すごく寛大なお申し出だけど、そんな必要はないわ」

「ぼくの寝室は廊下の先にある」オリヴァーがいやにゆっくりと言った。「この階だ。客用のスイートは二階にある。憶えているかな。きみがスパでグロリア・メイトランドの死体を発見した夜に見たはずだが」

彼の説明の意味を彼女が理解するまで待った。

アイリーンが顔を赤くした。「わたし、そういう意味で言ったわけじゃ――」

「ぼくはできるだけ階段の上り下りは避けている。本当だ。きみにはじゅうぶんなプライバシーがある」

アイリーンの顔がなおいっそう赤くなった。「あなたが非の打ちどころのない紳士だってことは、一瞬たりとも疑ったことなどないわ」

オリヴァーはそれが褒め言葉でないと確信したが、やり過ごした。

「それはよかった。じゃあ、これで決まりだね」

アイリーンが頑固な表情をのぞかせた。「あなたもわかっていると思うけど、わたし、バーニング・コーヴ・ホテルにずっとこもっているわけにはいかないの。いまの職を失うわけにはいかないし、ロサンゼルスのアパートメントにわたしの出張中に何者かが侵入したって編集長から知らされてもいて」

「なんだって？　きみのアパートメントに空き巣が？」

「そうなの。だから今日は、ロサンゼルスに車で戻って、着替えを持ってくるついでに何か盗まれたものがないかどうかたしかめてくるつもりだったの。でも今日はこんなことになってしまったから、明日戻ることにするわ」そこでアイリーンは時計を見た。「もう今日だわね」

「その空き巣がニック・トレメインの記事と関係があるかもしれないとは思わなかっ

たのか？」

「当然、思ったわ。たぶん映画会社の仕業でしょうね」

「きみはあんまり不安がっていないように思えてならないんだが」

「もちろん、不安よ。でもそれは、わたしの追跡方法が間違っていないってことの証拠でもあるわ」

「これからもトレメインの記事を書きつづけるつもりなのか？」オリヴァーが渋い顔をした。「きみのことだ、当然そうだな。ぼくはいったい何を考えてたんだ？」

「もしわたしがここであきらめたら、ニック・トレメインはこれからもなんのお咎めもなしに愛人たちを殺しつづけるわ。今夜は重大な変わり目だった。それを肌で感じるの。彼はパニックを起こしかけている」

「今夜、きみが抱えた問題をすべて解決することはできないが、そのひとつだけはなんとかできる――きみの身の安全だ。ここに泊まるんだ。誰かをコーヴ・インに行かせて、きみの荷物を取ってこさせる。朝になれば、警察から追加情報が入る。ぼくたちがつぎに何をするかはそれしだいだ」

アイリーンが目をぱちくりさせた。「ぼくたち？」

オリヴァーは残ったウイスキーをぐっと飲み干し、グラスを置いた。

「ぼくたちだ」

アイリーンが黙りこんだ。そうしていれば返事を思いつくかもしれないとでもいうかのように。彼女のこの冷めた反応は侮辱ととらえるべきなのだろうか。

アイリーンがまた室内を行ったり来たりしはじめたが、まもなくぴたりと足を止めた。

「そうだわ、デイジーのハンドバッグ」アイリーンが言った。「あれをすっかり忘れていたわ。本当はあれをブランドン刑事に提出しなきゃいけなかったのよ」

二人はそろってさっきアイリーンがコーヒーテーブルに置いた緑色のハンドバッグを見た。

「開けてみよう」オリヴァーが言った。

アイリーンがコーヒーテーブルに近づき、バッグを取って開けた。口紅、コンパクト、ハンカチ、小銭入れ、折りたたんだ紙片を取り出した。

紙片を広げた。「メモみたい。手書きだわ」

書かれた文章を読みあげた。


信じてほしい。あなたに話すことがある。あなたは聞きたいはず。グロリア・メイトランドが死んだ夜、本当は何が起きたのかを知っている。

オリーヴ・ストリートとパーム・ストリートの角に電話ボックスがある。そこに今夜十一時半に来て。そこに電話をして会う場所を教える。

ミラマー・ロードのはずれにもう使われていない古い倉庫がある……必ずひとりで来ること。もし誰かがいっしょに来たら、取引はなし。


アイリーンがそこで口をつぐみ、顔を上げた。表情からショックの大きさが伝わってきた。

「これ、台本よ」アイリーンが言った。「何者かがデイジー・ジェニングズに台本を渡したの。彼女が台詞を間違えるといけないから」

「台本はそこで終わり?」

アイリーンがまた紙片に目を落とした。「ううん。もう一行。横の余白に走り書きしてあるわ。たぶん、最後に書き加えたのね。〝トレメインに『島の夜』と『海賊のとりこ』について尋ねる〟」

「両方とも映画の題名みたいだが」オリヴァーが言った。

「でも、トレメインがハリウッドで出演した二本じゃないわ」

「二、三本のポルノ映画に出演した過去がある人気スターはトレメインがはじめてじゃない」

「映画会社がそういう経歴を修正するのは日常茶飯事よ」アイリーンが言った。「だけど、ポルノ映画のために人は殺さないでしょう」そこでためらう。「殺すかしら？」

「おそらく映画に何が写っているかによるだろう」

「この台本、ブランドン刑事に渡す？」アイリーンが訊いた。

「いったい何がどうなっているのかを突き止めるまではやめておこう」

28

助手から渡された鍵が間違っていた。鎖を固定した錠前に差しこめない。鋼鉄製の檻に閉じこめられてしまった。

警告めいたものはこれだけだ。

秘密の隠し場所から予備の鍵を引き抜いて、体を縛りつけた鎖の錠前を開けるうちに貴重な数秒が無駄になった。違う鍵を渡されたのが助手の間違いではないことはわかっていた。オリヴァー・ウォードのイリュージョンに間違いは起きないのだ。

もし鎖が解けなければ、このまま死んでしまう。

最初の銃弾が彼の太腿に撃ちこまれた。血が熱い噴水となって噴き出した。二発目が同じ脚をかすめた。

三発目ははずれた。もうちょっとのところで。その銃弾が鎖に当たった金属音が耳に届いた。

観客の悲鳴が聞こえる。異次元から聞こえてくるような響きだ。〈死の檻〉の周囲に垂らした黒い幕が邪魔をして何も見えない。恐怖の叫びと悲鳴はどんどん大きくなっていく。噴き出した血は檻から漏れ出て舞台の上に滴っていく。

撃たれた脚は冷たい炎に焼かれていた。真実もだ。いま起きたことは事故ではない……

オリヴァーは汗でぐっしょりになりながら目を覚ました。悪夢に襲われたときはいつもこうだ。上体をゆっくりと起こし、ずきずきと痛む太腿に顔をしかめた。ウイスキーとアスピリンと氷のおかげで痛みはだいぶやわらぎ、浅い眠りに落ちることはできたが、その効果が消えたところだ。

本当にきつい夜のために医者が処方してくれた薬をのもうかとも考えたが、やっぱりよした。どうも好かない。何時間にもわたって頭と感覚がぼうっとなり、独特の黄昏状態に陥ることになる。

まもなく夜が明ける。朝にはしゃきっとしていなければならない。殺人犯がアイリーンを狙っているのだ。作戦を練ったり、行動を起こしたりしなければならない。現実に背中を押され、杖を手に取って立ちあがった。スリッパをつっかけてバスローブを着ると、廊下に出た。

しばらくは暗がりに立ったまま、耳をすました。孤独には慣れていた。夜間の〈カーサ・デル・マル〉には静寂がこだまする。

だが、今夜は違った。上の階はしんと静まり返っていたが、深夜と夜明けのあいだに日々感じる深い孤独感は感じない。アイリーンがいるからだ。

月明かりが射しこむリビングルームを横切り、フランス窓を開けて。中庭に出た。専用プールのへりで足を止める。

あたりの空気はかすかに曙光の気配を兆していた。庭園と海のにおいが混じりあって気つけ薬になっている。

夜明けはいつだって悪夢と記憶の最高の解毒剤である。

背もたれが扇形をした籐椅子のクッションに腰を下ろし、無意識のうちに脚をさする。頭はいくつかの選択肢についてじっくりと考えていた。

アイリーンの足音が聞こえたかと思うと、階段を下りてきた彼女がリビングルームを抜けて中庭へと出てきた。気がつけば、彼女がもう起きていたことに驚いてはいなかった。彼女がここにいることに違和感がないのだ。〈カーサ・デル・マル〉にひとりではないこの感覚になじめそうな気がした。イリュージョンのようなものだ。

「眠れなかった？」オリヴァーは訊いた。

「だいぶ休めたわ。ウイスキーのおかげね」アイリーンが答えた。

「普遍的な対処療法だからね。効き目が持続するわけじゃないが、効いているあいだはそれなりに効果がある」

「ええ」

アイリーンも籐椅子に腰かけた。夜明けの薄明かりの中、彼女がまたホテルのスパの白いローブを着ているのがわかった。彼女が抱えている不安は感じとることができたが、彼女の存在の大部分である固い決意も伝わってきた。**きみはいったいどんな秘密を抱えているんだ、アイリーン？**

「今日だが、ぼくもいっしょにロサンゼルスに行くよ。きみがアパートメントへ荷物を取りにいくときに部屋をよく調べることにする」

アイリーンが横目で彼を素早く見た。彼はいまの言葉が彼女の内なる秘密に触れたことに気づいた。

「長いドライブだから、あなたまで行く必要はないわ。脚の具合を考えれば、けっして快適な旅にはならないもの」

オリヴァーは苛立たしくてたまらなかった。「ぼくの脚だ。心配はぼくがする」

「それほどわたしにボディーガードが必要だと思うのだったら、ホテルの警備要員をひとりつけてもらう手もあるわ」

誰かが同行することに異論はないが、同行者がオリヴァーというところに抵抗があるようだ。やはり、何か盗まれていないかどうかアパートメントを調べる際に彼にいてほしくないのだと考えた。彼が何か見つけるかもしれないから怖いのだ。

「きみの邪魔はしないよ」オリヴァーが言った。

アイリーンは全身をこわばらせた。「あなたにいっしょに来てほしくないわけじゃないの」

オリヴァーはにこりとした。「いや、そうに決まっている」

「いいわ。どうぞわたしといっしょにロサンゼルスに来て」アイリーンの口調は鋭かった。「わたしはただ、あなたの脚が心配なだけ」

「言っただろう、それは自分でなんとかする」

「そうね。あなたの脚ですものね」

「ああ、ぼくの脚だ」

アイリーンが冷たい目を彼に向けた。「ずいぶんいらいらしているのね」

「そうかもしれない」

「あなたっていつもそんなふうにいらいらしているの？」

「さあ、どうだろう。うちの従業員に訊いてみてくれ」

アイリーンが浮かべた非情な笑みがオリヴァーをぎくりとさせた。

「そんな必要ないわ。わたし、自分の意見くらい自分で言葉にできるから」

オリヴァーはおそるおそる彼女を見た。「それじゃ、きみの意見とやらを聞かせていただこうか？」

「わたしは特定の問題、たとえばその脚がいらいらの原因だと思うわ」

「ぼくのいらいらはかわいそうな脚のせいってことか」

「忘れないようにするわ」アイリーンはべつの話題を探すかのように、中庭を見わたした。「専用のプールがあるのね」

「かわいそうな脚の機能回復のための訓練に使ってる」

「なるほどね」アイリーンはローブの襟を片手でぎゅっと押さえて椅子から立ちあがった。「まだ朝日も昇っていないっていうのに、もう一日分以上あなたをいらいらさせたような気がするわ。そろそろ二階に行って、着替えでもしてきたほうがよさそうね。長旅にそなえないと」

くるりと向きなおったアイリーンが薄暗いヴィラの中に向かって二歩進んだ。

「アイリーン？」

彼女はぴたりと足を止めて振り向いた。「えっ？」

「大丈夫、うまくいくさ。二人で真相を突き止めよう。ぼくたちはパートナーだ、いいね？」

アイリーンが引き返してきて、彼の正面に立った。

「たんなるパートナーじゃないわ、昨日の夜みたいなことがあったんですもの」

「じゃあ、なんだろう？」

「さあ、わからないけど」アイリーンが認めた。「もう言ったけど、あなたの親友のルーサー・ペルがあなたを信頼しているのがわたしにもわかったわ。それがわかって……安心したの。でも、昨日の夜あんなことが起きたあと、あなたは信頼できるとわたしもわかった。これ、すごく大きな意味があるの。本当よ」

「きみはぼくについてほとんど何も知らないだろう」

「誰にでも秘密はあるわ。でも、だからといって信頼できないってことではない」

「それはよかった。なぜなら、ぼくもきみを信頼しているから」

「どうしてだろうね。たぶん、燃えている建物の中にぼくを置き去りにしなかったからじゃないかな？」

「あなたがわたしでも、あの場に置き去りにはしなかったはずよ」

「つまり、ぼくたちはお互いのことをそれくらいは知っているってことだ。それでいい？」

「わたしはいいわ。いまのところは」

つぎの瞬間、彼女の意図に彼が気づく間もなく、アイリーンがかがみこんで彼の頬を唇で軽くかすめた。

彼女の体温が彼の五感にささやきかけた。

未知の確信が全身に広がる。彼が彼女に向かって手を伸ばしかけたとき、彼女はもうあとずさっていた。

リビングルームの暗がりに消えていく彼女の後ろ姿をじっと見つめた。

彼女が立ち去ったあとだ。この数分間は脚の痛みをすっかり忘れていたことに気づいた。

彼女と新たな一日の夜明けに対する自分の反応に呆然とするうち、いつしか彼の顔に笑みが浮かんだ。
これぞマジック。

29

中庭での新鮮なメロンとふわふわのスクランブルエッグとトーストの朝食がそろそろ終わろうというとき、電話が鳴った。オリヴァーが杖を取って立ちあがる。

「運がよければ、ブランドンからの追加情報を伝える電話だ」

オリヴァーがリビングルームに行き、電話を取った。アイリーンはトーストにバターを塗り、オリヴァーの専用プールできらきら躍る陽光を眺めていた。

いきなり胃をひねりあげたやきもきした感覚は懸命に無視した。オリヴァーと二人、心待ちにしていた電話じゃないの、と自分に言い聞かせた。問題は、その瞬間まで親密なひととき――カリフォルニアの美しい朝のはじまりに中庭で取る完璧な朝食――を享受していた、そのことだ。

何もかもが完璧すぎた。そこへ現実が押し入ってきた。

数分後、オリヴァーが戻ってきた。厳しい表情だが、彼の全身にエネルギーがみなぎっているのが感じられた。

「それで？」アイリーンは訊いた。

オリヴァーが彼女と向きあう位置に置かれた椅子に腰を下ろした。今朝はだいぶ楽に動けているみたい、とアイリーンは思った。かわいそうな脚が昨夜さほどのダメージを受けなかったというしるしだ。〝かわいそうな〟は取り消そう。男性には自尊心がある。それを尊重しなくては。

「ブランドンが言っていた。スプリンガーと相棒――通称ダラスという男――はこの仕事のために腕っぷしを買われて雇われている」

「わたしたちの推察どおりってことね。問題は、誰が雇ったか？」

「スプリンガーによると、彼とダラスはともにプロのスタントマンだそうだ。撮影所の仕事がこのところ少々減っているんで、別名ハリウッド・マックとして知られるマカリスターという胡散臭い男の下で片手間仕事を引き受けて金を稼いでいるようだ。スプリンガーと相棒は昨夜の放火が誰の指示かは知らないと言い張っている。ハリウッド・マックから依頼人の名前は聞いていないと言っているが、ブランドンはロサンゼルス警察にいる友人に電話をした。そうしたら、ハリウッド・マックは映画会社何社か――トレメインが契約を結んでいるところも含めて――からの用命に応じてある種の仕事をすることで名を馳せていることが判明した」

「言い換えれば、ハリウッド・マックは各映画会社の、スターが起こした不祥事のもみ消し担当者にタフガイを貸し出しているのね」

「もみ消し担当者、フィクサー、重役、なんと呼んでもかまわないが、醜聞を抹殺するのが彼らの仕事だ」オリヴァーが言った。

「つまり、トレメインが所属する映画会社の誰かがわたしを殺すためにあの二人のスタントマンを雇った?」

「ブランドンによれば、スプリンガーはぶれずにそう言っている。倉庫に火を放つために雇われた、と。彼と相棒はきみがあそこに行くことを知っていたが、殺すつもりではなく、ただ脅すつもりだったそうだ」

「でも。だとしたら、デイジー・ジェニングズは? スプリンガーは彼女の死体をどう説明したのかしら?」

「そこがじつに興味深いところなんだ」オリヴァーが言った。「スプリンガーは断固として、あそこに女の死体があるなんて知らなかったと言い張っている。彼と相棒は、あそこに女がひとりいるはずだから、火をつけて脅して追い出してこいと命じられただけだそうだ。きみを殺すのが目的じゃなかったとスプリンガーは言っている。二人はあの古い倉庫が松明《たいまつ》よろしく燃えあがるとは知らなかった。きみがあわてて逃げ出してくるのを待っていたらしい」

「ううん。わたしは本当ならきっと、スプリンガーとダラスが到着する前に、倉庫の中で死ぬか意識を失うかしていたはずなのよ。火事は現場の証拠をすべて消すための手段。あなたの言ったとおりだわ。こうすれば、わたしがデイジー・ジェニングズ殺害の証拠を隠滅するために火をつけたけど、何かしら事故が起きて死んだように見えるはずだわ」

「そうだな」オリヴァーがしごく冷静に言った。「殺人犯の計画はそうだったと思う」

「でも、あなたがいっしょに倉庫に来たせいで何もかも計画どおりにはいかなかった」

「さ、早くコーヒーを飲んで。ぼくの車の用意ができているころだ。今朝はチェスターが点検して、ガソリンを満タンにしてくれることになっている」

アイリーンは一気にわくわくした。

「あなたの車で行くの？」必死でさりげなさを装って訊いた。

「ああ。きみの古いセダンは信用ならないからね。ロサンゼルスまでの往復となれば長いドライブで、途中にはほとんど何もないからね。ガソリンスタンドもたくさんあるわけじゃない。立ち往生はしたくない」

「たしかにそう。長い道のりよ。運転はずっとあなたがしなくてもいいわ。喜んで代わるからときどき休んで」

「いや」

「五、六時間の運転なんて脚によくないわ」

「いや」

「よく晴れてるわ。幌を開けられるわね」

「ああ」

「あの車、誰にも運転させないの？」

「ああ」

30

「ハリウッド・ウィスパーズ」のオフィスはこれといった特徴のない小さなビルの二階に入っていた。オリヴァーはみすぼらしいロビーをきょろきょろと見まわし、エレベーターを探したが、なかった。

アイリーンは階段の下で足を止めた。「ここで待っていて。すぐに戻ってくるわ」

オリヴァーはこみあげた怒りをなんとか抑えこんだが、けっして簡単ではなかった。彼女はただ思いやりを示してくれただけなのに、と自分に言い聞かせた。だが、弱点を指摘されるのはもううんざりだった。よりによってアイリーンに情けをかけてもらいたくなどない。

「ぼくもいっしょに行く」

用心してさりげなく言ったつもりだったが、アイリーンが目をしばたたき、ちょっと面食らった表情をのぞかせた。彼が引いた、目には見えない線に近づきすぎたと警告する何かを彼の目に見たにちがいない。

「どうぞお好きなように」彼女は言った。

そして羚羊《カモシカ》のように軽やかに階段をのぼっていく。

オリヴァーは階段の上へと遠ざかる曲線のきれいなヒップを見ていた。まんざらでもない眺めではあったが、置き去りにされたようなものだった。忌々しい脚は言うまでもない。杖を持った手に力をこめ、手すりを握り、階段をのぼりはじめた。

のぼりきったところで、机と記者が詰めこまれた大部屋から放たれるタイプライターのキーを叩くけたたましい音を容赦なく浴びせられた。アイリーンが彼をにらみつけた。頰は紅潮し、目では怒りが燃えていた。

「帰りましょ」きっぱりと言う。「クビですって」

彼女の後方に目をやると、古ぼけた机にはっとするほどの赤毛の大柄な中年女性がすわっている。あれがヴェルマ・ランカスターだな。じっとすわってはいるものの、神経をぴりぴりさせているようだ。

とがった鼻にちょこんとのった眼鏡の奥からオリヴァーをじっと見ている。

「あなたがあのアメイジング・オリヴァー・ウォードね」ヴェルマが言った。

「あなたがアイリーンの元ボスですね」

「それについてはもうちょっと複雑なのよ」ヴェルマが言った。「二人ともそこにすわって、文明人らしく話を聞いてもらえないかしら？」

舞台に立ったらよく通りそうな声をしている。

アイリーンがくるりと回ってヴェルマと向きあった。「今日はわたし、文明人の気分じゃないんです。昨日の夜はもう少しで焼き殺されるところだったし、今日はあなたからクビを言い渡されるし」

ヴェルマがもどかしそうに手を振って何か言いたそうだ。

「まあ、すわって」ぴしゃりと言った。

オリヴァーが驚いたことに、アイリーンはしぶしぶ木の椅子に腰かけた。大事なハンドバッグを膝にのせ、用心深く目を細めてヴェルマを見据えた。

ヴェルマは視線をまたオリヴァーに戻した。

「あなたはアイリーンとどういうご関係、ミスター・ウォード？」

「パートナーです」アイリーンが答えた。「昨日の夜、いっしょに死体を発見したときに二人のならず者が倉庫に火をつけようとしたんです。わたしたちが中にいるのに、ですよ」

ヴェルマはオリヴァーから目をそらさなかった。「それで、あなたは？　あなたから言いたいことは？」

「彼女の言ったことを聞いたでしょう」オリヴァーが言った。「ぼくたちはパートナーです」そう言いながら部屋に入ってドアを閉め、椅子にすわった。「この状況がもうちょっと複雑なのはなぜなのか、ご説明いただけますか？」

「ええ、もちろん。そうするところだったのよ」ヴェルマは椅子の背にもたれると、椅子が苦しそうにきしんだ。「あなた、アイリーンを守れる？」

「うちの警備要員は優秀ですし、ルーサー・ペルは親しい友人です。必要とあらば、力を貸すと申し出てくれました」

アイリーンが勢いよく彼に顔を向けた。目が大きく見開かれている。

「それ、話してくれなかったわよね」アイリーンが言った。

オリヴァーはさりげなく手を振った。「この瞬間まで話す理由がなかったからだ。聞いたらきみが不安になるかもしれないと思ってね」

ヴェルマがなんでも知っているふうな顔をした。「パラダイス・クラブやいくつかのカジノを経営しているあのルーサー・ペルのことかしら？」

「ええ、そのルーサー・ペルです」オリヴァーが答えた。

「つまり、あなたは凄腕の用心棒にも声をかけられるってことね？」

「ええ」オリヴァーはまた同じ返事を返した。

アイリーンはヴェルマを見てから、またオリヴァーに視線を戻した。「いまのやりとり、いったいどういうことなんですか、ヴェルマ？」

「だったら、そうしましょう」ヴェルマが言った。身を乗り出して声をひそめる。「今朝、トレメインの映画会社のアーニー・オグデンからまた電話がかかってきてね。二度目の警告を受けたの。今度は前に比べてずっと深刻。トレメインを面倒な状況に追いこんだ記者をクビにしないと、一週間以内に『ウィスパーズ』をつぶしてやると強烈にほのめかしてきたのよ。それでしかたなくミスター・オグデンにアイリーン・グラッソンをクビにするって約束したわけ。そういうことなの。経理担当のアリスに指示して、一週間分の上乗せをした最後の給料小切手を切りもした。受付のデスクに渡してあるわ」

アイリーンがうめきをもらした。「申しわけありませんでした、ヴェルマ。わたし、『ウィスパーズ』を危機に陥れるつもりなんかなかったんです。ただ、ペギーを殺したのがトレメインだと証明できると思ったので、『ウィスパーズ』にとっては大スクープになると信じて」

「わたしもペギーのことがあったから、あなたが記事を書くことに同意した。わたしだって部下をひとりならず殺されるなんてごめんだわ。だけど、わたしはいま、残りの部下やこの新聞社を守らなければならない立場に置かれているの」

「わかります」アイリーンが言い、立ちあがった。「行きましょう、オリヴァー」

「ちょっと待って」ヴェルマが言った。

「えっ？」アイリーンが訊いた。

「これであなたと縁を切るつもりはないわ。フリーランスでやってもらえばいいと思ってる。もしトレメインがペギー殺しやその他の殺人を犯した証拠をあなたがつかんだり、トレメインが逮捕されたりしたら、そのときはあなたから記事を買うわ」

「考えておきます」アイリーンが言った。「ですが、そのときはほかの新聞からもっといい申し出が来るかもしれないこと、忘れないでくださいね」

そう告げるとドアに向かって歩きだした。オリヴァーもあとについて廊下に出た。

「これからどうする？」

「記事を書くわ」

オリヴァーが満足そうにうなずいた。「そう言うだろうと思った」

二人が受付デスクに近づくと、受付嬢が顔を上げた。アイリーンに同情的な笑顔を向けて、封筒を差し出した。

「今度のこと、本当に残念ですが」やんわりと言った。

「ありがとう」アイリーンは言った。

「いとこさんとは連絡取れました？」

歩きだしていたアイリーンがぴたりと足を止めて振り向いた。「いとこって？」

「昨日、あなたに男の方から電話がありました。東部の方みたいな話し方の。なんていうか、上流って感じのアクセントで。あなたのいとこで、出張で数日こっちに来ているとおっしゃってました。あなたに会いたいということでしたので、住所と電話番号を伝えておきました。いまは仕事で街を離れていますが、と付け加えて」

「ありがとう」アイリーンはそう言い、オリヴァーを見た。その目はショックと混乱を映していた。「映画会社かしら？　わたしが住んでいるところを知りたがるって？」

「おそらくそうだな。行こう」オリヴァーは言った。

31

解雇に加えてさらなる問題を抱えたと気づいたのは、自宅アパートメントのドアの錠前に鍵を差しこんだときだった。回らない。

「違う鍵じゃないのか?」オリヴァーが言った。

アイリーンは手にした鍵をよく見た。「ううん、間違いなくこれよ」

二人はアパートメントの外廊下に立っていた。いささかみすぼらしい二階建ての建物ににじむどこか憂鬱な印象が気になってしかたがなかった。バーニング・コーヴ・ホテルのあたたかみのある優雅な建築とここの対比を考えずにはいられない。

オリヴァーが錠前を丹念に見ている。「これ、新しいみたいだな」

「そういうことだったのね。わかったわ」アイリーンはとたんにほっとした。「空き巣がここに忍びこんだとき、きっと錠前を壊したのよ。だから家主のミセス・ドライズデールが新しいのと交換した。ちょっと階下《した》に行って、いま戻ってきたから新しい鍵をくださいって言ってくるわ」

「いっしょに行くよ」オリヴァーが言った。

アイリーンは廊下を歩きだしたが、すぐに立ち止まって振り返った。「あなたは二度も階段を下りなくていいわ」

「いや、いっしょに行く」オリヴァーがもう一度言った。「万が一ってこともある」

「万が一?」

「時間の無駄だよ、アイリーン」

「そうね」

アイリーンとしては後ろから階段を下りてくるオリヴァーをいやでも意識した。一段ごとに杖が重苦しい音を立てている。引きつったような歩調の足音も聞こえてくる。言葉はひとことも発しないが、この数日間に彼がしてきたことを思えば、階段を下りるのがつらいにちがいないことは承知していた。

一階に達すると、これまたわびしい廊下を進んでミセス・ドライズデールの部屋のドアをノックした。

「ちょっと待って」ミセス・ドライズデールが長年の喫煙によるかすれたがらがら声

でわめいた。「すぐに行くわ」

ドアが勢いよく開いた。色が褪めたハウスドレスを着たミセス・ドライズデールが、目には見えない煙草の煙のにおいのコートをはおって出てきた。脱色した髪にはきっちりとマルセルウエーブ（こてでつけた波形ウエーブ）が。これはつい最近まで流行の先端をいく髪型だったが、いまはジンジャー・ロジャースやキャサリーン・ヘップバーンといったスターたちの登場により、すっかり時代遅れとなっている。

ミセス・ドライズデールは、名前を思い出そうとでもするかのような目でアイリーンを見た。

「ああ、あなたね」ざらついた声で言った。「いつ見えるのかと思っていたのよ。あなたのものをそろそろ売ろうかと思っていたところ。たしか一週間で取りにきてって言ったと思うけど」

「なんですって？」アイリーンは事態を把握するのに二、三秒かかった。「でも、あの部屋はまだわたしが借りているんですよ」

ミセス・ドライズデールの表情がいくらかやわらいだ。「気の毒だけど、あなたはいろいろ面倒を起こすでしょ、ハニー。それに、あなたの持ち物、わたしには必要がないものばかり。同じようなのをたくさん持っているの」

ミセス・ドライズデールはそこでしばらく咳きこんだ。

「いったいどういうことですか？」アイリーンが訊いた。「わたし、店子のお手本みたいだったでしょう。家賃をきちんと払って、部屋に男性を連れこんだりせず、大きな音を立てもしなかった」

ミセス・ドライズデールが残念そうな顔を見せた。「状況が変わったのよ、ハニー。いまも言ったように、気の毒だけど、そういうことなの」

オリヴァーがミセス・ドライズデールのようすをじっくりとうかがった。「もしかすると誰かがあなたを訪ねてきたか電話をかけてきたかして、ミス・グラッソンを追い出すのが身のためだと忠告したんじゃないですか？」

「ええ、映画会社がチンピラを送りこんできたのよ」ミセス・ドライズデールが訝しげに目を細めて彼を見た。「2Bに二度押し入ったのもたぶんあいつでしょうね」

「二度押し入った？」オリヴァーが言った。

「ええ、そうよ」

「なぜそんなことを？」アイリーンが訊いた。

「知るわけないでしょう」ミセス・ドライズデールが肩をすくめた。「一回目は部屋をさんざん荒らしていったの。見るからに本物の泥棒が入ったみたいだったわ——だから警察に知らせて、あなたにも電話して事情を説明したわけ。だけど、二回目の昨日の夜は、どうやらメッセージを送ろうとしただけみたいね」

「メッセージというと？」オリヴァーが疑問を口にした。

「それはただ、彼女を脅したかっただけだと思うけど。どこへ逃げようが安全なところはないぞ――どこにいようが見つけ出してやる」ミセス・ドライズデールは途中何度か咳きこんで言葉がとぎれた。そしてなんとか落ち着きを取りもどすと、オリヴァーをなおいっそうじっと見た。「あなた、あのアメイジング・オリヴァー・ウォードね？　最後の舞台でしくじって、あやうく死にかけたあのマジシャン？　昨日の朝の『シルヴァー・スクリーン・シークレッツ』にあなたとアイリーンの写真が載っていたわ」

オリヴァーはそういうことは無視した。「ミス・グラッソンを叩き出そうとあなたに決心させた脅しとはどういうものだったんですか？」

ミセス・ドライズデールは肩をすくめた。「問題の多い店子を追い出さなければ火事が出るかもしれないと言われたのよ。この建物がまるごと焼けてしまうかもしれないって。この建物はあたしの終《つい》の棲家《すみか》なの。危険を冒すことはできないわ」

アイリーンは自制を働かせ、一歩さがった。「あなたを巻きこんでしまって申し訳ありません、ミセス・ドライズデール。わたしの荷物はどこですか？　それを持って静かに出ていきます」

「箱に詰めて」ミセス・ドライズデールがぼそぼそと言った。目は合わせない。「廊下の突き当たりの掃除道具の戸棚に入れたわ」

「取ってきます」アイリーンが言った。

戸棚に向かいかける。

ミセス・ドライズデールがぶつぶつと言った。「いいことを教えておくわ、ハニー。この町は映画会社が仕切っているの。逆らっちゃだめ。ここで生活していきたかったら、逆らっちゃだめ。それに気づくのが早ければ早いほど、うまくやっていけるのよ」

アイリーンは足を止めた。「肝に銘じておきます」

ミセス・ドライズデールはつぎにオリヴァーのほうを向いた。「あなたの公演、一度見たことがあるわ。そりゃあ素晴らしかった。あのしくじり以前は本当にすごかったわ。肌を露出したドレスを着た美人が鏡の中に入って、そのまま消えてしまう。あたしはあれがお気に入りだった。あやうく死にかけたあの日、いったい何がいけなかったの？」

「それは言えないんですよ。マジシャンたちの掟でね」

「ふうん」

オリヴァーはアイリーンを見た。「さ、荷物を取りにいこう」

アイリーンはくるりと回って廊下を進みはじめた。背後でドアがばたんと閉まる音が聞こえた。ついで最後に差し錠が閉まる金属音が別れを告げるように響いた。

奇妙な感覚がアイリーンを見舞った。切なさとあきらめがないまぜになったような感覚。オーシャン・ビュー・アパートメンツ――月極め週極めの賃貸――とは名ばかりで、実際には海は見えない。設備の点でも大したことはないが、アイリーンにとってはロサンゼルスにたどり着いて以来ずっと〝わが家〟だった。永久的な路頭に迷うのはこれがはじめてじゃないでしょ、と自分に言い聞かせた。永久的なわが家なんてきっとわたしには縁がないのよ。

オリヴァーをちらっと振り返った。彼女のあとから廊下を歩いてくる。

「鍵が合わなかったとき、あなたはもう何が起きたのかわかっていたのね。家主がわたしを締め出したんだと気づいた。だから、鍵を取りにいくわたしといっしょにわざわざ階段を下りてきた」

「ぼくも違う鍵を渡されたことがあるんだ」

「そうなの」

「誰がきみに記事から手を引かせようとしているにせよ、あらゆる手を使って圧力をかけようとしている気がしたからね」

掃除道具の戸棚の前に来ると、アイリーンは立ち止まって扉を開けた。バケツ、モップ、箒と並んで、床に紐で縛った箱が三個置かれていた。ひとつひとつに〝グラッソン〟の名が走り書きされている。まず一個を持ちあげた。

「きみのものが間違いなく全部入っているか、開けてたしかめなくてもいいのか？」オリヴァーが言った。「ミセス・ドライズデールのことだ、いくつか失敬しているかもしれない」

「どうでもいいわ」アイリーンは最初の一個を抱えて廊下を引き返しはじめた。「このアパートメントに大事なものなんか何ひとつなかったの。ただ帰って寝るだけの場所だった」

32

オリヴァーには、オーシャン・ビュー・アパートメンツがただ帰って寝るだけの場所だったとは思えなかった。アイリーンにとってはわが家、少なくとも外界からの避難所だったはずだ。いまそれを失った。汚職警官や判事に金をつかませたり、あのミセス・ドライズデールを脅迫したりで豪華な生活を送る映画会社のフィクサーに奪われたのだ。

三個のかわいそうなほど小さな箱の最後のひとつを車の後ろにおさめ、運転席に乗りこんだ。しばし無言ですわったまま、アイリーンを見守った。彼女はアパートメントハウスの正面入り口をまっすぐ見つめている。しごく冷静な表情からは何もわからないが、胸の奥では嵐が吹き荒れているのが感じられた。

何にもまして彼女を不安にさせているのが二度目の侵入なのだ。ミセス・ドライズデールから2Bは二度泥棒が入ったと聞くまでアイリーンは落ち着いていた。それなのにいま、アイリーンは悄然としている。

「心配いらない」オリヴァーは言った。「事の真相を突き止めるまで、きみはぼくのところにいればいいんだから。そうだろう？」

それを聞いたとき、彼女がようやく彼を見た。

「本当にありがとう」ものすごく丁寧に言った。「でも、いつまでもというわけにいかないことは、あなたもわたしもわかっている。とにかく、これ以上人が殺されないうちに調査を進める必要があるわ」

「賛成だ」オリヴァーがキーを回してエンジンをかけた。「だが、バーンニング・コーヴに戻れば、このロサンゼルスにいるより幸運が舞いこんでくると思うよ」

「ここではトレメインの映画会社の力が強すぎるってこと？」

オリヴァーはギアを入れて車を発進させ、縁石から離れた。「映画会社がハリウッド、さらにはロサンゼルスを牛耳ってはいるものの、その力にも限界ってものがある。バーニング・コーヴの町ではそれが唯一の商売じゃない。ルーサー・ペルにしても、ぼくにしても、映画会社の命令になんかしたがわないさ」

「それでも、映画会社の影響力は大きいわ。もしも映画会社がスターたちにあなたのホテルやパラダイス・クラブに行くことを禁じたりしたら――」

「きみはもっと客観的な視点を持つ必要があるな、アイリーン。まず第一に、ぼくたちが向こうに回しているのはほんのひとつの——それもハリウッドの最大手というわけでもない——映画会社だ。第二に、映画会社にとってみれば、要は事業なんだ。そう、トレメインは少なくともいまのところは価値ある資産だ。会社は投資を守ろうとしている。だが、トップにいる重役たちが彼はその価値以上に厄介な存在だと判断したら、彼らは躊躇なくトレメインを切り捨てる」

「要は事業」

「そのとおり」

「ということは、トレメインに守る価値はない、と映画会社を納得させるだけの証拠を探さないといけないのね」

「めざすはそれだな。それじゃ帰ろうか？」

アイリーンは首を振り、オーシャン・ビュー・アパートメンツの正面入り口のほうを向き、じっと見つめている。

「わたしに帰るところなんてないわ。アパートメントから叩き出されちゃった」

「ごめん、言いそこなった。つまり、バーニング・コーヴに戻ろうかってことだ」

「そうよね。わたしにはほかに行くところはないみたい」

「ここまでの熱意がちょっと冷めたな」

アイリーンは大きく息を吸って呼吸をととのえると、ハンドバッグの持ち手をぎゅっとつかんだ。「まだ……頭が混乱しているみたい。映画会社が人を使ってわたしの自宅に二度も侵入するなんて信じられなくて」

「それはぼくもだ」

アイリーンが訴えるような目で素早く彼を見た。「あなたにはわたしを安心させる役目があるわ。映画会社はわたしをただ脅そうとしただけだと言って」

「安心させることもできなくはない。だが、もし間違っていたら訂正してくれ。きみは映画会社の脅迫を何かもっと恐ろしいことに比べればましだと考えている。ぼくはそんな印象を受けているんだが」

アイリーンは身じろぎひとつしなかった。自分に打ち明けようかどうしようか決めかねている、とオリヴァーは思った。

「アイリーン、秘密を守る権利はあるが、ぼくたちはいま殺人事件の真相を追っている。もしほかにも何かが同時進行しているとしたら、ぼくも知っておく必要がある」

アイリーンはしばらく無言のままだったが、やがて決断を下したようだ。

「これがまるで悪夢なのよ」アイリーンが静かに言った。「どこから話したらいいのかすらわからないくらい」

「きみがそのハンドバッグに入れて肌身離さず持ち歩いているものがなんなのか。そこからはじめたらどうだろう」

アイリーンが言葉を失い、愕然とした面持ちで彼を見た。「どうしてそれを？」

「たぶん、きみがつねにそれを命がけで握りしめているからじゃないかな？」

アイリーンがうめいた。「そんなにあからさま？」

「たぶんほとんどの人は気づかないと思うが」

アイリーンがおそるおそる彼を見た。「でも、あなたは細部まで見ている」

「ぼく独特の癖みたいなものだね。きみがそのハンドバッグの中に取材用のノートと昨夜取り出した小型拳銃を入れていることは知っている。しかし、それ以外の何かが入っているんじゃないのかな？」

「ええ」

「それじゃ、悪夢の話を聞かせてもらおうか」

33

彼にすべてを打ち明けた。

いったん話しはじめたが最後、止まらなくなった。四カ月間胸に秘めてきたおぞましい秘密を打ち明けたことで得た安堵感は想像を絶し、涙がとめどなく流れた。久しく泣いたことなどなかったから、泣き方を憶えていたことにわれながらびっくりしたほどだ。

話し終えたころには、ロサンゼルスはすでに数マイル後方にあった。オリヴァーは海を見おろす眺めのいい待避所がある路肩に車を寄せて、エンジンを切った。

アイリーンはハンドバッグを開けるとハンカチを取り出し、目のあたりに押し当てた。

「ごめんなさいね」小声でつぶやく。「このごろちょっと緊張がつづいていたから」

「いまの話を考えれば当然だ」

冷静さを取りもどしたアイリーンが涙で濡れたハンカチをハンドバッグにしまった。

「つまり、そういうことだったの。わたしの以前の雇い主が殺された。彼女はわたしへのメッセージを血で書き遺した。逃げて、と。彼女からわたしへの手紙には、その手帳が危険なものだということ、誰も信用してはならないことが書かれていた。FBIでさえも。そして、もし最悪の事態が生じたら、それが交渉の切り札として使えるかもしれない、とも書かれていた。わたしね、その恐ろしい夜以来ずっと、後ろを振り返りながら生きてきたの」

オリヴァーは運転席にすわったまま向きを変え、左手をハンドルに置いた。彼の丸い眼鏡は色つきレンズだから目からは何も読みとれない。どのみち、彼が読みとってほしいと思わないかぎり、誰にも読みとれはしないのだが。

「カリフォルニアに来たのは殺人犯から逃げるためだったが、誰がきみを追っているのかは見当もつかない」

「ええ、そうなの。皆目。だから、怖くて誰も信用できなかった」

「それを聞いたところで、きみのアパートメントに二度目の侵入があった問題に話を戻そう」

「きっと偶然の一致だわ。でも、誰であれ、アサートンの手帳を追っている人間が四カ月後に現われて、映画会社の手先がわたしの家に押し入ってから二十四時間とたたないうちに押し入ったとしたら、その確率はどれくらいかしら?」

「スペンサーを殺した犯人がもしきみをロサンゼルスまで追跡してきたとしたら、確率はきわめて高いかもしれない」

「でも、このタイミングって――」アイリーンが言葉を切り、動揺をあらわにした。「しまった。コーヴ・インの前で撮られたあなたとわたしの写真」

「昨日の朝、きみの写真がロサンゼルスの大手ゴシップ新聞のひとつの一面に掲載された」

「でも、名前も仕事も変えたのに」それだけ言ったところで口をつぐんだのは、自分の耳にさえ弱々しく響いたからだ。「犯人はどうやってわたしの顔を知ったのかしら?」

「わりあい最近のきみの写真と細かい観察眼があれば見抜けるさ」

「ミス・スペンサーは写真が大好きだったの。趣味にしていたわ。だから、わたしがいっしょに住んでいるあいだに何枚も撮ってもらった。その中には、彼女がわたしにプレゼントしてくれた素晴らしい車の横にわたしが立っている一枚があって、わたしはそれを寝室の鏡台の上に飾っていたの。もし犯人があれに気づいたら、わたしの見た目だけじゃなくパッカードについての詳細までわかったはずだわ」

「その車はどうした？」

「あれは目立ちすぎると思ったから、農道の路肩に乗り捨てて、そこから一日はヒッチハイクをしたの。そのあと、ヘレン・スペンサーが靴箱の中に遺してくれたお金の一部を使って手頃な中古車を買った。ロサンゼルスにたどり着いたとき、今度はそれを売って、いま乗っているフォードを買ったわ」

「賢明なやり方だ」オリヴァーが言った。「車を一度ならず変えたこととしばらくヒッチハイクにたよったことがきみの命を救った。ところでそのものすごく危険だという手帳についてもっと聞かせてくれ」

「それがトーマス・アサートン博士という人のものであることは間違いないの。さっき話した研究所で働いていた人よ」

「ソルトウッド研究所だね。そこの誰かがきみにアサートンは死んだと告げた」

「ええ」

「それ、もしよければ見せてくれないか？」

アイリーンはためらった。習い性ね、と思った。四カ月間ずっと、その手帳を隠さなければならないという強迫観念にとらわれてきたからだ。それを陽の光の当たるところに出し、誰かに見せることに違和感を覚えた。

オリヴァーは彼女をせかすことなく待った。

アイリーンが速記帳をバッグから取り出して開くと、そのノートの紙をえぐってつくった隠し場所が出現した。

「じつに抜け目ないな」オリヴァーが言った。

アイリーンはその小さな隠し場所からアサートンの手帳を梃の要領で取り出して彼に手わたした。オリヴァーはサングラスをはずして、革表紙を開いた。

「数字と図表と計算式がたくさん並んでいるけど、わたしにはなんの意味も持たないわ。ギルバート秘書養成学校には科学や数学の授業はあまりなかったから」

オリヴァーはさらに数頁を繰った。「マジシャン養成学校でもそういう科目はあまり教えてもらわなかったよ」

「マジシャンの養成学校ってあるの？」

「ごめん。ほんの冗談さ」オリヴァーは手帳を閉じてアイリーンに返した。「ぼくもそこにある計算式がどんな意味を持つのか見当もつかないが、力になってくれるかもしれない人なら知っている」

「ほかの人に見せてはいけないんじゃないかしら。さっきも言ったけど、わたし、誰を信用したらいいのかわからなくて」

「安心していい。チェスターおじさんなら信用できる」

34

まさにこれだ、とジュリアン・エンライトは思った。すでにカリフォルニアと恋に落ちた彼にとって、バーニング・コーヴ・ホテルはこの州が大好きになった要素をすべてそなえていた。ゆったりと長くつづく私道に沿って植えられた椰子の木から、スペイン統治時代を彷彿させる優雅な歩行者用通路や水がきらきら光り輝く噴水に至るまで、実際に使われている映画のセットさながらのような場所だ。

大いに気に入った。

磨きこまれた長いバー・カウンターで席を選んだ。ラウンジの片側にいくつも連なるフランス窓からは、陽光を浴びて光るプールとプールサイドでくつろぐ水着姿の人びとが見える。

バーテンはとびきりの美形だ。銅を思わせる茶色の髪は広い額を強調するかのようにぺたりと後ろへ撫でつけられている。体格は優雅な細身で、大きな青い目は長いまつ毛が印象的だ。

「何をおつくりいたしましょうか？」

声もその他の部分とそぐうものだった——低く穏やかで、オブラートにくるんだ官能性を感じさせる。

「お薦めは何かな？」ジュリアンがそう訊いたのは、彼の官能的な声をもっと聞きたかったからだ。

「こちらのハウス・スペシャルはサンライズと申しまして、ラムとパイナップル・ジュースのカクテルになります」

「ぼくにはちょっと甘すぎるような気がするな。スコッチ＆ソーダにしておこう」

「少々お待ちくださいませ」

ジュリアンは彼に微笑みかけた。「映画に出たらいいのに、きみは」

「そうおっしゃる方がときどきいらっしゃいます」

「名前を聞いてもいいかな？」

「ウィリーといいます」

「名字は？」

「はい。いちおうありますが」

ウィリーはかすかな笑みを浮かべ、飲み物の準備のために静かにその場をあとにした。ジュリアンの視線はしばし彼を追いながら、なぜバーテンがこれほどまでに興味をかきたてるのかを考えた。男性に惹かれることは概してない。しかし、性別にかかわらず、美しいものはつねに彼の目をとらえるのだ。

彼の前に注文のスコッチ&ソーダを置き、ウィリーがつぎの客の注文をうかがいに立ち去るまで待ったあと、隣に腰かけた気むずかしそうな男に笑いかけた。こっちもまたきわめつきの美形だが。どちらかと言えばよくいるタイプだ、とジュリアンは思った。

「ニック・トレメイン、でしょう」

ニックはジン・トニックをぐいと飲み、グラスをぞんざいに置いた。

「よくそう言われますね」

「新聞によれば、問題を抱えているとか」

ニックは用心深い目を彼に向けた。「どなたですか、あなたは?」

「心配いらない。ここへ来たのは力を貸そうと思ったからだ」

「オグデンにたのまれてですか?」

ジュリアンはあたりを見まわし、誰かに盗み聞きされることを深く懸念しているふうを装った。声をぐっと落とす。

「名前などどうでもいい。もしも新聞記者にぼくがバーニング・コーヴに来た目的を嗅ぎつけられたら、映画会社はぼくなど知らないと言うはずだ。わかるかな?」

「ああ、もちろん」ニックも声を落としたが、発した言葉には希望がにじんでいた。

「このとっちらかった状況を一掃するためにあんたを送りこんでくれたんだな?」

「誰かがそうするほかないだろう。危ういのはきみの将来だけじゃない。映画会社はきみに莫大な投資をしてきたんだ」

「ぼくがそれを知らないとでも思ってるのか?」

「どこか誰にも聞かれる心配のないところへ行って話そう」

「ぼくのヴィラがいい」ニックが言った。「〈カーサ・デ・オロ〉」

「そいつはいい。だが、その前にまず、それを全部飲んで。さりげなく見せないことには。あわてているようなそぶりはだめだ。悩んでもいない。バーニング・コーヴでの休暇を楽しんでいなくては」

「名前はなんと言いましたっけ?」

「いや、言ってない。ジュリアンだ。ジュリアン・エンライト」

ためらうことなく本名を名乗った。西海岸では彼のみならずエンライト一族の名を知る者などいないが、たとえ誰かが調べようと思ったとしても、なんとかなる。いつだってなんとかなるのだ。エンライトの家名とその名を冠した法律事務所の長い歴史は完璧な防壁となる。エンライト&エンライトがその名に相応しい依頼以外の仕事を引き受けるなどとは誰も思っていないのだから。

「それはどうも。それじゃ、どうぞよろしく、ジュリアン。話しぶりからすると、西側の人じゃないようだが」

「東部の人間だ」ジュリアンは言った。

「こっちにきてどれくらいたつ?」

ジュリアンが笑顔を見せる。「まだ日は浅いんだ」

ジュリアンは二人のグラスが空になるまでトレメインとさりげない会話をつづけた。ときおりウィリーというバーテンのようすをうかがいながら。

時間はそれなりにかかりはしたが、ジュリアンは細やかな観察眼には自信があった。グラスが空になる前に、ウィリーがなぜそんなに興味をそそるのか、ほぼ確信が持てた。ウィリーはとびきり魅力的な男で通る女なのだ。

愉快な結論に満足し、ジュリアンは彼女に笑みを投げかけた。ウィリーは気づかないふりをした。

わかったよ、ベイブ、とジュリアンは思った。

謎が解けると、とたんに興味が失せた。バーニング・コーヴに来たのは、誰か——男であれ女であれ——を誘惑するためではない。片付けなければならない仕事があるうえ、すでにさんざん時間を無駄にしてきた。今朝も父親がまた電話してきて、経過報告をさせられたのち、すぐさま行動を起こすようにせかされた。アサートンの手帳の競売取引の状況が熾烈になってきていることは明らかだ。

ニックがグラスを置いた。「それじゃあ、場所を変えましょう」

「気を楽に」ジュリアンは言った。「何もかもうまくいくさ」

「危ういのはあんたの仕事じゃないからな」

いや、じつはこっちも危ういんだよ、とジュリアンは思った。もし手帳を手に入れそこなえば、父親は腹を立てるが、またべつの任務を割り振られることになる。事務所の独特なサービスを依頼する人は後を絶たないからだ。とはいえ、ジュリアンはこれまでの完璧な業績を誇りに感じている。いつだって仕事をやってのけてきた。それもきっちりと。

ジュリアンとトレメインはぶらぶらとロビーを横切りながら、つぎの朝のゴルフの相談をしてみたりした。

トレメインのヴィラに通じる屋根付きの通路をのんびりと歩いていたとき、美しい車が長い本館の玄関に向かって私道を走ってきた。運転席の男はサングラスをかけ、オープンカラーのシャツを着ている。助手席にすわる女は髪を押さえたスカーフを顎の下で結んでいる。女もサングラスをかけている。それも顔の大部分が隠れるほど大きなサングラスを。だが、彼女の顎の線のどこかがジュリアンの意識に引っかかった。

「すごい車だ」ジュリアンが言った。「特注品だな」

ニックがそっちを振り向いて渋い表情をのぞかせた。「あれがカリフォルニアで最速の車だと言われてる」

「持ち主は知り合い？」

「オリヴァー・ウォードの車さ。くそっ。あのあばずれ、あいつと寝ているって噂だが、いったい何を企んでいるんだか？」

「あのあばずれとは？」

「あれがあの女だよ。おれを破滅に追いやろうとしている記者さ。オグデンがあんたを送りこんできたのはあの女をなんとかするためだろうが」

「アイリーン・グラッソンか？」

「ああ、そうさ」

おお、ついに巡りあえたか、アナ・ハリス。

「あの女、ウォードと寝ているのか？」ジュリアンは訊いた。

「彼は脚が悪い。最後の公演でへまをしたんだ。いくらプールサイドにいい女が数えきれないほどいても、あの脚じゃ誰もやらせてくれず、しかたなくあのあばずれでもまあいいかってことになったんだろうな」

35

「つねにあの女につけまわされているような気がしてる」ニックが言った。

ヴィラのリビングルームを通り抜けて、日蔭になった中庭へと出た。二人とも大きな籐椅子に腰を下ろす。

ジュリアン・エンライトはオグデンがいつも送りこんでくるタフガイたちとはまったく違った。用済みになった元スタントマンでもなければ、マフィアの男たちの残忍さもうかがえない。育ちのよさを感じさせる上流階級的なハンサム——金髪のケーリー・グラントといったところか——だ。身のこなしもグラントのようで、そのさりげない優雅さは世界じゅうが自分に仕えていることをあたりに知らしめるかのようだ。そのうえ、金髪も脱色ではなく本物らしい。見るからに高級仕立ての服は、細く引き締まった体形の彼が着ると、じつにおさまりがいい。

エンライトが俳優志望でないのは幸運と言えそうだ、とニックは思った。もしも彼が俳優だったら、熾烈な主役争いが起きていたはずだ。

「最初から全部聞かせてもらいたいんだ」ジュリアン・エンライトが言った。「どんなささいなことも省略せずに。事態を正確に把握しておく必要がある」

「オグデンから聞いてないのか？」

「状況に関する調査は自分でやりたいほうでね」

「調査？」

「事実の収集。なんと呼んでもいいが、とにかく話してくれ、トレメイン」

「さっきも言ったが、あの女はおれを追いつめようとしているみたいだ」

「ミス・グラッソンとは本当にこれまで接点はなかったんだな？　一夜限りの関係とか？　束の間の情事とか？」

「断言できる。おれのタイプじゃない」ニックはそわそわして、じっとすわってはいられなくなった。髪をかきあげては中庭を行ったり来たりしはじめた。「あの女はおれを罰したいんだと思う」

「なぜあの女がきみにそれほどの恨みを抱くのか、思い当たることはないのか？」

ジュリアンがやんわりと訊いた。

「もしかすると」ニックがいったん間をおき、肩をすくめた。「あの女が勤めているゴシップ新聞のべつの記者の身に起きたことが関係あるのかもしれない」

「べつの記者に起きたこととは？　きちんと話してくれないか？」

「浴槽で足を滑らせたんだ。そしたら頭を打って溺死した。だが、あれは事故だった。警察がそう言った」

「だが、ミス・グラッソンはそうは思わなかった？」

「たぶん」ニックがつぶやいた。「すると、そのあとにまた溺死事件が起きた」

「つまり、それがホテルで起きたあれか」

「どうやらメイトランドはあの夜、グラッソンとスパで会うことになっていたらしい。メイトランドがおれに関するゴシップをグラッソンに流そうとしていたことはたぶん間違いない。だが、グラッソンが警察に話したところによれば、彼女はスパで死んでいるメイトランドを発見した。そうしたらなんと、おれとメイトランドを関連づけたスクープ記事が『ウィスパーズ』の一面に載った。すると国じゅうの新聞社から映画会社に、おれにインタビューしたいという電話がかかってきた」

「状況が違っていたら、いい話じゃないか」

ニックは首の後ろがぞくぞくっとした。エンライトの口ぶりでは、彼は言外の意味を理解していないようだ。

「冗談ですむ話じゃないだろう、エンライト。グラッソンは二人の女の事故死をおれと結びつけようとしてやがる。もしそれが記事になりでもしたら、おれのキャリアが台なしになってしまう」

「ほかにぼくが知っておくべきことは？」ジュリアンが訊いた。

なんだか退屈しているような口調だ。ニックはこみあげる怒りを必死で抑えこんだ。ここでかっとなっている余裕などない。ジュリアン・エンライトはなんとしてでも必要な人間である。

「昨夜、また一件の溺死事件が起きた。死んだのはデイジー・ジェニングズって地元の女だ。のしあがるための足がかりになりそうな男を漁っていた女だ」

「きみはジェニングズを知っていたのか？」

「パラダイス・クラブの庭で一発やったことがある。グロリア・メイトランドが溺れて死んだ夜のことだ。ジェニングズがおれのアリバイだった」

「その女が死んだのか？」

ニックはためらった。「もっとひどい状況だ。グラッソンとあのマジシャンが死体を発見した。どうもジェニングズはあのむかつく記者に会うつもりだったらしい」

「ジェニングズはきみに関する情報か何かを持っていたのか？」

「ありえない」ニックは懸命に怒りを封じこめようとした。「いいか、あんたの仕事はグラッソンに面倒を起こさせないようにすることだ。おれのセックスライフを詮索することじゃなく。そろそろ仕事に取りかかっちゃどうだ？」

「徹底した調査こそ、ぼくの職業の成功の鍵さ」

「ほう？　あんたの職業とは厳密にはなんなんだ？」

「ぼくは、オグデンみたいな連中が自分たちでは問題に対処しきれないとなったときに電話をかける人間だ。それじゃ訊くが、アイリーン・グラッソンがなぜ同僚の溺死事故の原因がきみだという結論に達したか、本当にわからないんだな？」

「ああ」

アイリーン・グラッソンがベティー・スコットについて知っているはずはない、とニックは思った。ありえない。ベティー・スコットは彼にとってはもう過去だ――彼は過去は葬った。

「ただ、そのべつの記者――死んだ記者――があちこちでおれのことを訊いていたらしい。手当たりしだいに」

「だが、きみは彼女がどんな情報を探していたのかについては知らない？」

ニックが不満げに答えた。「ああ、まったく知らない」

エンライトは必要な人間だが、かといって秘密をもらすわけにはいかない。

「興味深い」ジュリアンが考えこんだ。

「それはどういう意味だ？」

「アイリーン・グラッソンはずいぶんたくさんの死体に遭遇しているようだな」ジュリアンが言った。

ニックは彼をじっと見た。「あんた、何を考えてるんだ？」

「きみの言うとおりかもしれない。つまり、グラッソンはきみをはめようとしているのかもしれない」

「あんたはあの女がグロリアやほかの女を殺したと思うのか？」

「それはわからないが、彼女は自分のキャリアを築いてくれる記事をでっちあげようとしているのかもしれないとは思う。だってそうだろう。もしきみに殺人の罪を着せることができれば、少なくともしばらくのあいだはハリウッドのゴシップ・コラムニストの頂点に立てる」

「そうか。それだな」ニックが言った。全身を興奮が駆け抜ける。「まさしくそれだ。あの女、あっと言わせる特ダネ記事で名を上げるためにおれをつぶそうとしてるんだ」

「心配はいらない」ジュリアンは立ちあがった。「ぼくが来たからにはもう、きみの問題は近々解決だ。わかってるな?」

「ああ、もちろんわかってる」ニックが言った。

「それじゃ、もう行くが」ジュリアンがそう言ってから、しばし間をおいた。「もうひとつだけ。ぼくがここに来た本当の理由は絶対に誰にも知られてはならない。いいな?」

「おれの付き人には?」

ジュリアンが首を振った。「誰にも、と言っただろう。きみの周囲の人間には、ぼくたちは休暇中に親しくなった二人の男と思わせておこう。わかったな?」

「わかった」

ジュリアンがリビングルームの薄暗さの中に姿を消した。ニックは少なからず畏怖の念をこめて後ろ姿を見送った。男は蛇のごとく、物音ひとつ立てずに動いた。

ぼくが来たからにはもう、きみの問題は近々解決だ。

まもなくヴィラの玄関ドアがじつに静かに開いて閉まった。

ニックは悪夢がはじまって以来はじめて、いくらか楽観的になれた。もしかしたら、あくまでもしかしたらだが、波のように押し寄せてきていた災難をしのぐことができるかもしれない。

呼び鈴が鳴り、物思いにふけっていた彼ははっとわれに返った。

「どうぞ」

ドアが開き、タイルの床にためらいがちな足音が響いた。

ニックはもれそうになったため息を押し殺した。「中庭にいる」

戸口にクローディアが現われた。ノートをしっかりと抱えている。

「いま出ていった男性はだあれ？」

「さっきバーで会った人だ。明日、いっしょにゴルフをする」

「あらそう」クローディアが言った。「ミスター・オグデンからまた電話があったことを伝えにきたの。なんとかするから任せておけ、と」

ニックは心が躍った。「今度こそオグデンの言うとおりかもしれない」

「今度こそ？」

「わかった。もういい。出ていってくれ。『失われた週末』の台詞にかかりたい」

クローディアは立ち去った。

36

「おもしろい」チェスターはずり落ちてきた眼鏡を直しながらアサートンの手帳を熱心に読んでいた。「距離と角度を割り出すのに使う数式のようだな」さらにもう数頁を繰った。「ほう」

「それはなんなの？」オリヴァーが訊いた。

チェスターが顔を上げた。「まだきみの質問全部に答えることはできないよ。もっとよく読みこむ時間が必要だ。アサートンがソルトウッド研究所でなんの研究をしていたのかの手がかりにはなりそうだ。研究所に電話をすることもできるし」

「それはだめです」アイリーンの声は鋭かった。「これを手にしてすぐ、研究所に電話を入れました。そのときにアサートン博士が死んだことを知ったわけですが、電話を受けた女性はすぐさまわたしに厳しい質問を浴びせてきました。わたしが何者で、なぜ電話をしてきたのかを聞き出そうとして。わたし、怖くなって。わたしの元ボスはこの手帳のせいで死んだんですから」

「でも、彼女はこれをきみに託した」オリヴァーが言った。「これを処分しろとは言わなかった」

「ええ。でも、誰も信用してはならないと言われました——FBIも警察も。彼女が犯した間違いは、信じてはいけない人を信じたことだったんです」

チェスターがアイリーンを見た。「だが彼女はきみに、この手帳は最悪の事態が生じたときに交渉の切り札として使えるかもしれないと教えた」

「はい」

オリヴァーがアイリーンをじっと見た。「ヘレン・スペンサーは最悪の事態が起きる可能性を予測していた?」

「そういうことだと思うわ」アイリーンは答えた。「彼女が言おうとしていたのは、もしこの手帳を追っている人間がわたしを発見したら、そのときは取引ができるかもしれないってことよね」

「ヘレン・スペンサーの身に何が起きたかを考えれば、手帳をめぐる取引がきみにいい結果をもたらすとは思えないな」オリヴァーが言った。

アイリーンは顔をしかめた。「わたしが出した結論も同じよ。でも、わたしにはこの手帳しかなかったから、肌身離さず持っていたの。わたしのアパートメントへの二度目の侵入はアサートンの手帳とはたぶん関係がないわ。トレメインの映画会社が人を雇ってもう一度押し入らせたんじゃないかしら」

チェスターとオリヴァーがアイリーンを見た。二人ともひとことも発さない。

アイリーンはゆっくりと息を吐いた。「ええ、わかってはいるの。可能性はどれくらい？」

「低くはないだろう」オリヴァーが言った。「そうでないことが証明されるまでは、二度目の侵入がアサートンの手帳がらみだという仮説に沿っていくほかないな」

アイリーンは両腕で自分をきつく抱きしめた。「つまり、手帳を追っている何者かがわたしを追跡してカリフォルニアまで来ているわけね」

オリヴァーが眉をひそめた。「そいつがきみを見つけるのに四カ月かかった。きみの行方のくらまし方はみごとだったと言うほかないよ」

「でも、じゅうぶんにみごと、ではなかったみたい」

オリヴァーは深く考えをめぐらせているらしい、ひどく真剣な面持ちだ。「何者かが四カ月の長きにわたってきみと手帳を見失った。それが誰であれ、ついにきみを見つけたわけだから、大いにほっとしているにちがいない。おそらく、きみにまた姿を消される前に——あるいは、べつの誰かがきみを見つける前に——手帳を手に入れようと躍起になっていると思う」

アイリーンはぎくりとしてオリヴァーを見た。「べつの誰か？」

「もしこの手帳が人の命を奪うに値するものであるなら、きみを追っている人間がほかにもいると考えるほうが自然だ」オリヴァーが言った。

アイリーンは思わずうなった。「なんだか居心地が悪いわ」

「気休めになるかもしれないから言っておくと、スペンサーを殺した犯人が誰にせよ、そいつはきっと競争相手が気になってしかたがないはずだ」

アイリーンが用心深い目で彼を見た。「なぜそれが気休めになるわけ？」

「それはつまり、きみをロサンゼルスで発見した何者かは——とりわけ、さっさと片付けろ、とせかされているとしたら——危険を冒してでも強気で何かしら仕掛けてくるはずだ」

チェスターが手帳をぱたりと閉じた。「この手帳がなぜそれほど重要な意味を持つのかを突き止める必要があるな。ぼくは数件の特許の使用を全国のさまざまな企業に対して許可しているんで、知り合いもいろいろな分野にいる。ソルトウッドが何をしているのか、知っている人間もいると思うが」

「どこまでも慎重を期さないと」アイリーンが言った。

「心配いらない」オリヴァーが言った。「チェスターはそのへんのことは承知しているからね。それはともかく、手帳をどこかもっと安全な場所に隠したほうがいいと思うんだ。気を悪くしないでもらいたいが、きみのハンドバッグにフォートノックス(ケンタッキー州にある軍用地。連邦金塊貯蔵所がある)ほどの安全度はなさそうだ」

アイリーンは反射的にハンドバッグの持ち手をぎゅっとつかんだ。「これまではこれをつねに目の届くところに置いておかないと怖かったの」

「心配は無用だ」チェスターが言った。「じっくり調べたあと、私がこれ以上ない安全な場所に保管しておくから」

「よろしくお願いいたします」

「きみたちはもう行きなさい」チェスターが言った。「静かな環境で取り組みたい」

オリヴァーはアイリーンの肩をつかむと、ドアのほうを向かせた。アイリーンは彼に誘導されるまま、しぶしぶチェスターの仕事部屋をあとにした。

「変な気分だわ」アイリーンが言った。

「アサートンの手帳を人に預けたからか？　わかるよ。だが、どうしてあの手帳に殺人を犯すまでの価値があるのかを突き止める必要がある」

「もしその殺人犯に関してわたしたちの推理が正しければ――もし彼がわたしのロサンゼルスのアパートメントを見つけたのだとすれば――いまごろはもう、わたしがバーニング・コーヴにいることも知っているわね」

「ああ。だが、これでやつはぼくの縄張りに舞いこんだ。群衆の中からやつを見つけ出す絶好のチャンスだ」

「どうやって？」

オリヴァーが先に立ち、庭園へと出た。日差しがなんとも心地よく、海がいちだんとまぶしかった。

「ここは小さな町だ」オリヴァーが言った。「ブランドン刑事にたのめば、このあたりのインやホテルに最近チェックインした人間のリストが簡単に手に入る」

「ここの宿泊客も？　あなたは顧客リストを極秘扱いにしていると思ったけど」

オリヴァーが愉快そうな顔をした。「新聞記者には見せないが、ぼくは自分のホテルに泊まっている客をつねに把握しておく主義だ」

「そいつが大胆にもあなたのホテルにチェックインするなんて、本気で思ってるの？」

「彼がそうしたとしたら、じつに頭がいいと思う」オリヴァーが言った。

「なぜ？」

「まさかそんなことはないはずだときみが思うからだ」

「ミスディレクションね」

「それもあるし、とんでもなく傲慢だからでもある」オリヴァーの口ぶりから察するところ、考えをめぐらせているようだ。

「彼が考えていることにそこまで確信があるのはどういうわけ？」アイリーンが詰問する。「ヘレン・スペンサーを殺した怪物に会ったこともないのに」

「だが、ぼくはそいつのことをいろいろ知っている。人間の姿をした怪物ってことも含めて。だってそうだろう、きみが話してくれたスペンサー殺しの現場はなんともむごかった。そこまで残忍な殺し方をする必要などないのに」

アイリーンが体を震わせた。「ほんと」

「どうやらやつはそれを楽しんでいるようだ。となれば、そいつは間違いなく怪物だ。それだけじゃない。そのことがやつを傲慢にしている。『ウィスパーズ』の受付嬢がやつのアクセントのことを言っていた」

「それがどうかした？」

「やつがヘレン・スペンサーと知り合いだったらしいことがそれでわかる。ぼくたちが探している男はたぶん東海岸の人間だからだ」

「そうだわね。ヘレンの知り合いはみな、東海岸の上流社会に属する人たちだったわ。でも、そういう世界の外の人間に会った可能性もある。なんとも言えないけど。わたし、きっと思っていたほど彼女のことを知らなかったのよ」

「東海岸からの宿泊客もいることはいる。目立つんだよ、彼らは」

「どういうふうに？　服？　マナー？」

「それと、アクセントだね。すぐにそれとわかる。どうやらぼくたちは二人の殺人者を相手にしているらしい。協力者が必要になりそうだ」

「警察？」

「いや、地元警察よりも融通のきく人間を知っている。ルーサー・ペルだ。まずはぼくのオフィスに行こう。彼に電話をして、できるだけ早く会いたいとたのんでみる」

「彼は信頼に足る人物なのね？」

「ああ」オリヴァーが断言した。

　しばしのち、オリヴァーが電話を切って、アイリーンを見た。

「一時間以内にここに来てくれるそうだ」

アイリーンはふうっと大きく息をついた。「わかったわ」

オリヴァーは人生が一変する決断を下したばかりの男のような顔を見せた。杖を握り、体重をかけて立ちあがった。

「ちょっとこっちへ」オリヴァーが言った。「きみに見せたいものがある」

37

ふと衝動に駆られて口にしただけだったが、いったん声に出してみると、自分のもうひとつの人生で駆使していた道具を彼女に見せたいと願う気持ちは本心だと気づいた。なぜ彼女に過去の遺物を見せたいのか、理由はわからない。わかっているのはただ、彼女にはどうしても見せる必要があるということ、そしていまがそのときだということだけだ。

彼女の先に立って、ホテルの本館とそれを取り巻く何棟ものヴィラをあとにした。庭園を通り抜けたところで錬鉄製の門の前で足を止める。

門の鍵を開けて、彼女を中へと案内した。

「バーニング・コーヴ・ホテルというイリュージョンの種明かしをしよう」オリヴァーは言った。「全部とは言わないまでも、少なくともその一部を」

アイリーンは建ち並ぶ物置、作業場、広い自動車修理場に目を瞠った。たくさんの従業員がそこここで仕事に励んでいる。車のエンジンをいじる者。ペンキの入ったバケツを運ぶ者。園芸道具を使って作業する者。オリヴァーに気づくと、それぞれに挨拶の声をかけてくる。オリヴァーも挨拶を返したあと、アイリーンを手ぶりで示した。「ミス・グラッソンにこのホテルをみんながどうやって動かしているのか見せようと思ってね」

男たちは笑顔を見せ、アイリーンに敬意をこめて会釈すると、また各自の作業に戻った。

「バックロット（映画会社が撮影所の近くに保有する野外撮影用地）みたいだわ」アイリーンが言った。

「映画会社と同じように、ホテルもここで働いているみんながじゅうぶんな栄養が摂れるよう配慮している。従業員用の食堂は無料なんだ」オリヴァーがアイリーンをせかすようにして比較的大きな建物のひとつへと向かった。「きみに見せたいものは、あのいちばん大きな倉庫の中にある」

アイリーンは興味をそそられながらオリヴァーの横を歩き、大きな扉の前で足を止めて鍵を取り出す彼を待った。

オリヴァーが扉を開き、天井の高い薄暗い部屋へと二歩進んだところで明かりのスイッチを入れた。天井の明かりがつくと、防水帆布でおおわれた物体がずらりと並んでいるのが目に入った。

電灯の明かりは小道具倉庫の薄暗い奥までしっかりと照らし出すほど明るくはなかった。だが、たとえ強烈な舞台照明を当てたとしても、影の部分を細部まですべて照らし出すことはできないはずだ。なぜなら、そこに置かれている物体は彼の過去の亡霊にも似た仕掛けの数々だったからだ。

アイリーンはゆっくりとその空間へと歩を進め、興味津々で目を凝らした。まもなく彼女が振り返ってオリヴァーを見た。

「ここに保管しているのはホテルの古い家具ではないのね？」

「ああ」オリヴァーがとっつきの防水帆布を引きはがすと、大きな鏡が現われた。「最後にショーの幕を閉じたあとも、数えきれないほどの小道具や装置へのこだわりは捨てきれなかったし、マジックの遺物にさほど需要があるわけじゃない。そこで倉庫に入れておくことにしたんだ」

鏡はアイリーンより少し背が高かった。その前に立って手を伸ばし、指先でそっと触れてみた。

「これ、海岸で会った女の子が言っていたイリュージョンで使ったもの？」

「ぼくが使っていた四つの鏡のうちのひとつだ。どういう仕掛けになっているのか、知りたい?」

アイリーンが目をまん丸くした。「マジシャンは種明かしをしてはいけないものと思っていたけど」

「このイリュージョン〈鏡の中に消える貴婦人〉を完成させたのはぼくだから、種明かしをする権利がある。それに、助手たちはいつだってイリュージョンの仕掛けを知っているんだよ」

「まあ、そうでしょうけど、わたしは助手じゃないから。わたしたちはパートナーですものね」

「きみがマジシャンの仕掛けを知っておくべき理由はいろいろある」

アイリーンが微笑んだ。「そういうことなら、〈鏡の中に消える貴婦人〉の仕掛けがどうなっているのか、喜んで見せていただくわ」

たとえしばしのあいだとはいえ、彼女の気持ちをまぎらわせることができれば彼はうれしかった。この数日間で二人はお互いのことをかなり知ったわけだが、彼女が微笑んだときも目の翳りが薄らぐことはめったになかった。だがいま、一時的とはいえ、こみあげる好奇心が恐怖心を抑えこんだ。

マジックに取りかかる前にまず、さらに三枚のカバーを引きはがした。三枚のもっと背の高い鏡が出てきた。

「このイリュージョンでは美人の助手が――今日はマジシャンの美人のパートナーが――一枚の鏡の前に立つ。実際、ちょうどきみが立っているその位置だ」

アイリーンが鏡に映るオリヴァーと目を合わせた。

「わたしは露出過剰な衣装を着けないでもいいのね？」

オリヴァーにはアイリーンが彼に気を許し、ふざけていることがほぼ確信できた。励みになると同時に不安をかきたてられもした。昔は観客の中の特定の誰かの心理を無言で読みとる術に長けていたものだが、アイリーンは多くの意味でいまだに謎めいていた。

彼女の服を品定めするような目で見た。男仕立てのズボンは細いウエストを強調しながら、脚の部分はゆったりと流れるように優雅だ。淡い黄色のブラウスは襟もとに女性的なタイがついたもので、たっぷりした長袖は彼女を無邪気に、そして蠱惑的に見せている。

「露出過剰に越したことはないが」オリヴァーは言った。「要するに、助手の主たる役割は観客の目をそらせることにあるからね。だが、きみならいまのその服でじゅうぶんだ」

「つぎはどうするの?」

「いい質問だ」オリヴァーが言った。

彼女が眉をわずかに吊りあげてこっちを見ていることに気づいてはじめて、自分がいやに大きな声を出していたことを知った。

四枚の鏡にはそれぞれ車輪がついている。オリヴァーがそのうちの三枚をアイリーンを囲む位置へと移動させ、アイリーンは三方を鏡に囲まれた。

「鏡はどれも両側が鏡面になっていることに気づいたかな。これが舞台で照明を浴びると、すべての面が光を反射して観客の目をくらませる」

「それもまた観客の目をそらせるためなのね」

「そのとおり。マジシャンにとってはそれがいちばん大事な手段だからね。つぎは、三枚の鏡がどれも細い枠におさまっていることに注意してごらん。これをくるりと回して観客に側面を見せると、どんなにほっそりした助手でも中に隠れる空間がないことは一目瞭然だ」

「ふうん。でも、残りの一枚には隠れ場所があるってことかしら?」

「そうなんだ」オリヴァーはその鏡を開いて、中に細長い箱があるのを見せた。「細身の助手が立っていられるだけの幅はある。つぎに、この四枚目の鏡を定位置に移動する。すると、助手は四方を囲まれ、観客から見えなくなる」

オリヴァーは四枚目の鏡を押して定位置に置いた。

「ここで助手は鏡を開いて中に入るのね？」アイリーンが四方を鏡に囲まれた中で言った。「ああ、そうだ」

オリヴァーの耳に扉が開いて閉まる音が届いた。かつては蝶番がきいきいと音を立てることなどなかった。チェスターがつねに油を差しておいてくれたからだ。

「中に入った？」オリヴァーが訊いた。

「ええ。本当にすごく狭いのね」

「どんなイリュージョンでも箱は必ず小さくつくられている。もちろん、マジシャンの助手がふつう小柄な痩せっぽちなのはそのためだ。これを舞台で演じるときは、この時点で大きな幕が下りてきて四つの鏡をすっぽり隠す。助手が隠れている箱付きの鏡も含めて仕掛け全体が床から浮きあがって、鏡の下側に秘密の隠れ場所がないことを観客に見せる。それがすむと、仕掛け全体をまた舞台に下ろす。ぼくは一枚の鏡を横に引いてずらし、助手が鏡に囲まれた部屋の中にいないことを見せる」

オリヴァーが一枚の鏡を横へずらすと、アイリーンが消えている。

「おみごと」彼が言った。

その鏡を押してまた元の位置に戻す。「ここでまた同じ手順が繰り返される。幕が下りてきて、四枚の鏡が床から浮きあがる。仕掛けがもう一度床に下りる。助手は隠した箱から出る。鏡を一枚動かして、美しい助手がそこにまた戻っている光景を見せる。まるで鏡の中から魔法のように姿を現わしたみたいだろ」

オリヴァーが一枚の鏡を横へ動かすと、アイリーンが彼に微笑みかけていた。

「すごく単純なのね」

「すごく劇的なイリュージョンはどれもたいてい単純なんだ。少なくとも技術的にはね。このイリュージョンで大事な点は照明で、観客に箱を隠した鏡の幅広の側面を絶対に見せないようにすることだ」

「つまり、手先の器用さがものを言うのね」

「それはどれにでも当てはまる」オリヴァーが言った。「この場合、マジシャンの役目は舞台の上で四枚の鏡を巧みに動かして、観客に全部の鏡をあらゆる角度から見たと思いこませることにある。本当は、あらゆる角度から見た鏡は三枚だけなのにもかかわらず、だ」

「もし狭くて窮屈なところに押しこめられた助手が正気を保てないほどの不安に駆られたりしたら、どうなるの？」

「閉所恐怖的な傾向のある助手はマジックの世界では長続きしないよ」

「よおくわかるわ」アイリーンが小さく体を震わせた。「もしわたしを雇ったら、最初の公演が終わる前にクビにしなくちゃならなかったと思うわ」

「大丈夫か?」オリヴァーが訊いた。

「ええ、大丈夫。ただ、こういう箱の中に入ったり出たりしなければならない仕事を生活のために選びたくないわ」

「知ってのとおり、いまはもう助手を雇ってはいない」

「かつてあなたの下で働いていた人たちはどうなったの?」アイリーンの口調には好奇心がにじんでいた。

「ぼくがショーを打ち切ったあと、自分の道に進んだ者もいたことはいたが、大半は新規の事業に加わる決心をしてくれた」

「新規の事業?」

「サービス業だ」

アイリーンが納得の表情で彼を見た。「従業員への便宜を図って、このホテルで働けるようにしたのね」

「さっきも言ったが、ホテル経営はマジックの世界と通じるところが数多くある。運営に要求される技能はほとんど同じだ」

アイリーンが彼の表情を探るように見た。「未練はある？」

「マジックに？　ああ、ときには。しかし、当初ほどではなくなった。状況が変わってきたからね。ぼくも変わったし。だが、そうだね、イリュージョンが完璧に成功して、観客が結果にわくわくする瞬間が懐かしいときもある」

「もちろん、ときどきは懐かしくて当然でしょう。マジックはあなたの情熱の対象だったんですもの。あなたの手になる芸術よ」アイリーンが無秩序に置かれたカバーにおおわれた小道具のあいだをゆっくりと歩きはじめた。そこここで足を止めては帆布の下をのぞいている。「こういうものをこれからどうするつもり？」

「まったく考えていない」整然とぐるぐる巻きにされ、積みあげられた縄の山をおおった帆布をアイリーンが引きあげるのをオリヴァーはじっと見ていた。「さっき言ったように、売り物になるものはほとんどないんだ。そのうちいつか処分することになるだろうな」

「だめよ」アイリーンがくるりと振り返った。「捨てちゃだめ。保存しておくべきだわ」

「なんのために？」

アイリーンが両手を広げた。「子どもや孫のため。誰になるのかは知らないけれど、そのうちの誰かがあなたの情熱を引き継ぐかもしれないわ。少なくとも、マジシャンだったあなたの一生に興味を抱くはずよ」

「子どもを持つ予定はないが」

「そうなの？」アイリーンははじめはびっくりしたようだったが、まもなく同情とし か言い表わせない表情で彼をじっと見た。「ごめんなさいね。子どものことなんて言うべきじゃなかった。許してね」

「何を？」

「あなたが負った怪我の程度を知らなかったの」彼の脚にちらっと目を落とし、すぐまたあわてて視線を上げた。「そんなにひどい怪我だとは思っていなかったから」いったん言葉を切って、それからまたしどろもどろに先をつづけた。「思いもよらなかったの。そうなのよ、考えがおよばなかったの。あの浜辺でのキスのあとも。気づかなかった……。お願い、話題を変えましょう。わたしがどんなに悔しいか、わかる？」

オリヴァーはようやく気づいた。彼女に近づき、わずか数インチのところで足を止めた。杖を脇に立てかけ、両手でゆっくりと彼女の顔をはさんだ。

「ひとつ、はっきりさせておきたいことがある。怪我を負いはしたが、それほど深刻な影響はなかった」

「えっ？　そうだったのね」アイリーンが唾をぐっとのみこみ、あやふやな笑みを浮かべた。「よかった。すごくうれしいわ」

「ぼくもさ。こんなにうれしかったことはない」

オリヴァーは二人を隔てていた数インチを詰めながらも、アイリーンにすり抜ける猶予はたっぷり与えた。彼女は一歩もあとずさらなかった。それどころか両手で彼の肩にぎゅっとつかまり、ふらつきそうな体勢を支えた。

「オリヴァー」アイリーンがささやいた。「これ、なんだかいけない気がするわ」

「どうして？」

「わからないけど」

つぎの瞬間、熱く艶めかしい衝動に駆られたアイリーンが、彼の肩をつかんでいた手を離し、両腕を彼の首に回すなり、目まぐるしい性急さで彼にキスをした。世界じゅうにこれ以外に欲しいものはないというかのような、彼を求めてやまない——貪る——ようなキス。

オリヴァーを求める彼女の想いは、彼女が欲しいオリヴァーの想いにけっして負けてはいない。

オリヴァーの内で炎が咆哮《ほうこう》した。熱く、激しく、魂をかきたてる炎。この二年間、彼が周囲に築いていた氷を思わせる防護壁が溶けた。氷河が溶け、欲望が雪崩となって襲ってきた。

未来永劫薄暗がりであるはずだった倉庫がその瞬間、恋人たちを歓迎する秘密の世界に変身した。

これぞマジックだ、とオリヴァーは思った。しかも虚構ではない。

いつの間にか彼は鏡から引きはがした帆布の上に彼女を横たえていた。

「オリヴァー」アイリーンが彼の名を呼ぶ。

彼女の唇からもれた息も絶え絶えのささやきは驚きと当惑に満ちていた。

オリヴァーは何かを言おうとすらしなかった。もし言葉を口にしたら、何を言ったにしても支離滅裂なことになりそうだからだ。だからもう一度キスをし、アイリーンの熱く甘い味をのみこんだ。

手は彼女の着ているものをまさぐりはじめていた。永遠に感じられるほどの時間をかけて、ようやく絹のブラジャーの留め金がはずれた。そしてアイリーンの胸の甘美で柔らかな曲線をついに手のひらにおさめると、またしても欲望の波が押し寄せてきた。硬くなった乳首の片方に唇をつけた。彼女が柔らかで切ない吐息をもらし、全身をのけぞらせて彼の背中に爪を立てた。

オリヴァーは彼女のズボンのボタンをはずし、ヒップに沿って押しさげた。アイリーンが無言で靴を脱ぎ、ズボンは足の先をすんなりと通った。もう着けているのはパンティーだけだ。

アイリーンがシャツのボタンをはずしはじめたが、指先が震えている。オリヴァーは我慢できなくなって上体を起こし、靴とズボンを脱いだ。

その下にはいているのは、男性下着の最新流行であるブリーフだ。硬くなった男性の部分をほとんど隠してはくれない。しかし、アイリーンがまず手を伸ばして触れたのは太腿の思い出したくない傷痕だった。彼女の手に包まれるのを待ち望んでいる勃起した部分ではなく。

「あやうく殺されるところだったのね」アイリーンはびっくりしたようだ。「ほら、わたし、あなたの傷はひどいにちがいないと知ってはいたけど、それでも——」

その言葉ににじむショックを隠しきれない同情がなんとも腹立たしかった。

オリヴァーは彼女の手をつかみ、傷痕からブリーフの前部へとゆっくりといざなった。これほどまでに彼女を欲しがっていることを知らせなくては。

「あやうく殺されるところだったが、実際には死ななかった。いまは、きみさえよければ、もっと楽しいことをしたいんだが」

アイリーンが目をしばたたいたあと、おそるおそる手のひらをその部分におおいかぶせた。ためらいがちに用心深く彼を探る手からは自信のなさが伝わってくる。オリヴァーがうめいた。

アイリーンがとっさに手を引っこめた。

「いけなかった？」不安げに尋ねる。

「アイリーン」オリヴァーが歯をくいしばったまま言った。「こういうこと、したことがないわけではないだろう？」

「ええ、まあ、何度かは。でも、わたし、あんまり上手じゃないんだと思うの」

「失神しそうだ」

「えっ？」アイリーンが驚き、素早く上体を起こした。「横になって」

「横になっているよ」

「冷湿布を取ってきたほうがいいかしら？」

「そんなものは役に立たないと思う」

「お医者さまを呼ぶ？」

アイリーンがブラウスに手を伸ばした。

「医者など必要ない」オリヴァーがまた彼女の手をつかみ、彼の胸のてっぺんにそっと引き寄せた。「必要なのはきみだ。教えてくれ。前にこういうことをしたとき、何がどううまくいかなかったのか」

「その男が嘘つきで、浮気者だったの」

「そういうことか」

「ボスにもてあそばれた秘書なんて、現代的事業の歴史の中でわたしがはじめてってわけじゃないことくらい、いまになればわかるけど」

「なるほど。わかったよ」オリヴァーが両の手のひらで彼女の顔をやさしくはさんだ。「これをきみにとって特別な体験にしたい」

「これはもう特別。本当よ」アイリーンが言った。

アイリーンから彼にキスをすると、彼はわれを忘れた。感覚が欲望に熱せられ、頭の中にあるのは彼女の柔らかくしなやかな体の中に自分を沈めることだけ。

周囲の環境はお世辞にもロマンチックとは言えないが、彼にはひとつだけ有利な点――抜群に器用な手――があった。

彼女が彼に体をすり寄せ、呼吸を乱し、腕の中で全身を震わせると、その一瞬、それしかない一瞬をとらえて彼女の中に滑りこんだ。

アイリーンが喘ぎとともに彼に手足をからませ、全身の力を振りしぼってしがみつく。

オリヴァーの解放の瞬間が全身の鼓動とともに近づいたとき、倉庫の外の世界は消滅した――少なくともしばしのあいだ、彼の過去も同時に。

これぞマジック。

38

ルーサー・ペルはバーのカウンターに肘をつき、いましがたウィリーが声をひそめて伝えにきた仰天ニュースについて考えた。周囲はそのことで大騒ぎだという。

「あの男がミス・グラッソンを連れて小道具の倉庫に入っていった？」ルーサーが言った。「それは本当なんだな？」

「ハンクからじかに聞きました」ウィリーが白いタオルでワイングラスを磨いている。

「ハンクは庭師のひとりから聞いたそうで、その庭師はボスが自分で扉の鍵を開けるのを見たそうです」

ルーサーが小さく口笛を吹いた。「大ニュースだな、こいつは」

ウィリーが眉をきゅっと吊りあげた。「しかもハンクが言うには、二人はまだ中にいるとか。そろそろ一時間になるそうです」

「ミス・グラッソンがあのマジシャンの小道具に大いなる関心を抱いたことは間違い

ないな」

「わたしに言わせれば、この話でいちばん興味をそそるのは、あのマジシャンがミス・グラッソンに小道具を見せたいと思ったことです」

「まさにきみの言うとおり」ルーサーが言った。「実際、あのマジシャンがレディーを案内して二人きりで小道具の倉庫に入ったことなど記憶にない」

「わたしもです」ウィリーはそう言いながらワイングラスを頭上の棚におさめた。

「昨夜の倉庫の火事の件はお聞きになりましたか？」

「いまや町じゅうの噂だよ」

ウィリーがにこりとした。「ボスはルームサービスに氷を持ってくるよう命じました。ルームサービス担当のリックが運んでいくと、ボスは倉庫で起きたことの顚末を話してくれたそうで、そのリックが厨房のスタッフに話し、そこから客室担当や警備担当に広がり、さらに町じゅうに広がったようです」

「小さな町だ」ルーサーが彼女にそれをあらためて思い出させた。

ルーサーはウィリーが注いだ炭酸水をぐいっと飲み、この状況が意味するところについてじっくりと考えた。ひとつだけ明らかなことがある。アイリーン・グラッソンはちょっと違う。燃えさかる建物にオリヴァーを置き去りにしなかったからだけではない。

オリヴァーは女嫌いというわけではない。パラダイス・クラブにほかの女を連れてきたこともあるし、バーニング・コーヴに来てからも長続きはしなかったが、人目を忍んでの情事も二度ほどあった。

だが、アイリーン・グラッソンはちょっと違う、とルーサーは思った。

　オリヴァーとは彼があのホテルを買って以来の付き合いだった。年齢に開きがあるにもかかわらず、すぐに意気投合し友だちになった。双方がともに相手の中に自分と似通った魂――さもなければ、自分と同じ道に迷った魂――を見たからだろうとルーサーは考えている。いずれにせよ、バーでの喧嘩の際には援軍として欲しい人間である。信じて秘密を打ち明けることができる人間。

二人とも、バーニング・コーヴにたどり着いたときは傷ついていた。復活を後押ししてくれそうなこの町でともに新たなスタートを切った。ともに負った傷をみごとなまでに隠していたが、お互いに対しては傷を負っていないふりはしなかった。二人の友情の真の理由はそこにあるのだろう。

「ご案内が終わったみたいです」ウィリーがルーサーの肩ごしに後方へ視線を投げた。

「ボスが来ます。ひとりですね。ミス・グラッソンはどうなさったんでしょう？」

「小道具倉庫に置き去りにしてはこないと思うが」

「そうですよね」

ルーサーがスツールを九十度回転させ、ちらほらと客が入ったバーをこちらに向かって歩いてくるオリヴァーを見た。

「ウォードの脚だが、いつものように煩わしい感じがしないな」ルーサーが言った。

「たしかにそうですね」ウィリーが言った。

オリヴァーはきちんとしたなりはしているものの、シャツの襟もとは開き、髪は手でかきあげてととのえただけに見えた。それだけではない。いつにない上機嫌といった印象だ。

「いらっしゃいませ、ボス」ウィリーが声をかけた。「なんになさいますか?」

「いや、けっこう」オリヴァーが答え、ルーサーを見た。「フロントできみはここだと聞いた。ヴィラへ行こう。話は向こうで」

オリヴァーはそれだけ言うと、すぐさまルーサーに背を向けた。

ルーサーが立ちあがった。「ミス・グラッソンはどこに?」

「ヴィラにいる」オリヴァーが答えた。「着替えたいと言っていた」

ルーサーがウィリーにちらりと視線を投げかけた。ウィリーはせわしくカウンターを磨きはじめた。すでにじゅうぶんに輝きを放っているカウンターを。

「ミス・グラッソンを昔の小道具をしまった倉庫に案内したと聞いたが」ルーサーが言った。

オリヴァーがわずかに目を細めた。「このホテルは噂の広がり方が速い」

「ミス・グラッソンが着替えたい理由はわかるよ」ルーサーが言った。

「ほう?」オリヴァーが冷静に言った。

「あの古い小道具はもう長いことあそこにしまわれたままだった。使うことがなければさぞ埃っぽかっただろう」

39

アイリーンがちょうど髪をブラッシングし終わったとき、オリヴァーとルーサーが戻ってきた音が聞こえた。最後に口紅をつけ、全身を鏡に映してたしかめた。気分がいやによかったし、少し前まで倉庫で汗まみれになって燃えるようなセックスに身をゆだねていた女とは思えないほど爽やかな表情をしていた。

いまになって思うのは、もしかしたらブラッドリー・ソープとの惨憺たる関係のあと、さほど慎重になる必要もなかったのではないだろうか、ということ。人生は短い。セックス――少なくともたったいま楽しんだようなセックス――は本当に気持ちがよかった。こういう機会がめぐってきたときは、女性もそれを逃さずにつかむ権利がある。ヘレン・スペンサーのおとぎ話にも似た世界に身を置いていた一年間にめぐってきたいくつかの機会も逃すべきではなかったのかもしれない。

だが、あらためて考えてみると、あの一年間に出会った洗練された魅力たっぷりの紳士たちの誰を思い浮かべても、関係を持ったとしたら、あとできっと後悔することになったと確信できた。ひとつには、彼らの多くが倦怠感をただよわせる退屈で無節操な男たちだったからだ。大酒を飲んでは底抜けのどんちゃん騒ぎを繰り返し、自分より下だと考える人びとに対してはしばしば思いやりを欠いたり、あからさまに残酷な仕打ちを見せたりすることがあった。彼らの生き甲斐はあくまで皮相的なお楽しみだったから、ヘレン・スペンサーの個人秘書を誘惑することもお楽しみのひとつの形でしかなかったはずだ。

しかし、オリヴァーは何もかもが違っていた。

脚付きの洗面器のへりを両手でぎゅっとつかみ、鏡に映る顔をじっと見つめながら、どうしてなのかを考えた。おそらくは倉庫でのできごとがすごく濃密で、たくさんの意味を含んでいたからだろう。それは二人がともに危険を切り抜けたからで、たぶんあの体験が二人のあいだにある種の連帯感を生んでいた。

もしそういうことならば、その連帯感は十中八九、一過性のものだという事実を受け入れるほかない。だが、これは本物だ。ブラッドリー・ソープとのあいだに感じたつながりよりもずっと多くのことが言える。とはいえ、ブラッドリーはああいうろくでもない嘘つきの浮気者にすぎなかった。

鏡から顔をそらせて廊下に出、階段を下りた。オリヴァーとルーサーは中庭の日蔭にすわっていた。そしてアイリーンに気づいた二人はすっと立ちあがった。

ルーサーが彼女に笑いかけた。その笑顔は心からのものに思えたが、彼女を見る目にやや奇妙なところがある、とアイリーンは感じた。目のあたりにしているものを承認するかのような笑み。だが、そんなはずはない。彼はアイリーンのことをほとんど知らないのだから。

「ミス・グラッソン」ルーサーが言った。「またお目にかかれてうれしいよ」

アイリーンが微笑み、腰を下ろした。「たしかアイリーンと呼んでくださるとおっしゃいましたよね」

「いや、たしかにそうだった」ルーサーもすわった。黒い目が鋭く光る。「それじゃ、どういうことになっているのか聞かせてもらおう」

「事態が複雑になってきていて」オリヴァーが言った。「ぜひとも力を貸してもらいたいんだ」

「複雑とは？」ルーサーが訊く。

「殺人犯がこのバーニング・コーヴまでアイリーンを追ってきているらしいんだ」

ルーサーが訝しげに眉を吊りあげた。「グロリア・メイトランドとデイジー・ジェニングズを殺した犯人か？」

「べつの殺人犯だ」オリヴァーが言った。「もしぼくたちの考えが正しければ、そいつははるかに危険だ」

「はるかに危険とはどういうことだ？」

「もしぼくの読みが正しければ、そいつはプロで、しかも仕事を楽しんでいる」

40

その夜、二人はホテルのレストランで食事をした。八時少し過ぎに店内に入っていくと、混んでるにもかかわらず、すぐに二階の高さにある人目につかないブースに案内された。

その席はプライバシーが確保されると同時に、店内をひと目で見わたすこともできた。まるで劇場の特等席だわ、とアイリーンは思った。彼女の位置から見ると、レストラン内は蠟燭の明かりに照らし出された舞台だった。水晶と磨き抜かれた銀と豪華な衣装をまとった人びとが織りなすきらびやかな場面。

オリヴァーのマティーニとアイリーンのピンクレディーが、ロブスターのカナッペ、オリーヴ、キャビアを盛った前菜の皿とともに運ばれてきた。

「ここ、あなた専用のブースなのね？」アイリーンが訊いた。

「ぼくは客のようすを見ていたいものでね。ここからの眺めは最高なんだよ」オリヴァーが言った。「ホテルの宿泊客の多くはここで食事を取る。たとえ夜は地元のクラブに出かける予定があるとしても、だ。必要とあらば、今夜ここで食事の予約をせず、ルームサービスもたのんでいない客のリストは手に入る。しかし、ぼくたちが探している怪物は隠れる理由などないと思っているはずだ」

「彼がこのホテルに泊まっていると確信しているのはなぜ？」

「彼が追っているのはきみで、きみがここにいるからだ」

「気を悪くしないでね。でも、その推理、なんだか寒気がするわ。あなたは彼の正体を見きわめられると本当に思っているの？」

「もしやつがここにいれば、できると思う。ぼくは観客の中にいる人間の見きわめに長けている。こつさえつかめば、さほどむずかしいことじゃない」

「それはどうやって？」

「たいていのイリュージョン同様、じつに単純なんだ」オリヴァーが言った。「本人にすべてを語らせる」

「実際にうまくいくものなの？」

「占い師や超能力者、それに霊媒なんかはどうやって生計を立てていると思う？」

「ずっと前から超能力者だなんて自称する人はみんな詐欺師だと思ってきたわ」

「もちろんそうさ。だが、相手を納得させる演技ができれば、商売をつづけていける」

「あなたはマジシャン」アイリーンが言った。「占い師や超能力者や霊媒じゃないわ。相手の将来がわかると信じさせたり、死者と交信させると信じさせたりしてだましていたわけじゃないでしょ」

アイリーンの激しい口調にオリヴァーは驚いたようだ。

「それはどうも」オリヴァーが言った。「観客の心理を読みながらのぼくの演技とさまざまな詐欺行為には相違があると考えたくはあるが、現実にはその相違は、ぼくの観客はそれが演技――手際よい技――だと理解しているという一点だけだ。はっきり言っておくと、ぼくは死者に話しかけるなんて詐欺を演じたことなど一度もないからね」

「もちろんよ。だけど、そういうのを真に受ける人もいるのよ。幽霊の存在を本気で信じている人はたくさんいるわ。彼や彼女が本当に死者と交信したと誰かに思わせたりしたら責任問題よ。残酷だわ」

アイリーンの声ににじむ確信がオリヴァーには愉快に思えたようだ。

「ぼくはマジシャンで、ペテン師じゃなかった。でも、いま言ったように、両者が使う技巧の多くは同じものさ」

「ところで、今夜の観客を見まわして何が見える？」

オリヴァーがレストラン内に目を凝らした。「お金と時間がたっぷりある人間がたくさんいる。がむしゃらに楽しみを見いだそうとしている人がたくさんいる。せめて今夜だけでも本当の自分じゃない誰かのふりをしている人がたくさんいる。だが、ここではないどこかにいたかったと思っている人もちらほらいる」

「誰かべつの人といっしょに？」

「うん、そうだね」オリヴァーが言った。「そういう人もたくさんいる。自分を変えようとしている人もいる」

「たとえば？」

オリヴァーはマティーニをひと口飲んでから、さりげなく首をかしげて下方のブースを示した。

「隅のテーブルにすわっている二人の女性が見えるかな？」

アイリーンはオリヴァーがちらと投げかけた視線を追って、黄色がかった金色の、胸が深くくられたカウルネック（胸元にドレープのある婦人服のネックライン）のドレスを着た魅力的なブロンドの女性を見た。彼女といっしょにいるのは菫色のドレスを着たブルネットの女性。二人はそろってマティーニを飲みながら、レストラン内に観察眼を走らせている。その目はあたりの鳩の数を下調べしている二羽の鷹を思わせた。

「彼女たち、どうかしたの？」

「あの二人は今日チェックインしたんだが、これまで六週間をリノの離婚農場で過ごしてきて、ついに自由の身になったというわけだ」

アイリーンはピンクレディーのグラスを取った。「ゴシップ新聞業界ではあれをリノ救済と呼んでいるわ」

ネバダ州では悪名高き即刻離婚が法的に可能で、手続きもしごく簡単だから、女性にとっては――とりわけ不幸な結婚から抜け出たい女性にとっては――身辺整理がすんなりとすむ確実な手段なのだ。ほかの州では手続きに一年、あるいはそれ以上の時間がかかるうえ、法律は腹立たしいまでに夫たちの味方だった。

とはいえ、ネバダ離婚は安くはない。まず最初はネバダ州への移住ができなければならず、さらにその住民として六週間を過ごさなければならない。リノで心を癒す時間にもむろん、ほかの離婚同様、強烈な醜聞のにおいがついてまわるが、ネバダ州がこの法律のおかげでにわか景気を迎えていることは否めない。法的手続きの完了を待つあいだ、誰もがホテル、レストラン、カジノで湯水のようにお金を使って時間をつぶすからだ。

「リノから到着したばかりの女性二人ということはわかったけれど、それがなあに？」アイリーンが訊いた。

「二人とも、捨てたばかりのだんなに代わる金持ちの夫を探しているんだ。支配人から聞いたところでは、あのブロンドはあの禿げた男の部屋に近い部屋に替えてくれとたのんできたとか。ほら、青い服の退屈そうな若い女といっしょにテーブルに着いているあの男だ。彼も連れの女もお互いにあきあきしているようだ。女はべつの男に目をつけているし、男は男でもっと若い女を探している」

アイリーンは不本意ながらいささかショックを覚え、目をぱちくりさせた。

「ゴシップ紙で働いていると、人間の本性についてどこか皮肉な見方をするようになるみたいなの」

「人気急上昇の映画スターが殺人犯かもしれないって結論を下したのはぼくじゃないからね。皮肉な見方ってことなら」

「たしかにそのとおり。それじゃうかがうけれど、ミスター・マジシャン、このレストランに殺人犯はいて？」

オリヴァーは長いあいだ目を凝らしていた。「もしぼくが正しければ、ごく最近チェックインした、ひとりで旅行中の男が現われるのを待ってみようか。バーニング・コーヴの新しい宿泊客のリストをフロントデスクでもらってきた。数えるほどの人数しかいない」

「でも、彼はここに泊まっていないかもしれないわ」

「それはなんとも言えないが」オリヴァーが認めた。

「でも、どこに泊まっているかはさておき、ひとりって点はたぶん正しいわ。殺人犯に旅の道連れがいるとは思えないから」

「ぼくはいまだに、犯人は東海岸の人間である可能性がきわめて高いと考えている」オリヴァーがつづける。「東海岸のアクセントで話し、服装もそれらしい。ついでに、やつは金持ちだ」

「それでヘレンの金庫にあった首飾りを持ち去らなかった？」

オリヴァーが浮かべた笑みは氷のごとく冷たかった。「ふつうの泥棒であれば、そうした貴重品の誘惑には抗えないはずだ」

「あなたが会ったこともない人間の特性をどうやって積みあげていくのかがだんだん見えてきた気がするわ」

「前にも言ったが、細部に注意を払うこつさえ身につければ、さほどむずかしくはないんだよ。バーテンダーなんかは日常的にそういうことをしている。たとえばウィリーだが」

「ウィリーってだあれ？」

「このホテルのバーの主任バーテンダーだ。彼女はかつてぼくの助手のひとりだった」

「バーテンダーはふつう男性だとばかり思っていたわ」

オリヴァーがにこりとした。「ふつうはそうだ。ウィリーはちょっと変わっていてね。会えばわかるさ」

「彼女はあなたと同じように人の心理を読みとることができるのね」

「じつに大したものさ。うちのコンシェルジュ、ミスター・フォンテーンもそうだ。それじゃ、ぼくたちが抱えた問題についてはこれくらいにして。なんとも長い一日だった。おなかがぺこぺこだよ」

「わたしも」アイリーンが言った。激しい空腹に気づいてわれながら驚いた。

「ぼくのお薦めは鮑だ」

「わたし、鮑を食べたことがなくって」

「ようこそカリフォルニアへ」

41

二時間後、二人は〈カーサ・デル・マル〉に戻り、玄関に入った。オリヴァーは、なんらかの理由で関心を引いた宿泊客――おおかたは男性だが、女性も幾人か――のリストを持っていた。リストに載っている客の名前と顔を一致させたいときは、ウエイターが給仕長と連携して調べてくれた。

アイリーンはリスト作成の過程――オリヴァーがレストランいっぱいの客の中から特定の何人かを選んだ理由――に熱心に聞き入り、食後はどう過ごすのかを心配する余裕などなかった。食前のピンクレディー、鮑とともに供された白ワインのせいで先のことなど考えられなくなっているとも思えないのだが。

問題なのは、今夜二人が就寝するときにどうするかを話しあってはいないことだ。上品なレストランでの食事のときにレディーが話題にするようなことではないし。

救いようのない気まずさに襲われた。小道具倉庫に案内されたことでアイリーンの世界は混乱をきわめていた。

ほかに名案も浮かばないまま階段の下で足を止め、手すりに手をかけて、冷静で優雅な微笑みをオリヴァーに投げかけた。

「素敵な夜だったわ。ありがとう」アイリーンは言った。「おしゃべりはほとんど殺人犯の話題ばかりだったけれど」

「レディーの楽しませ方を知らないのね、なんて言わないでもらいたいね」

彼の皮肉めいた物言いに心が乱れた。手すりにかけていた手を離し、彼の頰にそっと触れた。

「いまはなんて言ったらいいのかわからないわ」アイリーンがささやいた。

オリヴァーが彼女の手をとらえ、手のひらに唇を押し当てた。そして彼が彼女を見つめたとき、いつもなら何を考えているのか読みとることができない彼の目からは驚くほどの率直さが伝わってきた。

「ぼくもなんと言ったらいいのかわからないが、言いたいことはわかっている」

アイリーンはにわかに息苦しくなった。

「何かしら、それは？」

「どうか今夜は階段をのぼらないでほしい。そのまま廊下を進んでぼくの寝室へ来ると言ってくれ、お願いだ」

「ええ」アイリーンの唇が彼の唇をそっとかすめた。「ええ、そうするわ」

42

翌朝、アイリーンとオリヴァーが中庭での朝食を終えようとしたところにルーサーがやってきた。オリヴァーが手ぶりで椅子を勧め、アイリーンが彼のためにコーヒーを注いだ。

「ニュースを持ってきた」ルーサーが言った。

「いいニュースかしら、それとも悪いニュース？」アイリーンが訊いた。

「たんなるニュースだ」ルーサーが言った。「東部の知り合いに連絡をしたところ、ヘレン・スペンサー殺しの捜査に進展はないそうだ。表向きにはまだ捜査中ということになってはいるが、私の情報提供者によれば、警察はすでに捜査を打ち切ったらしい。頭のおかしい――おそらくは通りがかりの――人間による犯行、あるいは失踪中の個人秘書の犯行だと考えている」

アイリーンははっと息をのんだ。「つまり、捜査になんの進展もなく、わたしはあいかわらず容疑者なんですね」

「せめてもの慰めになればと思って言うが、警察は通りがかりの異常者の犯行説にかたむいていると思う」ルーサーが言った。

「なぜ？」アイリーンが訊いた。

オリヴァーが彼女を見た。「首飾りのことがあるからだろう、たぶん」

「そうなんだ」ルーサーが言った。「秘書は正気を失ってはいないと考えているからだ。家政婦や執事によれば、秘書は経験を積んだプロだ。もし彼女が雇い主を殺すとすれば、犯行の目的は高価な品物を盗むことにある可能性が高い」

「たとえば首飾りか」オリヴァーが言った。「それに関して何かわかったことは？」

「新聞によれば、その首飾りはとびきり値の張るもので、ヘレン・スペンサーが殺される少し前にロンドンのホテルの金庫から消えたものだそうだ」

アイリーンが籐椅子の肘掛けをぎゅっと握った。「ミス・スペンサーは殺される三週間前にロンドンに行ったわ」

ルーサーの眉が吊りあがった。「きみの雇い主は頻繁に海外へ渡航して、マンハッタンにアパートメントを所有していたようだね」

「ええ」そう言いながら、アイリーンは胃がよじれるような感覚を覚えた。「切符の予約をしたり旅行の手配をしたりしていたのはわたしですし、ときには同行したことも」

「スペンサーはいつでも最高級のホテルに泊まっていたようだね」ルーサーが先をつづけた。「裕福な人びとの邸宅でのパーティーに出席もしていた」

アイリーンはそれを聞いてぞっとした。「つまり、何をおっしゃりたいの？」

オリヴァーがすべてを理解したような表情でルーサーを見た。「ヘレン・スペンサーが宝石泥棒だと思っているのか？」

ルーサーが肩をすくめた。「それで説明がつくことがいろいろある」

アイリーンがあぜんとし、じっと彼を見た。「信じられないわ」

「筋が通る」オリヴァーが言った。「宝石類はないかと金庫破りをした彼女がたまたまアサートンの手帳を見つけ、すぐさま値打ちのある手帳なのだろうと踏んだ。さもなければ、ホテルの金庫に入っているはずがない」

「スペンサーが手帳を手に入れた経路としては、それがもっとも無理がないと思う」ルーサーが言った。「スペンサーが手帳を盗むよう指示されたスパイだった可能性もあるが、彼女がこそ泥で、アサートンの手帳を盗んだのが運の尽きというほうがはるかに可能性が高い」

「なんてことかしら」アイリーンは困惑顔でかぶりを振った。「わたし、彼女の屋敷で一年近く暮らしていたのよ。どうしてそれに気づきもしなかったのかしら？　世間知らずだったのね。彼女のことを友だちだと思っていたんですもの」

「彼女はきみの友だちだったんだよ」オリヴァーが静かに言った。「時がたつにつれ、奪った手帳は値打ちがあるだけでなく危険なものだとも気づきはじめたにちがいない。そこで、万が一自分の身に何か起きたときを考えて、きみを守るための策を講じていた」

　アイリーンは銀色のふかふかした壁紙に血で書かれた文字を思い浮かべた。**逃げて**。

「そうね、たしかに」小さくつぶやいた。「殺される前の何日間か、スペンサーが誰かと会っていたというようなことは？」

「さあ」アイリーンが答えた。「あのときはヨーロッパから帰ってきたばかりだったので。ヨーロッパへはひとりで行って、わたしはニューヨークのアパートメントで過ごしていたんです。すると、ロンドンからわたしに電報で帰りの船の到着日時を知らせてきたので、桟橋に迎えにいきました。車でいっしょに田舎の屋敷に帰る予定でした。ところが、ミス・スペンサーはその船に乗ってはいなくて、じつは二日前に帰国していたことが判明したんです。まっすぐ田舎の屋敷に帰ったようでした」

「きみがニューヨークで待っていることを知っていながらか」オリヴァーが言った。

「ええ」アイリーンが言った。「間違った日時を知らされたのはわたしだけではなかったの。家政婦と執事もミス・スペンサーの帰国は二日後だとばかり思っていたのよね。振り返ってみれば、彼女がわたしたちを故意にだましたことは明らかだわ。わたしたちには知られずに、田舎の屋敷でひとりきりになりたかったんじゃないかしら」

「手帳をめぐる取引をする時間が必要だったんだろうな」オリヴァーが言った。

アイリーンが彼を見た。「そして恋人との逢瀬を楽しむ時間も。でも、その男が手帳を手に入れるために彼女を殺した」

「どうやらそういうことらしい」ルーサーが言った。「きみがその夜スペンサーの田舎の屋敷まで車を走らせることにしたのはなぜなんだ?」

「彼女が二日前に入港した船に乗っていたことを知ったときは大慌てでした。ニューヨークのどこを探してもいないし、彼女の友人も誰ひとりとして彼女を見てはいないものですから。田舎の屋敷に電話をかけたけれど応答なし。わたし、もしかしたら彼女が屋敷にひとりで、病気になったとか階段から落ちたとか、いろいろ考えて怖くなってきました。そうこうするうちに時間だけが過ぎてしまい、しかも長いドライブでしょう。豪雨のせいで封鎖された橋があって時間を取られたりもしたので、屋敷に到着したのは夜中の十二時近くになってしまったんです」

「つまりきみは、夜の山道を走らなければならないことがわかっていながら、車に乗って、屋敷までの道のりをずっと運転していったわけだ」ルーサーが推断した。

アイリーンは彼を見た。「ミス・スペンサーには本当によくしてもらっていたんです。あの人のためならなんでもしたはずです。あのとき、もしわたしがもう数時間早く到着していれば」

「もしそうしていたら、おそらくきみも死んでいただろうね」ルーサーが言った。

アイリーンがはっと息を凝らした。「ええ、ヘレンの死体を目のあたりにして以来ずっと、目が覚めているあいだはつねにそればかり考えてきました」

オリヴァーがテーブルごしに手を伸ばし、彼女の手をぎゅっと握った。「あの夜、きみはひとりだったが、いまのきみはひとりじゃない」

しばしのち、ちょうどルーサーがヴィラを出ようとしていたときに電話が鳴った。

「ちょっと待っててくれ」オリヴァーが言った。「スプリンガーに関するニュースをブランドン刑事が伝えてきたのかもしれない」

オリヴァーは杖を手に取り、室内へと姿を消した。アイリーンは中庭にルーサーと二人きりになった。

「あなたがこの騒動にかかわってくださったのはオリヴァーの友だちだからであって」アイリーンは誠意をこめて言った。「わたしのためでないことは承知しています。でも、あなたがこうしてお力を貸してくださることに心から感謝していることは知っておいていただきたいんです。バーニング・コーヴにとっては迷惑千万なもめ事をもちこんだことが本当に申し訳なくて。これほど危険なことになるなんて、そもそも思ってもみなかったものですから」

ルーサーは残っていたコーヒーを飲み、受け皿に置いた。「この小さな町をきみはおもしろくしてくれた。これは本当だ。謝る必要などまったくない。むしろ、こっちがお礼を言いたいくらいだよ」

アイリーンは当惑し、ルーサーの顔をじっと見るほかなかった。「まさかそんな」

ルーサーが読みとることのできない笑みを投げかけた。「オリヴァーも私も退屈でたまらないときがたまにあるんだ」

「信じがたいわ。あなたもオリヴァーも大規模な事業の責任者でいらっしゃる。となれば、さまざまな財務状況に目を配るだけでもたいへんでしょうに」

「たしかにそうだ。二人とも日々の時間の大半は経営に向けられているが、予算案の検討などは繰り返しているうちにどれも予測可能な日常業務と化すものなんだ」

「いくら退屈だからといって、殺人がその理想的な対処法だとは思えませんが」

ルーサーがくっくと笑った。「バーニング・コーヴみたいな小さな町に住んでごらん、こと気晴らしにかけては選り好みなどしちゃいられないさ」

「からかわないでください」

「ははは。だが、こうして見ていると、きみのおかげで親友オリヴァーが楽しく過ごしている。それがうれしくて、殺人に関してはきみを少しでも気楽にさせてあげたいと思っている」

「どうしてそんなことをおっしゃるんですか？　この前の夜、彼はわたしのせいで町はずれの倉庫で殺されかけたんですよ」

「それはまあそうなんだが、誤解しないでもらいたい。それについては殺されなくてよかったと思っているさ。私は知り合いが多いほうなんだが、友人として信頼できる人間はごくわずかだ。オリヴァーは私が友だちと呼べる数少ない人間のひとりでね」

「いいですか、ミスター・ペル――」

「ルーサー」

「ルーサー、これは笑いごとではないんです」

「だろうね」ルーサーが同調した。「だが、いいかい、あの倉庫で何が起きたのかはすでに町じゅうの人間が知っている」

「だったら、オリヴァーが火事で死んでも、オートバイでやってきた二人組の男のひとりに銃で撃たれてもおかしくなかったことはわかっていますよね」

「私が知っているのは、二人が燃えさかる倉庫から脱出しようとしたとき、オリヴァーがバランスを崩して転んだことだ。きみは炎の中へ引き返して彼を助けた」

「ええ、もちろんそうしましたけど、そもそも彼があんな危険な目にあったのはわたしのせいなんです。それはさておいても、誰だってパートナーを置き去りにしたりしませんよ」

「ああ、たしかにそうだが、誰もがそういうことを理解しているものじゃない。きみは私の親友を助けるために引き返した。私にとって重要なのはそれだけだ」

アイリーンは彼を探るように長いこと見つめた。「彼のことを本当に心配してらしたんですね」

「あいつはときどき、あの強力エンジンを積んだ車でほかの車が走っていないハイウェイをぶっ飛ばしている。それが痛み止めの薬なんだろうなと思うことがある」

「古傷の痛みですか？」

「それもいくらかはあるだろう。だが、舞台で死にかけたとき、彼は収益性の高い仕事よりもはるかに大切なものを失ったんだ。それが何かは彼からじかに聞いてくれ」

「あなたは彼をよおく理解なさってると思います」アイリーンが言った。「きっとあなたも真の痛みを経験なさったからでしょうね。車を飛ばすのがオリヴァーの薬だとおっしゃいましたが、あなたが使ってらっしゃる薬は何か、教えていただけます？」

ルーサーの口角がさも愉快そうにぴくりと引きつった。「きみはじつに勘が鋭い。この先、それを忘れないようにしないといけないな」

「絵をお描きになりますよね」アイリーンがたどり着いた答えに確信があった。「あなたの薬はあれでしょうか？」

ルーサーが探るように目を細めた。もはや愉快そうな表情は消えていた。「いま言ったが、きみはじつに勘が鋭い」

それに対してアイリーンが何かを言う間もなく、オリヴァーがリビングルームから中庭に戻ってきた。

「やはりブランドンだった。スプリンガーが今朝退院したそうだ。病院を出て二十分後にはバーニング・コーヴの留置場に収監されたが、まもなくロサンゼルスから辣腕弁護士がやってきて、スプリンガーを保釈させたということだ」

「その弁護士は誰が送りこんだ？」ルーサーが訊いた。「スプリンガーみたいなやつにそんなカネが払えるとは思えないが」

「ブランドンの推測では、ハリウッド・マックか映画会社のフィクサー、アーニー・オグデンの差し金だろうということだ」オリヴァーが答えた。

「それじゃ、保釈された放火犯がバーニング・コーヴで野放しになっているのね？」アイリーンが訊いた。「とんでもない話だわ」

オリヴァーが彼女を見た。「ブランドンによれば、唯一のいいニュースは、スプリンガーが最後に目撃されたのはロサンゼルスまでの列車の切符を買ったところだそうだ」

43

グレアム・エンライトの受話器を持つ手に思わず力がこもった。「いったいどういうことだ？　さっき電話したときはテニスをしていたそうだな？　カリフォルニアにおまえを送りこんだのは休暇のためじゃないぞ。きっちり仕事をしてもらわないとな」

「落ち着いてくださいよ」ジュリアンの声は長距離電話のせいで遠くかすれて聞こえた。「仕事はしてますよ。考えがあるんです。ニック・トレメインは重要人物ですからね。すべて思わくどおりに運んでいます」

「任務完了まであとどれくらいだ？」

「状況が少々込み入っていましてね」

グレアムは指で机をこつこつと叩いた。「どう込み入っている？」

「ロサンゼルスのアパートメントはくまなく家探ししましたが、手帳は気配すらありませんでした。おもしろいことに、ぼくの前に何者か——おそらく映画会社の回し者——があの女の家に押し入ったようでして。ですが、その連中が手帳を発見したとは思えません。たとえ見つけたとしても、ならず者連中にあの真価がわかるはずはない。手帳は間違いなくあの女がこのバーニング・コーヴへ持ってきている。そしてあの女ですが、最初は町のインに泊まっていると教えられましたが、いまはウォード専用のヴィラに客として滞在しているんです」

「ウォードとは何者だ?」

「元マジシャンです。聞いたところじゃ大したマジシャンではなさそうで、最後の公演であやうく死にかけたとか」

「それはオリヴァー・ウォードのことか?」

「そうです。公演を見たことがあるとか?」

「いや、それはないが、彼が舞台で死にかけたときの新聞の見出しを憶えている。どうして彼がこの一件にからんでくるんだ?」

「バーニング・コーヴ・ホテルの所有者は彼なんです。アナ・ハリスは——現在はアイリーン・グラッソンと名乗っていますが——バーニング・コーヴに来てまもなく、彼のヴィラに移りました。ぼくの推測では、女は手帳の買い手を探すに当たって彼の協力が得られるのではないかと期待している、そんなところでしょう。ウォードは地元のナイトクラブの経営者であるルーサー・ペルと親交があります。このペルというのが犯罪組織とのつながりもある男でして」

「ウォードとハリス、いやグラッソン、ま、なんでもいいが、あの女がいま手を組んで動いているというのか？」

「グラッソンは二人はパートナーだと思っているかもしれませんが、ウォードが女をだまそうとしている可能性のほうがはるかに高い。それしかないでしょう。さもなければ、ウォードがハリウッドの安っぽいゴシップ紙の記者となんか寝る理由がありませんよ。それじゃ、とりあえずいまはこれで切ります。今夜、レストランの予約を入れるときにホテルのコンシェルジュにそれとなく訊いておきます」

「ちくしょう。プロジェクトはどうなる？　はっきり言っただろう、エンライト&エンライトの名声がかかっていると。われわれの仕事は、けっして口外しない、いい結果を出す、の二本柱の上に成り立っている。いよいよ国際市場に進出しようというま、この大失策はわが事務所に深刻な打撃をもたらすことになるぞ」

「この件はあと数日でけりをつけてみせます。それじゃ、これで切りますから。手帳を手に入れしだい連絡します」

電話が切れた。

グレアムは苛立ちを覚えながら、受話器を台に置いて立ちあがった。窓際に行ってたたずみ、オフィスのはるか下を走るマンハッタンのにぎやかな通りを眺めた。

息子のジュリアンは才能があり、野心的だ。そのうえ、エンライト&エンライトの指揮権を握るために必要な野生の本能と知性もそなえている。しかし、息子が揺りかごからずっと甘やかされてきた事実はどうにも動かせない。結局のところ、甘やかされた衝動的な若者なのだ。

甘やかされてきたことは問題ではない。エンライト家は昔から社会的地位の高いエリート富裕層に囲まれた環境にあった。ジュリアンは彼の子育ての結果である。特権や心地よいものに慣れっこになったのはごく自然な流れと言えた。

心配なのは衝動的なところだ。その傾向はジュリアンがよちよち歩きのころから明白だったが、このところますます顕著になってきた。おそらく一連の成功体験の結果がこれなのだろう、とグレアムは考えた。殺人を実行しても逃げおおせる、それを繰り返すうちに当たり前のことになり、自分は無敵だと思いはじめているのかもしれない。

ジュリアンに自制というものを学ばせなければ。分別のある大人になる必要がある。

だが、息子が宿命を遂げることができるよう仕込む機会はこの先まだたっぷりある。

まずはこの一件を片付けないと。あの手帳を取りもどし、アイリーン・グラッソンを名乗る女の息の根を止める。早急に。

雑音が聞こえ、考えがそこで中断した。机に戻って、ボタンを押す。

「なんだね、ミス・カーク？」

「ミスター・ダフィールドがお見えです。遺言書の件でお話しなさりたいとのことですが」

「ありがとう、ミス・カーク。お通しして」

「承知いたしました」

ドアが開き、ライナ・カークがダフィールドを案内して部屋に入ってきた。八十代前半のか弱い老人で先はそう長くない――法律事務所の合法性と表向きの体面を維持するために抱えるたぐいの依頼人にすぎない。しかし、エンライト＆エンライトの本当の仕事にしばしば役立つある種の人脈や――何よりも重要なのは――内部情報にグレアムを近づけてくれたのは、ほかならぬダフィールドとその一族だった。

ライナはダフィールドの腕を取り、依頼人用の椅子にすわらせた。

「すまないね、お嬢さん」ダフィールドが耳障りな大きな声で言った。

ライナは笑みを浮かべはしたが、老人の顔に浮かんだ好色な笑いは丁重に無視した。

「どういたしまして、ミスター・ダフィールド」あとずさりながらグレアムに目を向けた。

「何かほかには?」

「いや、もうけっこう、ミス・カーク」グレアムが言った。

「では失礼いたします」

カークが部屋を出ていき、ドアが閉まる。

グレアムは小さなため息を押し殺した。ライナ・カークも近いうちに片付けなければならない問題なのだ。彼女は暗号電報を数多く送りすぎているし、会話の端々を立ち聞きしすぎているし、ジュリアンが泊まるホテルの予約をしすぎているし、奇妙な財務処理を記録しすぎている。

グレアムは最近になって、ライナが彼の電話を盗聴しているのではないかと疑いはじめた。

そろそろライナ・カークを始末するときが来たようだ。強制的に辞めさせた個人秘書は彼女がはじめてではない。とはいえ、それはまたその仕事をさせる新しい女を探さなければならないことを意味した。

有能な秘書を辞めさせ、近親のいない同じように能力の高い秘書を雇う。これはつねに難題だ。彼はこれまで父親が事務所を創設したときに定めたこの方針にしたがってやってきた。個人秘書はしかるべき年齢の独身女性で、近親者がいないことが条件である。近親者がいると、秘書を辞めさせる際、面倒なことになりかねない。そして誰であれ、遅かれ早かれ必ず辞めてもらうことになるのだ。

彼の秘書には、秘書としての技巧に熟達していることが要求される。タイプ、口述速記、簿記、そのほかあらゆるものの整理整頓が完璧にこなせなければならない。だが、そういう女性には知性と洞察力もそなわっている。その結果、彼女たちはこの事務所の収益性の高い副業についてよけいなことを知りすぎてしまう。

ジュリアンがカリフォルニアから戻ったら、ミス・カークを始末させよう。前任者たちと同様に。カークの代わりを探すとなると簡単ではない、とグレアムは思った。彼女はこれまで雇った秘書の中でもずばぬけて有能だった。とはいっても、経営者は事務所のために何が最善かを考え、それを実行しなければならない。

秘書を始末することの特典もひとつある。ジュリアンにナイフ使いの技巧を維持させるためにはもってこいの実地訓練なのだ。

44

「ミスター・オコナーが来ています」インターコムからエレーナの声が聞こえた。

オリヴァーはボタンを押した。「そうか。通してくれ、エレーナ」

ドアが開き、警備担当のトム・オコナーがオフィスに入ってきた。四十代の筋骨たくましい赤ら顔の大男で、かつて〈アメイジング・オリヴァー・ウォード・ショー〉の警備を仕切っていた。黒っぽい上着とズボンとタイは、警備要員の昼用の制服である。

トムの制服は、その他の従業員同様、ホテルが貸与しているものだ。クリーニング部門が定期的に洗濯とプレスをおこなっているため、トムもつねにぱりっとした身なりで一日をスタートさせている。だが、どういうわけか今朝は、始業からまだ一時間とたっていないというのに服がよれよれだった。

オリヴァーはゆったりと椅子の背にもたれ、両手を肘掛けにかけている。「すわってくれ、トム。頭のおかしいそのファンだが、何かわかったか?」

「大した情報はありません。名前はヘンリー・オークス、ニック・トレメインに心酔していましてね」トムが巨体を椅子におさめた。「トレメインがここにやってきたつぎの日にシーサイド・モーテルにチェックインしました。そして、メルズ・カフェで毎朝コーヒーと目玉焼きを二個、夕食時にはコーヒーとミートローフ・サンドイッチを注文しています」

「ミートローフ?」

「ウエイトレスによれば、夕食は毎日ミートローフだそうです。朝は決まって目玉焼き二個。どんなときも習慣は崩さない人間のようです。目玉焼きにしてもミートローフにしても、注文がものすごく細かいとウエイトレスが言っています。ついでに、なんだか気味が悪いとも」

「アイリーンもそんなことを言っていたな。夜は何をしているんだ?」

「いや、じつはそこがちょっとおもしろいところでして。カルーセル・クラブの警備責任者のパーカーという男から聞いたところじゃ、トレメインが二時間ほどクラブにいた夜、外でオークスを見かけたそうなんです」

「グロリア・メイトランドがスパで溺死した夜じゃないか」

「はい。物陰に立ってクラブの正面玄関をじっとうかがっていたのに気づいたと言ってました。パーカーが誰かの運転手かボディーガードだろうと思い、誰を待っているのかと問いかけると、オークスは無言で歩き去ったそうです。その後は少なくともパーカーの知るかぎり、二度と姿を見せていません」

「ほかには？」

「はっきりしたことは何も。われわれから見れば、よくいるタイプなんです、ボス。月に一度や二度はおかしなファンがこっそりホテルの敷地にもぐりこもうとしているところをつかまえてますから」

「スタッフ全員に伝えてくれ——全員だ。きみの部下だけでなく、メイド、厨房、庭師にも。ヘンリー・オークスを見張れ、と。もし彼が現われたら、ただちに知らせてもらいたい」

「私からオークスにひとことふたこと話しましょうか？」トムが眉を吊りあげて問いかけた。「町を出たほうがいいときつめの助言が私ならできます。そうすれば、彼は夕方の列車でロサンゼルスに間違いなく帰るはずです」

「彼をロサンゼルスに追い返してしまっては、今後の追跡ができなくなる。この先も彼の居場所はつかんでおくほうが都合がいいと思うんだ。そこでだ、いま言ったように、彼がホテルの敷地に入ってきたら、そのときは知らせてもらいたい」

「承知しました。全員に伝えます」

45

ウィリーはよく磨いたマティーニグラスを頭上の棚に宙吊りにするのが好きだ。その作業が心を静めてくれる、一種の瞑想に思えてならなかった。精神を集中してそうしていたとき、アイリーンがラウンジに入ってきた。この女性には秘密を打ち明ける相手が必要なのではないかと思える表情だ。

ウィリーにはそうした表情がそれとわかる。カウンターの中に立っていると、数多く見る表情なのだ。

そろそろ午前十時になろうとする時刻で、まだバーに客はいない。いつものことである。早起きの宿泊客の中にはゴルフやテニスをする者もいれば、前夜のパーティーの名残をマッサージとスパにある蒸し風呂室で消し去っている者もいる。ゆっくりと朝寝を楽しんでいる者――必ずしも配偶者といっしょとはかぎらない――もいる。すでにルームサービスを通じて、ウィリー特製の目覚まし〝レッド・サリー〟――トマトジュース、ウオッカに塩とホットソースをたっぷり加えたカクテル——が数杯出ていた。

アイリーンはズボンをちょっとつまみあげてバーのスツールに腰かけ、ぴかぴかに磨かれた木のカウンターの上で腕組みをした。

なるほど、これがボスの新しいレディーフレンドね、とウィリーは思った。

ほかのスタッフと同じく、ウィリーもアイリーンに興味津々だった。

「ミス・グラッソンでいらっしゃますよね」ウィリーは声をかけた。「バーニング・コーヴ・ホテルへようこそ。申し遅れましたが、ウィリーです」

入ってきたときのアイリーンはひとり物思いにふける女といった印象だったが、挨拶をしたとたん、すぐさまウィリーと目を合わせてにっこりした。

心からの笑顔だわ、とウィリーは判断した。笑顔にしてもさまざまな種類を見てきた。真贋を見きわめることにはかなり長けている。マジシャンの助手としての経験がこの新しい仕事でも大いに役に立っていた。

「オリヴァーのショーにいっしょに出演なさってた方ね」アイリーンが言った。

「オリヴァーがわたしのことを話したんですか?」

「ほんの少しだけ。このバーニング・コーヴ・ホテルの従業員の中には、〈アメイジング・オリヴァー・ウォード・ショー〉でいっしょに働いていた人たちが何人か――あなたを含めて――いると言っていたわ」

「ええ、そうなんです」ウィリーが言った。「ショーが打ち切りになったあと、ミスター・ウォードはわたしたち全員を解雇することもできました。それなのに、あの方は全財産をはたいてこのホテルを買ったんです。はじめのころはわたしたちの給料も捻出できないくらいでしたけれど、わたしたちにしてみれば住む部屋があって賄い付きですから、ここにとどまることができました。去年はついに黒字に転換しました。給料もいいので、みんなまだここにいます。ご注文は？」

「ここでコーヒーはいただけて？」

「はい、もちろん」

「それじゃ、コーヒーをお願い」

ウィリーはカップと受け皿をカウンターにセットし、ポットを取ってコーヒーを注いだ。「今朝はあなたがひとりになられるのをボスが許可なさった。ということは、問題が解決したということでしょうか？」

アイリーンがカウンターを指先でこつこつと打った。「オリヴァーがわたしには二十四時間の警護が必要だと思っていること、スタッフは全員が知っているみたいね」

「はい、知っています。それに、この前の夜、あなたが燃えている倉庫からボスを連れて逃げてくださったことも」

アイリーンはコーヒーを飲んだ。「わたし、みんなに説明しつづけているのよ。そもそも彼があの倉庫に行ったのはわたしのせいなんだってことを」

ウィリーはつぎのグラスを取って磨きはじめた。「ボスには独自のルールがあるんです。それによれば、彼があなたといっしょにそこにいたということは、彼はそこに行きたいから行ったんです」

「彼もそんなようなことを言っていたけれど」

「本当です。ボスがあなたの身の安全を心配していることはわたしたちもみんな知っています。このホテルの警備体制はいつだってしっかりしていますが、この数日間は通常の巡回を二倍に増やし、夜間の照明を目いっぱい明るくするよう指示が出ました。いま、夜中の三時の敷地内はまるで舞台の上のように明るく照らされています。あなたが今日自由の身になられたのはその結果かと思われます」

アイリーンは鼻にしわを寄せた。「しばらくはそういうことね。彼はいまオフィスで仕事をしているわ。彼が電話やそのほか、ホテルの経営者がするべき実務をこなすあいだ、わたし、ずっとオフィスにすわって彼を見たり雑誌を読んだりしていたくなかったのよ。彼もこのバーなら安全だろうと思ったみたい」

「ええ、おっしゃるとおりです。ここの警備も万全ですから。おかしなことが起きたら押すボタンもあります。すると一分、遅くても二分で警備員が駆けつけてきます」

「それを知って安心したわ」アイリーンがハンドバッグをぽんぽんと叩いた。「わたしも丸腰ではないのよ。拳銃を持っているの」

「わたしもです」ウィリーがマティーニグラスを明かりにかざし、出来栄えをたしかめた。「カウンターの下に隠してあります」

興味と好奇心にアイリーンの目が輝いた。「本当に？」

「巡業時代からの習慣なんです。荒っぽい町もありますからね。ときどきろくでなしが切符売り場を襲ったり、助手の誰かにいやがらせをしたり」

「たとえばあなたに？」

ウィリーがユーモアの感じられない笑みを浮かべた。「ええ、たとえばわたしです」

「オリヴァーはこのカウンターの下の銃のことを知っているの？」

「はい」

「彼、銃は嫌いだと言っていたけれど」

「当然でしょう。銃で殺されそうになったんですから」

「銃は人びとにまやかしの安心感を与えると言っていたわね。それが自分に向けられたときはどんなふうかを知らないからだとも」

「それについてずいぶんいろいろ話されたみたいですね」

「そうね」アイリーンはまたコーヒーを飲んでから、そっとカップを置いた。「前の仕事をしていたとき、銃を持っている雇い主がいたけれど、最後はそれが役に立たなかったの。彼女、ナイフを持った男に殺されたのよ」

「何が起きたんですか？」

「信じてはいけない人を信じるという間違いを犯したの」

「人を信用するって危険なことです」

「そう、それなのよ」アイリーンが言った。「だからといって、信用できる人が誰もいなければ、それはすごく寂しい状況よね」

「ボスは信用できる人ですよ」

アイリーンが微笑んだ。「彼はもちろんあなたを信用しているわ」

「長い付き合いですから」

アイリーンが思案顔になった。「彼が言っていたけれど、あなたも彼と同じように人の心理を読みとることができるそうね」

「バーテンダーはたいてい人の心理を読みとるのがうまいものなんです。この仕事のための必要条件みたいなもので」

アイリーンが彼女と目を合わせた。「わたしがニック・トレメインを疑っていることは知っているわよね、たぶん」

「新聞を読んだ人はみんな知っていますよ」

「彼に関するあなたの評価を聞かせてもらえる?」

ウィリーがくすくす笑った。「おもしろいですね、その質問」

「どうして?」

「だって、あなたのあの記事が『ウィスパーズ』に載った朝、ボスが同じ質問をしてきたんですよ。そのときの返事と同じことを言いますね。わたし、ニック・トレメインはすごく、すごく野心的だと思います。癇癪持ちでもあると思います」

「癇癪を起こすところを見たことは?」

「いいえ。でもこのあいだ、彼のヴィラから出てきたばかりの付き人をたまたま見かけたんです。彼女、震えているようでした。すごく怯えていたんだと思います」

「クローディア・ピクトンね? 彼女は仕事を失うのを怖がっているんだと思うわ」

アイリーンはまたコーヒーを飲み、小さく音を立てて受け皿にカップを置いた。「わたしの勘では、真相を突き止めるに当たってつけいる隙があるとしたら、それは彼女って気がするの。もう一度彼女と話してみる必要がありそうだわ。つまり、彼女と二人きりにならないと」

「ボスが認めないかもしれませんよ」

「クローディア・ピクトンにはもう会って、わかってるのよ。彼女、わたしがオリヴァーといっしょにいたら、けっして心を開いてくれないわ。萎縮してしまうと思うの」

「たぶんそうでしょうね。ミス・ピクトンが神経をぴりぴりさせていることは一目瞭然ですから。このうえ何かあれば、完全にパニックに陥ってしまうんじゃないでしょうか」

「彼女についてほかに知っていることはある?」アイリーンが訊いた。

「いいえ、そんなには。彼女はこのバーには来ませんから」

「たぶんお酒は飲まないのね」

「それか、さもなければ映画会社が彼女のバーでの飲み代を落としてくれないか」

ウィリーが答えた。

「昨日の夜、レストランで姿を見なかったけれど、驚くほどのことではないわよね。

女性ならたいてい、ひとりぼっちで食事をしているところを見られたくはないもの」

「きっとホテルの外に出て、地元のカフェにでも行ったんでしょう」ウィリーが推測した。

「誰に訊いたらわかるかしら？」

ウィリーがにこりとした。「コンシェルジュのミスター・フォンテーンでしょうね。お客さまの習慣や好みに関しては私立探偵顔負けですから」

「ミスター・フォンテーンはわたしに教えてくれると思う？」

「ミスター・ウォードからの指示がないと無理ですね」

「だったら、オリヴァーに電話をしなくちゃ」

「カウンターのこちら側に内線電話があります」

「使わせてもらえる？」

「どうぞ」

アイリーンはカウンターの端を回って裏側に行き、受話器に手を伸ばした。

「どうもありがとう、ウィリー。どれも貴重な情報だったわ」

ウィリーはまたつぎのグラスを明かりにかざして磨きぐあいをたしかめた。「お役に立てて何よりです。ところで、好奇心からうかがうんですが、ミス・ピクトンをどう説得して二人きりで会うおつもりですか？」

「説得なんかしないわ。待ち伏せするつもり」アイリーンは電話に向かって話しはじめた。「ミスター・ウォードのオフィスをお願いします。ありがとう。はい、待ちます」

ウィリーが笑った。

「何かおかしい？」アイリーンが訊いた。

「いいえ。ただ、あなたはボスにいい影響を与えてくださってるなと思って」

「いい影響？　冗談はよして。ここのスパで死体を発見したかと思えば、彼をもう少しで殺されそうな状況に引きこんだり」

「信じられないでしょうけど、あなたがここにいらしてからというもの、ボスがぜん元気になったんです。あなたは奇跡をおこなったんですよ。まるでよく効く薬みたい」

46

エレーナがオフィスのドアから顔をのぞかせた。

「ブランドン刑事からこの町のここ以外のホテル、イン、B&Bに最近チェックアウトした宿泊客のリストが届きました」

オリヴァーはバーニング・コーヴ・ホテルの新しい客のリストから顔を上げた。

「こっちのリストでは、東部から来たおひとりさまには同行のメイドや秘書がついている者が数名いるんで、彼らは除外した。残るは八名。ブランドンのリストには何名載っている？」

「全部で二十名ですが、大半はカリフォルニア——主にロサンゼルスやサンフランシスコ——からの方です。東部からのお客さまのほとんどはうちのホテルにお泊まりです。ロサンゼルスのベバリーヒルズ・ホテルやビルトモア同様、よく知られていますからね」

「広告のおかげだな。ありがとう、エレーナ」

これはおそらくホテル産業の歴史の中でも珍しいケースだろうな、とオリヴァーは思った。ホテル経営者みずから、優雅さとサービスを売りにしている自分のホテルの評判が殺人犯をおびき寄せる疑似餌の役目を果たしてくれていたら、と願っているのだから。

この数日間というもの、一瞬たりともだれる時間はなかった。アイリーンがここに来て以来ずっと。

エレーナが彼の机上にリストを置き、ドアまで引き返したところで足を止めて小さく咳払いをした。

オリヴァーがまた顔を上げた。突然用心深くなったようだ。

「どうかしたのか?」

「いいえ、ただ、今日はすごくお元気そうだと言いたかっただけです」

「これまでそんなに元気がなさそうだったのかな?」

「いいえ、そういうわけでは。ですが、今日はすごく生き生きとしていらっしゃいます。とりわけ、いまの状況を考えますと」

殺人犯の追跡ほど人間を活気づかせることはない、というわけか。

「朝食のときにコーヒーを三杯飲んだからだろう」

エレーナがくすくす笑った。「たぶん」

「こういうリストや名前が載っている人のことは口外しないように。わかっているね」

「承知しております」

ドアが閉まろうとしたとき、外のドアが勢いよく開いたため、エレーナが手を止めた。外のオフィスに駆けこんできたのはチェスターだ。

「オリヴァーはいるか？」きつい口調で問いただす。

「ここにいるよ」オリヴァーはドアの隙間から呼びかけた。「どうぞ入って、チェスター」

チェスターは興奮した表情ですぐさま部屋に入ってきた。片手にアサートンの手帳を携えている。

「この中身が何か、私が話し終わるまで何も言うな」

「まあ、すわって」オリヴァーが言い、エレーナを見た。「もういいよ。ありがとう」

エレーナが静かにドアを閉めて出ていった。

チェスターは手帳を机の上に置き、椅子にすとんと腰かけた。「きみは電波について何を知ってる？」

「ラジオのスイッチの入れ方と切り方を知っているけど、なぜ？」

「電波は電磁放射のひとつの形で、じつに興味深い性質をいくつかそなえている。たとえば、たいていの金属物質は電波を反射する」

「だから？」

「だから、イギリスとアメリカの軍部は、電波を利用して遠くの飛行機や海上の船を探知できないかと秘密裏に研究を進めている」

オリヴァーにもわかりかけてきた。「聞かせてください」

「まだまだ実験段階ではあるんだ。私が聞いたところじゃ、イギリス軍のほうがアメリカ軍より先を行っている。というのも、向こうはドイツの動きにさんざん悩まされているからだ。しかし、ロシア、ドイツ、日本を含むそれ以外の国もやはりこの分野の研究をはじめている。現行の装置――アンテナは巨大、周波数は長すぎる――ではどうにも限界があるとはいえ、パルシング（断続的に変化する電流による音響・磁気掃海法）の技術と短い周波数を利用すれば、理論的には、電波を使って海上の船を探知する小型の装置をつくることが可能だ」

「衝突を避けることができるようになる？」

「ああ、そうだ。だが、合衆国海軍の関心はもっぱら電波を使ってはるか遠くにいる敵の船を発見する可能性に向けられている。現在、戦艦の大砲を狙うには、標的に近づいて砲弾の着弾地点がどこかをたしかめなければならない。それには相当な危険がともなう。一発目を目視で確認したら、二発目で射程を決める、といったぐあいだ。その際、さまざまな情報を加味して計算しなければならない――たとえば、船の縦揺れ横揺れだ。そうした複雑な計算を近づいてしなければならないわけだから、当然大きな危険が伴う」

オリヴァーが手帳を手に取った。「いまの話から察するに、アサートンの計算式は電波を使って敵の船を探知する装置の開発と関係があるということかな？」

「それだけじゃないんだ」チェスターは椅子から勢いよく立ちあがると、オフィス内を行ったり来たりしはじめた。「もし私の考えが正しければ、その手帳には最新型の射程測定器を組み立てるのに必要な計算式と仕様が書かれている。いま話した電波探知機を組みこんだ装置だ」

「射程測定器？」

「海軍が戦艦に積んだ長距離砲に発射の指示を出すときに使っている計算機のことだ。もしその手帳に詳述された機械が組み立てられれば――もし設計の意図どおりに機能すれば——つぎの戦争においては海軍を大いに利することになるはずだ」

「もしまた戦争が起きるとしたらね」

チェスターが足を止めた。大きくひとつため息をつくとハンカチーフを取り出して、眼鏡を拭いた。

「人間の本質が変わらないかぎり、つねにつぎの戦争は起きる」チェスターが静かに言った。

「そしてぼくは皮肉屋と言われる」オリヴァーは手帳をこつこつと叩いた。「アサートンが勤めていた研究所について何かわかったことは？」

チェスターは眼鏡をかけた。「たぶんきみは驚きもしないだろうが、ソルトウッド研究所は軍部の極秘プロジェクトがらみの研究をしているという噂だ。海軍と契約を結んでいる。何もかもが秘密だ」

「アサートンは？」

チェスターが不満げに言った。「彼が死んだという事実以外、誰も何も知らないようだ。自動車事故らしい」

「ソルトウッド研究所に電話を入れて、ここに手帳があるんで、これを取りに誰かをよこしてください、と言うのは簡単だが」

チェスターが不快な表情をのぞかせた。「そんなことをしてみろ、あっと言う間にホテル内に政府の捜査官がうじゃうじゃだ。きみは一大諜報活動の真っただ中に置かれるんだぞ、オリヴァー。この手帳について何かを知っている人間――ミス・グラッソンときみを含めて――はみな容疑者になるだろう。この先、面倒なことから抜け出すことはできるかもしれないが、政府のリストに載ったが最後、一生そこからはずれることはない」

「ほう。そんなことを知る前は、殺人犯を二人つかまえることで頭がいっぱいだったわけだが、いまにして思えば、それだけならずいぶん簡単な仕事だったんだな」

47

アイリーンはティールームの大きな鉢植えの椰子の木の蔭の席にすわっていた。三時十五分ぴったりにクローディアが入ってきた。コンシェルジュのミスター・フォンテーンの予測どおりだ。

ウエイターが隅に置かれたべつの椰子の木の蔭の席にクローディアを案内した。一杯目の紅茶が注がれるなり、クローディアはハンドバッグからノートと鉛筆を取り出した。ノートを開き、おおいかぶさるようにして熱心に何か書いている。

アイリーンは席を立つと、できるだけ目につかないように室内を移動して、クローディアに背後から近づいた。

「こんにちは」あたたかみのある明るい口調を心がけた。同時にクローディアのノートにちらりと目をやる。「速記をなさるのね。秘書の勉強をなさったとは知らなかったわ」

クローディアは激しく動揺し、見あげた顔にはパニックに近い表情が浮かんでいた。

「ああっ、あなただったのね」クローディアの表情ににじむ恐怖が苛立ちへと変わった。ノートをぴしゃりと閉じる。「なんのご用かしら？」

「いえ、ただちょっとおしゃべりでもしようかと。すわっていい？」

クローディアが状況をきちんと把握できないうちにと、すぐさま向かいあった椅子に腰を下ろした。

クローディアはティーカップを手に取った。「あなたは『ウィスパーズ』をクビになったとミスター・オグデンから聞いたけれど」

「いいニュースはたちまち広がるのね」

「もう記者ではなくなったあなたに話すことなどないわ」

「じつは返り咲きを狙っているのよ。そのためには特ダネが必要なの」

「もしグロリア・メイトランドの死をニック・トレメインのせいにするために、わたしが力を貸すとでも思っているとしたら大間違いよ。トレメインの身に何か起きたら、失職するのはこのわたしなんですからね」

「ねえ、あなたはたしか、メイトランドが死んだ時刻のトレメインのアリバイは鉄壁だと最初から言っていたわよね。わたし、最初はあなたの言うことを信じてはいなかったけど、いまは信じているわ」

クローディアはあくまで慎重だ。「あら、そうなの？」

「いまはもう、トレメインが誰かを殺したことを立証しようとは思ってないわ。でも、デイジー・ジェニングズについてはもっと知りたいの」

「だったら、力になれないわ。その人に会ったことがないのよ。地元の新聞によれば、あなたが死体を発見したそうね」

「あのときはひとりじゃなくて、ミスター・ウォードがいっしょだったの」

「それはともかく、偶然の一致なのかしら。あなたはべつの女性が死体で発見された現場にも居合わせた」

「そう、わたしも同じことを考えたわ。本当よ。デイジー・ジェニングズは死ぬ直前にわたしに連絡をしてきたの。わたしに話したい大事なことがあるって言ってたわ。なんのことだか、あなた心当たりはある？」

「ミスター・トレメインに復讐したがっていたとしか考えられないけど」

「それはなぜかしら？」

「女たちはつぎつぎにミスター・トレメインに身も心も捧げるけれど、彼が真剣に考えているのは仕事のことだけなのよ」

「ニック・トレメインはいまどこにいるの？」

「いまってこの瞬間？　ゴルフをしているけど、あなたの知ったことではないわ」

「ひとりで？」

「まさか。ひとりでゴルフをする人なんていないわ。友だちといっしょよ」

「その人もロサンゼルスから来ている人？　ひょっとしてその人もスター？」

「何を言うかと思えば」クローディアが顔をしかめた。「違うわ。このホテルで知りあった人。彼もここの宿泊客よ。ミスター・エンライト。ねえ、もう質問はやめてくれない。そろそろ教訓から学んでもよさそうだと思ったのに」

「教訓って？」

「映画会社のミスター・オグデンから聞いたところでは、あなたは仕事をクビになって、アパートメントからも追い出されたとか」クローディアが言った。「それくらいじゃまだまだこたえない？　ミスター・トレメインが所属する映画会社の経営陣は絶大な影響力をもっているのよ。もしあなたがこのままニック・トレメインのことを嗅ぎまわりつづければ、これからもっともっと困ったことが起きるわ。冗談じゃなく」

「あなた、わたしを脅しているの、クローディア？」

「わたしが？　まさか。わたしはたんなる付き人にすぎませんから。でも、映画会社でずっと仕事をしてきたからわかるの。オグデンのような人たちは彼らの邪魔をする人たちをこれでもかってほど痛い目にあわせるわ。もしわたしがあなたなら、ミス・グラッソン、何かべつの記事を書くわ。ね、ニック・トレメインをそっとしておいて」

「なんだかあなた、そのミスター・オグデンが怖いみたい」

「ううん、ミス・グラッソン、アーネスト・オグデンは怖いなんてものじゃなく、恐ろしいのよ」

「彼はあなたをクビにすることができるから？」

「ええ、即刻クビにできるでしょうね。いいわ、本当のことを話す。ハリウッドはわたしの人生最大の間違いだったわ。そもそもああいう世界やこのバーニング・コーヴみたいな世界に向いていないのよ。お金のためにこの仕事にしがみついているだけで、ある程度お金が貯まったら故郷に帰るわ」

「故郷に帰って何をするの？」

「高校を卒業した日にみんながわたしに言ったようなこと」クローディアが立ちあがり、ノートとハンドバッグを手に持った。「デパートに就職して、生活力のある素敵な男性と出会って、結婚する」

「故郷はどちら？」アイリーンは訊いた。

「一年じゅうサングラスをかけている必要のないところ」

クローディアはガラス張りのティールームの出口に向かって足早に進み、庭園へと姿を消した。

48

アイリーンはじっとすわったまま、クローディアの言ったことを考えていたが、しばらくすると席を立ち、アーチ形の通路を歩いてオリヴァーのオフィスに向かった。ドアを開けると、エレーナが笑顔で迎えた。「こんにちは、アイリーン。ご機嫌いかが?」

「ありがとう、元気よ、エレーナ。あなたは?」

「もちろん、元気よ。ミスター・ウォードに会いにいらしたのかしら?」

「ええ、オフィスにいる?」

「はい。あなたがいらしたこと、お知らせするわ」エレーナがインターコムのボタンを押した。「ミス・グラッソンがお見えです」

「通してくれ。ちょうど彼女を探しにいこうかと思っていたところだ」

エレーナがドアを開けようと立ちあがりかけた。

「大丈夫。自分で開けるわ」アイリーンが部屋を横切り、ドアの取っ手に手をかけたところで足を止めて振り返り、エレーナを見た。「カリフォルニアのこの毎日の陽光にうんざりすることはなあい？」

エレーナが声をあげて笑った。「まさか。わたし、生まれも育ちもここですけれど、この明るさが大好きです」

アイリーンがにこりとした。「わたしはよそ者だけど、あなたに賛成。ここの明るさが大好きだわ。不思議なことに、誰もがそうってわけじゃないのよね」

オリヴァーのオフィスに入ってドアを閉めた。オリヴァーが立ちあがる。

「よかった、ちょうどきみを探しにいこうと思ったところだったんだ。チェスターがアサートンの手帳についてわかったことを説明してくれてね。あの計算式は射程測定器という最新型の高度な軍事機器の設計に関するものだ。ソルトウッド研究所が海軍と秘密裏に契約を結んでいることは間違いない」

「つまり、スパイ活動か何か？」

「どうもそうらしい。ところで、チェスターはヘレン・スペンサーがきみに遺した手紙の助言に賛成だそうだ。もしもＦＢＩに連絡したりすれば、とんでもなく面倒なことになるだろうと言っていた」

アイリーンは身震いを覚えた。「わたしたち、スパイ事件の容疑者にされるわ」

「ああ、そうだ」

「まいったわ。事態がどんどん奥深くなっていくみたいで」

「ぼくはパズルのピースをいくつか、ようやくはめることができた気がする。ところで、テディーはクローディア・ピクトンの居場所を教えてくれた？」

「テディー？」

「ごめんごめん」オリヴァーが言った。「彼はステージネームで呼ばれるほうが好きなんだよ。コンシェルジュのミスター・フォンテーンのことさ。ぼくはたまに忘れてしまう。ぼくにとってはいつまでたってもテディーなんだ。彼はぼくのショーを丸ごと、仲間、小道具、大道具、舞台装置をまとめて、つぎの町に向かう列車にきちんと乗せることができる男でね。総合管理《ロジスティクス》にかけては右に出る者がいない」

「ミスター・フォンテーンが教えてくれたとおり、クローディアは三時十五分にティールームにやってきたわ。彼女にしゃべらせることができれば、と思っていたけど、多くを語らなかったわね。でも、こう言っていたわ。ニック・トレメインはホテルで知りあった男とゴルフをしているって」

「誰だろう？」

「ミスター・エンライトって言ってたけど」

オリヴァーは腰を下ろし、考えこんだ。「じつに興味深い」

「どうして?」アイリーンも椅子にすわった。

「このリストにニューヨークから来たジュリアン・エンライトという男が載っている」

「その人はひとりなのね? ひとりで旅行かしら?」

「ああ。金のかかる趣味と独特の風采の紳士だそうだ。何代もつづいた金持ちの子孫だけにしか見られない風采だと聞いている。ミスター・フォンテーンは深く感じ入ったそうだ」

「昨日の夜、ホテルのレストランではそのジュリアン・エンライトって人に気づかなかったわね」

「あそこに彼はいなかった」オリヴァーは四名の名前が記されたリストを手に取った。

「町へ食事しに出かけた客が数人いて、エンライトもそのひとりだ」

「金のかかる趣味と独特の風采の紳士ねえ」アイリーンが小さな声で繰り返した。

「殺人犯だとは思えないけど」

「ハリウッド映画ではたぶんそうなんだろうが、そういう男だからこそヘレン・スペンサーをうまく欺くことができたとは考えられないかな?」

「そうかもしれないけど、あの手帳を奪還する使命を負った殺人犯がなぜ、ハリウッドの人気スターに近づいたのかしら?」

「エンライトがきみが最近書いた記事に気づいた可能性が高い」

「それが?」

「つまり、最近起きた死亡事件についてニック・トレメインをあれだけ非難したきみはそれ相応の下調べをしたはずだ、と彼は考えた。だったらトレメインを隠れ蓑として使わない手はない」

「よくわからないわ」

「もしきみの身に何かが起きたら、アイリーン、すぐさま疑いをかけられるのは誰だと思う?」

あまりにも大胆な推理にアイリーンははっと息をのんだ。

「ニック・トレメインね。『ウィスパーズ』に書いた記事のせいで彼がわたしに腹を立てていることは誰でも知っているわ」

「彼にはきわめて強固なアリバイがある——監獄行きはじゅうぶんに免れる——が、世論という裁きの場ではそれは大した意味を持たない。トレメインがたまたま休暇を取っているこのバーニング・コーヴで問題の記者が殺されたりすれば、これまでは力ずくで不祥事をおさめてきた映画会社が手に余って投げ出したとしても驚くには当たらない――とりわけ、その殺人が明らかに事故ではない状況で実行されたとすれば」

アイリーンの頭にヘレン・スペンサーの血まみれの死体の光景がよみがえった。手が震えた。

「直感がすべてだわ」アイリーンが言った。「派手な醜聞が起きれば、憶測や噂が乱れ飛ぶ。そのあいだに真犯人は静かに現場から立ち去る。あっと驚く発想だわ」

「それを言うなら、腹立たしいほどみごとなミスディレクションだ」

「ヘレン殺しではそれが間違いなく功を奏したわ。警察は初動から頭のおかしな人間の犯行と決めつけて、その線を追った」

「厳密に言うなら、犯罪に走った個人秘書を、か」オリヴァーが言った。

「わざわざ思い出させていただかなくてけっこうよ。だとすれば、あなたがこの犯人に傲慢さを感じとった、そのこととも矛盾しないわね」

「ああ。だが、もしぼくたちの考えが正しければ、その傲慢さがやつの計画の決定的な弱点だ」

「これで、少なくともヘレン殺しの犯人の正体はわかったということね」

「そうかもしれないが、まだ確証があるわけではない。ほかにもクローディア・ピクトンに何かしゃべらせることができたのかな？」

「そう言えば、また謎の人物ミスター・オグデンがどうのこうのとうるさかったわ」

「アーニー・オグデンのような連中は、問題を解決したいときは現ナマをつかませる手段を取るのがふつうだ。だが、現ナマが物を言わないとなると、躊躇なく暴力を行使してごたごたを片付ける」

「わたしは最初からニック・トレメインに目をつけていたの。ペギーのメモがあったから。でも、もし彼女が勘違いしていたとしたら、どういうことになるのかしら？オグデンだけれど、もし彼女を自社のスターに対する脅威だと考えたとしたら、人を使って彼女を殺すところまでやると思う？」

「彼女が賄賂にも脅しにも屈しなかったとしたら、考えられる」オリヴァーが答えた。二人とも彼女が相手なら金で話がついたはずだと確信している。ペルも彼女を知っている。口止めのために彼女を殺す理由などひとつもない」

「彼女がニック・トレメインについて知っている何かが、オグデンによほどのダメージを与えることでなければね。彼女がもしトレメインがグロリア・メイトランド殺しに関与している証拠を握っていたとしたら？」

「そうだな。そういうことなら、オグデンが殺し屋を送りこんでもおかしくない。しかし、もしそれが本当ならば、映画会社はトレメインを社に重大な損失を与える存在だと考えるだろうな」

「これだけは断言できるわ。ペギー・ハケットに賄賂は効き目がなかった」

「それはたしかか？」

「ペギーは失ったキャリアを取りもどそうとしていたの」アイリーンが言った。「お金を欲しがってはいなかった。欲しかったのは特ダネよ」

「ピクトンから聞いたことでほかに何か？」

「オグデンはどんな冷酷な仕打ちも辞さないと警告されたわ。彼女がオグデンを恐れていることは明らかね。それから彼女、自分はハリウッドやバーニング・コーヴには向かない人間だとも言っていたわ。いまはお金のために働いているけど、いずれは故郷に帰って、職を得て、結婚するつもりなんだそうよ」

「結婚？」

「ええ、結婚。結婚したことはある？」

「ない」オリヴァーが言った。「直前までいったことはある。婚約したんだ。でも、結婚には至らなかった。きみは？」

「同じようなものね。この人と結婚するんだろうなと思ったことが一度だけあるわ。でも、結婚には至らなかった」

「このあいだ小道具の倉庫で言っていた、嘘つきで浮気者の最低野郎か？」

「そいつ、ある人と婚約していることをわたしに言わずにいたの。わたしは婚約者からその事実を知らされたんだけど、そのとき嘘つきで浮気者の最低野郎は、わたしが愛人ではいたくないってことを不思議がっていたわ」

オリヴァーが賢人よろしくうなずいた。「ほう。どんなにいい関係も、壊すのはいつもそういう嘘つきや浮気者なんだよ」

アイリーンは椅子の肘掛けに肘をつき、両手の指先を合わせた。

「それ、経験から言っているんでしょう？」

「そうなんだ。彼女は助手のひとりだった。ある男と駆け落ちしたんだが、その相手というのはぼくも信頼していた部下だ。彼は帳簿の記入、切符の販売、公演の前宣伝を任されていた」

「そうだったの」

「二人の駆け落ち先はハワイ」

「なんてロマンチックなの」アイリーンは両手の指先をぽんと打った。「ハワイまで汽船か飛行機で行く旅費。向こうでのホテル代。あなた、部下にずいぶんたっぷりお給料を払っていたのね」

「ぼくもそう思いたいが、ドーラとヒューバートは賛成してくれないと思う。出ていくときに、ほぼ二カ月分の公演収入を持ち去ったんだから」

「〈アメイジング・オリヴァー・ウォード・ショー〉がいつも満員御礼だったことを考えると、かなりな額だわね」

「そのとおり」オリヴァーが言った。「ハワイから葉書が来たよ。詫び状だが、自分たちの気持ちはだませなかったと弁解も書かれていた。理解してもらいたい、ともね」

「そういうときは明るい面に目を向けるのよ」アイリーンが言った。「少なくとも葉書に〝あなたにもここにいてほしかった〟とは書かれていなくてよかったじゃない」

意外なことにオリヴァーはにやりとした。「客観的なご意見に感謝するよ。きみは何か復讐をした？」

「ごくささやかなのをね。ちょうど会社が熾烈な入札競争を繰り広げていたのよ。石油産業向けのある装置の特許権を取得できるかどうかの。その嘘つきで浮気者の最低野郎は認可協約をめぐる交渉の責任者だった。でも、背景その他の下調べは全部わたしがしたの。わたしが必要な事実や数字を集めたのよ。そしていよいよ、その嘘つきで浮気者の最低野郎のために、集めた資料をまとめて整然とした報告書を作成しようとしたまさにそのとき、婚約者がオフィスに立ち寄って現実を突きつけてくれたわけ」

「もしかしてその整然とした報告書に不幸なことが起きたのかな？」

「何も起きなかったわ。だって、報告書はまだ存在していなかったから。わたしの美学にかなう復讐だった。オフィスをあとにするとき、その嘘つきで浮気者の最低野郎の机の上に生データでふくらんだファイルを放り出してきたわ。わたしのメモが彼にはどうにも読みとれないことは先刻承知でね。だって、メモは全部速記――それもわたし独自の――で書いてあったから」

オリヴァーが微笑んだ。「だとしたら、秘密の暗号で書かれているも同然だな」

「彼、そのときはじめて、なんて計算のできない男なんだと悟ったと思うわ」

「入札には負けた？」

「その装置の特許権はライバル会社が獲得」

「嘘つきで浮気者の最低野郎はクビになったのか？」オリヴァーが訊いた。

「もちろん、そうはならなかった。婚約者は経営者の娘で、嘘つきで浮気者の最低野郎との結婚を心に決めていたのよ。婚約者はパパのかわいい末娘だったから、嘘つきで浮気者の最低野郎は副社長に昇進」

「予想どおりに」

「復讐はめったにうまくいかないと聞いてはいたけど。最後に噂を耳にしたとき、夫婦はコネチカットのどこかの町で幸せに暮らしているとかだったわ。めでたしめでたし。まさにハリウッド式エンディングでしょう」

「どうだろうな」

「じつはわたしもそう思ってるの。本当のことを言えば、彼女に同情すらしているわ。だって、彼女の結婚相手は嘘つきで浮気者の最低野郎なんですもの」

「人間はそう変わるものじゃない。本質はずっと同じだ」

「わたしの持論もそれなの」アイリーンが言った。

49

パラダイス・クラブのダンスフロアは、高級仕立てのタキシードを着た男と優雅なドレスをまとった女で混みあっていた。白い上着と黒のタイがきりりとした印象の楽団員が人気の曲をつぎつぎに奏でている。

アイリーンがオリヴァーとともに腰を下ろしたブースは、フロアのあちこちにちらばる親密な二人向けのブースのひとつだ。オリヴァーの前にはマティーニ、アイリーンの前にはピンクレディーが置かれてはいるが、どちらもまだ口をつけてはいない。二人がここへ来たのは楽しむためではないのだ。オリヴァーがジュリアン・エンライトを間近で観察するための行動である。

アイリーンはクラブ内の仄暗さが気になってしかたがなかった。フロアを照らす照明はぎりぎりまで暗く、テーブルの上の蠟燭は親密な雰囲気をなおいっそう高めている。

ふかふかの背の高い背もたれが半円形に設計されたブースは、そこにすわるカップルのプライバシーを守ってはくれるが、いったん席についてしまうと、ほかの客のようすがほとんど見えない。

アイリーンが身を乗り出して声をひそめた。「エンライトとトレメインが現われても、これじゃわからないわ」

「心配いらない。ニック・トレメインは人気映画スターだ。スターはクラブにただ入ってくるんじゃない。派手に登場してくるからね」

「そうしながらも、気づかれるのをいやがっている印象を周囲に与える」アイリーンが付け加えた。「でも、彼、ひとりで来るかもしれなくてよ」

「スターは流行りのナイトクラブにひとりで出かけたりしないものさ」

「ハリウッドではそうでしょうけど、エンライトは目立ちたくないかもしれないわ」

「目立ちたくないなら、そもそもトレメインの友だちになったりしないだろう」

アイリーンはしばらく考えた。「その説に異議を唱えるつもりはないけれど、でも、殺人犯が目立ちたがるとしたら奇妙な気がするわ」

「プロの殺し屋が映画スターみたいにうぬぼれ屋であるはずがないと誰が言った？　それだけじゃない。もしエンライトがトレメインを隠れ蓑として利用する計画なら、彼から離れるわけにはいかない」

ルーサー・ペルが暗がりから現われた。アイリーンに微笑みかけた彼の目は男性的な賞賛の輝きをたたえている。

「今夜のきみは本当に素敵だ」ルーサーが言った。

アイリーンは彼に微笑みを返す。「どうもありがとう」

オリヴァーが顔をしかめた。「トレメインとエンライトの気配は？」

「それを伝えにきたところだ」ルーサーが言った。「いましがた到着した。ダンスフロアのへりのスター・ブースのひとつに案内するよう指示を出しておいたよ」

「スター・ブースって？」アイリーンが訊いた。

「人目につきたいとわかっている客からの予約には、ダンスフロアを囲んだテーブルを取っておくんだ」ルーサーが説明した。「きみたちのこの席からだとトレメインとエンライトがよく見える。もしどちらかひとりがなんらかの理由でクラブを出たときは、警備要員のひとりがずっと見張ることになっている。ほかにも必要なことがあれば言ってくれ」

「悪いな」オリヴァーがややぶっきらぼうに言った。「そうさせてもらうよ」

ルーサーが愉快そうに口角をきゅっと上げて微笑み、近くのブースに移動してそこにすわるカップルに挨拶した。どこから見ても非の打ちどころのないナイトクラブの優雅な経営者を演じている。

アイリーンはオリヴァーをにらみつけた。「彼、べつにわたしにちょっかい出そうとしたわけじゃないわ。あれが礼儀なのよ。このクラブに来る女性客には片っ端から素敵だって言ってるに決まってる」

「ああ、たぶん」オリヴァーは納得がいかないようだ。「見ろ、トレメインとエンライトが来た」

「あら、話題を変えるのね。勝手にして」

オリヴァーの顎のあたりがこわばった。

「いやだわ、ちょっとからかっただけ」アイリーンが言った。

「わかってる」オリヴァーが不満げにつぶやいた。

彼が本気で嫉妬しているはずがないわ、とアイリーンは思った。ただ少し独占欲を感じているだけ。男の人って寝ている女に対してはそんなふうになるものなのよ。男性としてのごく自然な、ごく一時的な、ごく皮相的な反応にすぎない。それ以上の深い意味のある永続的な感情などではないはず。

そのとき、ふと思い浮かんだ。もしこの部屋の中にいる美しい女性たちのひとりがオリヴァーの前で足を止め、今夜のあなたはすごく魅力的だわ、と言ったら、きっといらいらするはずだ。女性としてのごく自然な、一時的な、皮相的な反応である。それ以上に深い意味のある永続的な感情ではない。

もしそうでなかったら、たいへん、どうなってしまうの。

だが、じっくり考えることはせずにニック・トレメインとジュリアン・エンライトのほうに目をやった。

「あなたの言ったとおりだわ。あの二人、けっして見過ごすことはないわね」

二人がボーイ長に案内されて通路を歩いてきた。するとまるで魔法のように巧妙な光線がニック・トレメインを照らし出し、そのままずっと彼を追った。エンライトは慎重に、スターの数歩あとを歩いていく。人気をさらってはまずいとでも思っているかのようだが、ほんの一瞬だけあえてスポットライトを受ける位置に行った。わずか数秒とはいえ、髪が金色に輝き、角張った顎が印象的な横顔が人目を引いた。新参の客の到着に多くの客が気づくと、仄暗いフロアに興奮気味のさざめきがしばし起きた。

「あれが彼なのね」アイリーンがささやいた。

「そうだな」オリヴァーが言った。

「こうして見たところは――」

「いい男か？　上品？　洗練されている？」

「じつのところ、映画スターみたいだと思ったわ」

二人はダンスフロアを囲んだブースのひとつに腰を下ろした。ボーイ長が手を上げて合図を送ると、カクテルウエイトレスが飲み物をのせたトレーを運んできた。二人の前のテーブルにグラスを置き、優雅に立ち去る。

スポットライトの明かりは落とされたが、クラブ内の誰もにニック・トレメインとその友人の到着を知らしめた。

「さて、これからどうするの？」アイリーンが訊いた。

「待つことにしよう」オリヴァーが答えた。

そしてそのまま黙りこんだ。

アイリーンは彼を見た。「ふつうに会話しているように見えるほうがいいと思うけれど」

「話題は何にする？」

「そりゃあ、お天気でしょう」

「そうだな」オリヴァーはそう答えながらも、トレメインとエンライトから目を離さなかった。「さもなければ、この一件が片付いたあと、きみの身の振り方について語るのはどうだろう」

「そうね」アイリーンは同調を示しはしたものの、氷の張った湖を歩いて渡る気分だった。一歩踏みちがえれば、冷たく深い水に落ちてしまう。

オリヴァーはしばし待ったが、アイリーンが何も言わないとわかると、トレメインとエンライトから目をそらせ、用心深く彼女を見た。

「それで？」オリヴァーが言った。

アイリーンはさりげなく見えることを願いながら片手を小さく動かした。質問に対する答えにはあまり関心がないとでもいうかのようだ。

「このバーニング・コーヴで何が起きるのか、すべてはそこにかかっていると思うの。もしトレメインがグロリア・メイトランドを殺したこと、ペギーの死にもかかわっていたことをわたしたちが立証できたら、そしてもしエンライトがヘレン殺しの廉で逮捕されたら、ジャーナリストとしてのキャリアに箔がつくから、この業界で仕事をつづけていかれると思うの。でももし何も証明できなければ、そのときはまた名前を変えて、新しい身元を手に入れて、べつの仕事を探すわ」

「経験豊富な秘書であれば、うちのホテルはつねに歓迎するよ」オリヴァーの口調はきわめて穏やかだ。

「エレーナがいるでしょう」

「ああ。ぼくの秘書を取りかえるつもりはない。彼女はとびきり優秀だからね。だが、ファイル整理やタイピングの技術のある人材を必要な部門はほかにもある。それだけじゃない。理由はいろいろだが、ホテルに滞在している期間だけ秘書を雇いたいという顧客からしばしば問い合わせの電話が入るんだ」

「その場合でも、あなたの下で働くことになるわ」アイリーンが言った。

「そこが引っかかるのか？」

「ええ、そうなの、じつは」

「なぜ？」

「説明しなくちゃだめかしら？　わたしね、痛い目にあって学んだのよ、ボスと寝るのはまずいって。あなただって、部下との色恋沙汰はまずいってことを学んだものと思ったけど。ハワイから届いた葉書のこと、忘れちゃったの？」

オリヴァーが顔をしかめた。「たしかにそうだな」

アイリーンはテーブルごしに手を伸ばして、オリヴァーの腕をぽんぽんと叩いた。

「いずれにしてもありがとう。お申し出には感謝するわ。でも、わたしのことは心配しないでね。ずっと自分のことは自分でなんとかしてきたから大丈夫よ」

オリヴァーの目が怖いほど鋭く光った。

「それについてちょっと考えてみよう。数カ月前、きみが車を運転して国を横断し、名前を変えなければならなかったのは、きみの前のボスがプロのホテル泥棒で、秘密が記された手帳を盗んだせいで殺されたからだった。そしていま、ぼくたちが彼女を殺した犯人だと考える男が、きみの同僚を殺したのではないかと疑われる主演男優と同じダンスフロアのブースにすわっている。この状況にあって、きみは自分のことは自分でなんとかしてきたと言えるのか？」

アイリーンがむっとして言い返そうとしたそのとき、ニック・トレメインが席を立つのが見えた。

「トレメインが席を離れるわ」アイリーンは小声で言った。

オリヴァーもその方向に目をやった。「そうじゃないと思うよ」

二人が目を凝らしている前で、ニックは魅力的な若い女性二人がすわっている近くのブースに近づいた。明らかにそのうちのひとりをダンスに誘っている。女性は滑らかな動きでブースを出ると、上気した表情でニックのあとを追ってダンスフロアへと進んだ。スターの魅力にまいっていることが遠くからでも一目瞭然だ。

「彼女、これから数カ月間は誰と食事をしてもこの話を繰り返すことになりそうね」

アイリーンが言った。

ジュリアン・エンライトも席を立って、ゆっくりと通路を歩きだした。途中、ウエイターに何か話しかけ、その数秒後に進行方向を変えた。

「彼がこっちへ来る」オリヴァーが言った。「おもしろいことになってきたな」

「信じられないわ」アイリーンが言った。

「信じられるさ。傲慢なやつだ、我慢できなくなったんだろう」

ジュリアンがテーブルの前で足を止めた。アイリーンの心臓は早鐘を打ち、呼吸が苦しくなった。もし彼女とオリヴァーの考えが正しければ、彼女はいまヘレン・スペンサー殺しの犯人とじかに顔を合わせているのだ。

オリヴァーはといえば、不思議なほどの冷静さを保っていた。

「ちょっと失礼」ジュリアンがさりげなく声をかけてきた。ちっとも失礼だとは思っていないようだ。アイリーンに微笑みかける。「自己紹介させてください。ぼくはジュリアン・エンライト。アイリーン・グラッソン、『ウィスパーズ』の記者の方ですよね。友人のニックからあなたのことをいろいろ聞きました。どうやらあなたは彼の映画会社を怒らせてしまったらしい」

「彼の映画会社は激怒しているらしいわ」アイリーンは言った。「おかげでわたしは元記者よ」

「ミス・グラッソンは今夜はぼくといっしょにここへ来たんだが」オリヴァーが言った。

アイリーンはクラブ内の温度が氷河レベルまで一気に落ちるのを感じた。

「そうかな?」エンライトはアイリーンから目をそらさない。「ふと思ったんですが、ミス・グラッソン、ぼくと踊ればトレメインの映画会社との関係を修復できますよ。彼とぼくは友だちですからね。もしぼくと踊れば、あなたはもうトレメインを追ってはいないのだとみんなが思うはずだ」

アイリーンはオリヴァーが横から口をはさもうとしているのを察知した。そこで靴の爪先を使い、テーブルの下でこっそり彼に、何も言わないで、と信号を送った。同時にジュリアンに向かって冷ややかな微笑を投げかけた。

「ミスター・トレメインはそれが目的であなたをここによこしたんでしょうか、ミスター・エンライト?」アイリーンが尋ねた。

「どうかジュリアンと呼んでください。それから、これはぼくの考えです」

「どういうわけで?」アイリーンは言った。

「それはぼくが、力のある映画会社の挑戦を受けて立つ度胸のある女性に興味を覚えたからです」

「そういうことでしたら、わたしはもう闘いに負けましたわ、ミスター・エンライト。ニック・トレメインに伝えてください。もうこれからはわたしを恐れる必要はないと」

「わかりました、伝えましょう。それを聞けば、彼もほっとするはずです。でも、だからといって、ぼくとダンスができない理由にはならない」

「ミスター・ウォードの言ったこと、お聞きになったでしょう。今夜はここへ彼といっしょに来ているので」

「彼が相手では、どうも楽しめそうには見えないものでね。ダンスのパートナーが足を引きずっているとなれば。まあ、そうだね、アイリーン、またつぎの機会をつくって、お互いをよく知ることにすればいいか」

ジュリアンは薄暗がりへと歩き去った。アイリーンはようやく思い出したように呼吸を再開した。

「あいつの不作法さ、信じられないわ」アイリーンが言った。

「いや、信じられるよ。つまり、彼に関してぼくたちは間違っていなかった。彼はきみと手帳のことが知りたくてここへ来た」

「確信があるのね？」

「ああ、たったいま確信した」

アイリーンはブースに戻った彼をじっと観察した。

「ジュリアン・エンライトに関する読みには自信があるようだけど、トレメインについてはどうなの？　彼についてはこれまで多くを語ってはいないけれど」

「いまのところ、二人のうちどちらかと言えばエンライトのほうが危険だ。トレメインは彼ほど頭の回転が速くはないが、はるかに用心深い。トレメインは殺人犯かもしれないが、その場合、彼には明らかな動機がある。キャリアを守りたいという動機だ。彼はおそらくそれしか気にかけていない。だから彼は、ほかに選択肢がないと思わなければ、危険は冒さない。いまは映画会社が事態を収拾してくれるよう願っている」

「わたしね、はじめてバーニング・コーヴにやってきたとき、まさかこうやって素敵なクラブで夜のひとときを、二人の殺人犯がお酒を飲んだりダンスをしたりするのを眺めて過ごすとは思ってもいなかったわ」

オリヴァーがマティーニをじっくりと味わって飲んでからグラスを置いた。何を考えているのかわからない表情でトレメインとエンライトをじっと見ている。

「エンライトはひとつ正しいことを言っていた」しばらくしてからぽつりと言った。

「なあに？」

「ダンスフロアは苦手なんだよ」

アイリーンがにこりとした。

「あなたって幸運よね、ほかにいくつも特技があるんですもの」

50

目が覚めると、アイリーンはベッドにひとりだった。シーツはオリヴァーのぬくもりでまだあたたかい。すぐに戻ってくるのかと思い、しばらく待っていたが、リビングルームから聞こえてくるクリスタルとグラスがぶつかる音は彼がまだまだ戻ってはこないことを伝えてきた。

アイリーンは上掛けをはいでベッドを出るとローブを着た。暗い廊下を進み、月明かりが影をつくるリビングルームの入り口で足を止めた。すぐには彼が見えなかった。

「きみを起こすつもりはなかったんだが」オリヴァーが言った。

彼の声は大きな革張りの読書用椅子の深みから聞こえてくる。暗い色のローブを着て、足は、と見れば素足だ。足置き用スツールにのせた怪我をしたほうの脚を月明かりが斜めに照らしていた。

アイリーンは部屋を横切り、もう一脚の読書用椅子に腰を下ろした。

「かなり痛むの？」

「いや、いつもと同じだ」

オリヴァーはグラスに注がれたウイスキーをぐっと飲んだ。アイリーンの問いかけが気に障ったことは明らかだ。

アイリーンは脚の具合を尋ねたことを謝りかけたが、そのまま口をつぐんだ。

「目が覚めたのは脚のせいじゃなく」まもなく彼が言った。「エンライトだ」

「彼について思い違いしていたことがあったとか？」

「いや、そうじゃない。考えていたのは、彼を罠にかけるなら急ぐ必要があるということだ。早いところ彼を思いどおりに動かす方法を考えないと。向こうに主導権を握らせるような危険は冒せない」

「わたしたちが疑っているようなことが何ひとつなかったら？　彼がただのスターが大好きな金持ちの旅行客で、たまたま人気スターを引き寄せただけだったら？」

「もしそういうことだったら、餌に食いついてはこないよ」

「餌って？」

「手帳さ。やつはもう二度とあれを奪われるようなことはしたくないはずだ。そういう状況を設定する必要がある。小道具や照明を準備しないと。朝になったら、チェスターとルーサーに話すことにしよう」

「わたしにもね」アイリーンが言った。「わたしにも話してくれなくちゃ。そもそもはわたしの問題、わたしの記事なのよ」

「心配するな。きみには重要な役を割り振るさ」

「計画はもうできあがってるの?」

「そうだな、ああ」

「聞かせて」

オリヴァーが説明した。話が終わると、アイリーンは深く息を吸いこんでからゆっくりと吐いた。

「なんだか……ものすごく大胆不敵。危険だわ」

「出来のいいイリュージョンと同じで、技術的にはじつに単純だ」

「エンライトに関するあなたの読みが前提になっている。ということは、もしそれが間違っていたら――」

「それはない」オリヴァーがまたウイスキーを飲み、グラスを置いた。「ぼくが彼について感じとっていたことを、彼は今夜すべて追認させてくれた。あいつは冷血で、傲慢で、衝動的だ」

アイリーンは身震いを覚えた。「これまでいったい何人殺したのかしら?」

「たぶん永久にわからないだろうが」オリヴァーが言った。「ヘレン・スペンサーが最初だったとは思えないな」

またウイスキーを飲んでグラスを置くと、無意識のうちに左脚をもみはじめた。アイリーンはしばらくそれを見ていたが、椅子を立って彼の椅子のかたわらに行き、そこにひざまずいた。そして両手を彼の太腿に当てた。ローブの生地を通して痛みで張った筋肉と腱を手のひらに感じる。

「わたしにもませて」

「ほっといてくれ」

アイリーンは彼の言葉を無視して脚をもみはじめた。やさしく、だがしっかりと圧をかけていく。

意外なことに、彼はもうやめてくれとは言わなくなった。しばらくすると全身の緊張がほぐれてきたように思えた。

「最後の公演で何がいけなかったのか、誰かに話したことはあるの?」アイリーンが質問を投げた。

「銃のように危険なものをいじりまわしていれば、ときには事故が起きるさ」

「わたし、事故ではなかった気がするの」

オリヴァーがしばし黙りこんだ。

「なぜそれほど確信がある？」彼がようやく言った。

「あなたがけっして話そうとしないから」

「誰だって失敗については話したがらないさ。しかも、キャリアがそこまでになった大失敗だ」

「まあ、あなたには秘密を秘密にしておく権利があるわ」アイリーンが言った。

「秘密を秘密にしておく権利はきみにもあるが、ぼくはそのうちのいくつかをもう知っている」

「そうね」

「ぼくの秘密はもう永久に葬ったんだよ。それでもときどき、幽霊を相手にしている自分がいる」

アイリーンはそれ以上何も訊かなかった。ただ黙って彼の脚をもみつづけた。やがて彼が語りはじめた。

「あれは〈死の檻〉ってイリュージョンだった。そもそもゲディングズが考えたイリュージョンだったが、おじのチェスターが観客受けを考慮して何点か変更を加えた」

「ゲディングズってだあれ？」

「彼は友だちで、ぼくが知っていた中でいちばんうまいマジシャンのひとりでもあった。彼から教わったことは多い。彼は〈グレート・ゲディングズ〉という看板を掲げてやっていた」

「聞いたことがないわね」

「そこが彼の問題だった。イリュージョンの技術面では信じられないほどの才能があったが、演技者としてはいまいちだったんだよ。舞台上で成功するかどうかは物語の伝え方のうまさにかかっている。観客をマジックの世界に引きこむ——観客が喜んでイリュージョンの一部になりたがるように仕向ける——ことができるかどうか、それがスター・マジシャンとただのマジシャンの差だ。ゲディングズはそれなりの技術があるにもかかわらず、観客の心理が読めなかった。舞台と観客のあいだに必要な親密な関係が築けなかったんだ。しかし、彼はぼくに多くのことを教えてくれたから、ぼくたちはいいチームになれた」

「それで？」

「最初はパートナーとして出発した。〈ゲディングズ＆オリヴァー〉としてね。だが、すぐに明らかになったのは、ぼくはゲディングズに技術的にはかなわなかったが、観客の意識を引きつけられるのはぼくだということ。そこでぼくたちはショーの名前を〈アメイジング・オリヴァー・ウォード・ショー〉に変えた」

「そして有名になったのね」

「順風満帆だった。そういうときに悲劇が起きた」

「それが二年前のこと？」

「ああ、そうだ」しばしの間があった。「あのときはサンフランシスコにいた。会場は満員でね。ぼくは派手な鎖や手錠できっちりと拘束されたあと、鉄製の檻に上から入れられた。檻は床から数フィート吊りあげられている」

「あなたが底面に隠された落とし戸からは脱出できないことを示すためね」

「のみこみが早い」オリヴァーはまた少しウイスキーを飲んだ。「カーテンが降りた。照明がカーテンにおおわれた檻を照らし出す。陳腐な演出だが、観客はそういうのを好むんだよ。そこにケープに身を包み仮面をかぶった謎の人物が現われる。彼は檻の周りを数回回ったあと、拳銃を取り出して、カーテンの中を狙って三発撃ちこむ。もちろん、空砲のはずだった」

「それがそうではなかったのね」

「拳銃には実弾が装塡されていて、三発中の二発がぼくの太腿に当たった。筋肉組織はかなりな損傷をこうむったが、動脈はぎりぎりで助かった。幸運だったんだ」

「幸運？　どうしてそんなことが言えるの？」

「その瞬間、もしぼくが檻からある程度脱出していなかったとしたら、三発ともが胸に命中していたはずだからだ」

アイリーンはあぜんとし、脚をもんでいた手が止まった。「よくわからないけど」

「ぼくは鎖で拘束されていた。見た目はがんじがらめだが、ぼくが鍵を一カ所開ければ、一気に全部がはずれる仕組みになっているんだよ。ぼくが檻の中に下ろされるとき、助手のひとりがそっと鍵を渡してくれるんだ。そしてカーテンが檻をおおうやいなや、ぼくは鍵を開けるんだが、その鍵が違う鍵だった」

「それに気づいてどうしたの？」

「じつは、助手に鍵を手わたしてもらうことに関しては、ずっと不安を感じていたんだ。だからいつも予備の鍵を髪の中に隠していた。ところが、最初の鍵が違うと気づくのに数秒かかり、予備の鍵を鍵穴に差しこむのにさらに数秒かかってしまった。仮面をかぶった助手が最初の二発を発射したとき、ぼくの体の一部はまだ檻の中に残っていた。いつもならそのときはもう、檻からはすっかり脱出しているんだが」

「やっぱり事故じゃなかったのね。噂は本当だったんだわ。誰かがあなたを殺そうとしていた」

「慎重に練られた計画だよ。まずは間違った鍵、そして実弾」

「だけど、いったい誰があなたを殺したいと思うの？」アイリーンが間をおいた。

「ハワイに駆け落ちした二人？」

「いや、そうじゃない。ぼくが入院しているあいだ、チェスターがみずから私立探偵となって調べてくれた。シャーロック・ホームズにたのまなくても容疑者は見つかったよ。満員の観客の前でぼくを殺したいほど憎んでいる人間はたったひとりしかいなかった」

「そうだわね。あなたの友だちでもありパートナーでもあった人、ゲディングズ」アイリーンが言った。

「そう……ご明察だ」

「あなたは彼がずっと前からなりたかった、観客をわくわくさせるマジシャンになった。スター・マジシャンに」

「彼はぼくを技術面で成長させてくれたが、自分の創造物に嫉妬したんだ」

「ゲディングズがあなたを創造したわけじゃないわ、オリヴァー。あなたの才能はあなたのもの。あなただけのものよ。たしかに彼はあなたが技術面を完成させるのに力を貸したかもしれないけど、あなたは彼がいてもいなくても成功したはずだってことに気がつかなければいけなかった。でも、それができなくて、そこまで嫉妬してしまったのね。どれだけ技術面で優れていたにせよ、彼はあなたみたいなスターにはなれなかったはずよ」

「とにかく彼はぼくのスター生命を完全に終わらせてくれたよ」

「その彼はどうしたの？」

「ゲディングズか？　その数日後に死んだよ。医者が、ぼくは死ぬか脚を失うかのどちらかだと結果を告げた直後に」

「どうやって？」

「銃にまた何発か実弾をこめて頭を撃ち抜いた」

「自殺なのね」

「妻と息子ひとりを遺してね」

「奥さんと子どもは彼が何をしようとしたか知っているの？」

「いや」オリヴァーが言った。「二人にそれを言ってもはじまらないよ。で、チェスターとぼくは事故説に異論を唱えないことにした」

「ほかの助手たちは？　感づかなかったの？」

「ウィリーは間違いなく感づいていた。ほかにもたぶん何人かは。だが、ぼくたちはそれについては何も話さなかった」

「ショービジネス・ファミリーの秘密？」

「まあ、そんなところだね」

「ゲディングズの奥さんと子どもはどうしたの？」

「ゲディングズの遺産はごくわずかだった。お金について無頓着な男だったんだよ」

オリヴァーは空になったグラスを置いた。「二人の生活費はぼくが出している」

アイリーンが微笑んだ。「もちろん、あなたならそうでしょうね」

51

つぎの日の夜、ジュリアン・エンライトがニック・トレメインとともに仄暗いホテルのラウンジのブースにすわっていると、遠くでサイレンが聞こえた。バーニング・コーヴに到着して以来、はじめて聞くサイレンの音だ。それはおそらく、ホテルが町からほぼ一マイルはずれたところに位置しているからだろう。おかげで緊急車両が鳴らすサイレン音が耳に届く確率が低い。だが、夜を引き裂くサイレン音がホテルに向かっている確率はそのぶん高くなる。

彼はマンハッタンのグラスを口に運ぼうとしていた手を止め、ラウンジに入ってすぐに確認しておいた出口に一瞥を投げる。それは暗い通路の端、男性用トイレを通り過ぎたところにあった。

仕事であろうがなかろうが、ジュリアンは閉ざされた空間に入ったら必ず、少なくともひとつは脱出ルートを頭に入れておく。万が一、まずい状況になったときに使うためだ。この仕事をはじめたとき、父親に指示されてはじめたことだが、そのおかげで一度ならず命拾いしたことは認めざるをえない。

「いったいなんだろう？」ニックが言った。

夕食時から間断なくカクテルを飲みつづけている彼は呂律が回らなくなっている。けたたましいサイレンがぴたりとやんだ。

ジュリアンはカウンターのほうに目を向けた。ウィリーが電話に手を伸ばしている。小声でひとことふたこと話し、受話器を置いた。

「お客さまはどうぞご心配なく」ウィリーが落ち着き払った声で告げた。「火事ではありません。ヴィラのひとつで事故が起きたようで、救急車が到着いたしました。ご心配にはおよびません」

しかし、彼女の表情にはただならぬものがある、とジュリアンは思った。

「くそっ」ニックがつぶやいた。「たとえまた女が死んだとしても、ぼくはひと晩じゅう、きみといっしょにいたからな。そうだろう？」

「ああ、わかってるさ」ジュリアンは言った。

本当のことだった。

ジュリアンはウィリーから目を離さずにいた。冷静にプロらしく振る舞おうとがんばっている。だが、間違いなく何やら心配でたまらないのがジュリアンにはわかった。窓の外を何度となくちらちらと見ている。高い生け垣と化粧漆喰の塀が庭園を囲んでいるため、何も見えるはずはないのだが。

何がどうなっているのか、好奇心たっぷりの野次馬が何人か、飲み物を手に外へ出ていく。ウィリーの姿もしばし見えなくなった。まもなく戻ってきた彼女の表情はなんとも暗かった。

サイレンがまた鳴りはじめた。

数分前に出ていった数人の客が戻ってきた。噂はたちまち混みあう客のあいだを駆け抜けた。男が二人、カウンターに行き、飲み物のお代わりを注文した。二人はともに三十代だが、ひとりは禿げかかり、もうひとりは安っぽい仕立ての上着を着ている。体の線にぴたりと沿った黒いドレスにハイヒールの美人が二人のあいだに割って入った。

「いったいなんの騒ぎだったの？」女がねっとりとした口調で尋ねた。

男二人はわれ先に質問に答えようとした。

「誰かが言ってたが、救急車はオリヴァー・ウォードのヴィラに行ったそうだ」髪の薄い男が女の気を惹きたいのか、確信をこめた口調で言った。「階段から落ちたとか」

「意識不明で倒れていたところを発見されたが」安っぽい上着の男が付け加える。「大量に出血していたらしい」

ジュリアンは耳をそばだてて聞いていた。

「救急隊員が誰かに言っていたが、ウォードはどこかを骨折したようだが、心配なのは頭部の怪我だそうだ」髪の薄い男がさらに付け加える。「これから病院へ搬送するが、命を取りとめるかどうかはわからないと」

「気の毒に」安っぽい上着の男がかぶりを振った。「このあいだ倉庫の火事で生き延びたっていうのに、今度は階段から落ちたのか」

「しかし、なんのために不自由な脚で階段を上り下りしていたんだろうな」髪の薄い男が考えこんだ。

安っぽい上着の男がにやりとした。「十中八九、二階の客人への深夜の訪問だよ。救急車を呼んだのは彼女だと聞いたからね。彼女も彼に付き添って病院に行ったそうだ」

「女か」髪の薄い男が言った。「女には気をつけないとな」

ウィリーは白いタオルを目のあたりに押し当てている。まもなくもうひとりのバーテンダー——中年の男——に何か言い、脇のドアから出ていった。

ジュリアンはカウンターに行った。

「なんにいたしましょうか?」バーテンダーが聞いた。

「マンハッタンをもう一杯」ジュリアンは言った。「友だちの分もたのむ。いましがた何か事故が起きたと聞いたが」

「ええ。たったいま、ボスが病院に運ばれたと聞いたところです」

「もうひとりのバーテンダーはどうして出ていったの?」

「ウィリーですか。彼女は病院まで車で行って、容体がどれほど悪いのか、自分の目で見てくると言ってました。命を取りとめるかどうかわからないということですんでね。もしそんなことになったら、私たちはみんな職探しをしないことには」

バーテンダーがカウンターに二杯のマンハッタンを置いた。ジュリアンはそれを手にブースに戻った。ニックはグラスを受け取り、ぐっとひと口飲んだ。

しばしののち、ジュリアンはぐでんぐでんに酔っ払ったニック・トレメインを彼のヴィラまで送り届けた。あえて明かりはつけず、トレメインをそのままベッドに倒れこませた。

トレメインが何やら意味不明なことをつぶやく。

ジュリアンは立ち止まった。「なんだい？」

「いつあの忌々しい記者を片付けてくれるんだ？」

「もうすぐだ」

「たのむぞ」

ジュリアンは静かに夜の闇のなかへと姿を消した。

52

真っ暗なヴィラを照らす明かりは唯一、月の光だけだが、廊下の先のようすさえわかればじゅうぶんだ。ジュリアンは小型の懐中電灯を持ってきている。本格的な探し物に取りかかる際はそれを使えばいい。だがまず、このヴィラのおおまかな見取り図を頭に入れておきたかった。

彼は中庭から侵入した。裏口の錠前は頑丈なものではあったが、たんなる普及品だった。マジシャンともなれば、もっと高級な錠前を取りつけてもよさそうなものだが。

足早に廊下を進みながら出口を確認した。出口は何カ所かあるが、どれもヴィラを囲む庭園に通じている。庭園から抜け出る出口は二カ所のみ——正面の門と裏門だ。二階の客室には、幅の狭いしゃれたバルコニーがついている。いざとなれば、その手すりを乗り越えて庭園に下りることができる。

出口をすべて確認したことでひと息つき、客室をぐるりと見わたした。戸棚に掛かっている服や鏡台の上に並んだものを見れば、ここは間違いなくアイリーン・グラッソンが使っている部屋だ。

手帳がうまいぐあいに鏡台の抽斗やマットレスの下に隠してあるとは思えないが、それはなんとも言えない。隠し場所を選ぶとなると、人間は奇妙な選択をするものだ。ふとヘレン・スペンサーを思い出した。彼女の屋敷には立派な金庫があり、破るのに数分かかってしまったが、中には首飾りしか入っていなかった。あのときジュリアンはその首飾り——宝石は最高級品だった——を失敬することも考えたものの、彼はスペンサーのことをいろいろと知っており、それが盗品だと確信があった。彼に宝石売買の地下組織とのつながりはなかった。信頼できる故買屋を見つけるとなると、それはそれで危険きわまる仕事になる。父親が承認してくれるはずがなかった。それに、金ならもう必要ないのだ。

手帳がこの寝室にはないと判断したところで、つぎは階下を探すことにした。最初にざっと下見をした際、マジシャンの書斎に置かれた金庫が目に留まったが、スペンサー邸での教訓を思い出し、金庫は最後に回すことにしたのだ。ドアの錠前と違い、金庫のそれは最新式で見た目も洗練されたものだ。いい兆候だ。

貴重品が入っているのだろう。

鞘からナイフを引き出して床の上、手を軽く伸ばせば届く位置に置いた。ついで聴診器を取り出し、作業に取りかかった。

くぐもったカチッという音がついに聞こえ、ジュリアンの全身にぞくぞくっと期待感が広がった。深く息を吸いこみ、扉を開ける。中に厚い封筒が見えた。

ジュリアンはその封筒を取り出し、折り返し片を開いて、懐中電灯のスイッチを入れた。

入っていたのは革装丁の手帳。

それを取り出し、ぱらぱらと頁を開くと、懐中電灯の明かりを数頁に当てた。数字と方程式がぎっしりと書かれている。勝利の喜びに全身が震えた。ついに手帳を手に入れたのだ。まずはこれを父親のもとに無事に届け、その後再びバーニング・コーヴに戻ってきて、ゆっくり時間をかけてアイリーン・グラッソンを始末するのもいいかもしれない。さんざん面倒をかけてくれた女だ、じゅうぶんな罰を受けてもらわないことには。

金庫の扉を閉めて、ナイフを拾い、立ちあがった。

「待ちかねたよ、エンライト」

ウォードの声が廊下の暗がりのどこからともなく聞こえてきた。

ジュリアンの全身が凍りついた。仕掛けられた罠にまんまとはまったことに気づき、パニックに襲われた。

「どこにいる、ウォード？　出てこい、この野郎」

返事はない。

決断しなければならなくなった。書斎からの脱出路は二通り。廊下に出るか、あるいはガラス戸から中庭に出るか。しかし、ウォードひとりだけが相手とはかぎらない。

「たちまち全快ってことか。おめでとう」ジュリアンは言った。「バーで耳にした噂じゃ、死にかけていたが」

「逃げても無駄だ」ウォードが言った。「ヴィラの出口はすべて固められている」

ジュリアンは耳をすました。ウォードの声はリビングルームから聞こえてくるようだ。おそらく武装しているのだろう。もし警官の配備について出まかせを言っているのでなければ、脱出可能なルートはひとつ残らず警備が固められていることは間違いなさそうだ。

となれば、最後は絶対確実な作戦でいくほかない。ジュリアンがその手を使ったと知れば、父親が喜ぶはずはない。衝動的な行動に走る傾向について、また退屈な説教を聞かされることになるが、いまのこの状況は、なぜ彼がその免許証を携帯しているのかを説明するのにもってこいの状況と言えよう。

ジュリアンは書斎の戸口に行った。

「いいか、ウォード、これから両手を上げて出ていく。これはすべて大きな誤解だ」

「だったら誤解を解いてもらおう」ウォードが言った。「きみを雇ってヘレン・スペンサーを殺させたのは誰だ？」

「ぼくは彼女を殺してはいない。ぼくはニューヨークから来た私立探偵だ。免許証もある。いま見せる。エンライト調査事務所という会社に所属している。家族がやっている会社だ。われわれはあんたがアイリーン・グラッソンとして知っている女を探すようにとの依頼を受けた。その女がある手帳を盗んだそうだ。ちなみに、女の本名はアナ・ハリスという」

「きみを雇ったのは誰だ？」

「依頼人はある外国政府の代理人だとだけ言っておこう。その政府が手帳を無条件で買い取ってくれることになっている」

「ソルトウッド研究所については？」

「なるほど。あんたも独自にいろいろ調べたようだな。残念だが、ソルトウッドはF

BIの協力を求めるという間違いを犯し、そのせいで捜査は行き詰まった。Gメンはいま震えあがってるよ。最大の恐怖はもちろん、アサートンの手帳が非友好国の権力者の手に落ちることだ」

「それがまさにきみの狙いなんじゃないのか?」

ジュリアンはたまらないじれったさを必死に抑えこもうとするが、苛立ちはつのるばかりだ。このへんにしておかなければ。

「あくまでビジネスだ。手帳はいちばんの高値をつけたところに行く。あんたの計画もそういうことじゃないのか? ただ、アサートンの手帳ほどの逸品を買える金持ちを見つける術はあんたにはない、そこが問題なんだろう。しょせん宿屋の主人だからな。それにひきかえ、エンライトには買い手が行列をつくっている。実際、競売の様相を呈しているよ。あんたがその気なら交渉に応じてやってもいいが」

「ぼくが手帳を売る算段をしていると思っているのか? いったいどこからそんな考えが?」

「ぼくはばかじゃない。あんたは手帳に途方もない価値があると踏んだはずだ。売るとすれば、エンライトの協力が必要になる」

「興味がある。聞かせてくれ」

ジュリアンは安堵のあまり、頭がくらくらした。これでなんとか身の安全は確保できた。すると、にわかに全貌が見えてきた。彼は罠にはまった。そう、それは間違いない。だが、最初に思ったような罠ではなかった。このヴィラを包囲している警官などいないのだ。もしいるとすれば、ウォードが取引の話などもちだすはずがない。

ジュリアンにかすかに笑いを浮かべる余裕が生まれた。**あんたは自分のしていることがわかっちゃいないんだよ、この間抜け野郎が。あんたは最後の演技をしくじって、あやうく死にかけた、たかが用済みのマジシャンにすぎない。今度のことはあんたには歯が立たないだろう。これからエンライトのビジネスを見せてやる。**

「値段はどれくらいを考えている?」ジュリアンは言った。

「殺人も厭わない値打ちがある手帳だということは知っている」ウォードが言った。「となれば、きみを雇った連中にとっても莫大な価値があるというわけだ」

「十万ドル」ジュリアンがどこからともなく数字を引き出した。

「まだまだだな。最低でも二十五万ドル」

「これはまた大きく出たな」ジュリアンが言った。「ホテルをもうひとつ買うつもりか?」

ジュリアンは不承不承といった口ぶりを装ったが、押し寄せてくる歓喜の波が声から察知されないためにはそうするほかなかったのだ。

「ルーサー・ペルに二十五万借りている」ウォードが言った。

なるほど、そういうことか、とジュリアンは納得した。

「どうしてあんたみたいな抜け目ない男がそんな深みにはまった？　ペルってやつはマフィアとのかかわりもささやかれているが」

「細かいことを知ってもはじまらないだろう。きみの依頼人はこの値に文句をつけてくるだろうか——手帳にきみが考えているほどの値打ちがあるなら、それはないはずだ」

「こいつの値打ちは計り知れない。ぼくを信じてくれ」

「わかった。それじゃ、取引成立だな。カネを受け取ったら、そのときに手帳を渡す。それまではそこの金庫の中に入れておく」

ウォードは金庫が破られたことに気づいていない。手帳はまだ中にあると思っている。

ジュリアンは願ってもない幸運にぼうっとなった。安堵がもたらす天にも昇る心地が彼の血に火をつけた。

「了解」口調をある程度冷静に保つだけのことに必死だった。「朝一番でボスに電話を入れることにする。おそらく競売の場をつくらなければならないはずだ。あれやこれやで少し時間がかかるが、まあ二日も見れば大丈夫だ」

「いいだろう。だが、それまできみにはこのホテルに引きつづき滞在してもらう。きみから目を離すわけにはいかないからな。敷地から一歩も出ないように」

「わかった」ジュリアンは答えた。

「うちの警備員たちが見張っているからな」

「どうぞ」

ジュリアンは、ナイフの柄にかけた右手をいつでも自由に動かせるように握りなおした。取引が成立したいま、標的が一気に不注意になる可能性はきわめて高い。莫大な金についての交渉は人間をそうさせる傾向があるのだ。とりわけ、相手はペルのような胡散臭い人間とのあいだに問題を抱えている男ときている。

さあ、行くぞ、間抜け野郎。こっちに必要なのはほんの一瞬の隙だ。

「それじゃ、これでもういいのかな？」ジュリアンは訊いた。

「そうだな。じゃあ、また明日」

「わかった」

くそっ、落ちぶれマジシャンめ、とジュリアンは思った。

薄暗い廊下を進み、リビングルームに達したとき、突然息を凝らした。ウォードが取引をしたいと嘘をついた可能性もなくはない。しかし、まあ、考えにくい。死にもの狂いで手帳の買い手を探していなければ、罠を仕掛けたりはしなかったはずだ。射しこんだ月明かりがつくる楔形を足早に抜け、リビングルームを横切った。そこを通るときが相手からいちばんよく見える、すなわち無防備な状態に陥る瞬間だからだ。もしウォードが彼をだましていたとすれば、台所の暗がりに達するまでの一、二秒のあいだに銃弾が飛んでくるはずだ。

明かりは見えない。銃声も聞こえない。

ついに真っ暗な玄関ホールまで来た。いったん立ち止まってリビングルームのほうを振り返る。中庭に向かって開いたガラス戸を背にした人影がくっきりと見えた。ウォードの杖がタイルの床をそっと打つ。タイル張りの床を靴底の革がこする耳障りな音も聞こえた。

よし、いまだ、とジュリアンは思った。

投げたナイフは速く鋭く、ウォードによける間を与えなかった。

刃が命中し、人影に深くぐさりと刺さった。

標的はどさっと重い、最期を伝える音とともに倒れこんだ。杖がカタカタと音を立て床に転がる。

ジュリアンは死亡確認のために時間を無駄にしたりしなかった。己の技巧と才能を信じていた。ウォードがもしまだ死んではいないとしても、誰かがナイフを抜いたとたんに大量の出血がはじまる。

ジュリアンは夜の闇をめざして全力で駆けだした。手帳は奪還したが、死体がある。それは問題だ。最優先すべきはここからの脱出。ウォードの車がヴィラの正面に駐車してある。カリフォルニアで最速の車だ。

通りを走って横切り、車のドアを開けた。ジュリアンは、必要とあらばキーなしでもエンジンをかけられるが、そのために時間を無駄にしなければならないという心配はしていない。キーを差したまま駐車しておくことも珍しくはない。犯罪とは無縁のバーニング・コーヴのような小さな町ではその確率は二倍だろう。それだけではない。オリヴァー・ウォードの車を誰があえて盗むというのだ？　町の人間はひとり残らず、ひと目でそれとわかる車だ。しかし、ロサンゼルスに行けば、誰もが知っているなどということはありえない。夜明けにはもうロサンゼルスに到着しているはずだ。

失望せずにすんだ。思ったとおり、キーは差したままだった。幸運はまだつづいている。

運転席に乗りこみ、キーを回した。大型エンジンが猫が喉を鳴らすような音とともに動きはじめた。

霧が立ちこめる曲がりくねった道路を百マイルも走らなければならないが、運転にかけては巧者だ。霧もさほど濃くなければ、ほかの車の運転手が乱暴な運転をしないことを考えれば、けっして悪くない。

ジュリアンはスマートな車を巧みに操り、静かにヴィラをあとにすると、クリフ・ロードに入り、そこからはスピードを上げた。

ホテルの部屋に高級な服を何着かとそのほかにも愛用の品をいくつか置いてくるほかなかったが、そういうものはたやすく代替えの品を手に入れられる。いまはとにかく、この手帳を一刻も早くニューヨークに届けなければ。ロサンゼルスに着いたら、飛行機でニューヨークに向かう。そして無事父親にアサートンの手帳を渡したら、すぐまたカリフォルニアに取って返し、時間をかけてアイリーン・グラッソンを始末しよう。

53

ジュリアンの運転する車が三十分ほど走ったとき、べつの車のライトがバックミラーでほんの一瞬ぱっと光った。

この霧をついて走る車がほかにもいるのか。だからといって、あわてる必要もないな。

アクセルを緩やかに踏みこみ、きついカーブを抜ける。

五分が過ぎた。さらに十分。後方の車のライトがほんの短いあいだ、バックミラーに映ったライトは見えなくなった。ジュリアンはまたアクセルを踏みこむ。するとまたライトは見えなくなった。

スピードを上げると、ほとんど同時に前方に鋭いカーブが見え、ブレーキをかけざるをえなくなった。タイヤが抗議のきしり音を上げた。舗道のへりに柵はない。もし一歩間違えれば、高い崖から転落しかねない。水際の岩場に真っ逆さまだ。

つぎのカーブをやや速すぎる速度で抜けるや、すぐまたブレーキを踏んだ。バックミラーにちらりと目をやる。ライトは見えない。

サイレンの音も聞こえない。後方の車は彼に追いつこうとしているわけではなさそうだ。警察じゃない、と自分に言い聞かせた。あいつも朝までにロサンゼルスに着こうとして深夜をものともせずに突っ走っているだけだ。

バーニング・コーヴを脱出する快感は色褪せた。

全身が汗ばみはじめたが、自分が運転しているのはカリフォルニアで最速の車なんだと気を取りなおした。ボンネットの下には底知れぬパワーが。どんな車にだろうが追いつかれるはずがない。

54

「もっと速く」ルーサーが言った。「この霧だからといって、やつを見失うわけにはいかない」

「もし彼がニューヨークに戻ったら」アイリーンが言った。「警察もＦＢＩも手を出せなくなってしまう」

「大丈夫。けっして逃がさないさ」

三人が乗っているオールズモビルはチェスターのもので、チェスター流の改造が施してあるが、速度では改造型コードに遠くおよばない。スピードは必要ない、とオリヴァーは考えている。肝心なのは、コードを見失わない、その一点だ。だが、見失うなどありえない。曲がりくねりながらつづくクリフ・ロードでいちばん必要とされるのは、運転技術と数えきれないほどのカーブをどれだけ知り尽くしているかだ。

オリヴァーが運転しているのは、彼の運転技術がいちばん高いとほかの二人が同意したからだ。ルーサーが助手席にすわっている。計器盤が発するわずかな光を受けたその表情は緊張しているように見える。後部座席にすわるアイリーンはフロントシートの背もたれに身を乗り出して前方に目を向けている。

「もしやつが脇道に曲がりこんだら——」ルーサーが言った。

「それはないよ」オリヴァーが言った。「ぼくはあいつという人間をわかっているが、彼は勝ったと思っている」

仕掛けた罠の第一幕はすんなりと進んだ。準備の時間がごく短かったことを考えれば、驚くほどうまくいったとオリヴァーは思っていた。実際、試演はできなかった。エンライトのあらゆる動きを予測しながら、オリヴァーとルーサーがヴィラで立ち稽古を数回繰り返した程度だ。チェスターは倉庫から昔の小道具を二、三引っ張り出してきて、手を加えた。そのほか、ナイフが刺さったり銃弾が撃ちこまれたときに人間の肉に近い音を発する素材を人形に詰めた。

ヘレン・スペンサー殺しの現場のようすをアイリーンから詳しく聞き、オリヴァーは犯人はおそらくナイフを使うと予測した。音を立てないで仕事ができるからのみならず、彼はナイフによる殺人が好みだからというのがその根拠だ。とはいえ、エンライトが凶器として何を選ぶかは大した問題ではなかった。

ウィリーは演じる役について大まかな説明を聞いただけだが、みごとに演じてのけた。昔取った杵柄だな、とオリヴァーは受け止めた。ウィリーはおそらく演技を楽しんでもいたのだろうという気もした。

宿泊客の何人かはアイリーンが担架のあとについて後部扉から救急車に乗りこむのを目撃した。その姿はヒステリックに泣いているように映ったようだ。夜間にヴィラへの急行演習をしてほしいと救急隊員を説得するのは意外と簡単だった。オリヴァーから病院の経営陣に、ホテルの夜間の緊急通報に応じる演習をしてほしいとたのんだのだ。一方で病院への多額の寄付の申し出をし、運転手ほかの隊員に時間外手当を支払ってもいた。

すべてはたったひとりの観客のために仕組まれた芝居だったが、幕が上がるまでエンライトがそこに参加してくれるかどうかは知りようがなかった。

ルーサーとともにエンライトを追跡してクリフ・ロードを走るに当たっては、きみは置いていくとアイリーンを説得しようとしたが、無駄だった。

「やつめ、またスピードをあげやがった」ルーサーが言った。「こっちに気づいたようだな」

「わたしたちが誰だかはわかるはずがないわ」アイリーンが言った。「だって、オリヴァーは死んだか、死ななくても重傷を負ったと思っているもの」

「あいつは利口だ」ルーサーが言った。「もしかしたら罠にはまったと感づいたのかもしれない」

「もしそうだとすれば、なおいっそういちかばちかの勝負に出てくるはずだ」オリヴァーが言った。「楽しみだ」

ルーサーが彼に一瞥を投げた。「やつは衝動的なタイプだと言っていたな」

オリヴァーが緩やかに加速した。

前方にエンライトが盗んで逃げた車のライトが霧にかすんで見えたが、カーブを曲がったところですぐに見えなくなった。

55

ジュリアンにしてみれば、予兆らしきものはほとんどなかった——これまでは切れのよかったハンドルがやや甘くなった程度か。

運転しているのはオリヴァー・ウォードの車だ。驚嘆に値する工学技術を具現化した車。ハンドルに不具合が生じるはずがなかった。ありえない。

ウォードは今夜、彼を一度だましはしたが、彼がこの特注の車を奪うとは考えてはいなかったはずだ。

あえてオリヴァー・ウォードの車を盗む人間などいないからだ。

いや、いい。

おれ以外には。

つぎのカーブに差しかかったとき、スピードが出すぎていた。ブレーキを踏みこむと同時に、ハンドルを大きく切らなければならなかった。タイヤが甲高い音を上げる。

突然、ブレーキもハンドルも効かなくなった。カーブだというのに、スピードが抑えられず、運転がままならない。

つづく恐怖の瞬間、カリフォルニアで最速の車は宙に舞い、眼下には断崖絶壁が。にもかかわらず、今回は標的を侮ったこと、いまの状況に脱出作戦はないことに気づくだけの時間はあった。

ジュリアンは悲鳴を上げた。これまで多くの標的が上げるのを耳にした悲鳴と同じだ。命乞いをしたかったが、聞いてくれる人間は誰ひとりいなかった。

意識を失う前、最後に頭に浮かんだのは、自分が死に向かって突き進んでいるはずがないということだった。ありえない。標的にかつがれるなどありえない。おれはジュリアン・エンライトだ。

56

アクセルを踏んでカーブを曲がりきったオリヴァーは、コードのライトが見えないことに気づいた。

ルーサーが言った。「脇道を見つけたのかもしれない」

「このあたりにはない」オリヴァーが言った。

「わたしたちを大きく引き離したってことも考えられるわ」アイリーンが言った。

オールズモビルのヘッドライトが黒々としたタイヤの滑り跡を浮かびあがらせた。

「そうは思えないな」オリヴァーが言った。

オリヴァーはブレーキを踏み、車を路肩の幅の狭い待避所に入れて停めた。ドアを開け、杖と懐中電灯をつかむと外に出た。しばし耳をすまして立っていた。聞こえるのはただ、崖下の岩場で砕ける波の音だけ。

オリヴァーはホルスターから銃を取り出した。ルーサーとアイリーンも車を降りて、彼のあとについた。ルーサーが銃と懐中電灯を取り出す。アイリーンも小型拳銃を握りしめた。

「さがってろ」オリヴァーがアイリーンに言った。「たのむよ。もしまだ生きていたとしたら、やつは銃を持ってる」

まもなくコードが見えた。はるか下の岩場に転がるぐしゃりとなった金属塊がそれだ。あたりにはガソリンのにおいが強烈にただよっていた。

ジュリアン・エンライトは車外に放り出されていた。車の残骸からそう遠くない岩の上にいる。首が不自然な角度に曲がっている。

ルーサーがオリヴァーを見た。「きみの言ったとおりだな。あいつは間違いなく衝動的なタイプだ」

「わかりやすいやつだった」オリヴァーが言った。「誰よりも自分がいちばん頭がいいと信じこんでいた。人を操る名人だったんだ。そういう連中は自分が操られるなんてことは端から頭にない」

「偽の手帳はどうなったの？」アイリーンが訊いた。

「あれを持ってヴィラを出ていった」オリヴァーが言った。「間違いなくあの残骸の中にあるはずだ」

「下りて回収してくるよ」ルーサーが言った。

アイリーンがちらりと彼を見た。「そんな必要があるかしら?」

「確認の必要がある」オリヴァーが言った。「ぼくはこんな脚だから下りてはいけないんでね」

「そこで私の出番だ」ルーサーが言った。「ロープを取ってくる」

ルーサーが車に戻り、トランクを開けて長いロープを取り出した。上着を脱ぎ、運転用の手袋をはめる。

アイリーンは、オリヴァーが両手でロープを扱えるように、懐中電灯をしっかりと持った。

ルーサーが崖を敏捷な動きで這いおりていった。最初に死体に近づいた。エンライトの喉もとに指先を当てたあと、崖の上を見あげて首を振った。つぎにエンライトの服を調べ、財布を取り出した。中身をしばらくぱらぱらとたしかめてから、エンライトの上着のポケットに戻した。

ややあって偽の手帳が入った封筒を見つけた。

崖を登って二人のところに戻ってきたルーサーは、封筒から手帳を引き出してオリヴァーに手わたした。

「これが無事だったとは驚きだな」オリヴァーが言った。

ルーサーが彼を見た。「それは始末しておかないとな。無用な質問はされたくない」

オリヴァーは崖下を見おろした。ガソリンのにおいがなおいっそう強烈になった。

「マッチを持ってるか？」

「ああ、もちろん」

ルーサーは光沢のある黒のマッチブックを差し出した。表側に金の文字で**パラダイス・クラブ**と印刷されている。

オリヴァーはマッチを擦り、手帳の紙に火をつけた。そして手帳が燃えはじめたことを確認すると、それを崖下の車の残骸めがけて放り投げた。

改造型コードが爆発、炎に包まれた。

「現場の後始末には火がいちばんだ」ルーサーが言った。

57

〈カーサ・デル・マル〉のリビングルームに四人が集まった。オリヴァーはいつもの大きな椅子にすわっている。ルーサーが自分のウイスキーを注いでいる。チェスターは心血を注いだ創造物を失ったことを知り、悲嘆に暮れている。

アイリーンは安堵しながらもいまだに震えが止まらず、そわそわと室内を行ったり来たりしていた。長かった四カ月ののち、彼女をカリフォルニアまで追ってきた悪夢がついに終わったわけだが、信じがたかった。

「警察に電話をした」オリヴァーが不自由なほうの脚をぐいと伸ばした。「何者かがぼくの住まいに侵入して、金庫を破り、車を盗んで逃げたが、その間ぼくは緊急通報時の訓練で忙しかった、と説明しておいた。崖下の車の残骸と死体が発見されれば、ぼくがホテルの宿泊客であるエンライトの身元確認をすることになるだろうな。酒を飲みすぎて、いたずらをしたくなったんじゃないかとでも言っておくよ」

「遺体の引き取りに誰が現われるのか興味があるわ」アイリーンが言った。

「たしかに」オリヴァーが言った。「だが、裕福な一族ともなれば、遺体の引き取りと東部までの移送を代理人に依頼することが多い」

「悲しみで身も世もないほど取り乱した父親が、いてもたってもいられなくなって、西部まで駆けつけてくるんじゃないかしら。とりわけ、もしかしたら息子が探していた手帳を手に入れたかもしれないと思っていたら」

「もしもエンライト家の人間が現われたとしたら、彼もしくは彼女が焼け焦げた死体と手帳を受け取るのを確認しよう。紙の頁は焼けてしまっているだろうが、おそらく表紙はいくらか残っているはずだ。革はそう簡単には燃えないからな」

アイリーンは彼を見た。「贋物だと気づかれるかもしれないと思っているのね?」

質問に答えたのはチェスターだった。「いやいや、自分で言うのもなんだが、それについてはきっちり計算して完璧な仕事をした。あそこに書かれていた内容は専門家がいなければ解読できないし、その専門家も中身を実証するためにはほぼ全文が残っていなければ無理だ——つまり、焼け残った革表紙と黒焦げの頁だけではどうにもならない」

オリヴァーは読書用椅子に深く体を沈め、両手のひらでウイスキーのグラスをゆっくりと回した。「イリュージョンはいいね。必要とあらば観客を欺ける」

チェスターがオリヴァーを見た。「本物の手帳はまだきみの手もとにあるわけだが、それはどうする？」

「それについては考えがある」オリヴァーが言った。「それからもうひとつ。ウィリーやそのほか何人かはホテル泥棒の容疑者を捕らえるのに協力したとわかっている。泥棒がぼくの車で逃走したことも知っている。だから、朝になって警察が事故現場を調べれば、泥棒がコードを運転して崖から転落したことになる。誰もが運転ミスと考えるはずだ」

チェスターが肩をすくめた。「狙いどおりだ」

ルーサーがウイスキーのグラスを手にゆったりと壁にもたれた。「その点はまったく問題ないさ。あの車が独特だってことは誰もが知っている。だから、ほかの人間には絶対に運転させなかった。危険すぎるからな」

「また一件、酒酔い運転による事故が起きただけさ」チェスターが言った。

「その事故がプロの殺し屋をひとり片付けた」オリヴァーが言った。

「そうするほかなかったからさ」ルーサーが付け加えた。「なんとしてでもやつを逃がすわけにはいかなかった。舞いもどってくるかもしれなかったんだ」

アイリーンは三人を見た。とんでもない危険を冒したいま、四人は暗黒の秘密で永遠に固く結ばれた。オリヴァーとチェスターは土壇場になって、カリフォルニア最速の車のブレーキとハンドルにちょっとした細工を加えた。逃がすわけにはいかなかったからだ。

「ウイスキー、もっとどうだ？」

58

彼女がベッドを出た気配を感じた。

彼は目を開けて、彼女がローブをはおり、足音を忍ばせてドアから出ていくのを見ていた。暗い廊下に彼女の姿が消えた。

彼は上掛けをはいで起きあがると、肩をすくめてローブをはおり、彼女と同じように部屋をあとにした。

彼女はリビングルームで庭園とプール、さらにその向こうに広がる海原を見つめていた。曙光が空を染めはじめている。

彼は彼女の後ろに行き、両手を彼女の肩においた。手のひらから彼女の緊張が伝わってくる。彼は張りつめた筋肉をやさしくもみはじめた。

「あなたを起こすつもりはなかったのに」彼女が言った。

「ペギー・ハケットのことを考えているんだろう？」彼が訊いた。

「エンライトが死んだいま、ペギー・ハケット、グロリア・メイトランド、デイジー・ジェニングズ、それにもうひとり、一年ほど前にシアトルで死んだベティー・スコットのことを考えずにはいられないの。決定的な証拠がつかめていないことはわかっているし、それがどんなことか見当もついていないんだけれど」

「つまり、トレメインが彼女たちを全部殺したことを立証できる証拠か？」

「ええ。でも、女性がもうひとり死ぬのを待たなければ、新しい切り口や新しい情報を得ることができないかと思うと恐ろしくて」

「わかるよ」

彼女が片手を伸ばして彼の手を握りしめた。「そうよね」

二人はしばらくそのままじっと立っていた。

「早かれ遅かれ、きっともうひとり女性が死ぬんだわ」やがて彼女が言った。

「確信があるのか？」

「パターンがあるのよ」

「マジシャンとして学んだことのひとつが、人間の頭はパターンに気づくと錯覚を起こすことがあるってことだ。パターンを見つけたいなら、ふつうはその方法を探す。それが人間の本性だ。そのことだけにたよっているイリュージョンはたくさんある」

彼女が彼のほうを向いた。「四人の女性が死んだ。彼女たちは全員が形こそ違えニック・トレメインにつながっている。これはイリュージョンじゃないわ。パターンよ」

「このところ、きみはその問題から少々意識がそれていた」

「そうなの」

「このへんで原点に戻って、きみのメモに書かれている事項をすべて曇りのない目で見てみたほうがよさそうだ。見えたと思っているパターンを探すのはやめて」

「それじゃ、何を探せばいいの？」

「新しいパターンだ」

彼女はそれについて考えをめぐらした。「あなたの言うとおりかもしれない。名案が浮かばないわけじゃないんだわ。わたし、最初から堂々巡りばかりで、結局同じ疑問に戻ってしまっていたの。一からやり直せば、たぶんいままでとは違う見方ができそう」

「同じ疑問とは？」

「ニック・トレメインがハリウッドに現われてからの二年間に、彼の名前は何人もの女性と関連づけられてきた。でも、謎めいた死を遂げたのはそのうちの四人だけ。そこで疑問になるのは、殺された彼女たちは何を知っていたのか？」

「いい疑問だ」

彼女は両腕を彼に回した。彼の腕も彼女を包みこみ、きつく抱きしめた。

59

二人は中庭で朝食を摂った。新鮮なメロン、スクランブルエッグ、トースト、そして大きなポットに入ったコーヒー——すべてが魔法のように運ばれてきた。

「ルームサービスに抵抗がなくなってきたわ」アイリーンが言った。

「これにはこれの利点がいくつもあるからね」オリヴァーが言った。

「とりあえずは警察がエンライトの身元確認をして、家族に知らせるのを待つのね。彼が詐欺師だってことが判明したらどうなるのかしら？」

「ぼくの車で崖から転落した男がジュリアン・エンライトの身元を盗んだって可能性もあるが、どうだろうな」オリヴァーが言った。「考えてみれば、あまりに危険だ。カリフォルニアに休暇で来ているエンライト家と同じ社交界に属する人間と鉢合わせする危険はつねにあるからね。理由はそれだけじゃないが、ぼくはあいつは名乗っていたとおりの人間だとの確信がある」

「彼の傲慢さから見て？」

「富と特権の下に生まれたがために、殺人を犯しても逃げおおせると考える男だった」

「それと諜報活動ね。国家の重大機密を他国に進んで売り飛ばす。殺人者であると同時に売国奴ってことだわ」

「そのとおり」

オリヴァーはコーヒーを飲み終わると、アイリーンの唇に軽くキスをして立ちあがった。

なんだか仲のいい夫婦みたい、とアイリーンは思った。結婚してもいないのに。ま、そんなこと、どっちでもいいわ。

「これから少しオフィスで仕事をしてくるよ。トレメインには二十四時間監視がついているし、このヴィラの外にも一名、警備員を配置させる。絶対にひとりでここを離れないと約束してくれ」

「約束するわ」

彼が出かけていくのを待ってアイリーンはヴィラの中に戻り、メモをまとめると、それを持って中庭に出た。最初からやり直さなければ。

ペギー・ハケットに習った方法を取った――まずは、どんなに些細だと思えることであっても、手持ちの事実をすべて書き留める。未解決事項をすべて追う。最初から問いかけつづけてきた疑問をもう一度問いかけてみる――四人の女性はなぜ死んだのか。

四人はそれぞれ、ニック・トレメインを脅かす何かを知っていたか、あるいは何かを発見したか、なのだろう。つじつまが通る説明はそれしかない。

一時間後、アイリーンは椅子の背にもたれてメモを見ながら、それまで気づかなかったパターンを探した。見つからない。ひとつだけ気になるのは、最初のひとりを除いて被害者はみなロサンゼルスに住んでいたという事実だ。

ペギーの机を片付けたときに見つけた、短い謎めいたメモに戻った。そこにはベティー・スコットの名も含まれている。浴槽で死体で発見されたシアトルの女性だ。電話番号もあった。

ペギーが耳もとでささやく助言が聞こえた。**行き詰まったときは、些細な事柄をひとつ残らず検証する。そしてもうひとつの些細な事柄を探す――もうひとつの些細な事柄は必ず存在するものだから。**

それを聞いて立ちあがり、リビングルームへと行った。電話を取る。

「交換手さん、シアトルの新聞社につないでもらいたいんですが……いえ、どの新聞社でもかまいません……はい、『ポスト・インテリジェンサー』ですね」

電話を受けたのは受付係で、いやにせわしげだった。「どちらへおつなぎしましょうか？」

「こちらはカリフォルニア州バーニング・コーヴの新聞記者ですが、そちらの事件担当記者につないでいただければ」

「少々お待ちください。すぐにおつなぎします」

しばらくののち、アイリーンはジョージと名乗る退屈そうな口ぶりの記者を相手に話していた。

「一年前の死亡記事を調べてもらいたい？　どうしてそんなことをしなきゃならないんだろうな？」

「それはつまり、いまニック・トレメインがらみの事件を調べているものですから」

「俳優の？」退屈そうな口ぶりが一転、興味津々といった口調になった。「いったいどういうことなんだ？」

「いまの時点ではいくつかの手がかりを追っているだけですが、もしご協力いただければ、記事にできそうになりしだい、連絡を入れると約束します」

「ニック・トレメインか。よし、いいだろう。これから資料室に行って、記事をいくつか引っ張り出してくるが」ジョージはそこで間をおいた。「通話料金は受信人払いにしてもらわないと」

「かまいません」

ジョージからは十五分後に折り返し電話がかかってきた。

「スコットの死亡記事だが、見つかったことは見つかったものの、大した情報はないね。これで役に立てるかどうか。浴槽で足を滑らせて倒れた、とある。カフェで働いていた子で、遺族はこのシアトルに住んでいるおばさんだ」

もうひとつの些細な事柄は必ず存在する。

「そのおばさんの名前、教えてください」

「ドロシー・ホッジィズ。ところで、トレメインについてどんな情報を手に入れているんだ？」

「いまは至急調べなければならないことがあって。とにかく、事実が全部出そろったら、すぐにご連絡入れます。約束します」

アイリーンは電話を切り、つぎの電話に移った。

「交換手さん、ワシントン州シアトルのドロシー・ホッジィズをお願いします。いえ、番号と住所は知りません。はい、このまま待ちます」

シアトルの電話帳には三人のD・ホッジィズが載っていることが判明したが、交換手は二度目の試みで探していた人物につないでくれた。中年の女性の声が聞こえた。

「はい、ドロシー・ホッジィズですが、どちらさま？」

「はじめてお電話する者です、ミス・ホッジィズ。わたしはジャーナリストで、ニック・トレメインという映画俳優について経歴を調べているところです」

「まあ、驚いた。あなた、番号をお間違えでしょう。わたしはニック・トレメインのことなど知りませんよ。どんな映画俳優のことも知りません。ここはシアトルですよ、ハリウッドじゃなく」

「いろいろ調べたところ、トレメインはあなたの姪御さんであるベティーの知り合いだったかもしれないんですが」

「ベティーの？　あの子なら一年前に死にましたよ」

「はい、知っています、ミス・ホッジィズ。ベティーの恋人だった男性にお会いになったことはありますか？」

「いいえ。そういえば、しばらくのあいだだったけれど、俳優になりたいという若者とデートしていた時期がありましたね。ベティーはその彼にぞっこんでしたが、家に連れてきて紹介したことはありません。名前も思い出せないわ」

「ベティーは下宿屋に住んでいたんですね」

「あの子はちょっといけない子でね。派手な友だちに流されてしまったのね。だからわたしは、出ていくように言うしかなかったの。家で煙草を吸ったりお酒を飲んだりパーティーをしたり、もう我慢ならなくなってしまって。それでも、たまに家賃が必要になるとふらりと訪ねてきていたわ。そんなときにあの子が話すことといったら、恋人といっしょにハリウッドに行くとかって夢みたいなことばっかり。二人ともスターになれると思いこんでいたみたい。かわいそうだけど、ばかな子だわ」

「実際、演技関係の仕事をしてらしたんですか？」

「ええ、まあね。このシアトルで二本の映画に出たんです。それはもう興奮してましたよ。でも、二本とも公開はされなかったの」

「どういうことでしょう？」

「ベティーが死ぬ数カ月前でしたか、映画会社が火事になったんですよ。それで、あの子が出演した映画のフィルムも全部燃えてしまったとか。ここだけの話、いったいどんな種類の映画だったのやら。わたしの言ってること、おわかりでしょう？」

人気上昇中のスターの経歴を台なしにするかもしれない種類の映画ね、とアイリーンは思った。

「ええ、わかりますわ、ミス・ホッジィズ。ベティーの恋人にはお会いになったことはないとおっしゃいましたが、女友だちはどうですか？　誰か知っていた子はいます？　ベティーをよく知っていた友だちから話を聞きたいのですが」

「なぜそれほどわたしの姪のことを知りたいんですか？」

「話せば長くなりますが、ミス・ホッジィズ、もしかするとベティーの死は事故ではなかった可能性があると思っています。殺されたのではないかと」

「殺された」ショックが電話線を震わせ、アイリーンのところまで伝わってきた。「でも、まさかそんなこと。ベティーは浴槽で足を滑らせて転んだと警察が言っていたわ」

「ええ、知っています、ミス・ホッジィズ。ですが、どうやらそんなふうに亡くなった女性は姪御さんひとりではないんです。もしベティーが出演した映画のことを知っている友だちに会うことができれば、真相を究明できるかもしれません。お願いします」

「わかったわ。でも、ベティーから聞いたことのある女友だちといっても、たったひとりしか思い当たらないわ。やはり女優志願だった女の子で、同じ下宿屋で暮らしていたの。わたしの記憶が正しければ、たしか彼女もベティーがシアトルで出演した映画に出ていたはずだわ」

もうひとつの些細な事柄だわ。

「その女優志願の女の子の名前、憶えてらっしゃいますか?」アイリーンは訊いた。

無理かもしれないとは思いながら。

「いいえ。でも、下宿屋をやっていた女性に訊けばきっとわかるわ。いま言ったように、ベティーとその友だちは同じ下宿屋に部屋を借りていたんですもの。二人はその後仲たがいしたの。それははっきり憶えているわ」

「つまり、二人の友情は終わったってことですか?」

「ええ、そうなの。それについてベティーはほとんど何も話してくれなかったけれど——少なくともわたしには——あの子、心に大きな傷を負っていたわ」

「何が原因で友情が壊れたんでしょうね?」

「なんだと思う? もちろん、男。ベティーから聞いたところじゃ、俳優志願の恋人がそのもうひとりの女優志願とハリウッドへ駆け落ちしたそうよ」

「ベティーのその女友だちですが、なんの仕事をしていたか憶えてらっしゃいます?

女優志願の女の子は生活を支えるために何か仕事をしていますよね、スカウトされるのを待ちながら」

「ええ、そうだわね。ベティーもウエイトレスをしていたわ」

「その女友だちのほうは?」

「たしかどこかの事務所で働いていたようだったけれど、細かいことまで思い出せないわ。いまも言ったように、ベティーが死ぬ少し前に俳優志願のその男と駆け落ちしたのよ」

「ありがとうございました。ご協力に感謝いたします、ミス・ホッジィズ」

「どういたしまして。もしも姪が本当に殺されたとわかったら、そのときは知らせてくださる?」

「はい、そういたします」

「かわいそうなベティー。目がきらきら輝いていた子だったのよ」

アイリーンは電話を切りかけたが、メモにちらっと目をやったとき、まだし残した質問があることに気づいた。

「もうひとつうかがってよろしいですか、ミス・ホッジィズ」

「は?」

「ベティーが働いていたレストランの名前を憶えてらっしゃいますか?」

「ええ、それなら。ファースト・アヴェニュー・カフェよ。経営者がとても素敵な男性でね。ベティーが死んだあと、わたしにお悔みのカードを送ってくれた唯一の人。いまでもときどきお店に寄ってコーヒーを飲んでいるわ」

「ありがとうございました、ミス・ホッジィズ」

アイリーンはメモを取って電話を切った。**急いてはだめ**、と自分に言い聞かす。**ペギーが教えてくれたように、一歩ずつ前進すること**。

もう一度電話を取った。「交換手さん、ワシントン州シアトルのミセス・フィリス・ケンプをお願いします。はい、番号はわかります」

ケンプは三度目の呼び出し音で出た。わずらわしそうな口調だ。

「はい、ケンプ・アパートメンツ。もし新聞広告に載せた部屋のことなら、もうだめですよ。借り手が決まったものでね」

「お部屋のことではありません、ミセス・ケンプ。アイリーン・グラッソンです。一週間前にもそちらにお電話して、そちらに下宿していたベティー・スコットのことをうかがった者ですが」

「ああ、憶えてますよ」ケンプのわずらわしそうな口調が疑り深い物言いに切り替わった。「どうしてまた電話を？　言ったでしょう、あれは事故だったって。あの子は浴槽で足を滑らせて転んだの」

「まだ手がかりをいろいろ追っていまして。それでですね、ミセス・ケンプ、いまベティーのおばさまと話をして、ベティーにはそちらに下宿していた友だちがいたと聞きました。やはり女優志願で、どこかの事務所で働いていたという子です。いまその人を探しているんですが」

「残念だけど、力になれないわ。彼女はベティーが死ぬ前にここを出ていったのよ」

「その人の名前は？」

「すぐには思い出せないわ。ファイルを調べないとね。でも、いまそんなことをしている時間はないの」

「ミス・ホッジィズは、その女の子がベティーの恋人と駆け落ちしたと思っているようでしたけれど」

「わたしが知るわけないでしょう。方針なのよ、下宿人の私生活にはけっして立ち入らないのが。それじゃ、切るわね。記者と話すより先にしなけりゃならないことがいろいろあるのよ」

電話が切れた。

アイリーンはじっとすわったまま、新たに判明したことについて考えた。ニック・トレメインのアクセントは中西部というよりは西海岸のものに近い、とオリヴァーが言っていた。彼がシカゴではなくシアトルの出身で、ハリウッドでのキャリアをスタートさせるべくシアトルを出る前に二本のポルノ映画に出たのかもしれない、と想像したとしても、あながち考えすぎとは言えない気がしてきた。アーニー・オグデンのような映画会社のフィクサーは、その種の問題をいつものような手段で片付けた。だが、もしニック・トレメイン本人が過去を消し去ろうとしてシアトルに戻ったとしたら？

アイリーンはもう一度電話を取り、シアトルのファースト・アヴェニュー・カフェにつないでくれるよう交換手に告げた。四度目の呼び出し音で店主が出た。忙しいらしく、じれったそうな口調だったが、電話した理由を告げると口ぶりが変わった。

「ああ、ベティー・スコットと俳優志願の仲間のことならはっきり憶えているよ」彼がくっくと笑った。「よくこの店に来て、コーヒーをおごってくれとせがまれてね。私もついつい気の毒になってしまったものさ。みんなハリウッドに行く夢を持っていたんだ。そのうちのひとりは本当にやってのけた」

「誰のことですか？」

「アーチー・ガスリーだよ。ハンサムな若者でね、資質をそなえていた。もしあの中で誰かが成功するとしたら、それは彼だろうとずっと思っていた。そしたら、やっぱりやってくれたよ。もちろん、名前は変えた。みんなそうするものなんだろうね。はじめて銀幕で彼の姿を見たとき、すぐに彼だとわかったよ。いや、それはもう興奮したね。わかるだろ？　考えてもみてくれ——私はあのニック・トレメインにコーヒーをおごったんだから」

アイリーンははっと息をのんだ。「ニック・トレメインの本名はアーチー・ガスリーで間違いないんですね？」

「ああ、間違いないさ。『翳る海』、つぎに『運命の詐欺師』と見たが、彼に間違いない」

「彼が町を出たとき、やはり女優志願の女の子のひとりといっしょでしたが、その彼女もそちらのカフェでコーヒーを飲ませていただいていたんですね」

「そうなんだよ。全部で四人いた。若い男が二人に女の子が二人。男のひとりは地元の映画会社の火事で死んだんだ。監督もだ。女優志願だったベティーだが、あの子はうちでウエイトレスをしていたんだが、悲劇的な事故で死んでしまった。浴槽で足を滑らせて転んだんだよ。かわいそうな話だ。あとの二人はハリウッドに行った」

「ニック・トレメインといっしょにカリフォルニアへ行った女の子はどうなりました？」

「さあねえ。だが、映画に出演できたとは思えないね」

「それはどうして？」

「特別にきらりと光るものがなかったからね」

「どんな女の子だったんですか？」

「背は高かった。黒い髪。それなりに美人ではあったが、才能があるとは思えなかった。たしかどこかここらの事務所に勤めていたよ。秘書をしていたんだと思う。たぶん、あのまま仕事をつづけていたほうがよかったんじゃないかな。もうアーチー——いや、ニック・トレメイン——といっしょにいるってことはないだろう」

「それはどうして？」

「私はハリウッドの新聞を読んでいるんだよ。それによれば、トレメインはそれこそ一週間おきに新しい女の子の肩に手を回しているじゃないか」

「どうもありがとうございました」アイリーンは言った。

そしてそっと受話器を置いた。

それから長いあいだ、愕然としながらただひたすら見入っていたのは、二件の電話のあいだに取ったメモだった。やがてショックではあるが全貌が見えてきた。そのあとから罪悪感もついてきた。

わたし、最初から間違っていたんだわ。

60

ヘンリー・オークスはオリヴァー・ウォードの専用ヴィラからすぐの庭園の物陰で足を止めた。さんざん考えた末、もうこれ以上待てないと決意したのだ。なんと言っても、彼はニック・トレメインの特別な友だちなのだから。友だちを守るために必要とあらばなんでもするつもりでいた。そのうちいつか、ニックもそれを理解し感謝してくれるはずだ。

ホテルの敷地内に入るのは簡単だった。ホテルの厨房に配達する野菜を入れた木枠を積んだトラックの荷台にもぐりこんだ。門のところにいる警備員は運転手と顔見知りだから、すぐに軽く手を振って通してくれた。

ヘンリーは最初のチャンスでトラックから飛び降りた。乗客がいたことを運転手は知りもしなかった。

ホテルの敷地に入るや、ヘンリーは庭園の奥へと進んだ。オーバーオールに長靴といういでたちは作業員に見える。帽子を目深にかぶってもいる。うつむきかげんにゆっくりと歩いて目的の地点に達した。自分のすることをわかって動いている作業員には誰も注意を払わないと学んだのはずっと前のことだ。

物陰に立ったまま、ヴィラの玄関ドアを見張った。ヴォードが出ていってからは誰も出てこない。ニック・トレメインを面倒なことに巻きこんだ女はまだ中にいる。

あの女、まだホテル周辺をうろつき、ニック・トレメインを傷つける方法を探している。

ホテルの警備員が一名、ヴィラの玄関を見張っていた。

ヘンリーはポケットからクロロフォルムの小瓶を取り出した。

アイリーン・グラッソンにはすでに警告してあった。

61

あらゆるメモを丹念に見直していく。今度こそ確信の持てる結果にたどり着かなければ。これ以上の危険は冒せない。メモを時系列に整理して、細部を修正して、再度論理的な視点から考えてみる。

結局、何もかもがシアトルに戻っていく、とアイリーンは思った。答えは最初からそこにあったのだ——シアトルの小さな映画会社がつくった映画のフィルムの焼失、監督と俳優ひとりの死亡、ベティー・スコットの溺死。

はじめは四人だった。そのうちの二人はいま故人となった。ニックはスターになった。この流れからひとりだけ欠けているのが、ニックとハリウッドへ駆け落ちしたもうひとりの若い女優志願。事実上、姿を消してしまっている。

だが、じつはそうではない。

アイリーンはまた電話を取り、オリヴァーのオフィスの番号をダイヤルした。エレーナが出た。

「エレーナ、アイリーンです。オリヴァーはいます？」

「いまはチェスターといっしょに工房においでです。新型の警報装置のテストをなさっているはずだわ」

「工房の場所なら知っているわ。自分で探しにいきます」

「ミスター・ウォードから言われていますが、〈カーサ・デル・マル〉を出るときは必ず警備員といっしょに」

「心配しないで。玄関前に警備員がいるから、彼にいっしょに行ってもらうわ」

「そうなさってください」

アイリーンは受話器を置いてハンドバッグを持つと、玄関へと急いだ。

ヘンリー・オークスは玄関前の階段をのぼったところにいた。作業服に工具ベルトをつけ、そこにナイフがおさめてある。

アイリーンをじっと見すえる目つきには動揺を覚えずにはいられない。

「悪いけど、ミス・グラッソン」彼は言った。

アイリーンはバタンとドアを閉めようとしたが、ヘンリーが片足を敷居にのせた。

「待って。入れてもらいます」

「出ていって」アイリーンは言った。「あなた、どうかしてるわ」

「だめだ。説明させてくれ。何がなんだかわからなくなったんだ」

そこへクローディア・ピクトンが、身をひそめていたヴィラの脇から現われた。片手に拳銃、片手に鉄梃《かなてこ》のような長い鉄の棒を持っている。

「そうよ、彼は何がなんだかわからなくなっているみたい。もともと頭がおかしいのよ。さ、中に入って。二人とも」

アイリーンは二、三歩あとずさった。ヘンリーはつまずきそうな足取りで玄関ホールに入った。明らかに戸惑っている。

クローディアは彼のあとからヴィラに入り、ドアを閉めた。

ヘンリーは懇願するような表情でアイリーンを見た。「ぼくはあなたに警告しようとしたんだ。ミスター・トレメインを困らせないでと言ったでしょう」

「警備員はどこ？」アイリーンが言った。「あなた、彼に何かしたの？」

「何も」クローディアが笑みを浮かべた。「わたしのためにヘンリーが始末してくれたわ。そうよね、ヘンリー？」

「園芸道具の物置に入れた」表情も声もヘンリーは混乱をきわめている。「邪魔だったからそうするほかなかったんだよ。ぼくはあなたと話をしたかったんだ。でも、何がなんだかわからなくなって――」

「そのとおりよ、ヘンリー」クローディアが言った。「あなたは何もわかっていないの」

クローディアは目にも留まらぬ速さで銃を持った手を高く上げると、ヘンリーの後頭部に床尾で一撃を加えた。

ヘンリーはがくんと膝を落とし、何やらぶつぶつとつぶやいた。頭部から血が流れ落ちた。クローディアはもう一度、彼をしたたかに叩いた。ヘンリーが今度は床に突っ伏して倒れた。

アイリーンはクローディアを見た。「こういうの、これまでにもうさんざん練習を積んできたんでしょう？」

「ええ、そうね」クローディアの目で怒りが燃えていた。「何度か練習したわ。今日はこれからまた何度か繰り返すことになりそう。あなたはわたしのスターにとって邪魔なのよ」

62

「引き金を引けば、誰かが銃声を聞きつけるわ」アイリーンが言った。

「どうかしら」クローディアはびくとも動かないヘンリーをまたいだ。「このヴィラ、どこからもかなり離れているわ。それに、オリヴァー・ウォードがプライバシーを大事にするってことはみんなが知っている。たとえ銃声が聞こえたとしても、たぶんバックファイアかなんかだと思われるだけよ。バーニング・コーヴ・ホテルみたいなお上品なところで銃声なんか聞こえるはずないってみんな思うわ。だけど、わたしがここに来たのはあなたを殺すためじゃないのよ、アイリーン」

「どうしてなのかしら、あなたの言うことが信じられないわ。だってあなた、貧しい女優志願なのよね、クローディア」

「あなたは何もかも知っている気になっているんでしょうね。わたしはただ、あなたと話がしたかっただけ。向こうを向いて。リビングルームに行きましょう。正常な人間同士、おしゃべりするの」

アイリーンは動かない。「言わせてもらうと、あなたはとうてい正常じゃないわ、クローディア。ヘンリー・オークスがちょうど現われたのは幸運だったわね。でしょ？　彼がいなかったら、玄関前の警備員はどうするつもりだったの？」

「そんなの問題じゃないわ。ヘンリー・オークスと同じように片付けるつもりだったもの」

そのときどういうわけか、人けのない浜辺で出会った若者たちにオリヴァーが授けた助言を思い出した。**海に背を向けないこと。さらわれるときはいつだって突然だ。**

クローディアは崖下に寄せて砕ける荒波のようだ、とアイリーンは思った。油断ならない潮流がひそんでいる。彼女に殺された被害者はそろって背後からの一撃を食らっている。おそらく彼女は目を合わせられなかったのだろう。あるいは、それ以外の殺人の方法を思いつかなかっただけかもしれない。オリヴァーによれば、ほとんどのマジックはしごく単純だという。むずかしいのは、同じイリュージョンを見せるための新しい方法を思いつくことだそうだ。

アイリーンは用心しいしいあとずさってリビングルームへと移動した。クローディアには一度たりとも背を向けることなく。

「向こうを向いてって言ったでしょう」クローディアが言った。

「そういうわけにはいかないってこと、お互いわかっているわよね」アイリーンは穏やかな口調で言った。「わたしに何を言いにここへ来たのか教えてもらうまではだめ。もしかすると、あなたの立場からの言い分をわたしに聞かせたかったんじゃなくて？」

アイリーンはオリヴァーの、クッションが厚いどっしりとした読書用椅子の横で足を止めた。気がつけばまだハンドバッグをしっかりと抱えていることにわれながら驚いた。

クローディアはそこから数フィート、リビングルームに入ったところで止まった。

「すべてあなたの誤解なの」彼女は言った。「ここに来たのは、これ以上誰も傷つかないうちに事情を説明したかったからなのよ」

「なるほど。厳密には、これまで傷ついた人は何人かしら？」

たぎる怒りがクローディアの目でぱっと燃えあがり、いつもの彼女のびくびく怯えたようなところを焼き払った。激しい動揺から見る見る力を引き出していくクローディア。

「ほかにどうしようもなかったのよ」彼女は言った。

オリヴァーがミスディレクションの効能についても語っていたのを思い出した。クローディアにしゃべりつづけさせる術を見つけなければ。

「あなたと仲間がシアトルで出演した映画だけど、その小さな映画会社の火事で全部焼けたわけじゃなかったんでしょう」

「ベティーは全部焼けてしまったって言ってたけど、嘘だったの。彼女、ニックが出演した二本、『島の夜』と『海賊のとりこ』のフィルムを取っておいたのよ」

「映画会社に火をつけたのは誰だったの？」

「ベティーよ。だって、あの子はニックに恋をしていたの。あのころ、ニックはまだどうというほどのことはないアーチー・ガスリー。でも、彼がわたしといっしょにハリウッドに行くことを彼女に話すと、彼女はもうかんかんだったわ。だから、もし彼が成功したりしたら、あの映画が申し分のない脅迫材料になるとわかっていたのよ」

「それじゃあ、彼女がその映画の監督ともうひとりの俳優を殺したのね」

「正直なところ、彼女があの薄気味悪い監督とラルフが火事で死ぬのを意図していたかどうかはわからない。でも、二人はあの夜たしかにあそこにいた。たぶん、すっかりいい気分になっていたんじゃないかしら。二人ともヘロインにどっぷりだったから」

「あなたはいつ、ベティーがポルノ映画二本をくすねたことを知ったの？」アイリーンは訊いた。

「ニックの最初の映画『翳る海』が公開されてすぐ、彼女から要求が来たわ。名乗りはせずに彼に電話してきて、要求額を言ったの。ニックはパニックを起こして、すぐにアーニー・オグデンに相談しようとしたけど、わたしにはそれじゃ面倒なことになるってわかっていた。そのときニックはたしかに有望な新人ではあったけど、まだ本物のスターとまではいかなかったわ。だからわたし、映画会社は脅しに屈してお金を払うよりはむしろ、ニックを切るだろうと思ったの。そこでニックに何もかもわたしが片付けてみせるって言ったのよ」

「彼は信じた？」

「もちろん」クローディアが薄笑いを浮かべた。「彼にはわたしが必要なの。彼はそれをよくわかっているわ。彼が最初のスクリーンテストを受けられたのも、わたしが三人の監督と寝たからだった。ニック・トレメインって名前を思いついたのもこのわたし。いっしょに台本を読んであげたのもわたし。ウールワースの食堂で働いたり、出張中のビジネスマンをバーで引っかけたりして家賃を工面していたのもわたし。それもこれもニックが演技に専念できるようにと考えてのことだった」

「どういうふうにして彼の付き人って仕事に就いたの?」

「『翳る海』公開後、ニック・トレメインが女性の心をつかんだことがはっきりわかったわ。すると映画会社の宣伝係に、いますぐ独身になってほしいと言われたのよ。彼のイメージのためにはそのほうがいいって。離婚しろって彼に言ったの」

それでわかった。

「あなたとニック・トレメインは結婚してたのね?」アイリーンは訊いた。

「信じがたい?」

「ううん」アイリーンは言った。「ううん、それならいろいろなことが腑に落ちるわ」

「映画会社の人に言われたわ。費用は持つからリノの離婚農場で六週間過ごしてくるようにって。雀の涙みたいなお金とひきかえに、わたしに姿を消せって言うのよ」

「離婚にかかる費用を映画会社が払ったのね」

「長いあいだにわたしが失ったものを埋めあわせるには遠くおよばない金額よ。それまでにわたしが払った犠牲に対する補償になんかなりえない。もしニックが大きなミスを犯さずにいれば、数年以内には彼には何百万ドルもの価値が出てくるってわたしにはわかっていた。妻ならば、そのうちのいくばくかはわたしのものになったはずだわ」

「でも、すでに元妻となれば、あなたには一セントも権利がない」

「それじゃあまりに不公平でしょ」クローディアは言った。「ニックはわたしがそうしなければ、わたしに離婚してくれと懇願したわ。映画会社の連中に至っては、もしわたしが離婚はするけど、それとひきかえに彼のそばにいられる方法を探してくれなきゃだめって彼に言ったわ。ついでにこうも言ったの。有名になったいま、彼が本当に信用してもいいのは昔からの友だちや恋人だけだって」

「彼はあなたを愛していたの？」

クローディアが鼻を鳴らした。「アーチーは自分自身以外誰も愛したことなどないわ。でも、わたしに借りがあることはわかっていたから、わたしを付き人として雇ってくれるよう、映画会社と掛けあったのよ。そしたら向こうが承知してくれた。向こうにしてみれば、ニック・トレメインが独身って一点にしかこだわりはなかったのね」

「で、あなたはリノに行き、離婚を成立させ、名前を変えて、ニック・トレメインの付き人になった」

「ハリウッドではよくあることよ」クローディアが言った。「でも、そのころから脅迫がはじまったの」

「脅迫電話でゆすってきたのがベティー・スコットだとどうしてわかったの?」

「そんなこと、すぐにわかるわ。そのときはもう、監督もラルフも死んだあとだった。となれば、あの二本の映画のフィルムを手に入れることができた人間はほかにいないわ。『島の夜』と『海賊のとりこ』を持っているのはベティーに決まっている」

「そこであなたはベティー・スコットを消そうと決意した」

「わたしがお金を届けるって彼女に連絡したのよ。列車でシアトルに行って、下宿屋のほかの人たちがみんなパーティーに出かけて留守の夜にあそこで会う約束をして、彼女の部屋に行こうと二階に上がっていった。彼女は廊下に出てきたわ。そして、わたしが現金を持ってこなかったことを知って怒り狂った。わたしは事情を説明しようとした。ニックがもっと大スターになるまで待たなきゃ、そんなお金は稼げないとね。すると彼女、わたしの鼻先で笑ったの。耳をそろえて全額じゃなくても欲しかったわって言って」

「そこで殺したの?」

「言うに事欠いてあの女、わたしに女優のなりそこないって言ったのよ」クローディアの声が怒りで甲高くなった。「部屋に戻ろうとしたあの女がくるりと向こうを向いたとき、わたしはテーブルの上の大きな花瓶をつかんで彼女を叩いた」

「ベティー・スコットは浴槽の中で発見されたのよ」

「浴槽まで運ぶのはさほどたいへんじゃなかったわ。本当よ」

「映画のフィルムはどうなったのかしら？」

「部屋を隅から隅まで探して、フィルムが入った缶を二個見つけたわ」クローディアがまた落ち着きを取りもどした。「ニック・トレメインのポルノ映画のフィルムは二本とも手に入れた。どっちも超弩級と言えるわね。だって、ニック・トレメインとラルフのセックスが売りなんですもの」

「そりゃあ間違いなく、トレメインのキャリアもそこまでってことになったわね」

「間違いないわ」クローディアは言った。「でも、こういうことはタイミングがすべて。あと一年たってニックが第二のクラーク・ゲーブルになれば、そういう古いフィルムには桁違いの価値がつくわ。だって、それを入手するためなら映画会社は金に糸目をつけなくなるでしょう」

アイリーンは椅子の陰でこっそりハンドバッグの口を開いた。中に手を入れて探り、小型拳銃をがっちりと握りしめた。

「大手の映画会社を脅迫するって、あまりに危険な目論見じゃないかしら」

「わたしがそれを知らないとでも思ってるの?」クローディアが言った。「まずは姿を消してから仕事に取りかかるつもりよ」

「アーチー──ニック・トレメイン──はベティーは事故で死んだと思っているの?」

「あのときはね。つまり、そう思いたかったのね。でもいまは疑いはじめていると思うわ。もうわたしを信用していいのかどうかわからないとでもいうような目でわたしを見ることがときどきあるの。『ウィスパーズ』の前の記者よ、彼にそんな疑念を吹きこんだのは」

「そのペギー・ハケットを殺したのは、彼女がポルノ映画の記事を書けそうなところまで真相に迫ったから?」

「あの女はなんとしても片付けなければならなかった。だからあの女の家に侵入して、二階の廊下のクロゼットに隠れて帰りを待ったわ。そしたら信じられないほどの幸運がやってきた。なんとあの女、マティーニを二杯飲んだあと、お風呂に入ることにしたのよ」

「暖炉の火かき棒がなくなっていたけど、それを使って彼女を殺したのね」

「あの女、最後の最後でわたしの気配に気づいたけど、そのときはもう手遅れ」

「グロリア・メイトランドはなぜ殺したの？」

「ニックに近づきすぎたからよ。二人のあいだには関係があった。それだけならいいのよ。でも、ニックが酔っ払って、昔の映画のことを彼女に話すってとんでもないミスをしたわけ。だから捨てられたあとも彼女はしつこく彼につきまとったの。オグデンがお金を払って追い払おうとしたけど、無駄だった」

「それにしても、彼女はなぜニックをバーニング・コーヴまで追ってきたの？」

「ニックとよりを戻したくて、最後にもう一度だけチャンスをあげると彼に言ったのよ。当然のことながら口論になったわ」

「ホテルのメイドが目撃した喧嘩というのがそれだったのね」

「ニックは癇癪持ちだから、かっときて、おまえの顔なんか二度と見たくないってグロリアに言い放ったの。わたしは彼女から目を離さずにいたわ。スターの付き人がどこにいようと、誰も気づかないものなのよ。つぎの日の夜、彼女、ラウンジでひとりでずっと飲んでいたわ。それが彼女らしくなかったの。周りに人がたくさんいるのが好きなのよ、彼女は。やがて彼女が席を立つと、わたし、あとをつけたわ。そしたらスパに入っていくじゃない。何かあるな、とぴんときたわ。それで、彼女を問い詰めたら、わたしをばかにするように大笑いして、そろそろあなたがやってくるはずだって言ったのよ。そしてなんて言ったと思う？『ウィスパーズ』よりたくさんお金をくれるなら、ずっと黙っていてやるって」

「彼女のときは何を使って叩いたの？」

「庭園の石」クローディアが言った。

「そのあと水に引っ張りこんで溺死させたのね。ついでにわたしまで殺そうとした」

「あのときは、あなたがどれくらいのことを知っているのかも、あそこで何を見たのかもわからなかったから、ああするほかなかったのよ。だけど、あなたに逃げられたんで、怖くなった。翌朝になったら、『ウィスパーズ』の一面にグロリア・メイトランド溺死の記事が載っていて、あなたはアーチーがさも関係しているような書き方をしていたでしょう。オグデンからさっそく電話がかかってきて、どういうことなのか説明しろと迫られたわ」

「もはや自分の手に負える状況ではないとわかっていたあなたは、アーニー・オグデンにあとを任せた。すると彼は、誰かにわたしのアパートメントを家探しさせたうえ、部屋から立ちのかせた。ついでに会社をクビにさせた」

「それくらいやれば黙るだろうと踏んだのに、あなたは手を引かなかった」クローディアが言った。「オグデンは心配する必要はないだろうと言ったけれど、わたしは

「それで、わたしが火事で死ぬような計画を練ったってわけね。あの計画にはオグデンもからんでいたの？」

「ううん。彼は問題がどれほどの危険をはらんでいるのかをまったくわかってなかったわ。あなたをグロリア・メイトランド死亡の一件から排除すれば、それでもう万事解決だと思っていたのよ。だけど、わたしにはそんな程度じゃあなたを止められないことがわかっていたわ」

「あなたは、最後にはわたしが何件かの殺人と二本の古いポルノ映画を結びつけるんじゃないかと恐れていた。そこで、かわいそうなデイジー・ジェニングズを利用して、わたしをあの倉庫におびき出した。彼女を殺したのはあなたね。だけど、もしアーニー・オグデンがからんでいないとしたら、スプリンガーとダラスを送りこんで火をつけさせる手配はどうやって？」

「オグデンが腕っぷしの強い連中に仕事をさせたいとき、ハリウッド・マックを使うってことは映画会社内では秘密でもなんでもなかったわ。だからわたし、マックに電話をしたの。ミスター・オグデンがスプリンガーとダラスを使って、うるさい記者を徹底的に脅してほしがっていると言ったわ。あの夜、あなたがあの倉庫に行くことはわかっていたから、ミスター・オグデンがあの倉庫に火をつけてもらいたがっているとも言った」

「でも、あなたは自分ではなんの危険も冒さなかったのね？」アイリーンは言った。

「とにかく、まずわたしが死んだことを確認したかった」

「船小屋であなたを待ったのよ。でも、何もかも思いどおりにはいかなかった」

「オリヴァー・ウォードが先に現われて、あなたは彼はたぶん銃を持っているだろうと思ったということね」

「彼があなたといっしょに来たということは、彼はあれが罠だと疑っていると気づいたのよ。だから陰に身をひそめたまま、スプリンガーとダラスが到着するのを待った。あなたとウォードが火事で死んでくれるような幸運が舞いおりてくることを願いながらね」

「でも、そうはいかなかった」

「そう、何もかもが思いどおりにはいかなかった」クローディアの声が苛立ちと怒りでだんだん甲高くなっていき、不安定な泣き声に変わっていく。

「勘違いがないか、ちょっと整理させてくれる」アイリーンは言った。「あなたは最初にベティー・スコットを殺して、その犯行を隠すためにさらに三人を殺した。記事を書くにはそれだけわかればじゅうぶんだわ。明日の朝にはあなたのことがでかでかと新聞の一面を飾るわよ、クローディア・ピクトン。おめでとう」

「うるさいっ」クローディアが銃をぐいと動かした。「外に出て。ほら、早く」

アイリーンはクローディアが握った鉄梃にちらっと目をやった。「わたしの頭をがつんと叩いて、プールに落とすつもり？　ふざけないでよ。ヘンリー・オークスの死体はどう説明するの？」

クローディアが余裕の笑みを浮かべた。

「あなた、勘違いしてるわ。いいこと、警察はこれをヘンリー・オークスの銃だと思うはずよ。あなたを射殺したのは彼。彼はそのあと、自分の頭に銃を当てて引き金を引く。そうなれば、これまでの殺人は全部、頭のいかれたファンの仕業ってことになるの」

「最後は殺人のいきさつを書きなおすのね」

「殺人はこれが最後。わたしもこのへんで変わらなくちゃ」

アイリーンがクローディアの肩ごしに玄関のほうを見た。「じゅうぶん聞いていただけました、刑事さん？」

クローディアはあえて振り返ったりはしなかった。

「そんな引っかけにだまされるほど間抜けだと思う？」

「やってみるだけのことはあったわ」

「早く外へ出て」

「そしたら背中から撃つの？　あなた、向きあった相手には何もできないんでしょう？」

「ほら、向こうを向いて。外へ。さっさとして」

「わかってるわよ。わたしを撃つつもりらしいけど、まだ最後はプールにこだわっているのね。ねえ、教えて。なぜ水にこだわるの？　最初の殺人のときにそういう設定にしたから？　それとも、ほかに何か意味があるの？」

「向こうを向いて。んもう、じれったい」

クローディアの全身が怒りに震えていた。手にした銃がぐらついた。

アイリーンはおとなしく命令にしたがい、中庭に出るために向こうを向きかけるふりをした。

が、同時にハンドバッグからヘレンの拳銃を抜き、すとんと床に腰を落として大きな椅子の後ろに隠れた。

「立って」クローディアが甲高い叫びを上げた。

アイリーンは体をかしげ、椅子の脇から手にした銃をのぞかせた。

「この家から出ていって。逃げられるうちに逃げたらどう」

銃を見せられたクローディアはその場で立ちすくんだ。恐怖に顔を引きつらせ、銃をにらみつけている。

「銃を捨てて。さもないと撃つわよ」アイリーンはそう言いながら、がっしりとした椅子で自分とクローディアを確実に隔てた。「たぶん撃つ気でしょうけど、椅子に当たる可能性が高いわね。こっちははずさないわよ。この距離だもの」

「だめよ」クローディアがつぶやいた。「やめて。だめよ」

クローディアはふらふらとあとずさりながら、しぼるように引き金を引いた。

銃が轟音を立てた。耳を聾する音だったが、アイリーンはただぼんやりと自分が死んではいないことを意識した。詰め物がしっかり詰まった椅子の厚い背もたれに撃ちこまれた銃弾は貫通はしなかった。明らかに、クローディアは銃の扱いには慣れていない。

アイリーンはもう一度体をかしげて椅子の陰からヘレンの銃の引き金を引いた。狙いをつけたりはしなかった。クローディアをびくつかせれば、それでいいのだから。

カチッと金属音が聞こえた。それだけだ。

どういうこと? 不具合か何かかしら。いったい何がどうなったのか、銃の知識が大してないアイリーンにはわからない。オリヴァーならここで、火器が当てにならないことが立証されただろうとうれしそうに言いそうだ。

もはや失うものは何もなかった。このまま読書用椅子の後ろで縮こまって、クローディアが頭に銃弾をぶちこんでくるのを待つくらいなら死んだほうがまし。どうせなら戦って敗れよう。

アイリーンはすっくと立ちあがり、使いものにならない拳銃をクローディアめがけて投げつけた。

クローディアは反射的にひょいと頭を低くし、さらにあとずさる。すると、倒れたまま動かないヘンリー・オークスに足をとられ、バランスを崩しかけた。

アイリーンは暖炉の前の台に置かれた火かき棒をつかみ、クローディアに突進した。

クローディアは意表を突かれた。

何がなんだかわからなくなった彼女は、また足をとられて下を見る。ヘンリー・オークスをよけて進む道を必死で模索している。がっちりした火かき棒を手に迫りくる正気を失った女の姿を見て立ちすくんでしまったようだ。もしかすると、自分も同じ凶器を使って被害者をがつんと叩いて気を失わせたあと溺死させた、何度か繰り返した犯行の光景が頭によみがえっているのかもしれない。もしかすると、ただ恐慌をきたしているだけかもしれないが。

いずれにせよ、クローディアはあわててあとずさり——酒の並ぶ飾り棚に激突した。とっさに無我夢中で引き金を引くものの、あわてふためいた状態では狙いを定められるはずもない。彼女の銃は再び轟音を放ったが、弾丸は天井を撃ち抜いた。

アイリーンは火かき棒を剣さながらに高く構え、クローディアの腹部めがけて振りおろした。

クローディアは火かき棒をかわそうと、ふらつく足で横へ移動したが、そのままよろけて倒れた。手から拳銃が落ちる。アイリーンはさっと身を翻し、銃を蹴ってタイル敷きの床の上を滑らせた。クローディアの手が届かないところまで。

両手で火かき棒を握りしめ、クローディアを上から見おろした。

「動いたら、これでがつんといくわよ。あなたがペギーの頭を叩いたときと同じようにね」アイリーンは言った。

クローディアは床にうずくまり、アイリーンを見あげた。「あなた、正気じゃないわ」

「いまはね。そのとおりよ」

玄関ドアが勢いよく開いた。

「動くな、全員だ」オリヴァーがかつて観客に衝撃を与えていた声音を響かせた。アイリーンとクローディアが一瞬、ぴたりと動きを止めた。つぎの瞬間、二人がそろってオリヴァーを見た。彼の手には銃が握られている。

「もう火かき棒は下ろしていいよ、アイリーン」オリヴァーが言った。アイリーンはクローディアから数歩離れた。肩で息をしている。

「ペギーを殺したのはこの人よ。この人がみんな殺したの」

「わかっている」オリヴァーが言った。「だが、もう誰も殺さない。大丈夫だ、火かき棒を下ろして」

アイリーンは火かき棒をじっと見た。気がつけば、満身の力をこめて握りしめている。もう一度、深く息を吸いこんだ。

「わかったわ」細心の注意を払いながら、火かき棒を床に置いた。「玄関前の警備員。ヘンリー・オークスが何かしたみたいだけど、園芸道具の物置に運んだとかなんとか言っていたわ」

べつの警備員が玄関から入ってきた。走ってきたせいか、赤い顔をしている。彼はオリヴァーを見て、指示を待った。

「ランディー・シートンを探してくれ」オリヴァーが言った。「怪我を負っているかもしれない。園芸道具の物置からはじめるといい」

「承知しました、サー」

警備員が走り去る。

アイリーンはヘンリー・オークスに近づいた。喉もとに指二本を当ててみる。脈拍が感じられた瞬間、安堵のあまりその場にへたりこみそうになった。

「彼、生きてる」アイリーンが小声で言った。

「その銃を拾ってくれ、チェスター」チェスターがあとから入ってくると、オリヴァーが静かに言った。「ハンカチを使って。指紋がついているはずだ」

「私が知らないとでも思ってるのか？」チェスターが不満げに言った。

彼はオーバーオールのポケットからハンカチをさっと取り出し、拳銃のかたわらに行って拾いあげた。

玄関からまたべつの人間の声が聞こえた。

「いったい何が起きたんだ？」ニック・トレメインだ。部屋に二歩入ったところでぴたりと立ち止まった。「クローディア？　ここで何をしてた？」

オリヴァーが彼を見た。「それ以上に興味深い疑問がある。きみはここへ何しにきた？」

ニックがアイリーンのほうを向いた。気が動転しているようだ。**キャリアが炎上したことに気づいたのね**、とアイリーンは思った。

「彼女がどこにもいないんで」ニックが敗北を悟ったような沈んだ声で弁解をはじめた。「誰も知らないようだから、彼女らしくないと思ったんだ。日課にこだわって行動する人だからね。フロントデスクに行って、彼女を見かけなかったかと訊いたら、見ていないと言われた。でも、ホテルの電話交換手が、クローディアは少し前にシアトルからの電話を受けたと言った。どうも筋が通らない。いやな予感がしたんだ」

「それで、ここに来たのか？」オリヴァーが訊いた。

ニックがうなるように答えた。「ああ。彼女がミス・グラッソンと対決する決心をしたのかもしれないと思って怖かった。ひょっとすると何か恐ろしいことをしかねないと」

赤い顔をした警備員がまた玄関に現われた。息を切らしている。

「ランディーを発見しました」喘ぎながら言った。「縛られて物置にいましたが、怪我はしていません。でも、吐き気がするとか。彼によれば、作業員がやってきて、配管に不具合があるので修理に来たと言ったそうです。ランディーは変だと思い、誰かが配管工を呼んだかどうかたしかめようと、男に背を向けてドアをノックしようとした。そこで記憶がとぎれたようです」

「彼の手当てをよろしくたのむ」オリヴァーは言った。

「いやよ」クローディアが甲高い声でわめき、あわてて立ちあがった。「こんなふうに終わるなんていや。こんなに一生懸命やってきたのに」

「あなたは間違っていたのよ」アイリーンが言った。「だから、こんなふうに終わるの。これでもう終わったのよ」

クローディアが号泣した。ニックのほうを向き、懇願をはじめた。「あなたにはわたしが必要よね、アーチー。わたしたちはチームだもの。映画会社だってそのことは知ってるわ。映画会社がわたしを守ってくれるはずよ」

「いや」オリヴァーが言った。「映画会社はきみを守ったりしないよ。きみはスターじゃない。きみはニック・トレメインの付き人にすぎない。きみの代わりはいくらでもいるさ」

クローディアがまたわっと泣き崩れた。誰ひとり、慰めようとはしない。

オリヴァーがアイリーンを見た。いつもは読みとることができない彼の目で激しい感情が渦巻いていた。

「本当に大丈夫か？」彼が訊いた。

「ううん、だめ」アイリーンは答えた。「でも、タイプライターの前にすわれば、すぐに大丈夫になるはずよ」

63

アイリーンは「バーニング・コーヴ・ヘラルド」のオフィスに入っていき、受付デスクの前で足を止めた。名札には〝社交ニュース担当　トリッシュ・ハリスン〟と記されている。

「編集長にお目にかかりたいんですが」アイリーンは言った。

デスクの向こう側にすわる四十代の女性はタイプライターを打っていた手を止めると、口の端にくわえていた煙草をおもむろにどけた。

「どちらさま――？」くぐもった声でそれだけ言ったとたんに言葉を切り、けだるげなようすが一変した。「あらまあ、あなた、オリヴァー・ウォードの新しい恋人ね？　間違いないわ。『シルヴァー・スクリーン・シークレッツ』に写真が載っていたもの」

「編集長のオフィスを教えていただけます？　それとも片っ端からドアを開けてもかまいません？」

トリッシュは険しい視線をアイリーンに向けた。「わたしね、社交界担当の記者なの。もしバーニング・コーヴ・ホテルのニュースを届けにいらしたのなら、わたしが話をうかがうことになるけれど」

「ごめんなさい」アイリーンは言った。「もうゴシップ業界からは足を洗ったもので」

「だったら、ペーズリーのオフィスはその先よ」トリッシュは手ぶりで大部屋の奥のオフィスを示すと、また煙草をくわえなおし、タイプを打ちはじめた。

アイリーンはさらにいくつかの机を通り過ぎた。まもなく何台ものタイプライターの音がやんだ。室内の全員の目が彼女に釘付けになっている。

アイリーンはそうした視線を無視し、〝編集長　エドウィン・ペーズリー〟と記されたドアをすまし顔でノックした。

「開いてる」

アイリーンはドアを開けて室内に入り、しっかりとドアを閉めた。室内には葉巻の煙がただよっていた。アイリーンはまっすぐ窓に行って開けた。

エドウィン・ペーズリーはでっぷりとした髪の薄い中年男だ。見たところ、疲れきったジャーナリストといった印象で、実際もそうであることに疑いの余地もなかった。もしかすると昔は敏腕記者になる日を夢見ていたのかもしれないが、いつしかそんな野望はあきらめたのだろう。小規模な地方紙で、ガーデン・パーティー、流行のダイエット、名士たちの昼食会、そしてバーニング・コーヴ・ホテルに来ては帰っていく多くのスターたちに関する思わせぶりな情報ばかり扱ってきた年月が長すぎたせいかもしれない。

「きみはいったい——?」ペーズリーはそこで言葉を切って目を細め、鼻にちょこんとのった眼鏡の上からアイリーンを見た。「待てよ、そうだ、わかった。きみはウォードの新しい恋人」

「アイリーン・グラッソン、職業は記者です。今日うかがったのは、こちらのスタッフにしていただきたくて」

「席が空いていないんだよ」ペーズリーはうるさそうに顔をしかめた。「ウォードにこう伝えてくれ。もしきみを雇ってほしいのなら、きみの給料はそっちで用意してくれ、と。ついでに机とオフィスもだな。もちろん、タイプライターも」

「オリヴァー・ウォードがどうしてもと言えば、雇う気があるということですか?」

「彼はバーニング・コーヴ・ホテルの経営者で、ルーサー・ペルの親友ときている。あの二人でこの町のかなりの部分を支配していると言っていい。私はしがない地方紙の編集長だ。ウィリアム・ランドルフ・ハースト（当時の米国の新聞王）とは違う。だから、そう、もしウォードがきみを雇えと圧力をかけてきたら、そうするしかない」

「でも、本当はそうしたくない」

「きみはどう？」

アイリーンは微笑んだ。「もっと楽に考えてください。心配いりません。ミスター・ウォードはわたしを雇えと圧力をかけたりしませんから。じつのところ、彼はあなたが断ってくれたらいいと思っているんじゃないかしら」

「それは私を安心させようとして言っているのかな？　ええとだな、地元の社交界記事を書く記者ならもう間に合っているんだよ。うちの新聞は出生記事と死亡記事を除けば、それしか扱っていないようなものだからね」

「『バーニング・コーヴ・ヘラルド』は、範囲は限られてはいても社会の出来事を報道しているじゃありませんか」

エドウィンが鼻を鳴らした。「報道？」

「ま、それはともかく」アイリーンは彼の机にハンドバッグを置いた。「こちらに必要なのは有能な犯罪報道記者で、わたしはその仕事をこちらでやりたいんです」

エドウィンは、まるでアイリーンの顔がおぞましい紫色に変わりでもしたかのように彼女をじっと見た。「バーニング・コーヴでは大して犯罪が起きないんだよ。少なくとも、きみがこの町にやってくるまではそうだった。たしかにこのところ、いささか物騒になっていることは認めよう」

「そうでしょう、ミスター・ペーズリー。だからわたし、ここにしばらくとどまろうと決めました」

「きみがこの楽園の隅っこにある町に腰を据える道を選んだことは、むろん、じつにうれしいが、ウォードに腕をへし折ると——あるいはこの世から消してやると——脅されでもしないかぎり、きみを雇うつもりはないね。ときどき忘れることもあるが、彼はなんといってもマジシャンだからね」

「心配いりません。オリヴァーが圧力をかけることなどけっしてありませんから。ところで、わたしは雇ってくれとたのんではいません。まずは記事ひとつから」

アイリーンはハンドバッグを開けて、午前中にエレーナのタイプライターで打ち出した原稿を取り出した。

エドウィンが原稿を見た。「なんだね、これは?」

「明日の朝、ロサンゼルスの新聞という新聞の一面に載るはずの記事です。シアトルのある地方紙にも載ります。ちょっとした約束をしていたからです。ですが、今夜の特報にできるとしたらこちらです」アイリーンは最初の頁を彼に差し出した。

「誰なんだ、このクローディア・ピクトンというのは？」

「正気を失った殺人犯で、この町の住人デイジー・ジェニングズを含めて四人の女性を殺害しました。それだけじゃなく、もしニック・トレメインの英雄的な行動がなければ、ピクトンはいまもまだずっと殺人はつづけていたと思われます」

「トレメイン？　俳優の？」

「ええ。彼は銀幕の上だけでなく、現実でも英雄的な行動を取ることがわかりました。ミス・ピクトンはいま、バーニング・コーヴ警察の留置場にいます。警察の話では、精神障害を理由に無罪を主張しようとするだろうということです」

「ニック・トレメインと狂気の女に焦点を当てた記事か？　なぜ自分のところ、『ウィスパーズ』に持ちこまない？」

「クビになったんです」

「ああ、そうだったな。聞いているよ」

「ご心配なく。『ウィスパーズ』もロサンゼルスのほかの新聞と同じように、明日の朝刊に掲載します。ニック・トレメインが所属する映画会社も全貌を知ることになるでしょう。ですが、こちらには独占記事として提供します。今日の夕刊に掲載できますよ」

「うちは夕刊は出していないんだよ」

「号外を刷るんですよ。ただし、わたしの署名入り記事にしてください。条件はそれだけ」

「雇うかどうかは？」

「とにかく読んでみてください、ミスター・ペーズリー」アイリーンはタイプ打ちした原稿を机の上に置いた。「ニック・トレメインの言葉も引用させてもらいました。オリヴァー・ウォードとルーサー・ペルは言うまでもなく」

「ウォードとペルはインタビューなど絶対に受けないんだが」

「わたしのインタビューは例外的に承諾してくれました。さあ、早くお読みになって、載せるかどうか決めてください」

64

「わたし、なぜ死ななかったのかしら?」アイリーンが言った。「クローディアは銃を持っていて、二度引き金を引いたのよ。死んでもおかしくなかったわ」

四人——オリヴァー、チェスター、ルーサー、そしてアイリーン——はオリヴァーのヴィラの中庭にいた。オリヴァーが心配そうな視線を彼女にちらちらと投げかけてくるので、アイリーンは調査を成功させたばかりの冷静なジャーナリストに見えるよう懸命に表情をつくっていた。

質問に答えたのはルーサーだった。暗黒街に通じている彼の目は厳しかったが、声には奇妙なほどかけ離れたやさしさがあった。

「たしかにピクトンは銃を持ってはいたが、自分めがけて突進してくる人間を撃つのは驚くほどむずかしい。相手が火かき棒のような武器を持っていればなおさらだ。動く標的を狙うむずかしさに加えて、心理的要素がある。何よりもまず、自分を狙っている鋭い物体をかわそうという本能が働くんだ」

アイリーンはルーサーを見た。ほかの二人もだ。誰もひとことも発しはしなかったが、全員が同じことを考えていた。ルーサーは理論上の話をしているのではなく、悪夢にも似た光景を記憶の中からよみがえらせているのだ。彼が頭に描いているのは火かき棒ではない。銃剣である。

短い沈黙を破り、話をつづけたのはオリヴァーだった。

「ルーサーの言うとおりだ。火かき棒を手にピクトンに突進したことには大きなリスクもあったが、同時に彼女の気をそらす究極の作戦でもあった。彼女は恐慌をきたしたんだ」

「クローディアがわたしのあとを追っていたことにどうして気づいたの？」アイリーンが訊いた。

アイリーンの神経は依然としてぴりぴりしており、今夜もまた眠れないことはわかっていた。これから先まだまだ眠れない夜がつづくかもしれない。クローディアの凶暴性をおびた目はいつになっても忘れられそうもないからだ。

「いや、気づいてはいなかった。ドアを開けて、火かき棒を手にクローディアの前に仁王立ちになっているきみを見て、はじめて知った。ぼくがこのヴィラに戻ってきたのは、客室担当の人間から敷地内で作業服を着た、オークスの人相と一致する男を見かけたと聞いたからさ」

アイリーンが笑顔になった。「あなた、言ってたわよね。ここのホテルでは客室担当は警備の最前線だと。たしかにメイドには誰も注意を払わないわ」

ルーサーが椅子の背にもたれた。アイリーンをじっと見る。「クローディア・ピクトンが今日という日を選んできみを襲ったのはなぜなのかについて思うところは？まあ、ホテルの敷地内で危険を冒すほど追いつめられていたことは間違いないが」

「行動に出るしかないと感じたんでしょうね」アイリーンが言った。「警告を受け取ったのよ、きっと。今朝、わたしはシアトルに何件か電話をかけたの。そのうちの一件がシアトル時代の下宿屋の女主人のフィリス・ケンプへの電話。ペギー・ハケットも彼女に電話をかけているの。殺されたのはその電話のせいだと思うわ。今日はわたしがケンプに電話をしたあと、殺されかけた。しかも、わたしはあれが二度目の電話だったの」

チェスターが眉根を寄せた。「ケンプがクローディア・ピクトンに電話をして、きみから電話があってベティー・スコットについて訊いてきたと伝えたってことかな？」

「ええ。それを知ったクローディアは恐ろしくなった」アイリーンが言った。「わたしがこの事件の真相に迫っているとわかってパニックに陥った。たぶん、昼間ならオリヴァーは自宅にいない確率が高いと考えたんでしょうね。だって、なんと言っても彼は経営者ですもの。オフィスにいるはずだと踏んだのね。わたしがひとりで留守番をしていることを願って、いちかばちかでヴィラに来た。そうしたら、ヘンリー・オークスと鉢合わせした。彼はわたしがニック・トレメインを脅かす存在だと思いこんでいたから、わたしを見張っていたの」

「観客の心理を読むぼくの能力もこれまでだな」オリヴァーが言った。「クローディアは心配性で神経質な女だとわかっていた。おそらくいまの職を失いたくないんだろうとは思っていたが、自分の命や殺人の危険まで冒すとは思わなかったと認めるほかない」

チェスターが首を振った。「お金だよ。ピクトンにはいつの日か回収するはずの何百万ドルしか見えていなかったのさ」

「いいえ、お金だけじゃない」アイリーンが言った。「復讐したかったのよ。彼女はニック・トレメインのキャリアのために自分自身の夢を犠牲にしたと思いこんでいたから。あなたの読みは正しかったけれど、オリヴァー、事実をすべてつかんではいなかった。それはわたしたち全員に言えることだわ。クローディアがかつてニック・トレメインと結婚していたこと、お金をもらって大急ぎで離婚したことは誰も知らなかった」

「その事実はすべてを変えるな」オリヴァーが静かに言った。「完全に私情の問題になる」

「ああ」ルーサーが思案顔で言った。「そういうことだ」

オリヴァーの目のあたりがやや引き締まった。「下宿屋の女主人フィリス・ケンプが今日ピクトンに電話してきた理由はひとつしかない。彼女もピクトンの脅迫作戦にかかわっていたにちがいない」

「そのとおり」リビングルームからブランドン刑事の声がした。「玄関前で警備中の客室係に通してもらったが、かまわなかったかな?」

「ミセス・テイラーは新聞記者が前庭に忍びこまないように見張ってくれている」オリヴァーが言った。

アイリーンが眉を吊りあげた。「わたし以外の記者よね、もちろん」

ブランドンがくっくと笑い、椅子に腰を下ろした。疲れているようだが、満足そうでもある。

「フィリス・ケンプはいま、シアトル警察で事情聴取中だが、彼女はクローディア・ピクトンのおばだと判明した──ピクトンにとってたったひとりの近親者だ。ケンプは何も知らなかったと主張しているが、ピクトンは彼女も最初から計画に加わっていたと言っている。ピクトンが恐喝の件でベティー・スコットと対峙した夜、ベティー・スコットが下宿屋にひとりだと確認したのはケンプだった。実際、ピクトンによればだが、フィリス・ケンプは浴槽で死んだ現場を偽装するのに協力したそうだ」

「わたしが二度目に電話して、もっと質問を投げかけたとき、彼女は前にもハリウッドのべつの記者が真相に迫ったことを思い出した。そしてすぐに電話を切って、クローディアに知らせた」

「クローディアは恐慌をきたし」オリヴァーが言った。「拳銃と鉄梃を車のトランクから出して、アイリーンを探しはじめた」

「つまり、トレメインの元妻は付き人になったんだな?」チェスターが言い、鼻を鳴らした。「おかしな話だ」

「ハリウッドではもっとおかしなこともいろいろ起きている」ルーサーが言った。

「よくそういう話を聞く」ブランドンが言った。「ハリウッドについて言えば、映画会社は、オリヴァー、あなたが言ったように、クローディア・ピクトンをすぐさま切った」

「ぼくはデイジー・ジェニングズが一連の出来事についてどれくらいまで知っていたかが気になってしかたがないんだが」ルーサーが考えこんだ。

「ほとんど何も知らなかったはずだ」ブランドンが言った。「これまでに判明したことから察するに、彼女はパラダイス・クラブの庭でニック・トレメインと行きずりの戯れを楽しんだだけのようだ。そのあと、クローディア・ピクトンに現金を渡されて、ミス・グラッソンを倉庫に誘い出した」

「ピクトンはジェニングズに台本も渡して、読みあげさせた。そこには二本の映画の題名も含まれていた。ジェニングズは何か危険なことが起きているってことには気づいたにちがいない」オリヴァーが言った。

「そうだな」ブランドンが言った。「にもかかわらず、彼女は現金を受け取り、あれこれ詮索はしなかった」

チェスターが顔をしかめた。「映画会社のその重役、アーニー・オグデンはどうなんだ？　どれくらいまで知っていた？」

「クローディア・ピクトンによれば、オグデンは自社のスターが脅迫されていることを知らなかったから、ニック・トレメインとなんらかのかかわりがあった女性が死んでいく理由など知りようもなかったそうだけれど」アイリーンが言った。「でも、彼もかかわっていたにちがいないわ。それだけじゃなく、クローディア・ピクトンもそのことを知っていた。彼女が今日、あれほど自暴自棄になった理由はたぶんそれでしょうね。もし映画会社がトレメインを切り捨てるようなことになれば、彼女の脅迫作戦はなんの意味もなくなってしまう。これまで数件の殺人を犯してきたのに、その成果も水の泡になる。そういう状況が彼女にとってさらなるストレスの根源になったことは間違いないわ」

「彼女がつねに神経をぴりぴりさせていたのも不思議ではないな」チェスターが言った。

「いまはなおいっそう不安そうにしている」ブランドンが言った。「正気を失った人間を演じているようだが、これがすごくうまい。私の勘では、心神喪失の抗弁をするな」

「それはヘンリー・オークスのことでしょう」アイリーンが言った。「彼にはちょっと正気を欠いたところがあると思うけれど、殺人に走る人間ではないわ」

ブランドンがうなった。「彼は頭部負傷からまもなく回復するようだ。それはいいニュースなんだが、悪いニュースは彼があいかわらず頭のいかれた人間だってことだ。自分はニック・トレメインの特別な友人で、大スターであるニックを守るのが自分の使命だと思いこんでいる。退院前に彼と少し話してみるつもりだが、もしそれでだめなら、映画会社が対処しなければならなくなると思う」

「アーニー・オグデンのような連中はそのために給料をもらっているのさ」ルーサーが言った。

「ああ」ブランドンが首を振った。「これまでもあの種のおかしな人間を見たことがあるが、治療法がないんだ」

アイリーンは腕時計を見て立ちあがった。「もうすぐ三時だわ。途中ですが失礼させていただきますね。ニック・トレメインと会う約束があるんです」

男たちがそろって立ちあがった。

チェスターが驚いたような顔をしている。「トレメインがまたインタビューを受けることを承諾したとか？」

「厳密にはそういうわけではなく」アイリーンが言った。「わたし、彼に謝らなければならないんです。彼が慈悲深くも謝罪の申し出を受けてくれたので、いっしょにお茶を飲むことになって」

「それについては前もって知らせが来た」オリヴァーが言った。「映画会社からカメラマンと宣伝係が同席するそうだ。オグデンが彼らを運転手付きのリムジンで送りこんでくるんだ」

「そういうことなら、ちょっと二階へ行って口紅を直してこなくちゃ」アイリーンが言った。

ブランドンがくっくと笑った。「バーニング・コーヴ・ホテルにはたしか、カメラマンと宣伝係の出入りについての厳しい方針があると思ったが。敷地内は立入禁止だろう？」

「ここはぼくのホテルだ」オリヴァーが言った。「方針はぼくが決めた。ときには例外もありさ」

ルーサーが訳知り顔でオリヴァーを見た。「きみは新進スターを巻きこんだ醜聞を隠しつづけたあと、トレメインが混乱状態から抜け出た本物の英雄に仕立てるお膳立てをした。映画会社はたいそう感謝するだろうな」

「そうなればいいと思っている」オリヴァーが言った。

ルーサーがにやりとした。「換言すれば、きみはトレメインを英雄に仕立てることがホテル経営にとってはプラスに働くと考えた。アーニー・オグデンはきみに大きな借りをつくることになり、彼に貸しをつくることは何かにつけて有利になるはずだ。そのうえ、ゴシップ・コラムニストたちはこぞってトレメインを英雄扱いした記事を繰り返し書くだろうから、バーニング・コーヴ・ホテルはそのたびに全国の新聞に名前が載る」

「いい宣伝になるってわけじゃない」オリヴァーが言った。

ブランドンが腰を上げた。「なんだか複雑な話になってきたな。私は刑事の仕事に専念することにしよう。それじゃ、これで失礼して仕事に戻ります」

ブランドンはアイリーンに丁重に会釈し、リビングルームへと歩き去った。まもなく玄関のドアが静かに閉まる音がした。

ルーサーがオリヴァーを見た。「もし間違っていたら訂正してくれていいが、きみの物語の中でニック・トレメインをスターにしたい理由がもうひとつあるような気がしている。つまり、このニュースが紙面を独占することで、同じくバーニング・コーヴ・ホテルの宿泊客だった男の命を奪った自動車事故の細かい部分に誰も注意を向けなくなるからだ。違うか？」

「マジックの世界ではそういうのをミスディレクションと呼んでいる」オリヴァーが言った。

65

ニック・トレメインは優雅に包装された贈り物の箱に用心深い視線を向けた。「これはいったい？」

「缶入りの映画のフィルムが二個」アイリーンは言った。「あなたがシアトルで出演した二本のネガよ。クローディアのホテルの部屋にあったの。複製が出回っていないという保証はないけれど、まあ、そういうことはないと思うわ。クローディアは『島の夜』と『海賊のとりこ』を持っているのは自分ひとりだと確信しているようだから。彼女、つねにこれを手の届くところに置いていたような気がするの。彼女の将来がこれにかかっていたわけでしょ」

ニックが顔を上げると、その顔には警戒心がにじんでいた。「発見したのはきみ？」

「ええ」

クローディアの旅行鞄が二重底になっているのを見抜いたのはオリヴァーだとわざ

わざ説明する必要もなかった。

アイリーンとニックはティールームの隅のテーブルにすわっていた。ようやく二人だけになったところだ。映画会社から派遣されたカメラマンは、英雄らしく堂々としながらも控えめな表情のニックの写真を数枚カメラにおさめ、宣伝係は、いまにも殺人が起きようとしていた現場に駆けつけたニックの武勇伝を語るアイリーンともうひとり、バーニング・コーヴ・ホテルの役員の証言を素早くメモしていった。カメラマンも宣伝係もすでにロサンゼルスへの帰路に就いている。

ニックは箱をじっくりと見ていた。まるで中にコブラが入ってでもいるかのように。そしてまたアイリーンの顔を見たとき、彼の目からは腹立ちとあきらめが伝わってきた。

「いくら欲しい?」問いかけた彼の声は生気を欠いていた。

「お金はいらないわ。あなたのものですもの。殺人事件の記事にあなたの名前を使ったわたしにできるせめてものお詫びよ」

ニックは信じられないといった面持ちでアイリーンを見た。彼の世界ではあらゆるものに値札がついているのだ。

アイリーンはティーポットを手に取り、二個のカップに紅茶を注いだ。彼女がティーポットを置くころには、ニックの表情が慎重ではあるが希望的なそれに変わっていた。もう一度箱にちらっと目をやってから、またアイリーンを見た。

「これがどんな映画か知っているのか？」

「クローディアから聞いたわ」

「どっちもぼくのキャリアを殺す力を秘めている」

「もしわたしがあなたなら、浜辺へ持っていって燃やすでしょうね」

ニックがゆっくりとうなずいた。片手を箱の上にやった。

「そうするよ」彼は言った。「彼女、ぼくを愛していたんだと思う」

「最初のうちはそうでしょうね」

「『翳る海』と『運命の詐欺師』に出たあと、何かが起きた」

アイリーンがにこりとした。「何かが起きた。たしかにそうね。あなたがスターになった」

「離婚してくれと懇願したのがいけなかった。リノへ行けと会社が無理強いするのを見て見ぬふりをしていたのがいけなかった」

「いちおう言わせてもらえば、どうしたところで同じだったんじゃないかと思うわ。彼女にとって、あなたとの結婚だけでは十分ではなかった。彼女はあなたが手にしているものが欲しかった。スターになりたかった」

「こんなこと、たぶん長続きはしないよ」ニックが言った。

「スターでいること？　まあ、なんでも永遠につづいたりはしないから。わたしからの助言は、楽しめるうちに楽しんでおいたらいいわってことかしら。でも、お金をどう投資するかは慎重にね」

ニックが声を上げて笑った。窓から射しこんでくるカリフォルニアの陽光がとらえた顔の角度はうっとりするほどハンサムで、黒い髪がきらきら光った。二人がすわる小さなテーブルを囲む空気は磁力を帯びているらしく、人びとはみな引き寄せられるようにこちらを振り向いた。

アイリーンの全身をちょっとしたわくわく感が駆け抜けた。わたし、映画スターとお茶を飲んでいるんだわ。

66

「バーニング・コーヴ・ヘラルド」の号外夕刊はその日の五時を少し過ぎて各販売スタンドに並んだ。

アイリーンがバーニング・コーヴ・ホテルのフロントデスクで待っていると、新聞売りの少年がやってきた。アイリーンはその子にいくばくかのお金を渡し、夕刊に飛びついてむさぼるように見出しを読んだ。

狂気の女性殺人鬼をバーニング・コーヴ・ホテルで逮捕
俳優ニック・トレメインは英雄
現場にいた人びとが口をそろえる

〝アイリーン・グラッソン〟の署名入りだ。

フロントデスクの中に立つ従業員が彼女のほうに身を乗り出した。「ホテルの交換手があなたにお電話がかかっていると言っています、ミス・グラッソン。内線電話を取ってください」

「ありがとう」アイリーンは飾りテーブルの上の装飾的な電話の前へと急いだ。受話器を取る。「お待たせしました、アイリーン・グラッソンです」

「第一版は売り切れだよ」エドウィン・ペーズリーの声だ。興奮のせいで震えている。「増刷だ。朝刊にこの続報を載せたい。トレメインからもっと何か聞き出してもらいたい。ロサンゼルスの新聞には書けない記事がいい。独占記事でいきたいからな」

「それはつまり、わたしを雇いたいということでしょうか？」

「ああ、ああ、そうだよ。きみを採用する。犯罪報道担当の記者としてだ。それじゃ、すぐにつぎの記事にかかってくれ」

「はい、いますぐかかります、ボス」

ペーズリーの電話は切れた。アイリーンは見出しをもう一度うっとりと眺めたあと、オリヴァーのオフィスに向かって足早に廊下を進んだ。ちょうどエレーナがタイプライターにカバーをかけているところだった。

「あら、アイリーン。今日はもう帰らせていただくの。一面記事、おめでとう」

「もう見てくれたの？」

エレーナがくすくす笑った。「いやだわ。ミスター・ウォードは、夕刊が刷りあがったらすぐに使いの者に届けさせるよう命じていたのよ。じつのところ、ちょっと不安だったんだと思うわ。ほら、記者とかカメラマンとかが苦手でしょう」

「そうだわね」

「それじゃ、そろそろ失礼するわね」エレーナが言った。「本当に忙しい一日だったの」ドアに向かって歩きだした。「ではまた明日」

「お疲れさま、エレーナ」

アイリーンは外のドアが閉まるのを待ってから、部屋を横切ってオリヴァーのオフィスのドアを開けた。

「いいニュースがあるの。仕事が見つかったわ」

オリヴァーは椅子の背にゆったりともたれ、問題がないほうの脚を机の角にのせていた。両手で「ヘラルド」号外夕刊を開いている。

「バーニング・コーヴ・ホテルの敷地内をうろつく、正気を失った女殺人鬼の記事だとばかり思っていた」足を机からはずして立ちあがった。「となると、ホテルの警備体制に問題があるように思われそうだが、みごとにニック・トレメインを掛け値なしの英雄に仕立てあげた。よくやったよ」

「正気を失った女殺人鬼と英雄的映画スター、読者が喜びそうな取り合わせでしょう。これならみんなの記憶に残るわ。ホテルの警備体制がどうだったかは誰も気にかけない」アイリーンは机の向こう側に行き、両腕をオリヴァーの首に回した。「それはともかく、引用句をいろいろありがとう。またお願いすることになりそうよ」

「ああ、いいよ。その前に、その仕事というのは？」

「わたし、『ヘラルド』に犯罪報道担当記者として採用されたの」

「地元警察によれば、バーニング・コーヴではあまり犯罪が起きないということだが」

「幸運なことに、その状況がこれから変わるのよ。だって実際、ここにその担当記者がいるんですもの」

「なんだか穏やかじゃないな」オリヴァーが言った。

「よしてよ。心配することなんかまったくないわ。わたしはプロ」

「念を押さなくてもわかってるよ」オリヴァーの目から冗談めいたところが消えた。

「つまり、きみはこの町にずっといるということかな？」

アイリーンのほうも、うれしさとわくわくで目の前がくらくらしそうな浮いた気分はそこまでになった。真顔になって落ち着いて話しはじめる。

「ええ。わたし、ここが気に入ったの。わが家って感じがする場所はここよりほかにないような気がするのよ」

「バーニング・コーヴがわが家のような気がするのか？」

「いろいろ考えると」アイリーンは慎重に言葉を選びながら先をつづけた。「状況しだいでは、バーニング・コーヴは間違いなくわが家って気がすると思うの」

「もっと厳密に言わせてもらえば、〈カーサ・デル・マル〉がわが家のように思えなくもないってことかな？」

慎重にいかなければ、との思いがアイリーンにのしかかってきた。将来がどっちに転ぶかの瀬戸際に立っているのだ。オリヴァーのひとことひとことを正確に理解する必要がある。

「もしかすると、永久的な来客としてここに移ってこないか誘っているのかしら？」

「もしきみが望むなら、だが」

「いいえ」アイリーンは言った。「それを望んではいないわ」

彼の目がどこか寂しげになった。「そうか」

「それがあなたの望んでいること？」

「いや」彼の声がつらそうにこわばった。「ぼくの望みは、きみがぼくの妻としてここに移ってきてくれることだが、結婚を申しこむにはあまりに早すぎると思った」

「そんなことないわ」アイリーンが言った。

オリヴァーが驚きの表情をのぞかせた。「結婚を申しこんでも早すぎはしない？」

「ええ、わたしを愛しているのなら」

「愛していなければ申しこむはずがないだろう」

「それはわからないけど、確信を得る必要があるわ。だって、わたしはあなたを愛しているから」

「アイリーン――」

アイリーンがおずおずとした笑みを浮かべて彼を見た。「じつは、わたしの本当の名はアナなの。アナ・ハリス」

「アイリーン――アナ――どっちでもきみが呼んでほしいように呼ぶよ。ぼくはきみを愛していて、きみがここに移り住もうと住むまいと、これからもずっと愛しつづける」

アイリーンの胸の奥で歓喜の花が開いた。少し前にはバーニング・コーヴにこのままとどまる口実を与えてくれる仕事をうまく手に入れて浮き浮きしていたが、いま感じている喜びはそれをはるかにしのいでいた。全身がぞくぞくしてきた。幸福感に酔っている。空気よりも軽い気分。

彼の首に回した腕に力をこめた。「あなたと心底結婚したいし、ここに引っ越してきて、ずっとここで暮らしたいわ」

彼も彼女をぐっと抱き寄せた。「永久にそうしよう。永遠に」

「素敵だわ。もう完璧としか言いようがないくらい」

「ひとつ質問がある」

「なあに？」

「きみをなんと呼ぼう？　アナか、アイリーンか？」

彼女がにこりとした。

「ここカリフォルニアでアイリーンとして新しい生活を見つけたことを考えると、やっぱり彼女にこだわりたいな」

「ぼくもそのほうがいいと思う」

「それにね、記事の署名にそれを使っているから」

オリヴァーが声を立てて笑った。世界一幸せな男の笑い声だ。いかにも晴れた日のカリフォルニアらしい金色の陽光が射しこむ部屋で彼が唇を重ねてくると、アイリーンは十四歳のとき以来はじめて、愛情と家族がいっぱいの将来を夢見てもいいのだと気づいた。

67

ライナ・カークはヘレン・スペンサー殺害契約関連の最新ファイルを大型封筒に入れたあと、几帳面な文字で宛先をしたためた。のちほど郵便局で投函するつもりだ。つぎに、鍵付きのキャビネットに残っていたファイルをすべて取り出し、ブリーフケースにおさめた。

ブリーフケースの中身はファイルだけではない。現金数千ドルも入っていた。ケースを閉じて鍵をかけた。それを机の上に置いて部屋を横切ると、コートを着て、前日に買ったばかりのしゃれた小ぶりのフェルト帽をかぶった。上向きの縁、高い山に上品な羽根飾りがついたスタイルは流行の先端をいくものだ。百貨店のウインドウに飾られていたのが目に留まった瞬間、わたしのための帽子だとぴんときた。

机の上に置かれた電報にちらっと目をやった。前日の朝早く、グレアム・エンライトがオフィスに到着する前に届けられ、幸運なことに彼女が受け取った。

お気の毒ですが、ジュリアン・エンライト氏がカリフォルニア州バーニング・コーヴにて自動車事故でお亡くなりになりました。ご遺体は町の遺体保管所にてお預かりしております。詳細につきましてはバーニング・コーヴ警察署のブランドンまでご連絡願います。お悔み申し上げます。

ライナは電報を手に取り、最後にもう一度オフィスを見まわした。きちんと片付いている。隅に置かれた鉢植えの水やりもすんだ。机の上はすっきりとしている。タイプライターのカバーもかけた。どんな秘書でも、これがわたしのオフィスです、と誇れるたたずまいを見せている。

そろそろここをあとにする時間だ。

部屋を横切り、雇い主がみだりに人を入れることのない奥の部屋のドアを開けた。

グレアム・エンライトは彼女が最後にオフィスをのぞいたときと同じ姿勢のままで――机に突っ伏して――いた。最後のコーヒーを飲んだ繊細な磁器のカップが磨きこまれたオーク材の床でこなごなに割れている。

グレアム・エンライトは昨日の朝に息絶え、死体はすでに冷えきっていた。

ライナは電報を机に置いた。

そして満足げに奥の部屋をあとにし、いつものように極力音を立てずにドアを閉めた。しっかりした訓練を受けた秘書ならば、けっして音を立ててドアを閉めたりはしない。そのあと、手袋をはめ、ブリーフケースとハンドバッグと封筒を手に取ると、廊下に出た。

運がよければ、グレアム・エンライトの死体が発見されるまでにはある程度時間――おそらく数日くらい――がかかる。管理人はグレアム・エンライトが許可したときだけ呼び入れられ、掃除のあいだはつねにエンライトみずからが監督していたからだ。

最終的に死体が発見されたとしても、たったひとりの息子であり後継者であったジュリアンの訃報を受けたあと、悲しみのあまりみずから命を絶ったと受け止められるはずだ。

誰かが秘書の予定表を調べることを思いついたとしても、寛大な雇い主であったエンライトは死ぬ少し前に、彼女がペンシルベニアの親類の家に一カ月滞在することを許可していたことを知るだけになっていた。

じつはペンシルベニアにもどこにも親類などいないのだが、そんな些末なことを疑問に思う人間などいるはずはない。

雇い主が契約殺人の請負を家業とする一族だと知って、重要なのは細部だと学んだ。彼らには生と死しかなかった。この事務所を離れる計画はずっと前から立てていた。ただ、いまというときを待っていただけだ。前日に受け取ったジュリアン・エンライト死亡の知らせは、その日のうちに辞職届を出すよう彼女をせかせた。彼女は実行した。青酸カリを少量たらしたコーヒーとともに。

グレアム・エンライトは電報を見ることもないまま死んだ。とはいえ、秘書が毒を盛ったことに気づく程度の間はあった。机に突っ伏す直前、彼の目に浮かんだ激しい怒りとまさかの思いを見た。何がエンライトよ。父親も息子もいつだって自分たちは周りの誰より利口で非情だと思いこんでいた。

ライナはエレベーターでロビーに降りて外に出た。脇道に駐車してあるのは、事務所の自由裁量資金から引き出した現金で彼女が購入した新車だ。ブリーフケースを旅行鞄がすでに入っているトランクにしまい、運転席に乗りこんだ。

郵便局でいったん停まり、足早に中に入ると、ヘレン・スペンサーのファイルをおさめた封筒を投函した。宛先はFBI連邦捜査局の支部。封筒の中には、ある手帳を何がなんでも奪還する仕事をエンライト&エンライトに依頼した某国のスパイを示す証拠がたっぷりおさめられている。情報を入手したFBIがそれをどうするかはFBIしだいだ。

ライナは郵便局を出ると、また新車に乗りこみ、ニューヨークをあとにした。

行き先については時間をかけてじっくり考えた。たどり着いた結論はこうだ。ジュリアン・エンライトのような人間の扱い方を心得た町がいいのではないか、と。バーニング・コーヴは彼女が新たな生活をはじめる場所としても完璧な気がする。

地図によれば、未来への道はシカゴを起点としていた。ルート66。その道が彼女をはるかカリフォルニアへと導いてくれるのだ。

68

施設の正面入り口には武装した警備員が二名いたが、午前三時ともなればさすがに眠気に襲われないためにコーヒーを飲んだり、スポーツや女性の話を声をひそめてかわしたりしていた。

侵入者は昼間のうちに木立の陰からソルトウッド研究所の建物の配置を調べてあった。その結果、侵入がもっとも楽なのは荷物搬入用の通用門だと判断した。厳重そうに見える錠前だが、大した問題はない。彼は錠前に精通していた。警報装置対策として何本かのワイヤーカッターを持ってきていたが、いっさい使う必要はなかった。ただ錠前を開け、プラグを引き抜くだけですんだ。

建物の脇に扉を見つけ、もう一度錠前を開け、警報装置の電源を切るだけで、早くも暗い建物内にいた。持ってきた懐中電灯をつけた。電球の周囲にめぐらせた金属製シールドのおかげで、投げかける光線はごく細い。

そこからは**部外者立入禁止**と記された扉を数カ所通過した。好奇心に駆られ、目についた扉を二、三開けたところ、どの部屋も作業台がいくつも並ぶ薄暗い研究室だった。どの作業台にもさまざまな道具や装置が所狭しと並び、白衣と保護眼鏡が壁のフックにずらりと掛かっていた。

さらに廊下を進み、角を曲がって別棟に入ると、オフィスのドアが並んでいた。〝所長　ドクター・レイモンド・ペリー〟と記されたドアを見つけたところで錠前を破り、受付エリアに侵入した。

秘書の机を通り過ぎ、立ち止まって奥の部屋のドアの鍵を開ける。レイモンド・ペリー博士のオフィスは整然として、塵ひとつ落ちていない。一方の壁面に施錠したファイルキャビネットが何台も連なっている。

彼はここへ来た目的を果たすと、来た道を引き返して建物をあとにしたが、その際、来るときに開けた鍵をかけなおし、警報装置を設定しなおした。遠く離れた正門では警備員があいかわらずコーヒーを飲みながらしゃべっていた。

木立をぬって歩を進めると、道の反対側の暗がりに新型の高速車が待っていた。

彼は助手席に乗りこんだ。アイリーンがエンジンをかけ、ほかの車の影すらない道路を走りはじめた。

「すべて計画どおりにいったようね」アイリーンが言った。

「ああ、すんなりと」オリヴァーが言った。「所長の机の上に手帳を置いてきた。朝になってオフィスに来たら、真っ先に目に入るはずだ」

「どうしてここにって頭を悩ませそう」

「そうだな。しかし、そもそもここにあるべきものだし、沈黙を貫くことが研究所のためになる。それに、手帳がどうしてまた手もとに戻ってきたのかを突き止める方法もないときている」

アイリーンがにこりとした。「マジックだわね」

「マジックだな」

「時間もさほどかからなかったわね。錠前や警報装置に対処しながら入っていくとなると、もっと長くかかるものと思ったのに」

「ソルトウッドは政府と契約を結んでいるから、政府基準の警備体制が取られているはずなんだが。明らかに最安値の入札者と契約を結んだんだろうな」

「そういうことね。さあ、これでもうのんびりハネムーンに出かけられるわ」

「どこか思い描いている行き先でも？」

「ハネムーンにはバーニング・コーヴがすごくロマンチックだって聞いてるわ」

「それならぼくも聞いたことがある」オリヴァーが言った。「カリフォルニアまでの帰り道は長いが、急ぐ必要もない。道すがら目に留まったところで停まりながら帰ればいいさ」

「素敵」アイリーンがいとおしそうにハンドルをそっと叩いた。「この前、国を横断したときはわたし、ものすごく急いでいたの。景色を見る余裕なんかまったくなかったのよ」

「今度は余裕たっぷりさ」

「そうよね」アイリーンが言った。「今度はわが家に帰るんだもの」

訳者あとがき

血の海に横たわるニューヨーク社交界の花形ヘレン・スペンサー。その無残な死体を発見した個人秘書アナ・ハリスは、さらに〝逃げて〟と書かれた手紙と謎めいた革装丁の手帳を見つけ、ただひたすら逃げました。ニューヨークからロサンゼルスまで車を駆っての大陸横断。西海岸にたどり着くと名前をアイリーン・グラッソンに変え、ハリウッドの三流ゴシップ紙に仕事を見つけてしばし安らぎの時を見いだしたものの、取材先のバーニング・コーヴで再び死体を発見し、今度は逃げるだけではすまない羽目に陥ります。真相を追及しなければ――。

しかし、このとき真相究明にこだわったのはアイリーンひとりではありませんでした。ロサンゼルスの富豪やハリウッドの映画関係者が贔屓にする超高級ホテル、バーニング・コーヴ・ホテルの所有者であり経営者のオリヴァー・ウォードも、自分のホテルで起きた不祥事の謎の解明を望んだからです。

かつて人気マジシャンだったオリヴァーは、公演中の事故で脚に傷を負った末の転身でしたが、ホテル経営は苦労の甲斐あっていまや順風満帆です。そんな折、死体がホテルのスパで発見されたとあっては、彼がなんとしてでも事態を収拾したいのは言わずもがなですが、同時に死体の第一発見者であり、当然のことながら第一容疑者でもあるアイリーンにひと目で惹かれたことも真相究明のパートナーとして名乗りを上げるに至る秘かな動機となりました。

たとえ三流ゴシップ紙の見習い記者とはいえ、アイリーンはジャーナリストとしての心意気で集めた情報の細部にまでとことんこだわってじわじわと事件の核心に迫っていきます。一方、元マジシャンのオリヴァーは、歩行に難があり杖を必要とする身でありながらも、マジックで培った鋭い洞察力と人間の心理を表情から読みとる能力を発揮して推理を進めていきます。真相に近づくにつれ、二人は思いもよらぬ危険な目にあいますが、力を合わせてそれを乗り越えるうち、アイリーンがオリヴァーに感じていた連帯感はいつしか信頼感、さらには恋心へと形を変え、ニューヨーク以前の過去を完全に封印して生きてきたアイリーンの心もさすがに揺れはじめ……

複数の殺人事件の真相究明の展開にからみながら、古き良き時代のハリウッドの人間模様がノスタルジックに活写される物語の舞台は、映画がサイレントからトーキーに変わってまもない時代の西海岸の高級保養地です。

一九一八年に第一次世界大戦が終結し、ローリング・トゥエンティーズと呼ばれる時代を浮かれ騒いで過ごすうちに大恐慌に見舞われたのが一九二九年。そしてこの物語の年代は、大恐慌がどうやらおさまりかけているところから推測して一九三〇年代半ばといったところでしょう。

アマンダ・クイックの筆になるヒストリカル・ロマンスの舞台はこれまで、摂政時代ないしはヴィクトリア朝時代のイギリス、なかでもロンドンが主でした。十八世紀から十九世紀のロマンス。これらはまさに王道をいく作品群ですが、本作の舞台は二十世紀前半ですから、異色というか新しい試みと言っても過言ではない設定です。

クラーク・ゲーブル、ゲーリー・クーパー、フレッド・アステア、ジンジャー・ロジャース、キャサリーン・ヘップバーン……かつて銀幕を飾ったきらびやかなスターたちの名や当時のファッションにわくわくさせられながらも、ハリウッドでつかむ栄光のまぶしさ、はかなさが次世代スターと目されるニック・トレメインと周囲の動きを通して伝わってきます。

見果てぬ夢を追うこうした若者の群像もご注目いただきたいところです。

さて、冒頭、必死で逃げるヒロインが進むべき進路として選んだルート66について少々触れさせていただきます。

これほど多くの小説や映画、ドラマに登場し、耳目に触れてきた道路名もほかにはないでしょうが、残念ながらすでに廃線となってしまいました。国道66号線と指定されたのが一九二六年、その後州間高速道路の発達によって廃線となったのが五十九年後の一九八五年です。とはいえ現在でも沿道には往時の名残をアピールする場所が数々あると聞きます。

イリノイ州シカゴとカリフォルニア州サンタモニカを結ぶ四千キロ近い長い長い道……スタインベック『怒りの葡萄』では〝マザー・ロード〟と呼ばれ、人気テレビドラマ『ルート66』は一九六〇年代に日本のお茶の間でも毎週観ることができました。ナット・キング・コールが渋い声で歌うジャズ・ナンバーもあり、理由はなんであれ、この道は自由を希求して西をめざす人びとにとって象徴的な存在なのです。

本作のヒロインが東部からとにかく遠くへ逃げるときに選んだルートもこの道でした。そして到着した夢のカリフォルニアで、東部での過去を封印して新たな生活を必死で模索します。ルート66はまさにそういう道路なのですね。

アマンダ・クイックが次作の舞台をどんな時代と場所に設定するのかがいまから期待とともに待たれます。

二〇一七年十一月

色づく木々を眺めながら……

安藤由紀子

ザ・ミステリ・コレクション

胸《むね》の鼓動《こどう》が溶《と》けあう夜《よる》に

著者 アマンダ・クイック
訳者 安藤由紀子《あんどうゆきこ》

発行所 株式会社 二見書房
東京都千代田区神田三崎町2-18-11
電話 03(3515)2311 [営業]
03(3515)2313 [編集]
振替 00170-4-2639

印刷 株式会社 堀内印刷所
製本 株式会社 村上製本所

落丁・乱丁本はお取り替えいたします。
定価は、カバーに表示してあります。

ISBN978-4-576-17188-3
http://www.futami.co.jp/

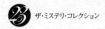